AF552743

साक्षात्कार

संसार में निर्मल वर्मा : उत्तरार्द्ध

लेखक की कृतियाँ

कहानी-संग्रह

परिन्दे (1959), जलती झाड़ी (1965), पिछली गर्मियों में (1968), बीच बहस में (1973), कव्वे और काला पानी (1983), प्रतिनिधि कहानियाँ (1988), सूखा तथा अन्य कहानियाँ (1995), थिगलियाँ (2024)

उपन्यास

वे दिन (1964), लाल टीन की छत (1974), एक चिथड़ा सुख (1979), रात का रिपोर्टर (1989), अन्तिम अरण्य (2000)

यात्रा-संस्मरण/डायरी

चीड़ों पर चाँदनी (1963), हर बारिश में (1970), धुंध से उठती धुन (1997)

निबन्ध/व्याख्यान

शब्द और स्मृति (1976), कला का जोखिम (1981), ढलान से उतरते हुए (1985), भारत और यूरोप : प्रतिश्रुति के क्षेत्र (1991), इतिहास स्मृति आकांक्षा (1991), शताब्दी के ढलते वर्षों में (संचयन, 1995), दूसरे शब्दों में (1997), आदि, अन्त और आरम्भ (2001), साहित्य का आत्म-सत्य (2006), सर्जना पथ के सहयात्री (2006)

नाटक

तीन एकान्त (1976)

अनुवाद

पराजय : अलेक्सांद्र फ़देयेव (1954), बचपन : लेव तोल्स्तोय (1954), कुप्रीन की कहानियाँ : अलेक्सांद्र कुप्रीन (1958), रोमियो, जूलियट और अँधेरा : यान ओत्चेनाशेक (1964), खेल-खेल में : चेक कहानियाँ (1966), इतने बड़े धब्बे : चेक कहानियाँ (1966), झोंपड़ीवाले और अन्य कहानियाँ : मिहाइल सदौवेन्यु (1966), कारेल चापेक की कहानियाँ (1966), बाहर और परे : इर्शी फ्रीड (1969), आर.यू.आर. : कारेल चापेक (1972), एमेके : एक गाथा : जोसेफ़ श्कवोरेस्की (1973)

पत्र

प्रिय राम, प्रिय निर्मल (2006), देहरी पर पत्र (2010), चिट्ठियों के दिन (2010)

साक्षात्कार

संसार में निर्मल वर्मा (2006)

संचयन

दूसरी दुनिया (1978)

संसार में निर्मल वर्मा

उत्तरार्द्ध

सम्पादन

गगन गिल

पहली बार रेमाधव पब्लिकेशन्स प्राइवेट लिमिटेड से 2006 में प्रकाशित

ISBN : 978-93-6086-288-6

मूल्य : ₹895

पहला राजकमल संस्करण : सितम्बर, 2024

प्रकाशक : राजकमल प्रकाशन प्रा. लि.
1-बी, नेताजी सुभाष मार्ग, दरियागंज
नई दिल्ली-110 002

शाखाएँ : अशोक राजपथ, साइंस कॉलेज के सामने, पटना-800 006
पहली मंजिल, दरबारी बिल्डिंग, महात्मा गांधी मार्ग, प्रयागराज-211 001
1, अनमोल सोराबजी सन्तुक लेन, धोबी तलाव, मरीन लाइंस, मुम्बई-400 002

वेबसाइट : www.rajkamalprakashan.com
ई-मेल : info@rajkamalprakashan.com

मुद्रक : विकास कंप्यूटर एंड प्रिंटर्स
ट्रॉनिका सिटी-201 102

SANSAR MEIN NIRMAL VERMA : UTTARARDDH
Edited by Gagan Gill

जो साक्षी हैं
जो साक्षी थे...

रामकुमार
छोटी भाभी जी के लिए

क्रम

बिम्ब-प्रतिबिम्ब

(फ़िल्म और मीडिया में निर्मल वर्मा)

काया-छाया

(निर्मल वर्मा के साथ)

भूमिका

> ऐसा भी समय था, जब इस संसार में निर्मल वर्मा नहीं था। ऐसा समय फिर आएगा। मैं मृत्यु से प्रभावित क्यों होऊँ?
>
> **—निर्मल वर्मा**
>
> [पी. कृष्णन् से बात करते हुए]

इन अन्तिम, असंकलित वार्ताओं में निर्मल बार-बार इस प्रश्न से जूझते हैं, इसका सामना करते हैं। जीवन का ही औंधा रूप, यह मृत्यु का प्रश्न। मृत्यु वह नहीं, जो एक दिन अचानक धप्प से हमारे आगे आ जाती है। मृत्यु वह—जो लगातार हमारे पीछे-पीछे चलती रहती है। जन्म के समय से।

इन वर्षों में (जबकि मैं वहीं थी, उनके आसपास), निर्मल अपनी धमनियों में जीवन की आहट के अलावा काल की आहट इस तरह सुन रहे थे—अब जानकर, पढ़कर विचित्र लगता है।

अब—यानी जब मैं उत्तर देती, उनकी यह आवाज़ टेप रिकॉर्डर या सी.डी. पर सुनती हूँ, मृत्यु के प्रश्न पर धीमी हो गई आवाज़, सोच के सन्नाटे से ऊपर उठती हुई। जीवन की डोर को कसकर पकड़े हुई...जल से ऊपर आता हुआ भव...।

उनका उत्तर छपे हुए शब्दों में देखती हूँ, तो लगता है, यह दार्शनिक निर्मल वर्मा का आत्मविश्वास से भरा उत्तर है। *जल का जल हुआ राम...*।

ध्वनि मैं पकड़ती हूँ तो इस विनयशील समर्पण के आगे ठिठक जाती हूँ। नास्तिक और आस्तिक होने के बीच डोलते हुए व्यक्ति निर्मल वर्मा। *ज़ोर न जीवन, मरन न ज़ोर...*जैसा गुरु नानक ने जपजी साहिब में कहा था।

निर्मल इसी तरह चकित रहते हैं। सात रंगों वाली उनकी मनीषा, सात रंगों वाली उनकी कल्पना, उनकी प्रतिबद्धता और उनका मौन—बिना किसी रंग वाला। उनके लेखन में अनकहे का केन्द्रीय स्थान है—ऐसा उनके समस्त समकालीन विद्वान मानते हैं। उनके कहे में भी अनकहे का ऐसा केन्द्रीय स्थान होगा—इन वार्ताओं से गुज़रकर मुझे इसका विस्मय है।

यहाँ प्रस्तुत निर्मल की ये वार्ताएँ अभी तक असंकलित थीं। अधिकतर भेंटवार्ताएँ निर्मल के उत्कर्ष काल के दौरान ली गई हैं। सन् 2000 में भारतीय ज्ञानपीठ पुरस्कार से सम्मानित होने के बाद, कुछ देश का उच्चतम सम्मान मिलने के बाद, और कुछ अपने दो-टूक अक्सर विवादास्पद विचारों के कारण—इन वार्ताओं में निर्मल जो कहते हैं, और जिस क़ीमत पर कहते हैं, आज उसका ऐतिहासिक, किंचित् करुण भी, महत्त्व है। उनके सृजनशील समय के कई दिन इन भेंटवार्ताओं की भेंट चढ़े थे...।

एक कठोर अनुशासन में बँधी उनकी दिनचर्या थी। जब तक चार-पाँच घंटे सुबह अपनी मेज़ पर बैठ न जाएँ, बेचैन रहते। यह बेचैनी उन दिनों और भी प्रकट होती, जब सुबह के समय ही कोई उन्हें किसी स्कूल-कॉलेज, टी.वी. चर्चा या स्पिक मैके की बैठक के लिए ले जाने आ जाता। वह उनके लिखने का समय होता। उनके मन में कथा चल रही होती और सामने लेने आए व्यक्ति का विनयशील चेहरा। अपनी मेज़ से दूर जाने की इस यंत्रणा में वह लगभग एक दैहिक पीड़ा से गुज़रते थे...।

लेकिन निर्मल ने एक भारतीय बुद्धिजीवी की सामाजिक भूमिका को सीमान्त तक जाकर निभाया था। यह हद दर्जे का मूल्य था, जो उनका समाज उनसे माँग रहा था। अपने साक्षात्कारों में वह अलग-अलग तरह से इस बात को रेखांकित करते हैं—कि एक 'भाषाई' लेखक को लिखने के अलावा एक सामाजिक वक्ता की भूमिका निभानी ही होगी...कि उसके पास इस भूमिका से मुक्ति पाने का कोई विकल्प नहीं, कि जिन जिज्ञासु, संघर्षरत, अक्सर निम्न-मध्यवर्गीय पाठकों के लिए वह लिखता है, उनके सामने समकालीन चुनौतियों पर उसे अपने विचार स्पष्ट करने ही होंगे...कि एक अंग्रेज़ी लेखक या एक विदेशी लेखक के कलावादी एकान्त का ऐश्वर्य उसके लिए नहीं...।

जो आलोचक निर्मल पर 'कलावादी' होने का आरोप दोहराते रहे थे, वे ज़रा इस क़िस्म की प्रतिबद्धता पर ग़ौर करें!

जैसा कि अब सब जानते हैं, निर्मल जी अपने पारिवारिक जीवन में ही नहीं, सार्वजनिक जीवन में भी अत्यन्त संकोची व्यक्ति थे। वह उन विरले मनीषियों में से थे, जो भले ही सार्वजनिक जीवन में, सार्वजनिक मंचों पर चले जाएँ, अपने सहज जात एकान्त का क्षरण नहीं होने देते। क्योंकि मौन उनकी भाषा का ही नहीं, व्यक्तित्व का भी अंग होता है, इसलिए उनके शब्द भी कभी स्फीत नहीं होते, हल्के नहीं पड़ते...।

यहाँ संकलित अधिकांश वार्ताएँ अंग्रेज़ी पत्र-पत्रिकाओं में प्रकाशित हुई थीं। उन्हें हिन्दी में विशेष रूप से अनुवाद कराकर यहाँ दिया जा रहा है। एक पूरा खंड निर्मल पर बनी फ़िल्मों और कुछ प्रमुख मीडिया कार्यक्रमों में उनके दिये साक्षात्कारों की टीपें हैं।

कई साल पहले, सन् 1988 में, किसी भारतीय टी.वी. चैनल ने नहीं, बी.बी.सी. ने उन पर फ़िल्म बनाई थी। बाद के वर्षों में, विशेष कर भारतीय ज्ञानपीठ पुरस्कार मिलने के बाद, उन पर कई फ़िल्में बनीं। ये फ़िल्मकार लोग अक्सर अपना वायदा निभाते नहीं थे कि फ़िल्म पूरी बन जाने के बाद उसकी एक प्रति हमारे रिकॉर्ड के लिए भेज देंगे। अक्सर प्रसारित होने के कुछ घंटे पूर्व ही उनकी ओर से सूचना आती, कि आज इतने बजे फ़लाँ चैनल पर आपके वाली फ़िल्म दिखाई जा रही है। बस, इतनी सूचना देने भर से वे कृतज्ञता-मुक्त हो जाते थे...।

मैं आशा करती हूँ कि उनमें से कोई सज्जन यदि इन शब्दों को कभी पढ़ते हैं, तो कम-से-कम 'निर्मल स्मृति' के संग्रह के लिए ही अपने भूले वायदों का सम्मान करेंगे...मेरे संग्रह में जिन फ़िल्मों को लेकर मुझे लगा कि उनकी टीप का कोई अर्थ होगा, उन्हें मैंने पूरी समग्रता में ही यहाँ प्रस्तुत किया है।

निर्मल से मिलने की जिज्ञासा रखने वाले अन्य भारतीय भाषाओं के कई लेखक-मित्र भी आया करते थे। कुछ उन्हें उनकी यात्राओं के दौरान भी टेप-रिकॉर्डर पर घेर लेते थे। कुछ मौक़ों की मैं स्वयं भी गवाह हूँ। कई बार हमारे घर पर भी उनके कुछ पाठक, जो हमारे तथाकथित साहित्यिकों से कहीं अधिक मर्मभेदी प्रश्न पूछते थे, अपने टेप-रिकॉर्डर या हैंडीकैम लेकर पहुँच जाते थे। उनमें से कुछ की टीपें या रिकॉर्डिंग्स मेरे संग्रह में मिलीं। उन्हें भी मैंने यहाँ प्रस्तुत किया है।

मेरा अनुमान है, निर्मल से वार्ताओं का एक बड़ा हिस्सा अभी भी अँधेरे में है। इनमें विदेशी विश्वविद्यालयों में पढ़ने वाले, उन पर शोध करने आए शोधार्थियों की भी उल्लेखनीय संख्या है। इस भूमिका के माध्यम से मैं उन सबसे भी प्रार्थना करती हूँ कि कृपया उन रिकॉर्डिंग्स की कॉपी या उसकी टीप, बेहतर हो कि दोनों 'निर्मल स्मृति' के संग्रह के लिए भेजें।

मेरी आकांक्षा है कि निर्मल ने जो भी कहा था, लिखा था, वह सब पाठकों के सम्मुख प्रस्तुत हो सके। निर्मल केवल 'कहते' नहीं थे, केवल 'लिखते' नहीं थे। वह उसे जीते थे। उन्हें हम शब्द-काया में जीवित रख सकें, यही उन्हें भौतिक रूप से जानने के संयोग की हमारी कृतज्ञता होगी...।

22 सितम्बर, 2006

—गगन गिल

कल और काल

निर्मल वर्मा से आत्मीय साक्षात्कार

क्या आप कोई सुखी चरित्र ढूँढ़ सकते हैं?

तमिल लेखक पी. कृष्णन् की बातचीत

पी. कृष्णन् : आपका जन्म शिमला में हुआ। शिमला में अपने बचपन के बारे में कुछ बताइए?

निर्मल वर्मा : मेरी यादों में शिमला एक औपनिवेशिक पहाड़ी सैरगाह था, जहाँ चारों ओर ब्रिटिश उपस्थिति दिखती थी। आख़िर शिमला अंग्रेज़ों की ग्रीष्मकालीन राजधानी थी। जीवन के लगभग सभी क्षेत्रों में उनका प्रभुत्व था। खुल्लम-खुल्ला तो नहीं लेकिन कुछ शान्त तरीक़े से। मुझे याद है, उस समय ब्रिटिश लड़के, चुस्त, सुन्दर वर्दी में स्कूल जाते और ब्रिटिश लड़कियाँ चमचमाते हुए कपड़ों में बॉलरूम डांस करने जाया करती थीं। मुझे शानदार घोड़ों को दौड़ के लिए तैयार किये जाने की याद है। ब्रिटिश लोग शब्दश: हमसे ऊपर थे। वे शिमला के ऊपरी भाग में रहते थे और हम शहर के उस निचले हिस्से में निर्वासित थे जहाँ ब्रिटिश राज के बंगाली, कुमाऊँनी तथा कुछ पंजाबी अधिकारी और क्लर्क रहते थे। हमारा अपना अलग सामुदायिक जीवन था। हमारी रामलीला तथा रासलीला होतीं।

मेरा स्कूल एक पहाड़ी के ऊपर था। पिता नहीं चाहते थे कि मुझे स्कूल तक पैदल चलना पड़े। इसलिए सुबह के समय हम टट्टुओं पर चढ़कर स्कूल जाते थे। शाम के समय हम पैदल ही वापस आते थे। जबकि उतरते समय भी हमें तीखी ढलान पर उतरना होता था। उन दिनों हम छह महीने शिमला और छह महीने दिल्ली में रहते थे। और हमारा स्कूल भी छह-छह महीने के लिए जगह बदलता। लेकिन युद्ध के दिनों में हम पूरे साल शिमला में ही रहे जो देशनिकाले जैसा था। तब मैं शिमला से कुछ ऊब गया था। 1940 के दशक के मध्य में मेरे पिता की सेवानिवृत्ति से थोड़ा पहले हम स्थायी रूप से दिल्ली आ गए।

पी.कृ. : उन दिनों भी दिल्ली ख़ासी दौड़-भाग से भरी होती थी?

नि.व. : इसमें कोई शक नहीं कि प्रशासन की दृष्टि से दिल्ली व्यस्त जगह थी लेकिन जीवन शान्त था। बँटवारा और शरणार्थियों का आना अभी बरसों दूर थे। नई दिल्ली अविश्वसनीय रूप से शान्त, यहाँ तक कि कुछ निर्जन-सी थी जहाँ अधिकारी और क्लर्क एक-दूसरे से दूर छोटे-छोटे घरों में रहते थे। उन दिनों भी पुरानी दिल्ली ख़ैर बेहद भीड़भरी थी। हम नहाने के लिए यमुना जाते और मिठाई ख़रीदने के लिए चाँदनी चौक की मशहूर दुकानों पर पहुँचते। हम बच्चों के लिए वह त्योहार का-सा दिन होता था।

पी.कृ. : क्या आपको स्वतंत्रता दिवस याद है?

नि.व. : ख़ूब याद है। उस समय भव्य रोशनी की गई थी। हमने स्वतंत्रता के आने का स्वागत अपने तरीक़े से 'मिट्टी के दीये' जलाकर किया था। उस दिन हम इतने ख़ुश थे कि उस ख़ुशी को शब्दों में बता पाना असम्भव है।

पी.कृ. : क्या आपको गांधीजी की हत्या का दिन याद है?

नि.व. : हाँ। वह बहुत बड़ा सदमा था। इस ख़बर ने मुझे सन्न कर दिया था। मुझमें इतनी भी हिम्मत न रही कि अन्तिम-यात्रा देख सकूँ। तुमने चित्रों में देखा होगा कि उनकी अन्तिम-यात्रा में विशाल जनसमूह शामिल हुआ था। उस समय मैं स्टूडेंट्स फ़ेडरेशन का सदस्य था जो भारत के साम्यवादी दल की विद्यार्थी शाखा थी। हम कांग्रेस से असहमत थे। लेकिन गांधीजी की बात और थी। उन दिनों केवल उनकी ही आवाज़ में मानसिक सन्तुलन झलकता था। मैं उनकी प्रार्थना सभाओं में जाया करता था...।

पी.कृ. : क्या आपने विभाजन के दंगे देखे?

नि.व. : मैं न केवल गवाह हूँ, बल्कि स्टूडेंट्स फ़ेडरेशन के माध्यम से राहत कार्यों में सक्रिय रूप से शामिल भी रहा। डरे हुए मुसलमान पाकिस्तान जाने की तैयारी कर रहे थे लेकिन उन्हें सुरक्षित ले जाने के लिए पर्याप्त रेलगाड़ियाँ नहीं थीं। उन्होंने अस्थायी रूप से पुराना क़िला में शरण ली थी और हमारा काम उन्हें भोजन-पानी पहुँचाना था। हमने रेलवे स्टेशन ले जाकर रेल में बैठने में उनकी मदद की। मुझे यह भी याद है कि हमने मुसलमान लोगों के शवों को पुरानी दिल्ली स्थित मकानों के ऊपरी तलों से नीचे लाने का भयानक और दिल दहलाने वाला काम भी किया। शव वहाँ कई दिनों से पड़े होने के कारण बुरी तरह सड़ गए थे, इसलिए उन्हें नीचे उतारना और अच्छी तरह से उनका अन्तिम संस्कार करना बहुत ही कठिन था। एक घर में हमें सड़े मांस में से केवल चूड़ियों से सजा एक औरत का कटा हुआ हाथ ही मिल पाया था। वह हाथ मवाद से पूरी तरह सना हुआ था...

वह हाथ आज भी मेरी यादों में अटका है। मैं इस ख़ून-ख़राबे का प्रत्यक्षदर्शी तो नहीं था लेकिन उसके परिणाम की भयानकता को मैंने ज़रूर देखा था।

पी.कृ. : यहाँ अंग्रेज़ी में लिखनेवाले भारतीय लेखकों के दो वर्ग हैं—एक वे जो सेंट स्टीफ़ेंस कॉलेज गए और दूसरे वे जो नहीं गए। आपने सेंट स्टीफ़ेंस कॉलेज से शिक्षा प्राप्त करने के बाद भी अंग्रेज़ी में लिखना क्यों नहीं चुना?

नि.व. : मैंने स्टीफ़ेंस में शामिल होने का निर्णय भाषा के कारण नहीं लिया था। मेरे भाई वहाँ थे इसलिए मैंने भी वही कॉलेज चुना, हायर सेकेंडरी में मेरे अच्छे अंक थे और उस कॉलेज में पढ़ना शान की बात मानी जाती थी। कॉलेज की पत्रिका में ही मेरी पहली हिन्दी कहानी छपी, तब उसमें अंग्रेज़ी, हिन्दी तथा उर्दू भाषा के अलग-अलग खंड होते थे। कहानी तो मूर्खतापूर्ण थी लेकिन मुझे अपने लेखन की भाषा को लेकर दुविधा नहीं हुई। मैंने अंग्रेज़ी में काफ़ी पढ़ा था लेकिन इससे मेरे हिन्दी लेखन में कोई बाधा नहीं पड़ी। मैं सहज रूप से लिखने लगा।

पी.कृ. : साम्यवादी पार्टी से आपका मोहभंग कब हुआ?

नि.व. : मुझे पहला आघात तब लगा जब 1956 में सोवियत संघ ने हंगरी पर आक्रमण किया। मुझे समझ में नहीं आया कि एक साम्यवादी देश दूसरे साम्यवादी देश पर आक्रमण कैसे कर सकता है? उस बरस एकजुटता और अन्तरराष्ट्रीय बन्धुत्व का मिथक टूट गया। कई आघातों में से यह पहला आघात था। भारतीय साम्यवादी दल की नीतियाँ हमेशा से ही विचित्र रही हैं, एक स्पष्ट अन्त:करण से उनका समर्थन करना कठिन था। उदाहरण के लिए 1942 में उनके आचरण का बचाव किसी तरह नहीं किया जा सकता। उन्होंने गांधीजी को जापानी एजेंट तक कहा।

पी.कृ. : क्या 1942 में आप साम्यवादी थे?

नि.व. : नहीं, नहीं। मेरी राजनीतिक राहें बहुत टेढ़ी-मेढ़ी रहीं। 1942 में मैं साम्यवादी बिलकुल नहीं था। हम सभी जयप्रकाश नारायण तथा लोहिया के प्रशंसक थे। उस समय साम्यवादी पार्टी में ऐसे कई विशिष्ट व्यक्ति थे जिन्हें हम पसन्द करते थे और उनका सम्मान करते थे। फिर एक बहुत विकट स्थिति में लाल सेना की नाज़ियों पर जीत हुई। यह एक चौंका देनेवाला पल था तथा प्राकृतिक रूप से इस जीत के लिए साम्यवादी नेतृत्व को ज़िम्मेदार माना गया। एक और प्रेरक पल चीन में माओ की विजय था। इस तरह भारत के साम्यवादी दल के किये-धरे के आधार पर नहीं बल्कि अन्तरराष्ट्रीय घटनाओं के कारण हम लोगों ने साम्यवाद को अपनाया। हम लोग समस्याओं के आमूल-चूल हल चाहते थे और कांग्रेस उन

दिनों लोगों की परेशानियों से पैसा बनाने को आतुर घटिया राजनीतिज्ञों का अड्डा लगती थी। गांधीजी की हत्या हो चुकी थी। समाजवादी बिखरे हुए थे। उन दिनों बस साम्यवादी दल ही क्रान्तिकारी भाषा बोलता था और स्वाभाविक ही था कि हम लोग उसमें शामिल हो गए।

पी.कृ. : क्या आज आप साम्यवाद तथा मार्क्सवाद में कुछ अन्तर पाते हैं या इन दोनों को एक समान ही समझते हैं?

नि.व. : नहीं, मैं इन दोनों को एक साथ नहीं जोड़ूँगा। लेकिन मुझे लगता है कि मार्क्सवाद का एकतरफ़ापन और परिवर्तन के भौतिक पक्ष पर अधिक ज़ोर देना और समाज में परिवर्तन लाने के लिए ख़ुद मनुष्य में ज़रूरी रूपान्तरण के महत्त्व को पूरी तरह अनदेखा करना अनर्थकारी सिद्ध हुआ और इसके लिए साम्यवादी दोषी हैं। मुझे लगता है कि जहाँ तक पूँजीवाद की आलोचना की बात है तो वहाँ मार्क्सवाद बहुत ही गहन, स्पष्ट करनेवाला तथा वैज्ञानिक है। लेकिन अगर रूस और पूर्वी यूरोप को देखें तो इसके द्वारा प्रस्तावित वैकल्पिक समाज भी, जिस समाज में हम रह रहे हैं, उससे अधिक नहीं तो कम-से-कम उस जितना भयानक तो है ही। कामकाजी वर्ग के लिए साम्यवाद का प्रभुत्व बहुत नुक़सानदायक साबित हुआ है। और हाँ, एक लेखक के रूप में मैं मार्क्सवाद का धन्यवाद करना चाहूँगा, क्योंकि मार्क्सवाद ने मेरे लिए कई रास्ते खोले जो (वर्ना) मेरे लिए बन्द ही रह जाते।

पी.कृ. : आप यूरोप कब गए?

नि.व. : 1959 में।

पी.कृ. : वहाँ जाना कैसे हुआ?

नि.व. : मेरे भाई रामकुमार एक ख्याति-प्राप्त चित्रकार थे। प्राग में उनकी एक प्रदर्शनी लगी। राम की भेंट 'चेक ओरियंटल संस्थान' के निदेशक (डॉ. मीरोस्लाव क्रासा) से हुई जिन्हें एक ऐसे हिन्दी लेखक की आवश्यकता थी जो चेक भाषा सीखने का इच्छुक हो तथा आधुनिक चेक लेखकों का हिन्दी में अनुवाद कर सके। जब रामकुमार भारत लौटे तो उन्होंने मुझसे चेकोस्लोवाकिया जाने के बारे में पूछा। मैं तुरन्त तैयार हो गया—मैं चेक लेखकों को पढ़ता ही रहा था। यारोस्लाव होलुब मेरे प्रिय लेखक थे। मैंने सोचा कि चेक भाषा सीखने तथा चेकोस्लोवाकिया के माध्यम से यूरोप को देखने का यह एक अच्छा अवसर है तो क्यों न इसका लाभ उठाया जाए?

पी.कृ. : आपने चेकोस्लोवाकिया में कितने वर्ष बिताए?

नि.व. : वर्ष 1959 से 1968 तक कुछ-कुछ अन्तराल के साथ आठ वर्ष।

पी.कृ. : जब रूसी टैंक प्राग पहुँचे तो आप वहाँ थे?

नि.व. : नहीं। उस समय मैं लन्दन में था। अगर मुझे ठीक से याद है तो वह 20 अगस्त का दिन था, और यह बात बड़ी ख़बर थी।

पी.कृ. : साठ के दशक के प्राग के बारे में कुछ बताइए।

नि.व. : ओह, कमाल का समय था। बल्कि जैसा कि डिकेंस कहते, यह सबसे अच्छा और सबसे बुरा समय था। यह बहुत आश्चर्यजनक है लेकिन शायद उस समय किसी भी अन्य देश में चेकोस्लोवाकिया जैसे मानवीय मूल्यों के प्रति समर्पित बुद्धिजीवी तथा लेखक न रहे हों। लेकिन यह देखते हुए कि हंगरी या पोलैंड के विपरीत चेकोस्लोवाकिया में थॉमस जी. मसार्यिक के युग से ही बहुत अधिक उदार परम्परा रही थी, यह बहुत आश्चर्यजनक भी नहीं लगा। जब साम्यवादी सत्ता में आए तो वे बहुत लोकप्रिय हुए। वे भारी बहुमत से सत्ता में आए थे। चेक लोगों ने सोचा कि उनके देश के साम्यवादी अलग ही तरह के होंगे लेकिन वे ग़लत थे। यहाँ भी वही पुराना क़िस्सा दोहराया गया।

पी.कृ. : यानी आपको लगता है कि साम्यवादियों को तानाशाह बनने की आवश्यकता नहीं थी?

नि.व. : बिलकुल। लेकिन बुद्धिजीवी शान्त नहीं रहे। वे लगातार सवाल उठाते रहे कि संस्थानगत आलोचना तथा आधिकारिक विरोध की अनुमति क्यों नहीं थी। आख़िर जब अलेक्ज़ेंडर दुबचेक नेता बने तो कम-से-कम उनकी बात सुनी गई। थोड़े ही समय में दुबचेक ने साम्यवादी दल को बदल डाला। मैंने देखा कि जन से पूरी तरह कटा हुआ दल कैसे बहुत अधिक लोकप्रिय हो गया। यह मेरे जीवन के सबसे प्रेरक पलों में एक था। मैंने हज़ारों लोगों को अपने नेताओं का अभिनन्दन करते देखा। यह स्वत:स्फूर्त तथा प्रामाणिक था। लोगों को लग रहा था कि वे स्टालिनवादी अँधेरी सुरंग से निकलकर नई रोशनी में क़दम रख रहे हैं। लेकिन वे कितने ग़लत थे...!

पी.कृ. : इस दौरान धर्म की क्या भूमिका थी? क्या पोलैंड की तरह धार्मिक नेतृत्व ने कोई मुख्य भूमिका निभाई?

नि.व. : चेकोस्लोवाकिया में धर्म की भूमिका कभी भी महत्त्वपूर्ण नहीं रही।

पी.कृ. : आज चेक गणतंत्र एक ग़ैर-साम्यवादी देश है। स्लोवाक लोग इससे अलग हो चुके हैं। लेकिन गणतंत्र का भविष्य उज्ज्वल नहीं दिखाई देता। एमस्टरडम के वेश्यालयों में चेक लड़कियाँ भरी पड़ी हैं। क्या लोगों ने यही आज़ादी चाही थी? दार्शनिक राष्ट्रपति वास्लाव हावेल की लोकप्रियता कम हुई है और कहा जा रहा है कि साम्यवाद की जड़ें धीरे-धीरे फैलती जा रही हैं।

नि.व. : यह इतिहास की सबसे विचित्र विडम्बनाओं में से एक है। जब चेकोस्लोवाकिया स्टालिन के अधीन था तो मैं इस देश को इसकी शान्ति के कारण बहुत पसन्द करता था। उस समय लोग उपभोक्तावादी प्रलोभनों से कोसों दूर थे। इसमें कोई शक नहीं कि वह पश्चिम से कटा हुआ था। लोगों को यात्रा करने की अनुमति नहीं थी। मैं इस सबकी निन्दा करता था। लेकिन यह एक तरह का स्वर्ग भी था जो मुझे बहुत पसन्द आता था। जैसे कि वहाँ काफ़्का का घर था जहाँ मैं पर्यटकों की भीड़ की आशंका के बिना फ़ुरसत में जाया करता था। साम्यवाद के पतन के बाद मैं फिर वहाँ गया और इस आज़ादी से ख़ुश होने की बजाय मैं बहुत निराश और हताश हुआ था। हर जगह पश्चिमी पर्यटकों का जमावड़ा था। जिस चेकोस्लोवाकिया को मैं जानता था, उसके विपरीत अब संस्कृति का बहुत बड़ा फूहड़ व्यापारीकरण हो गया था, सब पराया-पराया-सा लग रहा था। अब काफ़्का का घर एक पर्यटक स्थल बन गया था, उसे देखने के लिए टिकट की लम्बी क़तारों में लगना होता था। चारों ओर अश्लील पत्रिकाएँ बिक रही थीं और वेश्याएँ खुलेआम ग्राहक ढूँढ़ रही थीं। चेकोस्लोवाकिया की मेरी इस अन्तिम यात्रा ने मेरे मन में बसी पुरानी यादों को ध्वस्त कर दिया। जिन मूल्यों के लिए मैंने हमेशा संघर्ष किया, निस्सन्देह वहाँ हैं। स्वतंत्रता है। लोकतंत्र क़ायम हो गया है। लेकिन पश्चिमी संस्कृति भी जैसे हहराती चली आई हो। ख़ैर, आप सब कुछ तो नहीं पा सकते...

पी.कृ. : पीछे देखने पर आपको नहीं लगता कि पहलेवाला बाड़ाबन्द स्वर्ग ही बेहतर था?

नि.व. : मैं कहूँगा, यहाँ मामला अवसर चूकने का है। मैं सोचता था कि हावेल सन्तुलन बनाने का प्रयास करेंगे। मुझे लगा कि वह साम्यवाद के खँडहरों से नैतिक विवेक को उबारने का प्रयास करेंगे और पश्चिमी उपभोक्तावादी मॉडल से भिन्न एक सामाजिक लोकतांत्रिक पद्धति की स्थापना करेंगे। लेकिन पश्चिम के एक भयंकर बाढ़ की तरह बढ़े आने को रोका नहीं जा सकता था। चेक गणतंत्र को पश्चिमी उपभोक्तावाद के संक्रमण तथा साम्यवाद की तानाशाही के संक्रमण से मुक्त प्रणाली का निर्माण करने का अवसर मिला था, लेकिन उन्होंने वह अवसर हाथों से निकल जाने दिया। आख़िर उन्होंने ही 'मानवीय चेहरेवाले साम्यवादी' जैसा मुहावरा दिया था...।

पी.कृ. : अन्तरराष्ट्रीय रूप से मिलान कुन्देरा के प्रसिद्ध होने से पहले आपने ही उनका अनुवाद किया था। पूर्वी यूरोपीय भाषा से भारतीय भाषा में अनुवाद के अनुभव के बारे में बताइए?

नि.व. : मुझे ख़ुशी है कि आपने यह पूछा। हमें अंग्रेज़ी के द्वारा ही विश्व साहित्य को जानने से बचना चाहिए। हमें फ्रेंच, रूसी, चेक, स्पेनिश, जर्मन और स्वीडिश भाषाओं से भी सीधा सम्बन्ध रखना चाहिए, ताकि अनुवाद के सन्दर्भ में हम अपने विवेक से काम लेते हुए ऐसे लेखकों और कथ्यों का चुनाव कर सकें जो भारतीय पाठकों की रुचि के अनुरूप हों। दूसरी बात यह कि अंग्रेज़ी की अपेक्षा हिन्दी चेक भाषा से अधिक मेल खाती है। जो कहानियाँ अंग्रेज़ी में अनुवाद के बाद फीकी-सी लगने लगती हैं, वही चेक भाषा में जीवन्त हो उठती हैं। चेक साहित्य का हिन्दी अनुवाद करते हुए मुझे इन दोनों के घनिष्ठ सम्बन्ध को जानकर बहुत हैरानी हुई। अच्छे विश्व साहित्य का चुनाव करते हुए अंग्रेज़ी पर निर्भरता अनर्थकारी है। यदि हम अंग्रेज़ी में उपलब्ध चयन तक ही सीमित हो जाएँगे तो निश्चित रूप से हम विश्व साहित्य के बहुत-से श्रेष्ठ लेखकों का लेखन नहीं पा सकेंगे। इसलिए जितना शीघ्र हम विश्व साहित्य को अंग्रेज़ी के झरोखे से देखने का प्रयास छोड़ दें, उतना ही अच्छा होगा। हमें अपने बुद्धि-विवेक से ही श्रेष्ठ का चयन करना चाहिए। कुन्देरा, क्लीमा या हावेल का अनुवाद करते हुए मुझे ऐसा ही महसूस हुआ। वे मेरी पसन्द के लेखक थे और मुझे मालूम था कि हिन्दी के पाठक भी उन्हें पसन्द करेंगे। जैसे कि मैंने यान ओत्सानेक के 'रोमियो जूलियट और अँधेरा' का अनुवाद किया। यह एक यहूदी लड़की की कहानी है। जब जर्मनी ने चेकोस्लोवाकिया पर अधिकार कर लिया था और यहूदियों को ढूँढ़-ढूँढ़कर उनके साथ दुर्व्यवहार किया जा रहा था, तब इस यहूदी लड़की को एक चेक लड़के ने अपने घर में शरण दी। इस सम्बन्ध में ऐतिहासिक सन्दर्भ को समझे बिना उपन्यास की समीक्षा करना कठिन है। मुझे सहज ही लगा कि भारतीय पाठक इस उपन्यास को पसन्द करेंगे और वास्तव में ऐसा ही हुआ। आज हिन्दी रूपान्तर का चौथा संस्करण भी छप चुका है। यह एक अच्छा उपन्यास है जो एक भीषण त्रासदी को काव्यात्मक संयम के साथ व्यक्त करता है। यह ज़ोर-ज़बरदस्ती तथा आतंकवाद के प्रति हमारी उदासीनता पर भी एक कठोर टिप्पणी है।

पी.कृ. : अब जब हम इस विषय पर आ ही गए हैं तो आपकी एक कहानी भी इसी विषय पर आधारित थी, हालाँकि वह विध्वंस की तरह पाशविक नहीं थी। वह एक भारतीय और एक ब्राजीली की कहानी है जो किसी पूर्वी यूरोपीय देश में कार्य करने की अनुमति की प्रतीक्षा कर रहे हैं। वे एक तहख़ाने में रहते हैं, मुफ़लिस हैं, अपने-आपको पराया महसूस कर रहे हैं। तहख़ाने में उनके साथ

रहनेवाला अरब एक लड़की को साथ ले आता है। कहानी उसके उस रात के अनुभवों के बारे में है। यह कहानी दमन का ज़िक्र नहीं करती लेकिन वह कथ्य पर छाया रहता है। क्या हिन्दी पाठकों ने इसे पसन्द किया?

नि.व. : मेरे लिए इसका जवाब देना कठिन है। मुझे लगता है कि यदि पाठक इस पर पड़ी छाया पर ध्यान न दें तो भी वे अपने ही ढंग से इसका आनन्द उठा सकते हैं। लेकिन यदि इतिहास की कुछ जानकारी हो तो कहानी का आनन्द बढ़ सकता है।

पी.कृ. : आप कुछ वर्षों तक लन्दन में रहे थे न?

नि.व. : जी! मैं दो वर्ष वहाँ रहा।

पी.कृ. : क्या किंग्सले एमिस, लारकिन, स्टीफ़न स्पेंडर जैसे लेखकों तथा कवियों से आपकी मुलाक़ात हुई?

नि.व. : मैंने जिन चेक लेखकों का अनुवाद किया, मैं उनसे भी कभी नहीं मिला। (हँसते हुए) इस विषय में कुछ संकोची ही रहा।

पी.कृ. : आप 1970 में भारत लौट आए। आपातकाल के दौरान आपके अनुभव कैसे रहे?

नि.व. : हमें पहले से ही आशंका थी कि इस तरह का कुछ न कुछ होगा, लेकिन जब यह हुआ तो हमें गहरा आघात लगा। जिस जयप्रकाश आन्दोलन का हम समर्थन कर रहे थे, वह अपने चरम की ओर बढ़ रहा था। इन्दिरा गांधी को जल्दी में जवाबी कार्रवाई करनी पड़ी। या तो उन्हें अपना डेरा-तम्बू समेट लेना था या (आन्दोलन का) प्रतिकार करना था। लेकिन इन्दिरा तो इन्दिरा ही थीं, उन्होंने प्रतिकार करने का फ़ैसला लिया। प्रेस के कायरतापूर्ण व्यवहार से मुझे बहुत हैरानी हुई, आघात पहुँचा। हमें ज़रा भी उम्मीद नहीं थी कि वह ऐसे भीगी बिल्ली बनकर सेंसर व्यवस्था और अन्य अपमानजनक शर्तों के समक्ष समर्पण कर देगा।

सबसे अधिक चौंकानेवाली बात थी, इन्दिरा गांधी की अलोकतांत्रिक तथा अत्याचारी नीतियों का बुद्धिजीवी वर्ग द्वारा ज़रा भी विरोध न किया जाना। सोवियत संघ में साम्यवादियों की निरंकुशता के ख़िलाफ़ इन्हीं लोगों ने बहुत शोर मचाया था। वैसे तो इन्दिरा गांधी की तानाशाही उससे निश्चित रूप से हल्की थी। लेकिन इस हल्के संस्करण ने भी हमारे बुद्धिजीवी वर्ग को ख़ासा भयभीत कर दिया। थोड़ा-बहुत विरोध राजनीतिक दलों तथा राजनीतिक कार्यकर्ताओं की ओर से हुआ। मुझे एक घटना याद है—रोमेश थापर ने मुझसे अपनी पत्रिका 'सेमिनार' के लिए

आपातकाल पर एक लेख लिखने का आग्रह किया। मैंने उनसे कहा कि मैं यह तभी करूँगा जब लेख बिना किसी परिवर्तन के प्रकाशित किया जाएगा। थापर ने मुझसे वादा किया कि वह एक भी शब्द नहीं बदलेंगे और उन्होंने ऐसा ही किया। वह 'सेमिनार' का आख़िरी अंक था। लेकिन थापर जैसे लोग भयंकर अल्पमत में थे।

पी.कृ. : हिन्दी के अन्य लेखकों की आवाज़ें सुनाई नहीं दीं?

नि.व. : इसकी सफ़ाई नहीं दी जा सकती। 'दिनमान' के सम्पादक रघुवीर सहाय इन्दिरा गांधी के आलोचकों तथा जयप्रकाश के प्रबल समर्थकों में से थे। उन्होंने बिना किसी परेशानी के सेंसर व्यवस्था के सामने घुटने टेक दिये। धर्मवीर भारती ने भी ऐसा ही किया। ये लोग राजनीतिक कार्यकर्ता नहीं थे लेकिन राजनीतिक रूप से जागृत अवश्य थे। हमें उम्मीद नहीं थी कि वे इतने भंगुर और सारहीन सिद्ध होंगे। हिन्दी के बाक़ी साहित्यकार किसी गिनती में नहीं आते थे। आपातकाल का एक अन्य पक्ष था। इन्दिरा गांधी ने केवल समाचार-पत्रों तथा पत्रिकाओं पर ही ध्यान केन्द्रित किया। उन्होंने किताबों की चिन्ता नहीं की और किताब को सेंसर तक पहुँचाने जैसा कोई नियम भी नहीं था। इसलिए लेखकों ने सोचा कि वे बिना किसी बाधा के अपनी किताबों को प्रकाशित कर सकते हैं। और उन्हें किसी तरह की बाधा आई भी नहीं।

पी.कृ. : आप कई साल करोलबाग़ के पैतृक घर की बरसाती में रहे जो कि उच्चवर्गीय इलाक़ा नहीं था। वहाँ आप कई साधारण लोगों या तथाकथित निम्नवर्गीय लोगों के सम्पर्क में आए होंगे। क्या आपकी कहानियों में उन्हें पर्याप्त स्थान मिला?

नि.व. : मेरा उनसे सामना हुआ तो था लेकिन मैं उनके आन्तरिक जगत के बारे में अधिक नहीं जानता। और ख़ैर, मैं भी किसी राजसी परिवार का नहीं हूँ। मैं एक मध्यवर्गीय परिवार से था। माता और पिता के रिश्तेदारों की पूरी फ़ौज थी। मेरी कई कहानियाँ उनसे मेरे सम्बन्धों पर आधारित हैं। मैं सहज रूप से उनके निकट था और मुझे लगता था कि मैंने उनके आन्तरिक जगत की कुछ झलक पाई है। इन झलकों ने मुझे अन्तहीन सम्भावनाएँ दीं। मध्यवर्गीय परिवार की वास्तविक तथा कल्पित औसत वंचनाएँ, उसकी कुंठा, अपर्याप्तता की भावना, स्त्री-पुरुष सम्बन्ध, अलगाव—यह सूची अनन्त है और मुझे पूरा विश्वास है कि अगर आप एक अच्छे कलाकार हैं और आपने एक बार इस लघु विश्व को चित्रित कर दिया तो उसमें विस्तृत विश्व का बहुत अच्छा प्रतिबिम्ब होगा।

पी.कृ. : हिन्दी में 'नई कहानी' आन्दोलन के पथप्रदर्शकों के रूप में आपका नाम है। इस आन्दोलन के बारे में कुछ बताइए।

नि.व. : जब लोग मुझे इस आन्दोलन से जुड़ा बताते हैं तो मुझे बहुत हैरानी होती है। शायद मैं बिना यह जाने कि मैं उसमें शामिल हूँ, उसमें शामिल रहा। आम तौर पर लोग अनजाने में ही इतिहास में पहुँच जाते हैं (हँसते हैं)। मुझे एक उपन्यास याद आता है, जिसमें नायक ख़ुद को अंग्रेज़ तथा जर्मन सेनाओं से युद्ध करते नेपोलियन के साथ 'वॉटरलू' में पाता है। वह अपना युद्ध के मैदान में होना जाने बिना सैनिकों के आगे-पीछे घूमता रहता है। वह युद्धक्षेत्र से बाहर आता है और तभी कोई उसे बताता है कि वह वॉटरलू के युद्ध का गवाह बन गया है। मैं उसी नायक जैसा हूँ...उन दिनों मैं बस अपने लेखन पर ध्यान देता था, 'नई कहानी' आन्दोलन के विषय में लिखे जा रहे घोषणापत्रों पर नहीं। इसके अलावा मैं इस आन्दोलन को, अगर वह आन्दोलन था तो, 'नई कहानी' भी कहना ठीक नहीं समझता। साहित्य में 'नये' का अर्थ होता है—पुराने रूप, पुरानी प्रक्रिया तथा पुराने ढाँचे में आमूल-चूल परिवर्तन। जैसे कि फ्रेंच साहित्य में नया उपन्यास आन्दोलन हुआ। रॉब्ब ग्रिये, मिशेल बूतँ तथा क्लॉउद मॉउरिएक जैसे लेखकों ने परम्परागत प्रारूप और शैली, कथानक और चरित्र को छोड़ देश और काल को लाँघा और विचारों और भावनाओं का अर्थान्वय पाठकों पर छोड़ दिया।

पी.कृ. : फिर उसे नई कहानी आन्दोलन का नाम क्यों दिया गया?

नि.व. : उनका दावा था कि ये कहानियाँ प्रेमचन्द, उपेन्द्रनाथ अश्क तथा जैनेन्द्र कुमार जैसे लेखकों की कहानियों से रूप, ढाँचे तथा संवेदनाओं के स्तर पर भिन्न थीं। लेकिन मुझे तो कोई बड़ा अन्तर दिखाई नहीं देता! हम सभी एक लम्बे सातत्य के हिस्से हैं। मुझे इन कहानियों में केवल एक अन्तर दिखाई देता है—नये लेखकों में बहुत अधिक परिष्कृति थी, वे मानवीय सम्बन्धों तथा इन सम्बन्धों में आए बदलाव के विषय में परोक्ष टिप्पणी कर रहे थे। दूसरी तरह से कहें, तो इन कहानियों की संवेदना प्रेमचन्द जैसे लेखकों की अपेक्षा बहुत अधिक विकसित और साहित्यिक थी। लेकिन कथा का रूप तो लगभग पहले जैसा ही रहा। उसमें अब भी प्रारम्भ, मध्य तथा अन्त मौजूद था। कहानियों में विभिन्न चरित्रों को गूँथने की प्रक्रिया में भी विशेष अन्तर नहीं आया था। मैं बस यही कहूँगा कि इस दौर में हिन्दी कहानी और अधिक व्यस्त तो हो गई थी लेकिन वह अपने अतीत से विच्छिन्न नहीं हुई।

पी.कृ. : हिन्दी साहित्य में कोई और निरूपणात्मक क्षण...।

नि.व. : हाँ, रेणु का आविर्भाव ऐसा ही क्षण है। वह एक ऐसे व्यक्ति थे जिन्होंने हिन्दी उपन्यास के रूप को ही बदल दिया। उन्होंने निस्सन्देह प्रेमचन्द की तरह ग्रामीण भारत के बारे में लिखा। लेकिन वह उनसे कई रूपों में अलग था—चरित्रों को देखने का उनका ढंग और गाँव में जातियों तथा उपजातियों की चकित कर

देनेवाली विविधता और उनकी प्रकृति, उनके उपन्यासों में उपाख्यान के ढाँचे का चुनाव, लेखन में हास्य का पुट...वह निश्चित रूप से भिन्न थे। इन सबके अलावा, उनका उपन्यास के ताने-बाने की बुनावट में अपनी तमाम रागात्मकता और अद्‌भुत लय के साथ लोकगीतों को गूँथना चकित कर देता है। उन्होंने हिन्दी आख्यान के ढाँचे को पूरी तरह बदल डाला। उनका आविर्भाव हिन्दी साहित्य के उत्कृष्ट पलों में से एक था।

पी.कृ. : हाल ही में आपने कहा कि हिन्दी साहित्य में साहित्य के पाठकों की संख्या में कमी आ रही है। इस कमी का कारण क्या है?

नि.व. : मुझे लगता है कि मेरी बात को ठीक से नहीं बताया गया (हँसते हुए)। तथ्य तो यह है कि पाठकों की संख्या में वृद्धि हुई है। मैंने सभी हिन्दी-भाषी क्षेत्रों—गंगा के मैदानी क्षेत्र, राजस्थान तथा मध्य प्रदेश में हिन्दी के गम्भीर पाठक देखे। मैंने कहा था कि हिन्दी प्रदेश की जनसंख्या के अनुपात में हिन्दी पाठकों की संख्या अभी भी बहुत कम ही है। इस स्थिति के कई कारण हैं। एक महत्त्वपूर्ण कारण व्यापक निरक्षरता है। इसके अलावा बंगाल या केरल में जो सांस्कृतिक एकरूपता दिखाई देती है, उसकी हिन्दी प्रदेशों में कमी है। लेकिन हमारी शिक्षा-पद्धति का पूरी तरह ढह जाना इसका सबसे महत्त्वपूर्ण कारण है। विद्यालय तथा विश्वविद्यालय गम्भीर साहित्य के पाठकों को तैयार करते हैं। लेकिन आज ये संस्थान ऐसे व्याख्याताओं, प्रोफ़ेसरों द्वारा संचालित हैं, जो पश्चगामी और साहित्यिक संवेदना से विहीन हैं। ऐसे शिक्षकों से विद्यार्थियों को गम्भीर साहित्य से परिचित करवाने की अपेक्षा कैसे की जा सकती है? हिन्दी में कई महान एवं अच्छे लेखक हैं लेकिन उनके पास अपने गम्भीर गद्य तथा पद्यों को समझने के लिए पर्याप्त तथा संवेदनशील पाठकों की कमी है। पुस्तकों का अधिक मूल्य, वितरण, सदस्यों की कमी, पुस्तकालय, सुविधाओं का अभाव भी कुछ कारण हैं।

पी.कृ. : शायद आर.के. नारायण ने कहा था कि मनुष्य शारीरिक रूप से परिवर्तित होता है लेकिन उसके भीतर का व्यक्ति कभी नहीं बदलता। क्या पचास के दशक में 'परिन्दे' लिखनेवाले निर्मल वर्मा और पिछले बरस 'अन्तिम अरण्य' लिखनेवाले निर्मल वर्मा एक ही हैं?

नि.व. : (हँसते हुए) दोनों एक ही हैं, नहीं भी हैं। एक लेखक के रूप में मुझमें निरन्तरता है। हालाँकि मैंने कुछ नया करने और अपने-आपको दोहराने से बचने का अथक प्रयास किया है। मैंने जो कुछ भी कहा है, उसका मेरे मस्तिष्क के किसी उनींदे-से कोने में अस्तित्व ज़रूर था। मुझे लगता है कि यह निरन्तरता तथा परिवर्तन किसी भी लेखक की जीवनी के महत्त्वपूर्ण पक्ष होते हैं।

पी.कृ. : मैंने आपकी कुछ कहानियाँ तथा दो उपन्यास पढ़े हैं। मुझे उनमें खाए-पिए, अघाए चरित्र नहीं मिले; बल्कि उनमें से कई निरन्तर जीवन से आतंकित रहते हैं, यहाँ तक कि जब कभी ख़ुशी उनकी ओर आती भी है तो वे उससे दूर भागते हैं। क्या ख़ुशी इतनी बीभत्स है? वे उससे दूर क्यों भागते हैं?

नि.व. : मुझे नहीं लगता कि वे ख़ुशी से दूर भागते हैं। ख़ुशी मानवीय जीवन का एक ऐसा महत्त्वपूर्ण पक्ष है जिसकी अनदेखी कोई भी लेखक नहीं कर सकता—मानव जीवन कभी भी सम्पूर्ण नहीं होता। जीवन भौतिक रूप से कितना भी सन्तोषजनक हो, लेकिन फिर भी वह एक नितान्त निजी आन्तरिक परिपूर्णता के लिए प्रयासरत रहता है, जो कभी प्राप्त नहीं होती। यह किसी व्यक्ति विशेष की समस्या नहीं है; मानव जाति की समस्या है। मैं अपनी कहानियों तथा उपन्यासों में इसी समस्या पर ध्यान केन्द्रित करना चाहता हूँ।

मुझे लगता है कि मनुष्यों के परस्पर व्यवहार में कुछ है जो बेहद विचलित करनेवाला है—जिन्हें हम अन्तरतम से प्रेम करते हैं, उनसे भी सम्प्रेषण न कर पाना; और हमारे अस्तित्व की गुत्थी जिसे हमारे अन्तरंग जन भी नहीं सुलझा पाते, यह मनुष्य जाति को सदा ही विकल बनाए रखते हैं। सम्प्रेषण की इस अयोग्यता और एकाकीपन को दु:ख के चिह्न मानकर तुच्छ नहीं बनाना चाहिए। कुछ लोग ऐसा कहते हैं लेकिन ये आधुनिक मनुष्य के विशिष्ट लक्षण नहीं हैं। यह आजकल का ही रोग नहीं है, बहुत ही पुराना है। अगर आपने 'महाभारत' पढ़ी हो तो आपने महसूस किया होगा कि कुरुक्षेत्र युद्ध के विजेता उल्लसित नहीं थे। उन्होंने महसूस किया कि उनके साथ कुछ ऐसा धोखा हुआ है जिसे परिभाषित नहीं किया जा सकता। यह 'कुछ' केवल अप्रसन्नता ही नहीं है, वह उससे भी गहरा भाव है।

महाकाव्यों और पिछले पाँच हज़ार सालों के साहित्य को ध्यान से देखने पर सदा बनी रहनेवाली अपर्याप्तता का यह सूत्र लगातार दिखता है। यह शायद मानवीय जीवन कहे जानेवाले जाल में एक सदा बना रहनेवाला सूत्र है और कोई भी लेखक इसे अनदेखा नहीं कर सकता। वही इसे अपनी कविता या कथा साहित्य का एक केन्द्रीय बिन्दु नहीं बनाएगा, तो ऐसा कौन करेगा? ऐसा कोई मुनि तो नहीं ही करेगा जो सोचता है कि मनुष्य ईश्वर से संवाद बनाकर पूर्णता प्राप्त कर लेता है। राजनीतिक तर्कशास्त्री भी ऐसा नहीं करनेवाला, जो सोचता है कि सभी मानवीय समस्याओं का रामबाण उपचार एक सामाजिक पद्धति के बदले दूसरी सामाजिक पद्धति की स्थापना है। मनुष्य एक विचित्र प्राणी है। जब वह अकेला होता है तो वह दूसरों से संवाद चाहता है। जब वह औरों के साथ होता है तब वह अपने-आपमें लौटना चाहता है। मानव मन के इस विचित्र दोलन ने हर पीढ़ी के लेखक को आकर्षित किया है—19वीं सदी में दोस्तोएव्स्की और हाँ, शेक्सपियर को भी। मुझे लगता है कि 'किंग लीयर' तथा 'हैमलेट' मेरे पढ़े सबसे अधिक

गहन गम्भीर उदासी से भरे नाटक हैं। आपसे मेरा निवेदन है कि आप होमर के 'ओडिसी' और 'इलियड' को याद करें। क्या इसमें आप सुखी चरित्र ढूँढ़ सकते हैं? चलिए, मैं इतनी छूट देता हूँ—निश्चित ही अस्तित्व मनुष्य में बहुत-सी क्षणिक और यहाँ तक कि प्रबल भावनाएँ भी जगाता है और एक अच्छा लेखक अपने लेखन को गहराई और विस्तार देने के लिए उन सभी का उपयोग भी करता है।

पी.कृ. : काफ़्का ने कहा था : 'कलम का प्रयोग हिम-कुदाल की तरह हमारे अन्दर (जमे) समुद्र को तोड़ने के लिए करो।' क्या कलम एक प्रभावी हिम-कुदाल होती है?

नि.व. : हाँ, मुझे भी ऐसा लगता है। मैं काफ़्का से पूरी तरह सहमत हूँ। यदि मैं कुछ भूल नहीं रहा तो फॉकनर ने भी कहा था कि तुम्हारे अन्दर कुछ-न-कुछ जमा हुआ है और उसे पिघलाना बहुत कठिन है। लेकिन अच्छे लेखक उसे पिघलाने में सफल हुए। चेख़ॅव या इब्सन को पढ़ते ही आप जान जाते हैं कि आप ख़ुद को खोजने की यात्रा कर रहे हैं। यह किसी नये तत्त्व का अन्वेषण नहीं, अब तक अपने भीतर जिससे अनजान रहे, उसकी खोज है।

पी.कृ. : आपमें बाहरी परिदृश्य के संक्षिप्त चित्रणों को नायक के आन्तरिक एकालाप के बरअक्स खड़ा करने का विलक्षण कौशल है। लेकिन आपके नायक बाहरी परिदृश्य के प्रति विरले ही सचेत होते हैं। क्या आप सहज ही ऐसा करते हैं? या आन्तरिक एकालाप को उभारकर देखने के लिए सोच-समझकर यह किया जाता है?

नि.व. : मैं सोच-समझकर ऐसा नहीं करता। कभी-कभी आन्तरिक तथा बाह्य (परिदृश्य) एकलय होते हैं, कभी-कभी एक-दूसरे के धुर विपरीत होते हैं। लेकिन यदि एक नाटक के रूप में आप महसूस करते हैं कि यह वैपरीत्य वृत्तान्त को अधिक जीवन्त बनाता है और आपको जकड़ लेता है, तो मुझे लगता है कि मैंने अपने काम को सन्तोषजनक रूप से किया है (हँसते हुए)।

पी.कृ. : इलियट ने कहीं कहा है—'कल्पना में बहुत अधिक स्मृतियाँ होती हैं।' आपकी कल्पना का कितना अंश स्मृति है?

नि.व. : स्मृति महत्त्वपूर्ण है लेकिन यह लेखक की कल्पना में अधिक स्थान नहीं लेती। कह सकते हैं कि यह दीप्ति के उस स्रोत के रूप में काम करती है जो कल्पना के अँधेरे कोनों-अँतरों को उद्भासित करता है। कभी-कभी स्मृति वह प्रस्थान बिन्दु होती है, जहाँ आप वास्तविक जगत को अलविदा कहकर कल्पना के अनिश्चित जगत में प्रवेश करते हैं। स्मृति निस्सन्देह लेखन को विश्वसनीय बनाती है और उसे अतीत की सुगन्ध से भर देती है, लेकिन कोई भी अच्छा लेखक स्मृति का बन्दी नहीं बनेगा।

पी.कृ. : आपके लेखन का सबसे अधिक सन्तुष्ट कर देनेवाला अनुभव कौन-सा है?

नि.व. : मेरे साहित्यिक जीवन में अभी तक वह क्षण नहीं आया है!

पी.कृ. : क्या कोई हिन्दी लेखक अपने लेखन से जीविका चला सकता है?

नि.व. : नहीं। अगर हिन्दी का कोई लेखक इतना भाग्यशाली हो कि उसकी किताबों की अच्छी बिक्री हो, और इससे भी बढ़कर कि उसे एक ईमानदार प्रकाशक मिले—दोनों ही सम्भावनाएँ दुर्लभ हैं—तभी वह अपने लेखन से जीविका चला सकता है। सच्चाई यह है कि हिन्दी में स्थापित लेखक होने के बावजूद लेखक को ठीक-ठाक ढंग से रहने के लिए निजी स्रोतों पर आश्रित रहना पड़ता है।

पी.कृ. : आपने रेणु के हास्यबोध के बारे में बताया। लेकिन रेणु एक अपवाद थे। भारतीय साहित्य में हास्यबोध इतना दुर्लभ क्यों है?

नि.व. : हास्यबोध वास्तव में दुर्लभ है। मुझे लगता है कि भारतीय साहित्य, विशेष रूप से हिन्दी साहित्य में, यह एक गम्भीर त्रुटि है। हास्य ही किसी भी लेखन को लचीला तथा बहु-ध्वन्यात्मक बनाता है। दुर्भाग्य से हिन्दी में हास्यबोध से सम्पन्न लेखकों की संख्या अधिक नहीं है। आम तौर से वह कठोर, गुरु-गम्भीर मुद्रा बनाए रहते हैं।

पी.कृ. : हिन्दी में यात्रा-वृत्तान्त क्यों नहीं लिखे गए?

नि.व. : राहुल सांकृत्यायन के समय से ही हिन्दी में यात्रा-वृत्तान्त लिखने की परम्परा शुरू हो चुकी थी। अज्ञेय, मोहन राकेश भी समर्थ यात्रा-वृत्तान्त लेखक थे। हाल ही में रमेशचन्द्र शाह ने अपनी इंग्लैंड यात्रा का वृत्तान्त लिखा था जो मुझे बहुत पसन्द आया। लेकिन मैं आपकी बात से सहमत हूँ कि हिन्दी में ज़्यादा यात्रा-वृत्तान्त नहीं है। इसका कारण शायद यह हो कि अच्छे हिन्दी लेखकों का इस ओर न तो झुकाव है, न ही उनके पास समय है और न ही इस तरह की विलासिता पर ख़र्च करने के लिए उनके पास पर्याप्त पैसा ही होता है।

पी.कृ. : आपके यात्रा-वृत्तान्तों पर कैसी प्रतिक्रिया रही?

नि.व. : मैं बहुत भाग्यशाली था, मेरे पहले यात्रा-वृत्तान्त ('चीड़ों पर चाँदनी') की प्रशंसा हुई। यह मेरी यूरोप-यात्रा पर आधारित था। हिन्दी पाठकों को आधुनिक यूरोपीय शहरों, वहाँ के लोगों तथा उनके सांस्कृतिक आधारों के बारे में बताना एक अलग ही तरह का अनुभव था।

पी.कृ. : आपके पसन्दीदा लेखक कौन हैं?

नि.व. : अरे, ढेरों लेखक हैं। जैनेन्द्र का शुरुआती लेखन, अज्ञेय, रेणु, रमेशचन्द्र शाह जैसे लेखक हैं। मैं जर्मन लेखकों—हरमन हेस्से और टॉमस मान को बहुत पसन्द करता हूँ। फॉकनर और कारसन मक्कलर्स मेरे पसन्दीदा लेखकों में से हैं। वर्जीनिया वुल्फ़, फ़ॉर्स्टर, कामू और 19वीं सदी के सभी रूसी लेखक मुझे पसन्द हैं। सूची अन्तहीन है और हाँ; 'जेजूरी' लिखने वाले मराठी लेखक भी, क्या नाम है उनका? हाँ; कोलटकर। मैं उन्हें बहुत ही पसन्द करता हूँ। टैगोर के अनुवाद ख़राब हुए हैं लेकिन मैं उन्हें पसन्द करता हूँ। मैं विभूतिभूषण बन्द्योपाध्याय को भी पसन्द करता हूँ। और 'आरोग्य निकेतन' के लेखक, हाँ, ताराशंकर बैनर्जी। इनके अलावा भी बहुत से लेखक हैं (हँसते हुए)।

पी.कृ. : आपका पसन्दीदा यात्रा-वृत्तान्त लेखक कौन है?

नि.व. : मैंने हाल ही में जर्मनी के पर्वतारोही (मुझे लगता है कि वह फ्रेंच हैं—मॉरिस हरजोग) की एक किताब पढ़ी। उनका नाम हरजोग है। किताब का नाम है 'अन्नपूर्णा'। लेखक की आध्यात्मिक उड़ान ने मुझे आश्चर्य में डाल दिया। उन्होंने बहुत सरलता से कहा है कि हममें कुछ अनश्वर है, जिसे कोई भी कुछ भी जीत नहीं सकता। शिखर, चरम की ओर बढ़ने के संघर्ष में मनुष्य ख़ुद को जीतता है, अपनी अभिपुष्टि करता है और स्वयं का बोध प्राप्त करता है। मैं पॉल थोरो और नायपॉल के यात्रा-वृत्तान्त पसन्द करता हूँ। हाल ही में मेरी ईरान-यात्रा के दौरान उनकी किताब 'अमंग द बिलीवर्स' ने मेरी बहुत मदद की।

पी.कृ. : क्या आपको नहीं लगता कि अब समय आ गया है जब साहित्य की परिभाषा को संशोधित कर देना चाहिए। जॉयस, दोस्तोएव्स्की, काफ़्का, व्हार्टन, इलियट, पाउंड—सभी अच्छे हैं। लेकिन हास्य के बारे में आप क्या सोचते हैं? गोस्किनी तथा अडरजो के एस्टेरिक्स जैसा कॉमिक या बढ़िया रहस्य-रोमांच? साहित्य क्या सिर्फ़ अच्छी संवेदनशीलता वाले लोगों के लिए ही है? कम दत्तचित्तता वाले लोगों या दवाइयों से नीमहोश हुए मरीज़ों का क्या होगा?

नि.व. : मुझे लगने लगा है कि अच्छे साहित्य के संघटक तत्त्वों का सीमांकन बहुत कठिन है। इसके क्षितिज सदा ही विस्तृत होते रहते हैं। जब हम सोच रहे थे कि उपन्यास के क्षेत्र में टॉल्स्टॉय से बढ़कर कोई नहीं है, तभी जॉयस का आगमन हुआ। 'द साउंड एंड द फ्यूरी' में जब फॉकनर ने एक जड़बुद्धि लड़के की निगाह से संसार को प्रस्तुत किया, उससे पहले हम इसकी सम्भावना के बारे में सोच तक नहीं पाते थे। हाँ; हास्य भी साहित्य है। क्या 'डॉन किहोते' साहित्य नहीं है?

मुझे लगता है कि रोमांच, हास्य या प्रेम पर आधारित कोई भी किताब अच्छे साहित्य को पुन:परिभाषित कर सकती है। साहित्यिक जगत में हर प्रकार के साहित्य और हर क़िस्म के लोगों के लिए पर्याप्त स्थान है—चाहे वे कम दत्तचित्ततावाले ही क्यों न हों।

पी.कृ. : मैंने कहीं पढ़ा था कि आप प्रबुद्ध हिन्दू लोकाचार में सहज अनुभव करते हैं? यह प्रबुद्ध हिन्दू लोकाचार क्या है?

नि.व. : मैं धर्म का निरीक्षण जन्मना हिन्दू के रूप में नहीं, मनुष्य-मात्र के रूप में करता हूँ। सभी धर्मों की कई बातें हैं जो मुझे अपनी ओर आकर्षित करती हैं। ईसा की कहानी मुझे मोहित करती है। मैं हिन्दुत्व को उसकी अनेक अच्छी बातों के कारण पसन्द करता हूँ—उसमें अनेक देवी-देवता हैं, इसके मिथक और दन्तकथाएँ हैं, यह सभी मुझे आकर्षित करता है। यह जैसे एक कलात्मक हुड़दंग है। मुझे लगता है कि देवी-देवताओं, पशुओं, प्रकृति तथा मनुष्यों का सहअस्तित्व बहुत ही सुन्दर और आकर्षक विचार है। इस पद्धति में मनुष्य ब्रह्मांड का केन्द्र नहीं है। दूसरी ओर बुद्धि और विवेक से सम्पन्न होने के कारण उस पर अपने सहजीवियों की ज़िम्मेदारी है। मुझे पूरा विश्वास है कि अगर मैं किसी हिन्दू परिवार में जन्म न भी लेता तो भी मैं हिन्दुत्व के इन पक्षों के कारण इसकी ओर आकर्षित होता ही।

पी.कृ. : आपके आलोचक कहते हैं कि आप हिन्दुत्व की भाषा बोलते हैं।

नि.व. : क्या यह हिन्दुत्व की भाषा है? यदि हिन्दुत्व मार्क्सवाद की तरह एक ऐसी विचारधारा है जिसकी हर मुद्दे पर वकालत करनी ही होगी तो मेरा इससे कुछ भी लेना-देना नहीं है। याद रहे—गांधी शायद अब तक जनमे सबसे बड़े हिन्दू हों लेकिन वह उसके सबसे कटु आलोचक भी थे।

पी.कृ. : लेकिन आज गांधी पर दलितों के हितों को सबसे अधिक नुक़सान पहुँचाने का आरोप लगाया जाता है।

नि.व. : अम्बेडकर के अनुयायियों द्वारा गांधी की आलोचना पूरी तरह विभ्रान्त है...। हिन्दू समाज में विभाजन को स्थायी करने के लिए ब्रिटिश सरकार ने दलितों के लिए अलग निर्वाचन क्षेत्र जैसा विनाशकारी उपाय अपनाया। पूना पैक्ट न हुआ होता तो भारत एक व्यवहार्य राज्य के रूप में न बच पाता। सवर्णों का पूर्वग्रह इतना प्रबल था कि भारत के ग्रामीण क्षेत्रों में दलित विरोधी हिंसा फूट पड़ती। इस बात को पहले ही भाँपकर गांधी ने विध्वंस से बचा लिया। वह कभी भी हिन्दुओं को यह बताने से नहीं डरते थे कि उनके सामाजिक आचार घृणित हैं।

वह ईमानदारी से आदर्शों और आचरण के बीच पुल बनाने का प्रयास कर रहे थे। उनके पूरी तरह सफल न हो पाने के कारण उन्हें दोषी नहीं मान लेना चाहिए।

पी.कृ. : क्या आप मृत्यु से प्रभावित होते हैं?

नि.व. : मैं मृत्यु से प्रभावित क्यों होऊँ? लेकिन मैं मृत्यु को स्वीकार कर पाना चाहूँगा। मृत्यु आख़िर जीवन का अभिन्न अंग है। ऐसा भी समय था जब निर्मल वर्मा इस संसार में नहीं था। ऐसा समय फिर आएगा। इसलिए मैं मृत्यु की परवाह नहीं करता।

[2001]

अंग्रेज़ी से अनुवाद : मधु बी. जोशी

मुझे विश्वास नहीं होता कि आदमी मृत्यु के बाद बिलकुल नष्ट हो जाता है

माधव भान की बातचीत

माधव भान : ऐसा कौन-सा क्षण है, जिसे आप महसूस करते हैं, जिसका आपको इन्तज़ार है? कोई ऐसा क्षण जिसके जाने के बाद आपको सुकून मिला हो?

निर्मल वर्मा : मैंने कभी इसके बारे में सोचा नहीं। कभी कोई कठिनाई या भीतर का संकट सामने आता है तो मन में ख़याल ज़रूर आता है कि यह भी गुज़र जाएगा। 'This too will pass.' वह सचमुच टिकता नहीं है। उसके जाने के बाद लगता है कि हम उसे कितना बड़ा समझ बैठे थे, कि उससे बच निकलना मुश्किल होगा, लेकिन अब वह निकल गया है तो राहत महसूस होती है। मुझे याद है कि यूरोप के एक शहर से मुझे फ़्लाइट लेनी थी। बारिश बहुत हो रही थी। मैं एयरपोर्ट पर बैठा इन्तज़ार कर रहा था। थोड़ी देर में मुझे हैरानी हुई कि जिस शहर पर इतने बादल थे, इतनी मूसलधार बारिश हो रही थी, उसी शहर के ऊपर से जब हवाई जहाज़ उड़ा तो एक ऊँचाई पर जाकर सारे बादल, सारी बारिश, सारा कोहरा नीचे आ गया और ऊपर बड़ा सुन्दर आकाश और तारे दिखाई दे रहे थे। मैं कभी कल्पना भी नहीं कर सकता था कि इस कोहरे के ऊपर आकाश इतना सुन्दर और इतना तारों-भरा होगा...फिर मुझे लगा कि ज़िन्दगी में भी ऐसे लम्हे आते हैं। हमें लगता है कि यही सब कुछ है, इस दु:ख से पार पाना असम्भव है, लेकिन सौभाग्यवश वह टिकता नहीं है। और हम फिर उजाले में आ जाते हैं। मेरा ख़याल है, ऐसा सुख के साथ भी होता है और तकलीफ़ों के साथ भी। इसलिए मुझे अब यह विश्वास रहता है कि कोई चीज़ टिकेगी नहीं। और यह चीज़ मुझे पता नहीं क्यों, सान्त्वना-सी देती है। सुख भी नहीं टिकता और दु:ख भी नहीं टिकता।

मा.भा. : एक बार मेरी शुभा मुद्गल से बात हो रही थी, उन्होंने कहा कि मैंने मीरा बैले पर काफ़ी काम किया। इतनी रिसर्च, इतना काम, जितना एक बच्चे पर किया जाता है। मीरा बैले मुझे अपना बच्चा-सा लगता है। क्या आपकी कोई ऐसी कहानी या पुस्तक है कि ख़ुद लिखने के बाद उससे प्यार हो गया हो?

नि.व. : मेरे साथ कुछ अजीब होता है। जब मैं लिख रहा होता हूँ तो उस किताब की घटनाएँ मुझ पर छाई-सी रहती हैं। मैं कुछ भी करूँ, उनका ख़याल मुझे आता रहता है। कभी न कभी उसके पात्रों के बारे में, उनकी नियति के बारे में, मैं बराबर सोचता रहता हूँ। जानबूझकर नहीं लेकिन उसके ख़याल आते रहते हैं। लेकिन जैसे ही वह पुस्तक समाप्त होती है, छप जाती है तो मेरा उससे बिलकुल किनारा हो जाता है। मैं अपने को बहुत ही तटस्थ महसूस करता हूँ। यह ज़रूर है कि लोग इसके बारे में क्या सोच रहे हैं, इसके बारे में मुझे उत्सुकता रहती है। मैं समीक्षाएँ भी पढ़ता हूँ और एक चिन्ता भी मन में रहती है कि इसका क्या प्रभाव पड़ेगा—आलोचकों पर और पाठकों पर, मेरे मित्रों पर, लेकिन मेरा उसके साथ कोई अन्तरंग सम्बन्ध नहीं रहता। उसके बाद मैं दूसरे काम में जुट जाता हूँ—कोई नई कहानी, या नया उपन्यास। फिर वह मेरे मन पर उसी तरह छाने लगता है जिस तरह पिछली किताब, जिसे मैं छोड़ चुका हूँ या जिसे मैं समाप्त कर चुका हूँ। यह एक अजीब चीज़ है कि मेरे मन में किसी कहानी के साथ कोई लगाव नहीं रहता। कुछ लेखक कहते हैं कि यह मेरा प्रिय उपन्यास है, इसे मैं सर्वश्रेष्ठ समझता हूँ। मैं कभी इस तरह नहीं सोच पाता।

मा.भा. : ऐसा कोई विषय है जिस पर आपने लिखना चाहा और अभी तक आप लिख नहीं पाए? मन में मलाल रह गया हो? एक बार श्याम बेनेगल से बात हो रही थी। उन्होंने बताया कि एक विषय है 'कलंक मुक्ति'। फणीश्वरनाथ रेणु का उपन्यास है। उस पर वह काम करना चाहते हैं लेकिन अभी तक नहीं कर पाए। उसमें एक पात्र है जिसे लेखक रच रहा है, अपने ढंग से, लेकिन एक ऐसा क्षण आता है कि पात्र अपने कथानक से बाहर निकल जाता है। वह लेखक के क़ाबू में नहीं रहता। यह चीज़ श्याम जी को बहुत खींचती है पर वह अभी तक उसे कर नहीं पाए। क्या ऐसा कोई विषय है जो आप करना चाहते रहे, करना चाहा पर अभी तक कर नहीं पाए?

नि.व. : ऐसे कई विषय हैं और मन में हमेशा विश्वास रहता है कि मैं अवश्य ही कभी न कभी उन पर लिख पाऊँगा। वे मेरे भीतर इतनी गहरी जड़ जमा चुके हैं, उनसे छुटकारा पाना मुश्किल है। अगर मैं उन पर नहीं लिख पाया हूँ तो इसलिए क्योंकि मैं कभी कोई उपन्यास पूरा कर रहा होता हूँ या कभी समय के तक़ाज़े की

वजह से कोई निबन्ध लिख रहा हूँ, कोई पेपर लिख रहा हूँ। लेकिन वह विषय मेरे दिमाग़ में बिलकुल अटका-सा रहता है पहले कभी-कभी मेरे मन में यह इच्छा होती थी, जिन विषयों पर मैं नहीं लिख पाया हूँ, उन्हें अपनी डायरी में लिख लेता था, ताकि उनके कथानक, उनके प्राक्कथन जो मेरे दिमाग़ में रह गए हैं, उन्हें मैं भूल न जाऊँ। वे आधे-अधूरे मन में पड़े रहते हैं। यह उन बीजों की तरह है जो ज़मीन पर पड़े रहते हैं, जिन्हें किसी ने बोया नहीं है। इससे मुझे एक आशा भी बँधती है कि मुझमें कभी ऐसा समय नहीं रहा कि सब कुछ ऊसर-सा है या मुझे समझ नहीं आ रहा हो कि क्या लिखा जाए या कोई विषय मेरे दिमाग़ में न हो। मेरे साथ बल्कि इससे उलटा होता है कि जल्दी से मैं इस चीज़ को ख़त्म करूँ ताकि उस चीज़ को शुरू कर सकूँ।

मा.भा. : ईश्वर को लेकर क्या सोचते हैं आप?

नि.व. : मुझे ईश्वर की परिकल्पना बहुत आकर्षित करती है। मुझे इस चीज़ में कोई दिलचस्पी नहीं कि ईश्वर का अस्तित्व है या नहीं है। न मैं कभी इस बहस में पड़ना चाहता हूँ। बल्कि मुझे आश्चर्य होता है कि जिस मस्तिष्क से ईश्वर की परिकल्पना निकली होगी, वह कितना विचित्र होगा। ईश्वर की कल्पना बहुत कुछ महसूस करने की चीज़ है, विश्वास करने की नहीं—यह कोई तार्किक प्रस्तावना नहीं है कि ईश्वर है या नहीं है। उसकी बहस इस तरफ़ है, उस तरफ़ है। मुझे कभी इसमें दिलचस्पी नहीं रही। केवल उस शब्द से मेरा समूचा भावात्मक लगाव है, उस शब्द की विराटता और व्यापकता के साथ, जो 'ईश्वर' शब्द से ध्वनित होकर मेरे पास आता है। मुझे यह भी लगता है कि मनुष्य का जीवन कितना ग़रीब और कितना विपन्न, ख़ाली होता अगर ईश्वर की कल्पना न होती। हम जिन भक्तों की कविताएँ पढ़ते हैं—कबीर, मीरा, तुलसी, सूर, तुकाराम—क्या इनके माध्यम से ईश्वर हमारे पास नहीं आता? और अगर यह कवि न होते जिन्हें हम भक्त-कवि कहते हैं, तो हमारा जीवन कितना शून्य होता। ईश्वर के प्रति कृतज्ञता इसलिए भी महसूस होती है कि उस भावना ने ऐसी कविता को जन्म दिया है और ऐसी साधनाओं को, साधकों को हमारे समक्ष रखा है। अरविन्द, रामकृष्ण परमहंस, रमण महर्षि—जिनके सम्पर्क से, जिनकी चीज़ें पढ़कर मैं स्वयं को हमेशा बहुत समृद्ध महसूस करता हूँ। इसलिए अब तो यह बात मुझे कभी अखरती ही नहीं कि ईश्वर है या नहीं।

मा.भा. : लेकिन आपकी बात से यह तो निश्चित है कि आपके स्वयं के अन्तर में वह परिकल्पना है।

नि.व. : परिकल्पना है तो इसका मतलब यह नहीं कि वह कम यथार्थ है।

मेरे दिमाग़ में परिकल्पना और यथार्थ के बीच कोई दीवार नहीं है। यथार्थ की वह भौतिक परिभाषा मेरे दिमाग़ में नहीं है कि जो हमें दिखाई देता है, जिसे हम छू सकते हैं। जो परिकल्पना हमें इतना उद्वेलित करती है, उसका यथार्थ कितना बड़ा होगा!

मा.भा. : आप नर्मदा गए, कुम्भ गए। उन यात्राओं के बारे में विस्तार से लिखना एक आध्यात्मिकता से जुड़ा हुआ कृत्य है। कौन-सी सोच है जो आपको वहाँ लेकर जाती है?

नि.व. : जब मैं कुम्भ के मेले में गया तब मैं बहुत ही गहरे मानसिक कष्ट से गुज़र रहा था। मेरे व्यक्तिगत जीवन में एक संकट था। मैं उससे छुटकारा पाना चाहता था। मुझे लगा कि इस जनसमूह में जहाँ लाखों लोग आते हैं, श्रद्धा से, आस्था से, घरबार छोड़कर। मैं कम-से-कम इनके बीच रहकर उन छोटी चीज़ों को भूल सकता हूँ जो मुझे त्रस्त करती हैं...इसलिए जब 'दिनमान' के सम्पादक ने मुझसे पूछा कि आप वहाँ जाना चाहेंगे—साधारण तौर पर मैं ऐसे मेले में कभी न जाता, न मुझे भीड़ में जाना अच्छा लगता है—मैंने उनसे कहा, आपने मुझसे क्यों कहा, तो उन्होंने कहा कि मैं ऐसा सोचता हूँ कि कुम्भ के मेले के बारे में पत्रकार लिखते हैं, राजनीतिज्ञ लिखते हैं, श्रद्धालु लोग लिखते हैं, किसी ऐसे लेखक को भी लिखना चाहिए जिसने आज तक कभी धार्मिक अनुष्ठानों के बारे में बात नहीं की। तो मुझे लगा कि हाँ, यह ठीक भी है। यह मेरे जीवन का एक ऐसा अवसर है, जिसमें मैं अनुभव के ऐसे आयाम को छू पाऊँगा, जो अब तक मैं केवल सिद्धान्त के रूप में ही सोचता आया था लेकिन अपने भीतर कभी मैंने उसे जीने की कोशिश नहीं की। इसलिए कुम्भ जाना मेरे लिए वहाँ नहाना नहीं था। मुझे वहाँ स्नान करने का कोई शौक़ नहीं था। इतने लोगों को देखना—सुबह के वक़्त कोई बुढ़िया जा रही थी, कोई लड़का अपनी माँ को लेकर जा रहा है, कोई साइकिल पर, कोई ठठरी पर चला जा रहा है। यह एक ऐसा अजीब अनुभव था, मुझे लगा कि यह एक व्यक्तिगत अनुभव से कहीं अधिक एक सांस्कृतिक अनुभव है। कौन ऐसा देश है जहाँ हज़ारों वर्षों से इस तरह की यात्रा बराबर चली आ रही हो? और हम भारत की एकता की बात करते हैं, भारतीय संस्कृति की बात करते हैं। लेकिन ये लोग जीवन में अर्थ पाने के लिए हर बारह वर्ष बाद इकट्ठा होते हैं, उनके लिए यह एक पवित्र एवं शाश्वत दुर्लभ क्षण रहा है।

मा.भा. : मुझे याद है कि अभी इस बार जब आप कुम्भ मेले में हमारे शिविर में रहे, आप जितने भी दिन रहे, आपने हरे रंग के वस्त्र पहने हुए थे। अभी भी जो क़मीज़ आप पहने हुए हैं, उसमें हरा रंग है। क्या यह रंग आपको विशेष प्रिय है?

नि.व. : नहीं, ऐसा तो नहीं है।

मा.भा. : कोई विशेष रंग आपको प्रिय है?

नि.व. : ज़्यादातर मुझे मटमैला सफ़ेद या सलेटी या ख़ाकी क़िस्म के शेड, गहरा नहीं, हल्का शेड पसन्द है।

मा.भा. : किसी भी कला की सृजनात्मकता का केन्द्र क्या है?

नि.व. : जिसे आप 'क्रिएटिविटी' कहते हैं, वह इस बात में निहित होती है कि जो चीज़ दिखाई देती है, उसका सत्त्व उस चीज़ के भीतर छुपा है और हमारी 'क्रिएटिविटी' इससे उद्वेलित होती है कि इस छिपे हुए सत्य को बाहर के यथार्थ में रूपान्तरित करे। इसीलिए एक कवि शब्दों को लेता है और उन्हें कविता में रूपान्तरित कर देता है। एक चित्रकार, एक वास्तुकार एक पत्थर को लेता है क्योंकि उसे पता है, इसके अन्दर एक छवि छिपी हुई है, जो उस पत्थर का सत्य है और वह उसे तराशकर वह छवि उसके भीतर से निकाल लेता है। सारे जीव-जगत में मनुष्य ही एक ऐसा व्यक्ति है जो इस बात को जानता है कि जो दिखाई देता है, उससे कहीं महत्त्वपूर्ण वह चीज़ है जो उसके भीतर अन्तर्निहित है। यही वे लोग भी करते हैं जो कलाकार नहीं होते।

जो आदमी बागबानी करता है, वह लिखता तो नहीं, वह चित्रकार या शिल्पकार तो नहीं है लेकिन उसे मालूम है कि मिट्टी के भीतर एक ऐसी सम्पदा है जिसका हम उपयोग कर सकते हैं; फूल और पत्तियों को उगाने के लिए। यह एक जादू है, बढ़ई को मालूम है कि लकड़ी है, लेकिन लकड़ी के भीतर की जो मेज़ है, वह उसकी कला है, उसका शिल्प है। इसीलिए मुझे हमेशा यह महसूस होता है कि सृजनात्मकता के बिना कला असम्भव नहीं, लेकिन हर व्यक्ति बिना कलाकार हुए भी सृजनात्मक है, हो सकता है। और यह एक बड़ी चीज़ है। यह हैरानी की बात है, यह विस्मय की बात है। कभी आपने सुराही बनाने वाले को देखा है, वह चाक चलाता है और उसके भीतर से मिट्टी के बर्तन एक के बाद एक बनते हुए आते हैं! वह तो कोई बड़ा कलाकार नहीं है लेकिन उसे मालूम है कि मिट्टी का क्या रहस्य है, उसे किस तरह से ढाला जाता है। इसलिए हमारी परम्परा में, भारतीय परम्परा में शिल्प और कला के बीच में कोई ज़्यादा भेद नहीं है। कुमारस्वामी कहा करते थे कि एक शिल्पकार एक तरह का कलाकार ही होता है और एक कलाकार भीतर का शिल्पी, शिल्पी का मतलब है—उसकी रूपान्तरित करने की क्षमता। जो है, वह न हो तो उसकी कलाकृति।

मा.भा. : मालूम नहीं कि आप पुनर्जन्म में विश्वास करते हैं या नहीं। पर जैसा कि हमारी संस्कृति में माना जाता रहा है कि व्यक्ति के जैसे कर्म होते हैं, उसके अनुसार उसको अगला जन्म मिलता है। अपने प्रारब्ध से अगला जन्म कैसा होगा,

वह इस जन्म में ही आदमी महसूस कर सकता है। तो आपको अपने कर्म के द्वारा जो इस जन्म में कर रहे हैं, आप क्या सोचते हैं कि आपको ईश्वर इससे अच्छा जन्म देगा?

नि.व. : मुझे नहीं मालूम। मैं सच कहूँ तो मुझे पुनर्जन्म की अवधारणा बहुत विचलित करती है। विश्वास नहीं होता कि मृत्यु के बाद आदमी बिलकुल नष्ट हो जाता है लेकिन यह बात भी मुझे समझ में आती है एक हद तक। किसी का जन्म होता है तो वह शुरुआत नहीं होती, वह पिछले जन्मों की यात्रा का ही एक पड़ाव होता है। जिस चीज़ में मुझे पूरा विश्वास है, वह यह कि पुनर्जन्म हो या न हो लेकिन इस मृत्यु के बाद मेरा अपना 'सेल्फ़ एवेयरनेस' है, मेरी जो अपनी 'आइडेंटिटी' है, मेरा जो अपने बारे में अहसास है, वह नष्ट हो जाता है। अगर मैं अपने को दूसरे जन्म में न याद कर पाऊँ तो यह ग़लत बात या बुरी बात नहीं होगी लेकिन यह ज़रूर है कि मेरे इस जन्म और जीवन का शुरू और अन्त इसी जीवन में सम्पन्न हो जानेवाला है। इसके आगे की मेरी आत्मा की यात्रा चलती रहेगी, इस पर विश्वास किया जा सकता है, इस पर सन्देह करने की कोई कसौटी नहीं बल्कि इस पर विश्वास करना अधिक logical जान पड़ता है बजाय इसके कि मेरी मृत्यु ही मेरा अन्त है। मेरा नष्ट हो जाना है पूरी तरह से। लेकिन उस यात्रा के दौरान हर नया जन्म चाहे वह पुराने का ही हिस्सा हो, पुराने का ही अंग हो, उस विशेष तत्त्व की दोहराहट नहीं जो मैंने इस जन्म में महसूस किया। यह बिलकुल ऐसे ही है जैसे कि एक पेड़ के पत्ते पतझड़ में झड़ते हैं, फिर गर्मी आती है, सर्दी आती है, फिर बसन्त आता है और उस नंगे पेड़ पर फिर नई पत्तियाँ आनी शुरू होती हैं। लेकिन ये वही पत्ते नहीं होते जो झड़ गए थे। यह इतनी साधारण और सहज-सी प्रक्रिया है कि इसमें शक या सन्देह करने की कोई गुंजाइश नहीं।

मा.भा. : एक बात और, इसी से सम्बन्धित है। आइंस्टाइन से एक बार पूछा गया था कि आप अगले जन्म में क्या बनना चाहेंगे। तो उनका जवाब था कि मालूम नहीं, अगला जन्म होता है या नहीं लेकिन अगर ईश्वर है तो मैं उससे यह कहूँगा कि मुझे वैज्ञानिक कभी न बनाए। मुझे प्लम्बर बना देना लेकिन वैज्ञानिक नहीं। आज आप लेखक हैं। अगर अगला जन्म होता है तो आप क्या होना चाहेंगे? आप क्योंकि पुनर्जन्म को तो मान रहे हैं। आपने कभी सोचा है इस विषय में?

नि.व. : असल में मैं इतना लालची हूँ कि इतनी चीज़ें मुझे अच्छी लगती हैं, फ़िल्म, फ़ोटोग्राफ़ी, पेंटिंग, म्यूजिक—मुझे समझ में नहीं आता कि मैं क्या करूँ। मुझे यह लगता है कि अगला जन्म अगर मनुष्य के वेश में होगा तो वह अपने में ही एक बहुत बड़ी blessing है, आशीर्वाद है। उसमें अपने में ही कितनी सम्भावनाएँ हैं।

मैं उस सम्भावना को एक पेशा कहकर उसे संकुचित नहीं करना चाहता। मैं उसे खुला छोड़ देना चाहता हूँ। हो सकता है कि मैं फ़िल्ममेकर बन जाऊँ। यह भी हो सकता है कि मैं डाकू बन जाऊँ (हँसते हैं)। कौन कह सकता है, मेरे भीतर किस तरह की सम्भावनाएँ पैदा हों! लेकिन मेरा विश्वास है कि मनुष्य में चुनने की क्षमता होती है। मैं उस नियति में विश्वास नहीं करता कि वह वही बनेगा जो उसका भाग्य है। वह कुछ भी चुन सकता है। इसकी स्वतंत्रता मनुष्य को देवता से भी कहीं ऊँचा बना देती है और पशु से भी कहीं नीचे ले जा सकती है क्योंकि पशु की एक बँधी-बँधाई ज़िन्दगी होती है। मनुष्य के भीतर यह चुनाव करने की क्षमता मनुष्य की सबसे बड़ी परिभाषा है और मैं इसे यह कहकर कि मैं यह बनना चाहता हूँ, अपनी उन सम्भावनाओं को नहीं खोना चाहता।

मा.भा. : आपकी बातों से लग रहा है कि आप 'प्रारब्ध' शब्द पर विश्वास नहीं करते।

नि.व. : ऐसा नहीं। मेरे लिए उसकी परिभाषा बहुत अलग है। मुझे मालूम है कि उसकी क्या खींच होती है, उसकी क्या ताक़त होती है। मैं अच्छी तरह पहचानता हूँ। मैंने इसे देखा है। मैं अतीत के बारे में सोचता हूँ तो मुझे लगता है कि मैंने इस तरह के निर्णय कैसे ले लिये। मुझे आश्चर्य होता है कि मैंने यह रास्ता क्यों लिया? मैं वह रास्ता भी तो ले सकता था! और मुझे उसका कोई कारण नज़र नहीं आता। उसके पीछे क्या तर्क रहा होगा, यह आज भी मैं नहीं जान पाया। उसे आप प्रारब्ध कहिए, भाग्य कहिए, मेरे जीवन की एक अन्धी संकल्प शक्ति कहिए, मैं नहीं जान पाता। लेकिन अतीत में किये कई फ़ैसलों पर मैं आज भी हैरान हूँ। शायद आप कहें मेरे प्रारब्ध में ऐसा था। मेरे पास इसका कोई तर्क नहीं है कि मैं उसको नकार सकूँ लेकिन यह कहने के बाद मैं तुरन्त इस बात को जोड़ना चाहूँगा कि मनुष्य में यह शक्ति, यह क्षमता भी है कि अगर कोई चीज़ उसे एक जगह खींच ले जा रही है तो उसका विवेक, उसका अनुभव उसे दूसरी तरफ़ जाने की शक्ति, सामर्थ्य दे सकता है। इतनी स्वतंत्रता मनुष्य के भीतर हमेशा बची रहती है कि हवा के थपेड़ों के साथ ही बिलकुल घिसटता न जाए। इस तरह की नियति मनुष्य की नहीं, मैं यह विश्वास करता हूँ। हवा का अपना ज़ोर होता है लेकिन स्वतंत्रता की भी अपनी शक्ति होती है।

मा.भा. : और वह जो भीतर से आवाज़ आती है, कुछ भी करने से पहले एक आवाज़, उसके विषय में कुछ कहना चाहेंगे?

नि.व. : आपने बहुत सुन्दर बात कही। उस बात को मैं पहले से कहना चाहता था कि जिसे गांधीजी 'इनर वायस' कहते थे। हिन्दी में एक बहुत सुन्दर शब्द है : 'अन्तरात्मा'।

यह अन्तरात्मा का अपना जन्म है, जो विज्ञान और ज्ञान से बहुत पहले होता है। मुझे लगता है, यह अन्तरात्मा हर मनुष्य में होती है। यह बात अलग है कि वह उसे कुचल दे। वह एक बार कुचलेगा, तो वह दूसरी बार उठेगी। यह उस चिड़िया की तरह है जो बार-बार तुमसे कुछ कहती है कि तुम्हारा असली तत्त्व यह है, यह नहीं। लेकिन अगर आप उसे चुप करा देते हैं तो तीन-चार बार चुप कराने के बाद वह बेचारी अधमरी हो जाती है और बोलना बन्द कर देती है। तब आपकी अन्तरात्मा जो पहले आपको कहती थी, विवेक के आधार पर कुछ करने के लिए, वह इतना ज़्यादा मूर्च्छित हो जाती है, पस्त हो जाती है कि यह बहुत बड़ा दुर्भाग्य है मनुष्य का। हमारे अन्दर की उदासीनता हमारी अन्तश्चेतना को ख़ामोश कर देती है। अगर आप मुझसे पूछें कि मनुष्य की सबसे बड़ी कमज़ोरी क्या है, तो मैं कहूँगा, उसकी उदासीनता। कहते हैं कि मनुष्य योनि बड़ी मुश्किल से मिलती है। मनुष्य अगर उदासीन हो जाए जो आपके भीतर उबाल-सा आता है, आवाज़ आती है, उस सबके प्रति उदासीन हो जाए—तो फिर हम उस वरदान को डिज़र्व नहीं करते। मनुष्य की योनि इसीलिए दुर्लभ होती है क्योंकि हममें स्वतंत्र विवेक के आधार पर आचरण करने की क्षमता है। मनुष्य बाक़ी जीव-जन्तुओं से इसलिए बेहतर नहीं है कि उसमें बुद्धि है, उसमें शक्ति है, बाहुबल है। वह बाक़ी प्राणियों से इसलिए बेहतर है क्योंकि उसमें आत्म-चेतना है, आत्मबोध है, जो किसी में नहीं।

मा.भा. : आपने अभी कहा कि देवताओं से भी श्रेष्ठ है मनुष्य, यह किस आधार पर?

नि.व. : देवता ईर्ष्या करते हैं मनुष्य से इसलिए मनुष्य किसी भी बने-बनाए खेल से बाहर आ सकता है, देवताओं की बनी-बनाई भूमिका होती है। इन्द्र, शिव, विष्णु, इन सबकी अपनी भूमिकाएँ हैं, जिन्हें सम्पन्न करते हैं। मनुष्य किसी भी भूमिका का अतिक्रमण करके दूसरी भूमिका निभा सकता है। भीष्म ने विवाह नहीं किया और जन्म भर ब्रह्मचर्य का पालन किया। यह उनकी नियति नहीं, यह उन्होंने देखा कि इसके बिना यह वंश नहीं चल पाएगा। देवताओं से बेहतर मनुष्य जीवन इसलिए है क्योंकि ईश्वर ने उसे मृत्यु दी है, जो देवताओं को प्राप्त नहीं है। लेकिन उसे एक हाथ से मृत्यु दी है तो दूसरे हाथ से अमरत्व का वरदान भी दिया है कि तुम अपने जीवन-काल में अपने मृत क्षणों का हमेशा अतिक्रमण करते रहो। मृत क्षण क्या होता है? मृत क्षण वह होता है जब हम यथास्थिति को स्वीकार कर लेते हैं, तब हम एक तरह की मृत्यु को प्राप्त हो जाते हैं कि अब इसमें कुछ नहीं होने वाला है। मृत्यु चरम स्थिरता की स्थिति होती है। मनुष्य यदि मनुष्य है तो वह स्थिरता को स्वीकार नहीं करता।

मा.भा. : आपके वक्तव्य से यह स्पष्ट हो रहा है कि आप ईश्वर के विषय में तो 'अगर' शब्द लगाते हैं लेकिन देवताओं के विषय में नहीं! देवताओं के विषय में आपको पूर्ण विश्वास है कि वे हैं?

नि.व. : मुझे लगता है, देवताओं और ईश्वर के बीच में बहुत बड़ा अन्तर है। जितने भी देवता हैं, वे असल में बाहर नहीं, वे हमारे भीतर की शक्तियों का प्रतीक मात्र हैं। इसलिए आप देखें कि बहुमुखी देवताओं की जो संस्कृतियाँ होती हैं, वे उन संस्कृतियों से कहीं ज़्यादा सहिष्णु और उदार होती हैं जो एक ईश्वर में विश्वास करती हैं। जैसे इस्लाम, ईसाइयत जिनके लिए एक ईश्वर है, बाक़ी कुछ नहीं। हिन्दू धर्म में यह नहीं है। हिन्दू धर्म में आप ईश्वर को अस्वीकार भी कर सकते हैं लेकिन अगर आप अनेक देवताओं में आस्था रखते हैं तो इसका मतलब है, हर देवता में आपको अलग शक्ति देने की ताक़त है। यह कैसी अजीब संस्कृति है! हम काली के पास जाते हैं जो एक तरह के साहस और वीरता का प्रतीक हैं। निराला की एक कविता है : 'राम की शक्ति-पूजा'। वह शक्ति के पास इसलिए गए क्योंकि वह बिलकुल निराशा के क्षण में डूबे हुए थे और वह फिर से साहस पाना चाहते थे, ताकि रावण के साथ लड़ सकें। हम शिव के पास कुछ और पाने के लिए जाते हैं, विष्णु के पास किसी और शक्ति के लिए जाते हैं। लेकिन देखिए विष्णु, ब्रह्मा, शिव, काली, गौरी—सभी देवी-देवता हमारे भीतर की शक्तियों का ही चरम प्रतिनिधित्व करते हैं। वे कहते हैं कि आप हमारे पास आएँ, हम आपके भीतर वह शक्ति जगा देते हैं जो आपके भीतर पहले से ही मौजूद है। इसलिए हिन्दू संस्कृति, हमारी संस्कृति, यह नहीं कहती कि एक ही रास्ते पर चलकर या एक ही ईश्वर तुम्हें सत्य प्राप्त करा सकता है। इस्लाम या ईसाई धर्म में मनुष्य और ईश्वर के बीच में कोई और नहीं है। उनका ईश्वर भी एक ख़ास तरह का बिम्ब या एक ख़ास तरह की अवधारणा रखता है। यदि आप ईश्वर की उस अवधारणा की खोज नहीं करते तो आप काफ़िर हैं। यहाँ एक अजीब चीज़ है कि आप धार्मिक होते हुए भी ईश्वर की बनी-बनाई अवधारणा को अस्वीकार कर सकते हैं। मनुष्य धार्मिक होता हुआ भी नास्तिक हो सकता है।

मा.भा. : जीवन के जिस मुकाम पर आप आज हैं, वहाँ आदमी अपने अन्त के विषय में सोचने लगता है। अपने बारे में, अपने परिवार के और भी जो उससे सम्बन्धित विषय हैं, क्या कभी आपको ऐसा विचार आता है?

नि.व. : इस विचार के साथ जीना पड़ता है। यह आतंक नहीं है। इसके साथ रहना चाहिए। पहले कभी यह विचार आता था और चला जाता था। मेरे ख़याल में हममें इस विचार के साथ जीने की क्षमता होनी चाहिए। मृत्यु की स्वीकृति स्वयं नहीं आती, उसे सीखना पड़ता है। हम जिसे वानप्रस्थ आश्रम कहते थे,

या संन्यास आश्रम—यह आश्रम क्या चीज़ है? एक ट्रेनिंग है कि अपने को तैयार करो कि अब समय आ गया है कि तुम मृत्यु के साथ जीना सीखो। यह नहीं कि वह एक घटना की तरह आएगी। अब वह घटना बन गई है, वह तुम्हारे जीवन का अंग है। जीवन का अंग वह हमेशा से थी लेकिन उसका बोध इतना तीव्र नहीं था जितना इन वर्षों में। हम अन्त के बारे में क्या सोचते हैं, यह इतना महत्त्वपूर्ण मुझे नहीं लगता लेकिन अन्त के साथ जीना और अन्त के सन्दर्भ में अपने जीवन को देखते-परखते चलना, यह कहीं ज़्यादा महत्त्वपूर्ण है।

मा.भा. : भीष्म पितामह द्वारा कर्ण से कही गई एक बात मुझे याद आ रही है। जब कर्ण बहुत व्यथित थे, तो उस समय वह मृत्यु के बारे में सोचने लगे थे। भीष्म ने कहा कि मरने के कारण हो सकते हैं तो जिन्दा रहने के भी कारण हो सकते हैं। मुझे आपकी बात से पता नहीं क्यों, यह वाक्य याद आया।

नि.व. : मुझे लगता है, मृत्यु को हम अस्वाभाविक मानकर उसकी अवमानना करते हैं। हमें यह भी सोचना चाहिए कि जन्म से पहले भी हम मृत्यु में ही थे। हमें अपने बारे में कुछ पता ही नहीं था। हम गहरे अन्धकार में थे। वह एक तरह का छोटा-सा पुल है—जन्म और मृत्यु के बीच और अगर हम जन्म में आने के बाद एक ऐसी जगह से आए हैं जिसके बारे में हमें कुछ मालूम नहीं तो ऐसी जगह जा भी सकते हैं। उसमें अस्वाभाविक कुछ नहीं है, इसे कहना आसान है, इसे अपने मर्म के भीतर समझना और मृत्यु के भय को निकाल पाना—यह गांधीजी से मैंने सीखा है। गांधी ने कितनी बार कहा है कि अपने भीतर के भय को अगर तुम निकाल डालो तो फिर तुम सत्य का सामना कभी भी किसी भी परिस्थिति में कर सकते हो। फिर तुम यह नहीं सोचोगे कि उसकी मुझे कितनी क़ीमत चुकानी पड़ेगी क्योंकि तुमने अपने जीवन की क़ीमत तो पहले ही लगा दी। फिर छोटी-मोटी चीज़ों की क्या चिन्ता है?

[1996]

एक दिन प्रतिदिन

पत्र-पत्रिकाओं में निर्मल वर्मा

भारत के कितने लेखक आत्मा की अँधेरी रात से गुज़रे हैं?

सुकृता पॉल की बातचीत

सुकृता पॉल : पिछले लगभग चार दशकों में लिखी गई हिन्दी की कहानियों को समग्रता से देखने पर यह निष्कर्ष निकाला जा सकता है कि अनेक हिन्दी लेखक या तो पूर्णरूपेण पश्चिमाभिमुख हो गए हैं या उन्होंने किसी न किसी अवसर पर पाश्चात्य 'आधुनिकतावाद' के प्रत्यक्ष प्रभाव में लिखा। लेकिन हिन्दी की साहित्यिक आलोचना से तो ऐसा नहीं लगता कि यह दो संस्कृतियों की परस्पर अन्तर्क्रिया के फलस्वरूप उभरे हुए मूलभूत आलोचनात्मक प्रश्नों का हल खोजने की दिशा में की गई आलोचना है। लेखक किस हद तक अपनी सहज सांस्कृतिक पहचान खोज पाया है; किस प्रकार उसने अपने विशिष्ट भारतीय मानस की क़ीमत पर पश्चिम के प्रभाव को आत्मसात किया है? क्या आप सहमत हैं कि हिन्दी के आधुनिक साहित्य के मूल्यांकन हेतु और अधिक जागरूक और एकजुट आलोचनात्मक प्रयास किया जाना चाहिए था?

निर्मल वर्मा : मैं आपसे पूरी तरह सहमत हूँ कि हिन्दी आलोचना में ऐसे सूक्ष्म निरूपण का अभाव है। कहानी लेखक के प्रामाणिक देशी योगदान और उसका अनजाने में या कभी-कभी अन्धाधुंध पश्चिमी संस्कृति से प्रभावित होना कुछ ऐसी महत्त्वपूर्ण बातें हैं जिन्हें हिन्दी आलोचक स्पष्ट रूप से प्रतिपादित या चिह्नित नहीं कर पाए हैं। मैं समझता हूँ कि इसका कारण यह है कि लम्बे समय तक 'प्रभावों' को बहुत सन्देहास्पद माना गया और समकालीन भारतीय लेखक के विरुद्ध रही अधिकांश आलोचना का उद्देश्य यह सिद्ध करना रहा कि सर्वोत्तम लेखक भी अमौलिक हैं। इस बात का पता नहीं लगाया गया कि क्या यह मात्र नक़ल थी या जैसा कि आपने अभी कहा, यह देशी और पाश्चात्य संवेदनाओं का अत्यन्त रचनात्मक संगम था। स्पष्टत: इसके फलस्वरूप भारतीय आलोचनात्मक दृश्य फीका पड़ गया है।

मैं इसे मोटे तौर पर 'भारतीय' नहीं कह सकता। परन्तु जैसा कि कर्नाटक, बंगाल या महाराष्ट्र के मेरे मित्र बताते हैं, वहाँ भी स्थिति हिन्दी से बहुत भिन्न नहीं है।

मुझे आश्चर्य होता है कि अब जबकि आप सही मार्ग पर चल रहे हैं तब आपको लेखकों से चर्चा करने की आवश्यकता क्यों महसूस होती है? उनकी कृतियों का अध्ययन कीजिए जो लेखकों से अधिक बोलती हैं; वास्तव में लेखक तो आपको भ्रमित कर सकते हैं।

सु.पॉ. : आपने माना कि आलोचनात्मक परिदृश्य स्पष्ट रूप से दरिद्र है; आधुनिक भारतीय साहित्य के मूल्यांकन हेतु मैं कोई विशेष विधि नहीं चुन सकती जो आधुनिक हिन्दी साहित्य के मूल्यांकन के लिए एक परिप्रेक्ष्य प्रस्तुत कर सके। कहानियों की सावधानीपूर्वक परख करना एक निश्चित एवं प्राथमिक विधि है, जिसका अनुसरण वस्तुत: मैं कर रही हूँ। यह जानना अर्थपूर्ण होगा कि उछाले गए प्रश्नों के बारे में अनुभूतिशील आलोचक और लेखक क्या सोचते हैं। यह कमोबेश सामूहिक कार्य होता है और संवादों से (क) अपने प्रयास में अधिक वस्तुनिष्ठ होने, (ख) यह निर्धारित करने कि लेखक किस हद तक पश्चिम से जानबूझकर उधार ले रहा है—उदाहरण के लिए, किस सीमा तक यूरोप की नक़ल कर रहा है और भारत की माटी से उभरनेवाली किसी भी वस्तु को पूर्णत: अस्वीकार कर रहा है, में सहायता मिलती है।

अब मैं एक विशेष प्रश्न पर आती हूँ—मैं पाती हूँ कि आपकी कहानियों के पात्र किसी विशेष राष्ट्र या संस्कृति से सम्बद्ध नहीं हैं। वे किसी भी देश के हो सकते हैं। चाहे 'परिन्दे' हो या 'अँधेरे में' आपकी कहानियों में एक अनूठे ढंग से विस्थापित सम्बन्ध देखे जा सकते हैं। चरित्रों के मन की आन्तरिक परतों को खोलने के लिए बहुत कम संवादों का उपयोग किया गया है। फिर भी, एक विशेष वातावरण रचा गया है जो पात्रों के मानसिक रूप से अपनी जड़ों से कटे होने से मेल खाता है। ये स्त्री-पुरुष संसार के किसी भी कोने के वासी हो सकते हैं और किसी स्थिति विशेष की स्थानीयता की ज़रूरत भी इन्हें नहीं होती। दिलचस्प बात यह है कि विश्वासोत्पादकता की दृष्टि से तो पात्रों को एक विशिष्ट क्षेत्र में जीते रहते अवश्य दिखाया जाता है लेकिन उनकी राष्ट्रीयता या देश इत्यादि का जिक्र आवश्यक नहीं है। क्या आपके विचार में मनुष्यों को पहाड़ जैसे तत्त्वों से अपेक्षाकृत अधिक लगाव आधुनिकतावाद का एक लक्षण है? और क्या यही वह वजह है जिससे कहानी का चरित्र सार्वभौमिक हो जाता है? 'परिन्दे' में, शिमला शहर नहीं, पहाड़ ही कहानी का वातावरण निर्मित करते हैं।

नि.व. : यह बहुत दिलचस्प बिन्दु है। कभी-कभी लेखकों को स्वयं यह पता नहीं होता कि उनकी कृति से किस प्रकार की जीवन शैली उभरेगी। मैं कहना चाहूँगा

कि मेरी अनेक कहानियाँ भारतीय मध्यवर्गीय वातावरण को प्रतिबिम्बित करती हैं और कुछ मौन हमारे समाज के मध्यवर्ग की अव्यक्त अन्तर्व्यथा के अभिन्न अंग हैं। वह अन्तर्व्यथा जो पश्चिम के शब्दाभिमुख समाज में शब्दों में व्यक्त होती है, भारतीय सन्दर्भ में घुटकर रह जाती है। उदाहरण के लिए—कोई लड़की किसी व्यक्ति से प्रेम करती है, परन्तु वह स्वयं से या उस व्यक्ति से अपनी इस भावना को बता नहीं पाती। तत्त्वों के बारे में आपने जो विचार प्रकट किया है, मैं उसे इस प्रकार कहना चाहूँगा—मैं कथा के घटनाक्रम और उसके परिवेश के बीच अदृश्य सम्बन्धों से बहुत मोहित हो जाता हूँ—जहाँ यह सब घट रहा है और वह प्रक्रिया जिससे वृहद् सम्बन्ध था, के बीच ही नहीं बल्कि मनुष्यों और ग़ैर-मानवों के बीच जिसे 'परिन्दे' के सन्दर्भ में आप 'पहाड़' कहती हैं—कोई ख़ास जलवायु, वर्ष का कोई विशेष मौसम जैसे पतझड़, वे चीज़ें हैं जिनसे मैं हमेशा तादात्म्य बनाना चाहता हूँ—शायद इसलिए ताकि मैं कहानी के घटनाक्रम के घटने की विशिष्ट स्थिति को लेकर भावनात्मक रूप से महसूस कर सकूँ। मुझे लगता है कि किसी शहर या मुहल्ले का ज़िक्र करना उतना महत्त्वपूर्ण नहीं होता जितना कि वह अप्रतिपादित, अदृश्य लेकिन इन्द्रियगत एवं स्पर्श्य वातावरण जिसमें पात्र स्थित हैं—यह पर्वत होंगे या शहर का दृश्य या मौसम, यह मेरे द्वारा चुनी गई विषयवस्तु पर निर्भर है। स्थिति को वैशिष्ट्य प्रदान करनेवाली बात ही कहानी को एक सार्वभौमिक आयाम भी प्रदान करती है।

सु.पॉ. : यानी कहानी राजनीतिक चहारदीवारी में सीमित नहीं रहती और न ही उसकी कोई भौगोलिक सीमाएँ तय होती हैं...?

नि.व. : मैं अपनी बात जारी रख रहा हूँ। कभी-कभी मैं वातावरण के तत्त्वों से बहुत सम्मोहित हो जाता हूँ। मेरी कुछ कहानियों में एक और सुसंगति उभरती है, जिसमें इस ग़ैर-मानवीय आयाम—जो पहाड़ हो सकता है—के कारण पात्र राहत का अनुभव करते हैं और महसूस करते हैं कि उलझे नाज़ुक सम्बन्धों से निकलने का कोई रास्ता न होते हुए भी सम्बन्धों के अलावा बहुत कुछ होता है—आकाश की अनन्तता, निरन्तरता—आसपास के कुछ तत्त्वों की शाश्वत निरन्तरता—वे एक अत्यन्त निकट मानवीय सन्दर्भ में जो घट रहा है, उसे सुसंगति प्रदान करते हैं।

सु.पॉ. : पाठक के नाते, दिलचस्प बात यह है कि मेरा ध्यान भी उस सम्बद्धता की ओर गया जो पात्रों और तत्त्वों के बीच विकसित होती है, जिससे स्थिति में सामंजस्य पैदा होता है और मानवीय सम्बन्धों के बीच तनाव हल हो जाता है, जिसके फलस्वरूप एक राहत का भाव और मनोवैज्ञानिक सन्तुलन पैदा होता है।

नि.व. : यह एक परिप्रेक्ष्य भी प्रदान करता है।

सु.पॉ. : इससे मेरे सामने पाठक पर कहानी के प्रभाव का प्रश्न पैदा होता है। और भारतीय पाठकों की बात करें तो आप एक स्तर पर जान लेते हैं कि आपके पाठक किस प्रकार के हैं—क्या इससे निराशा नहीं होती, विशेष रूप से भारत में, कि लेखक और पाठक की समझ और जागरूकता के स्तर में बड़ा अन्तर होता है? यह एक सार्वभौम स्वीकार्य तथ्य है कि लेखक अपने समय से बहुत आगे होता है, फिर भी स्वयं लेखक को पहचान की नहीं बल्कि एक त्वरित प्रतिक्रिया की अपेक्षा रहती है।

भारत में जहाँ अधिकांश लोगों की 'आधुनिक साहित्य' के प्रति कोई प्रतिक्रिया नहीं होती, एक लेखक के रूप में आपका अनुभव कैसा है? वस्तुत: आधुनिक साहित्य में 'आधुनिक' गाली की तरह जोड़ा जाता है...इस मनोवृत्ति पर आपकी क्या प्रतिक्रिया होती है? यह आपके लेखन को किस प्रकार प्रभावित करती है?

नि.व. : इस प्रश्न का उत्तर देना आसान है क्योंकि हम लोग जो शिक्षित होने का दावा करते हैं, एक स्वरचित संकीर्णता में रहने या काम करने के आदी होते हैं। यह बहुत निराशाजनक हो सकता है लेकिन व्यक्ति इसमें इतना स्थिर हो जाता है कि कुछ समय बाद वह इसके बारे में चिन्ता करना छोड़ देता है। यह सब स्वास्थ्यकर हो या अस्वास्थ्यकर, यह एक सामाजिक समस्या है।

मैं मानता हूँ कि इसके विक्षुब्धकारी आशय हैं, मैं उन पर टिप्पणी नहीं करूँगा। फिर भी मैं इस बात को ज़ोर देकर कहना चाहूँगा कि मेरा साहित्य या जो कुछ भी किसी के अस्तित्व को अर्थ प्रदान करता है या उसके लिए महत्त्वपूर्ण होता है, उसे आप कितने लोगों के साथ बाँट सकते हैं? साहित्य उन चीज़ों में से एक है जिनका आपके लिए कुछ अर्थ होता है और इसीलिए आप उसमें डूब जाते हैं। अन्तत: आप सहज भाव से एक गुट में जुड़ जाते हैं—मित्र, सह-लेखक, या पाठक—जो आपके लेखन पर प्रतिक्रिया करते हैं। यह नकारात्मक भी सिद्ध हो सकता है। आप आलोचकों पर ध्यान देना बन्द कर देते हैं क्योंकि आप अनुभव करते हैं कि उनकी आलोचना या प्रशंसा इतनी बेमानी होती है कि यदि वे प्रशंसा करें तो आपको ख़ुशी नहीं होती। और आलोचना करने पर निराशा नहीं होती।

सु.पॉ. : तो कहना चाहिए कि असहानुभूतिपूर्ण आलोचना से उत्पन्न वातावरण के सन्दर्भ में भारत के उदीयमान लेखकों को टिक पाने के लिए असामान्य शक्ति की आवश्यकता है। शायद इसी कारण हम अपने अनेक प्रतिभावान लेखकों को खो भी देते हैं?

नि.व. : बिलकुल, इसी कारण कभी-कभी परिपक्वता देर से आ पाती है या लेखक की असमय मौत हो जाती है। यह भी एक सामाजिक समस्या ही है। एक प्रबुद्ध पाठक और लेखक के बीच, या लेखक और आलोचकों के बीच रचनात्मक विनिमय से स्थिति में काफ़ी सुधार हो सकता है।

सु.पॉ. : पश्चिम में 'आधुनिकतावाद' केवल एक विशेष साहित्यिक आन्दोलन के रूप में ही नहीं जाना जाता बल्कि संस्कृति के संकट के उस परिणाम के रूप में भी माना जाता है जिसके साथ मन:स्थिति का विखंडन, मूल्यों का अपरिसरण और नीत्शे की घोषणा 'ईश्वर मर चुका है' के माध्यम से आश्वस्ति का खंडन और प्रश्नानुकूल मानस का उद्‌भव होता है। परिणामत: लॉस्ट जेनरेशन (भ्रमित पीढ़ी), ब्लूम्सबरी ग्रुप और साहित्यिक विधाओं में अनेकानेक परीक्षण सामने आते हैं। ये सब एक प्रकार के पैटर्न में सटीक बैठते हैं। भारत में, 'आधुनिकतावाद' का प्रभाव देखा जा सकता है लेकिन इसकी जड़ें कहीं और होती हैं। क्या आप मानते हैं कि भारतीय साहित्य में आधुनिकतावाद के कुछ साहित्यिक लक्षणों की स्वीकार्यता को न्यायोचित ठहराने लायक़ संकट भारतीय मानस झेल चुका है?

नि.व. : मैं समझता हूँ कि इस शताब्दी में यूरोप में पैदा होने वाले संकट की प्रकृति इस दौर के भारतीय समाज के विघटनों और अवरोधों से भिन्न प्रकार की है।

सु.पॉ. : इन दोनों भिन्न संस्कृतियों के आधुनिक लेखन में संवेदनशीलता की समानता देखी जा सकती है। उदाहरणार्थ काफ़्का की कहानियाँ कभी-कभी हिन्दी या उर्दू की कहानियों से मिलती-जुलती लगती हैं। अत: सांस्कृतिक सन्दर्भों में भिन्नता के बावजूद विषयवस्तु के सन्दर्भ में समरूपता देखी जा सकती है।

नि.व. : मैं इस बारे में बहुत निश्चयपूर्वक कुछ नहीं कह सकता। क्या हिन्दी और उर्दू लेखकों में उसी प्रकार का क्रान्तिकारी संत्रास या आध्यात्मिक रिक्तता या अस्तित्व को अर्थ प्रदान करनेवाली वस्तु को खोज लेने की वैसी ही चाह है, जैसी बैकेट, काफ़्का और कामू जैसे लेखकों में पाई जाती है?—मुझे नहीं लगता कि भारतीय समकालीन लेखकों में उसके समानान्तर कुछ भी है।

सु.पॉ. : एकाकीपन और अलगाव की बात करें तो जीलानी बानो की कहानी 'मैं', रामलाल की कहानी 'भीड़' या जोगिन्दर पाल की कहानी 'भाभो' पर्यावरण से असम्बद्धता और जड़ों से उखड़े होने के कारण व्यक्ति की व्यथा को स्पष्ट करती हैं, अपनी पहचान को खोजने के प्रयास में उनके आत्म के पूरी तरह खो जाने और आत्म को लेकर अतिशय की संवेदनशीलता के बीच उनका झूलना विद्रूप की सृष्टि करते हैं।

नि.व. : मैंने ये कहानियाँ पढ़ी नहीं हैं, इसलिए उन पर कोई प्रामाणिक या वैध टिप्पणी नहीं कर सकूँगा। अलगाव अनेक प्रकार के होते हैं और एकाकीपन के अनेक गुण होते हैं—पहाड़ों में रह रहे भारतीय संन्यासी का एकाकीपन पेरिस में रहने वाले व्यक्ति के एकाकीपन से अलग होता है, यहाँ तक कि बम्बई जैसे महानगर में बसनेवाले व्यक्ति के एकाकीपन की बुनावट न्यूयॉर्क में रहनेवाले व्यक्ति की व्यथा और एकाकीपन से मूलत: भिन्न होती है। अत: भिन्न वातावरण में लिखी गई कहानियों के दो पात्रों के बीच केवल विशेष क़िस्म की समरूपता देखी जानी चाहिए, अन्यथा एकाकीपन की बात करना अत्यन्त अमूर्त हो जाएगा। मैं समझता हूँ कि एक आलोचक के लिए भारत के पारम्परिक रूढ़िवादी समाज, जहाँ परिवार खंडित हो रहे हैं और पश्चिम के उदार समाज के एकाकीपन में विशिष्ट भिन्नताएँ खोजना अत्यन्त लुभावना होगा।

सु.पॉ. : और क्या यह भी लुभावना नहीं होगा कि इन भिन्नताओं के बने रहते हुए भी पाठक का अपरिचित से ऐसा तादात्म्य हो जाए कि 'सार्वभौम' की उत्पत्ति आसान हो जाए—मेरा तात्पर्य है कि जब एक हिन्दू बैकेट के 'गोदो की प्रतीक्षा' को विशेष सन्दर्भों में पढ़ते हुए पाता है कि पात्र कैसे गोदो को अपने लिए परिभाषित कर रहे हैं, वह इसमें वृहत्तर से तादात्म्य की स्वयं की अभिलाषा के दर्शन कर सकता है। और फिर भी अनेक भारतीय बैकेट को केवल इसलिए अस्वीकार कर देते हैं क्योंकि वे इस तादात्म्य पहचान को नकारते हैं।

नि.व. : मैं कहूँगा कि एक गहन रूप से धार्मिक व्यक्ति ही ऐसा व्यथापूर्ण नाटक लिख सकता है। जब तक हमारे भीतर विश्वास का गहरा संकट नहीं होगा—कि ईश्वर का अस्तित्व पहले था और अब मैंने उसे खो दिया है, जब तक पहले उसके होने का और बाद में उसके खो जाने का अनुभव नहीं होगा—तब तक इस अनुभव की प्राप्ति की धार्मिक तैयारी का अभाव बना रहेगा। तब बैकेट की कृतियों के बाहरी आवरण की जानकारी ही शामिल होगी, उस संत्रास के भीतरी मर्म का वास्तविक बोध नहीं होगा जिससे उनके अर्थ को एक व्यग्रता मिली।

भारत के कितने लेखक आत्मा की इस अँधेरी रात से गुज़रे हैं और फिर उससे गुज़रकर उन्होंने किसी उपन्यास या नाटक की रचना की है? तब जो अनुभूति उत्पन्न होती, वह कुछ ऐसी होती। मैं मानता हूँ कि किसी समय सर्वव्यापी के साथ मेरे बहुत सुन्दर सम्बन्ध थे—हो सकता है, मैंने या मेरे पूर्वजों ने अनुभव किया हो कि उनका उस एक तत्त्व से बहुत अन्तरंग सम्बन्ध था जिसने उनका पोषण किया था; लेकिन क्योंकि हममें से बहुतों के धार्मिक विश्वास दुर्भाग्यवश, अब अप्रासंगिक हो गए हैं, अत: कुछ खो जाने की वेदना होने का प्रश्न ही पैदा नहीं होता।

मैं यह कहना चाह रहा हूँ कि पिछले पचास-साठ वर्षों में हमारे शहरों में एक तरह की छद्म धर्मनिरपेक्ष संस्कृति विकसित हुई है। हम न तो धार्मिक ही हैं और न ही विशिष्ट या इतने धर्मनिरपेक्ष कि हम क़तई अलग मूल्यों के निर्देशन में रचना करते हैं, हम यहाँ और वहाँ के बीच उलझे हुए हैं। ईश्वर की मृत्यु के वास्तविक अर्थ का भय उस व्यक्ति के लिए अर्थपूर्ण है जो वास्तव में पूरे संसार को किसी शक्ति द्वारा पोषित होते देखना चाहता रहा है और इसलिए मैं कहूँगा कि अनन्तमूर्ति अपने उपन्यास 'संस्कार' में सफल नहीं हो पाए—जहाँ वह अप्रत्यक्ष रूप से उस ब्राह्मण की भावना का वर्णन करते हैं जो अपने पारम्परिक बन्धनों और आध्यात्मिक यातना से विमुख हो गया है, क्योंकि वह ब्राह्मण की चेतना पर पाश्चात्य अस्तित्वात्मक धर्मसंकट को अध्यारोपित करते हैं। परन्तु एक काल्पनिक पात्र के लिए यह अत्यन्त यथार्थवादी, सशक्त एवं समृद्ध द्विविधा हो सकती है; यह अपने विश्वास के ऊपर निर्भर करता है—मैं बैकेट के लेखन का आस्वाद पा सकता हूँ परन्तु मैं उनके जैसी द्विविधा तब तक सृजित नहीं कर सकता, जब तक वह मेरे वातावरण से जन्मी न हो, जब तक वह मेरी इस अनुभूति का अंश न हो कि हाँ, कुछ मान्यताएँ हैं, जो विघटित हो रही हैं, और मैं उन मूल्यों से प्रेम करता हूँ और उन मूल्यों के क्षय को महसूस करता हूँ।

सु.पॉ. : यहाँ तक कि वह तकनीक, जिससे इस विषयवस्तु की गवेषणा की गई...

नि.व. : 'गोदो की प्रतीक्षा में' में ढेरों सम्बद्धताएँ हैं—काफ़्का में अनेक आध्यात्मिक एवं धार्मिक प्रतीक हैं। इन कृतियों की सुन्दर जटिलताओं को पहचानने के लिए उन्हें बहुत बारीक़ी से पढ़ना ज़रूरी है।

सु.पॉ. : आप क्या यह कहना चाहते हैं कि यदि कोई पाठक के नाते किसी पाश्चात्य अनुभव से तादात्म्य स्थापित कर सकता है तो वह उसे जी रहा है? और यदि आप उसे जी रहे हैं तो अनुभव की सादृश्यता के फलस्वरूप समान संवेदनशीलता पैदा होगी जो क्रमश: समान शिल्प-उपकरण को जन्म देगी?

नि.व. : यह इस बात पर निर्भर करेगा कि क्या वह मेरे भीतर कुछ ऐसे को उत्प्रेरित करती है जिससे मैं भी गहराई से सम्बद्ध हूँ? अन्यथा मैं एक पाश्चात्य लेखक का निष्क्रिय प्रशंसक मात्र बन जाऊँगा और उसका मेरे लेखन या कार्य पर प्रत्यक्ष प्रभाव नहीं होगा।

सु.पॉ. : लेकिन क्या एक अनुभव संवेदनशीलता में बदलाव ला सकता है?

नि.व. : यह बहुत कुछ इस पर निर्भर करेगा कि मैं अपने लेखन में क्या खोज रहा हूँ और यदि मेरा पाठन मेरी खोज को अतिरिक्त आयाम प्रदान करता है तो

यह सहज ही मेरे आध्यात्मिक साधन का एक रचनात्मक अंश हो जाएगा, अन्यथा यह बोझ ही बना रहेगा।

सु.पॉ. : एक विशिष्ट भारतीय लक्षण मुझे चिन्तित करता है—भारतीय सांस्कृतिक दिग्विन्यास 'परिवर्तन' को सहज मान्यता प्रदान नहीं करता। पाठकों द्वारा नवीनता का विरोध किया जाता है और अक्सर तो लेखक की चेतना भी प्रयोग और अभिनव परिवर्तन के विचार का विरोध करती है; जबकि पश्चिम में प्रगति अभिनव एवं परिवर्तन का आह्वान आग्रह के साथ किया जाता है। इसे आप कैसे देखते हैं? क्या आपको लगता है कि भारत के लोग अतीत से बहुत चिपके रहते हैं और उसकी वजह से ठहराव पैदा होता है? हिन्दी में क्या आप इस प्रवृत्ति को सक्रिय पाते हैं?

नि.व. : मैं यहाँ यह कहना चाहूँगा कि हमारी पीढ़ी एक उन्मूलित पीढ़ी है और दुर्भाग्य ही है कि हम अपने मिथक की समृद्ध प्रासंगिकता के अर्थपूर्ण मूल्यांकन से भी नहीं गुज़रे।

सु.पॉ. : हाँ, हमारे अतीत का सृजनात्मक उपयोग अधिक नहीं हो पाया है।

नि.व. : वास्तव में लगभग ९९ प्रतिशत भारतीय लेखन में अतीत का यांत्रिक उपयोग तक नहीं हुआ है। जैसे कि हम पौराणिक अतीत के बिना ही जी रहे हैं! वर्तमान का उस समृद्ध विरासत से कोई सम्बन्ध प्रतीत नहीं होता। मैं समझता हूँ, यह महान वंचना है।

सु.पॉ. : तब कुमारस्वामी जैसे लेखकों की प्रासंगिकता के बारे में विचार करना पड़ता है जो सृजनात्मक परम्परा की सत्यता की गहरे बोध के साथ चर्चा करते हैं। सम्भवत: यह उपनिवेशवादी अनुकूलन का ही एक दोष है कि या तो अतीत को पूरी तरह अस्वीकार कर नकार दिया जाता है या फिर पुरानी मान्यताओं का कड़ाई से पालन किया जाता है, जबकि दूसरी तरफ़ संसार आगे की ओर बढ़ रहा होता है।

नि.व. : लेकिन मैं कहूँगा कि मुझे तो सच्चे रूढ़िवादियों की भी कमी खलती है। वे अब बचे ही नहीं। एक सच्चे ब्राह्मणवादी से मिलने में मुझे प्रसन्नता होगी।

सु.पॉ. : हाँ, यदि वे प्रामाणिक हों...।

नि.व. : हाँ, लेकिन अब छिछले रूढ़िवादी तक उपलब्ध नहीं।

सु.पॉ. : आधुनिक लेखक को प्रतिक्रिया प्राप्त नहीं होती। अनुपयुक्त आलोचनात्मक वातावरण न तो साहसिक सृजन को प्रोत्साहित करता है, न ही उसकी परख करता है, जो मैं समझती हूँ कि नये विचारों के उभरने और पुराने मिथकों के पुनरुद्धार में काफ़ी सहायक होगा।

नि.व. : मैं आपको बता दूँ कि मोहभंग को और फैलाना और स्थिति को कटुतापूर्ण बनाना केवल शिक्षाजगत तक ही सीमित नहीं है। वास्तव में तो लेखक-समुदाय में भी, जहाँ सामाजिक परिवर्तन, क्रान्तियों और विभिन्न प्रकार के मार्क्सवाद इत्यादि के सम्बन्ध में काफ़ी बहस होती है, आज के भारतीयों के संसार और हमारे महाकाव्यों के रचे दूसरे प्रकार के ढाँचों के सम्बन्धों की साधारण समझ तक नहीं है। समकालीन लेखक होने के नाते इसे मेरे लिए सबसे अधिक महत्त्वपूर्ण होना चाहिए था। मेरे विचार में हममें से कुछ लोग ही उस सम्बन्ध के अभाव का अनुभव कर पाते हैं जो एक पाश्चात्य लेखक अपने अतीत के साथ सहज ही बना लेता है, यद्यपि हमारे अतीत के मुक़ाबले उसका अतीत अधिक मृत दिखता है...हम उस समाज के हैं जो अपने पुराने अनुष्ठानों और परम्पराओं से अधिक संलग्न रहते हैं।

सु.पॉ. : येट्स और इलियट जैसे पाश्चात्य लेखक पूर्व की ओर मुड़े...।

नि.व. : यही परिणाम है...लगता है कि भारत के पास पश्चिम को देने के लिए बहुत अधिक है।

सु.पॉ. : बीसवीं शताब्दी में पाश्चात्य राजनीतिक आन्दोलन दार्शनिक सिद्धान्तों और नये सामाजिक परिवेश के वैज्ञानिक विश्लेषण के साथ-साथ आगे बढ़े हैं। हक्सले, सार्त्र और ग्रास जैसे लेखकों की प्रखर राजनीतिक चेतना उनकी कलात्मक चेतना से एकाकार हो गई। दूसरी ओर भारतीय लेखक की राजनीतिक प्रतिबद्धता उसके कलात्मक पक्ष को समृद्ध बनाने के बजाय बहुधा उसके साहित्यिक लेखन को बाधित और भ्रष्ट करती है। क्या आप मुझसे सहमत हैं कि भारतीय साहित्य में राजनीतिक सरोकार के नाम पर ढेरों प्रचार दिखाई देता है?

नि.व. : मैं समझता हूँ, आप बिलकुल ठीक कह रही हैं। इसके लिए भी वही कारण उत्तरदायी हैं, जिनकी हम पहले चर्चा कर चुके हैं। हम अपनी संस्कृति की सीमाओं के पारम्परिक अन्त:क्षेत्रों से भटक गए हैं जिसकी वजह से हम किसी बाहरी राजनीतिक प्रवृत्ति का दासत्व स्वीकार कर लेते हैं। हम अपने सांस्कृतिक पर्यावरण में व्याप्त राजनीतिक धारा को स्वीकार करने का यत्न ही नहीं करते, जबकि पश्चिम में ऐसा किया जाता है। पश्चिम में विमर्श की एक पूरी परम्परा है। विश्वविद्यालयों, पत्र-पत्रिकाओं में दार्शनिक विमर्श होता है।

सभी राजनीतिक आन्दोलन, निस्पन्दित होते हैं। संरचनावादी, भाषा-विज्ञानी, और आम लोग उनका दास बनने के बजाय उनके प्रति चैतन्य रहते हैं। तब जाकर वे उन आन्दोलनों की प्रासंगिकता और अर्थ को अपने ज्ञानक्षेत्र के परिप्रेक्ष्य में समझने का प्रयास करते हैं।

सु.पॉ. : तब तो नकारना भी उतना ही महत्त्वपूर्ण है जितना स्वीकारना।

नि.व. : सही कहा। 'आधुनिकतावाद' के नाम पर हमने नये विचारों की छानबीन का कोई ढाँचा तैयार नहीं किया, इसलिए हम न केवल अपने पारम्परिक ढाँचे से वंचित हो गए बल्कि नये ढाँचे भी विकसित नहीं कर पाए, जो आज के जीवन से ताल मिलाकर चल सकें। हम दक्षिणपंथी और वामपंथी हठधर्मिता के बीच फँसे हुए हैं। दूसरे शब्दों में, हम चाटुकार बन गए हैं। और मुझे आशंका है कि परिणाम कभी रचनात्मक नहीं होनेवाला।

सु.पॉ. : आप 'प्रगति' के विचार और बीसवीं सदी के नारे 'वापस गुफाओं की ओर' (बैक टू द केव्स) के बीच कैसे सामंजस्य स्थापित करेंगे? क्या साहित्य में ऐसी प्रगति हुई है जिससे यह अर्थ निकलता हो कि बीसवीं शताब्दी का साहित्यिक शिल्प-उपकरण पहले से अधिक परिष्कृत है?

नि.व. : मैं कभी-कभी सोचता हूँ कि साहित्य के क्षेत्र में और जीवन के हर क्षेत्र में प्रगति की यह धारणा कहीं भ्रम तो नहीं है? एक मायने में, मैं समझता हूँ, जैसा कि इलियट ने कहा था कि हम अपने पूर्वजों की तुलना में अधिक देख सकते हैं और यदि आप इसे प्रगति कहे जाने पर ज़ोर देते हैं तो आप इसे इससे अधिक भी मान सकते हैं, लेकिन वह 'अधिक' इसलिए है कि हम 'बौने' लोग सभी युगों के कन्धे पर बैठे हैं। और बौने को अधिक दिखाई भी इसलिए दे रहा है क्योंकि वह समय के कन्धे पर बैठा है परन्तु वह उन अर्थों में भीमकाय समय से बड़ा नहीं हो जाएगा। और इसलिए जब मैं अतीत का कोई क्लासिक पढ़ता हूँ तो मेरे भीतर ऐसा कोई अवरोध पैदा नहीं होता जो मुझे उसका आनन्द पाने से रोके या उससे सम्पोषण पाने से सिर्फ़ इसलिए रोके क्योंकि वह 16वीं या 17वीं शताब्दी में लिखा गया था। वह कृति मेरे समय में लिखी गई किसी कृति जैसी ही सम्पूर्ण होती है।

सु.पॉ. : शेक्सपियर हमारे उतने ही समकालीन हैं जितने वह अपने समय में थे।

नि.व. : तो 'प्रगति' की यह सामाजिक अवधारणा अपने ज्ञानक्षेत्र में इतिहास या समाजशास्त्र की तरह तिरस्कृत हो रही है और यदि हम इसे साहित्य में अपनाते हैं तो एक संकट पैदा हो जाएगा। और यदि मैं कहूँ कि एक कलाकृति केवल बाहरी स्थिति पर ही प्रतिक्रिया नहीं करती किन्तु अपने से पहले की कलाकृति पर

भी प्रतिक्रिया करती है—तो इससे कला और समाज के बीच ही एक प्रकार का सतत सम्बन्ध स्थापित नहीं होता है बल्कि एक कलाकृति और दूसरी कलाकृति के बीच भी सम्बन्ध बनता है।

सु.पॉ. : और यही निरन्तरता कलाकृति को तितिक्षा का गुण प्रदान करती है।

नि.व. : हाँ, अब देखिए न, अपने पूर्ववर्ती लेखकों के बिना प्रूस्त की कल्पना नहीं की जा सकती और मैं आज के उन बहुत-से आधुनिक लेखकों की कल्पना भी नहीं कर पाता जिन्होंने बहुत (कुछ) आत्मसात नहीं किया है। वैसे यह भी हो सकता है कि उनका आत्मसात करना बहुत अलग से नहीं दिख पाता है क्योंकि अधिकांश रचनात्मक प्रभाव इतने अधिक व्याप्त हैं कि आप पहचान नहीं पाते कि वे आनन्ददायी हैं या...?

सु.पॉ. : क्या आपको नहीं लगता कि यह एक विरोधाभास है जो सुलझ जाता है। आवश्यक तत्त्व बने रहते हैं फिर भी परिवर्तन होते ही रहते हैं। मनुष्य की पूँछ नहीं होती परन्तु फिर भी वह आदमी ही बना रहता है।

नि.व. : आपने अपनी बात का उत्तर ख़ुद ही दे दिया।

सु.पॉ. : एक दूसरा प्रश्न : आज भारतीय संस्कृति का बहुत ही संकोचपूर्ण चित्रण हो रहा है और उसे पश्चिम के सामने प्रस्तुत किया जा रहा है। भारत में अधिकांश साहित्य लेखन 'विदेश' को आकर्षित करने की दृष्टि से किया जा रहा है। क्या आपको नहीं लगता कि भारतीय लेखक के लिए जल्दी से जल्दी इस प्रकार के प्रदर्शनवाद से मुक्ति पाना बहुत ज़रूरी है?

नि.व. : हाँ, आपने इस बात को एकदम ठीक से समझा है। मैं नहीं समझता कि इस प्रकार का अधिकांश लेखन जीवित रह पाएगा। हमें सावधानी से असली और बनावटी की खोजबीन करनी चाहिए।

सु.पॉ. : हमें यह नहीं भूलना चाहिए कि हमारे साहित्य का एक बड़ा हिस्सा ऐसा है जिस पर बस, सरसरी निगाह डाल लेना काफ़ी है। यहाँ तक कि इस प्रकार के कुछ लेखन के लिए राष्ट्रीय पुरस्कार तक जुटा लिये जा रहे हैं।

नि.व. : फ्रैंकफर्ट में मुझे बहुत ख़राब अनुभव हुआ। मैंने पाया कि जर्मन लेखक भारत के समकालीन लेखक की गुणवत्ता पर इतना अधिक ध्यान नहीं देते, जितना यह जानने में रुचि रखते हैं कि लेखक भारत के किस भाग, क्षेत्र या समुदाय का है। आदिवासियों के बारे में लिखनेवाला अधिक महत्त्वपूर्ण हो उठता है। कोई 'हरिजन' के दृष्टिकोण से लिखता है तो उनकी उसमें दिलचस्पी बनती है।

उनके लिए साहित्य में किसी समुदाय या वर्ग का, जैसे कि जातीय अल्पसंख्यकों का निरूपण अधिक महत्त्वपूर्ण लगता है। यह विचलित करनेवाली घटना है। मैंने भोपाल की एक सभा में इस बात को एक बार उठाया था कि सौ साल पहले विदेशों से पर्यटक हमारे जादूगरों, नटों और सँपेरों को देखने आते थे। अब वे हमारे विभिन्न अल्पसंख्यक समूहों के प्रतिनिधियों को देखने आते हैं। यह देखने आते हैं कि हम आदिवासियों या अनुसूचित जाति के बारे में लिख रहे हैं या नहीं! हमारे लेखन पर लागू किया जा रहा यह साहित्यिक मानदंड मुझे बहुत ही बेकार प्रतीत होता है।

सु.पॉ. : इसके अतिरिक्त संरक्षणवादी एवं कृपालु भाव दिखाने की मनोवृत्ति भी है। उत्पाद को सम्भवत: विपणन की दृष्टि से 'उपभोक्ताभिमुख' बनाया जाता है। माँग की पूर्ति की जाती है, व्यावसायिकता अधिकाधिक बढ़ी जाती है। दुर्भाग्य से हमारे देश में भी इसे राजनीतिक संरक्षण मिल रहा है।

नि.व. : उदाहरण के लिए सोवियत संघ में अन्य लेखकों की अपेक्षा पक्के साम्यवादी झुकाववाले लेखकों का अधिक तत्परता से अनुवाद किया गया।

सु.पॉ. : जहाँ तक कहानी की विधा की बात है, तो शायद चेख़ॅव ने एक बार कहा था कि कहानी लिखे जाने के बाद आदि और अन्त को हटा देना चाहिए और केवल 'मध्य' को ही कहानी माना जाना चाहिए। भारत में 'कथा' की परम्परा कहानी की देशी भारतीय विधा है। लेकिन अब जो भारतीय आधुनिक कहानी है, वह कमोबेश पश्चिम की देन है। तो ज़ाहिर है कि भारतीय साहित्य में कहानी की विधा के साथ-साथ पश्चिमी बोध का भी स्थानान्तरण हुआ है। क्या इस लक्षण को संगत बनाने के लिए कोई आलोचनात्मक सैद्धान्तीकरण किया गया है?

नि.व. : मैं समझता हूँ कि नहीं के बराबर ही। वास्तव में यह बहस हाल ही में महत्त्वपूर्ण हुई है कि उपन्यास या कहानी जो यूरोप की विशिष्ट ऐतिहासिक परिस्थितियों में शैली के रूप में विकसित हुई—भारतीय सन्दर्भ में, जहाँ आख्यानों की एकदम भिन्न परम्परा है, वहाँ इसके ढाँचे और विधा को क्या बिलकुल भिन्न नहीं होना चाहिए था? आप बिलकुल ठीक कहती हैं कि आख्यानों की विशिष्ट देशी विधा पर जो चर्चा होनी चाहिए थी, उसका अभी तक कोई सुसंगत सिद्धान्त नहीं बन सका है। मैं यह बताना ज़रूरी मानता हूँ कि हजारीप्रसाद द्विवेदी ने कुछ उपन्यास पौराणिक शैली में लिखे, जिसमें एक के बाद एक कथा में से दूसरी कथा के सूत्र निकलते हैं और आख्यान का रेखीय विकास बाधित नहीं होता। इसने आलोचक को सोचने को विवश किया है। लेकिन फिर भी उचित विमर्श या चिन्तन का अभाव तो है ही।

सु.पॉ. : भारतीय कहानी में जॉयसीय स्टैसिस (अवरोध) का मुक्त प्रयोग दिखता है और यह केवल उधार माँगी हुई तकनीक के तौर पर नहीं है। फिर जब लेखक इसे स्वीकार करता है तो आलोचक इस पर कोई ध्यान नहीं देते। क्या लेखकों ने कभी ख़ुद इस पर चिन्तन किया है?

नि.व. : बहुत कम। वर्षों पहले मैंने भारतीय उपन्यास की विधा पर एक लेख लिखा था। उससे एक विवाद ही खड़ा हो गया था। मैंने प्रेमचन्द के वास्तविकतावादी विधा के प्रयोग पर प्रश्नचिह्न लगाया था। इसे साहित्यिक, आलोचनात्मक विमर्श में बड़े पैमाने पर कभी नहीं उठाया गया।

सु.पॉ. : जिस पर हम विचार कर रहे थे, वह साहित्यिक संवेदनशीलता हिन्दी में आपको किन समकालीनों में दिखती है?

नि.व. : मेरे दिमाग़ में पहला नाम आता है रेणु का—बहुत ही सहजता से उन्होंने उपन्यास में बहुत दिलचस्प प्रयोग करने के प्रयास किये।

सु.पॉ. : हाँ, मैं समकालीन मुद्रावाले भारतीय ग्रामीण के उनके निरूपण से परिचित हूँ।

नि.व. : तो इस प्रकार पाश्चात्य संवेदन से प्रभावित हुए बिना भी आधुनिक हुआ जा सकता है। द्विवेदी जी और रेणु देशी आधुनिकता के अद्वितीय उदाहरण हैं, जिनका पाश्चात्य संवेदन से कोई लेना-देना नहीं है।

सु.पॉ. : क्योंकि रेणु बाहरी नहीं हैं और वह अपनी कथाओं के ग्रामीण परिवेश के अंग हैं। उनके लेखन में ग्राम्यजगत के लिए रोमांटिक उत्कंठा का पुट नहीं दिखता है। वहाँ वास्तविकता से प्रामाणिक मुखामुखम होता दिखता है।

नि.व. : दूसरी ओर हजारीप्रसाद द्विवेदी एक बहुत ही शहरी बौद्धिक पंडित बने रहते हैं, जिनका गहरा सरोकार भारतीय धर्म के पारम्परिक रूप से है। रेणु और उन्होंने अलग-अलग दिशाओं से प्रेरणा प्राप्त की—एक ने ग्राम्य परिवेश से, तो दूसरे ने परम्परा से।

['न्यू क्वेस्ट' : मई-जून, 1988]
अंग्रेज़ी से अनुवाद : मधु बी. जोशी

सिर्फ़ 'सुनना' ही नहीं, 'देखना' भी ज़रूरी है

'पूर्वग्रह' पत्रिका में हुई एक परिचर्चा

प्रश्न : (1) बीसवीं शताब्दी के इन समापन वर्षों में क्या आप महसूस करते हैं कि हमारी आलोचनात्मक ऊर्जा अन्ततः सार्थक हुई है या कि उसका क्षय ही हुआ है?

(2) क्या आप सोचते हैं कि हमारे समय में साहित्य की ही भाँति आलोचना ने भी समग्रीकरण के प्रति कोई प्रतिरोध विकसित किया है?

(3) क्या आलोचना, साहित्य के 'पाठक वर्ग' का सृजन करने, उसे विकसित करने और परिष्कृत करने में सक्षम हुई है या दुर्भाग्य से वह स्वयं उसका विकल्प बन बैठी है?

(4) क्या आलोचना ने सृजनात्मक साहस, नवाचार और कल्पनाशीलता की दिशा में कोई वातावरण तैयार किया है या वह अनुदार और दकियानूस होती गई है? और ऐसा होने में ही उसने अपना सुख और सुविधा हासिल की है?

(5) एक लेखक की हैसियत से, क्या आलोचना आपके लिए कोई मायने रखती है?

(6) क्या भारत में आलोचना, मुक्तिबोध के शब्दों में 'सभ्यता-समीक्षा' की हैसियत बना पाई है या कि यह सृजनात्मक लेखन की परजीवी मात्र बनकर रह गई है?

(7) क्या आपको लगता है कि हमारे उत्तर-औपनिवेशिक समाज की एक अनिवार्यता के रूप में आलोचना अपने भीतर आत्मालोचन का कोई क्षेत्र विकसित करने में सफल हुई है?

(8) पाठक आपकी दृष्टि में कहाँ ग़ायब हो गया है?

उत्तर : आपके प्रश्नों का घेरा इतना व्यापक है कि जो उत्तर ध्यान में आता है, वही मुझे सन्दिग्ध और असन्तोषजनक जान पड़ने लगता है। साथ में यह सन्देह भी कहीं कौंधता है कि क्या आपके प्रश्नों को सही-सही समझ पाया हूँ,

उसी जिज्ञासा की स्थिति में जिसमें उद्वेलित होकर आपने उन्हें पूछा है? जहाँ तक मैं आपकी जिज्ञासा का मर्म समझ पाया हूँ, वह हमारे समय और समाज में 'आलोचना की भूमिका' के बारे में है—क्या वह अपनी 'अपेक्षाओं' को पूरा करने में सफल हुई है? इसका उत्तर देने का प्रयास भी निरर्थक होगा, यदि मैं इन अपेक्षाओं के बारे में ही स्पष्ट न हूँ...।

एक प्रबुद्ध आलोचक हमारी रुचि को 'परिष्कृत' करता है, ऐसा आप मानते हैं, मुझे सन्देह होता है। रामचन्द्र शुक्ल ने अवश्य ही एक परिष्कृत पाठकवर्ग तैयार किया होगा, किन्तु यही पाठकवर्ग क्या निराला के काव्य के बारे में शुक्ल जी की आलोचना से गुमराह नहीं होगा? आलोचना एक ख़तरनाक खेल है...जिसे हम 'रुचि का परिष्कार' मानते हैं, वही कलाकृति के मूल्यांकन में सबसे बड़ी दीवार बन सकता है। मुक्तिबोध जिसे 'सभ्यता-समीक्षा' कहते थे, वह हमें प्रेमचन्द के उपन्यासों में मिलती है, प्रेमचन्द पर लिखी रामविलास शर्मा की आलोचना में नहीं।

यह सिर्फ़ रामविलास शर्मा अथवा उनकी तरह अनेक हिन्दी आलोचकों की सीमा को दिखलाना नहीं है। रोग अधिक गहरा है और गम्भीर है। यदि सार्थक आलोचक का उद्देश्य अपने से बाहर, किसी 'अन्य' की सत्ता के सत्य को उद्घाटित करना है (जैसे मैं मानता हूँ) तो हमें विचार करना होगा कि उस समाज में 'अन्य' की अवधारणा को कैसे समझा और स्वीकार किया जाता है।

आलोचना का मूल विषय ही 'अन्य' है—एक किताब, एक कलाकृति, एक कविता...वह अपनी आँख किसी एक 'विशिष्ट' की सत्ता पर केन्द्रित करती है... इस दृष्टि से आलोचना चिन्तन या दर्शन के उन स्वरूपों और सरोकारों से अलग है जो विचार या आइडिया की अमूर्त बौद्धिक अवधारणाओं का अन्वेषण करते हैं। यह नहीं कि आलोचना का 'वैचारिक दर्शन' से कोई सम्बन्ध नहीं, किन्तु उसकी 'कर्मभूमि' वह नहीं है। वह ठोस की पृथक् सत्ता से अभिभूत होती है। यही उसका 'लांचिंग पैड' है जहाँ से वह अपनी उड़ान लेती है। इतनी ऊँची उड़ानें नहीं कि अपने ठोस विषय, चिन्तनीय 'ऑब्जेक्ट' से टूटकर अमूर्त ऊँचाइयों में खो जाए, तब वह दर्शन या तत्त्व चिन्तन होगी—आलोचना नहीं। किन्तु वह ज़मीन से चिपकी रहे, उस कलाकृति से ऊपर न उठे जिसका वह अवलोकन कर रही हो तो वह उस समूचे परिप्रेक्ष्य को ओझल कर देगी जिसके सन्दर्भ में ही एक पुस्तक, एक पेंटिंग, एक संगीत रचना अपना 'संस्कार' हासिल करती है—वस्तु की स्वायत्त गरिमा को भंग किये बिना उसके पूर्वजों की जन्मभूमि को देख पाना (जो 'संस्कार' का ही दूसरा नाम है) आलोचना का मूल धर्म है।

इसलिए जब एक कलाकृति पर मनन-चिन्तन किया जाता है तो उसे अन्य के रूप में स्वीकारना अनिवार्य है। उसकी अनूठी विलक्षणता को आलोकित करना आलोचना का प्रमुख लक्ष्य है। न केवल इस तथ्य को रेखांकित करना कि वह

वहाँ अपनी संवेदनाओं, आग्रहों और प्रभावों में अन्य कृतियों से अलग है बल्कि इस 'अलगाव' को कैसे उसने अपने 'रूप', अपने फ़ार्म, अपनी मांस-मज्जा द्वारा अभिव्यक्त किया है। यह कलाकृति के 'अन्य' को उसकी अनन्यता में स्वीकारना है। जिस क्षण हम अन्य की सत्ता को किसी बहाने से 'निज' का उपालम्भ बना देते हैं—जैसा कि अक्सर आधुनिक भारतीय आलोचना में होता है—उसी क्षण हम कलाकृति को अवमूल्यित कर देते हैं, और यहीं पर आलोचना अपने मूल धर्म से स्खलित हो जाती है। यह हमारा दुर्भाग्य है कि अन्य भारतीय भाषाओं की अपेक्षा वर्तमान हिन्दी आलोचना इस निज और अन्य के बीच घालमेल करने के लिए सबसे अधिक उत्तरदायी रही है, इसलिए वह इतनी विपन्न, पाखंडपूर्ण और अपठनीय जान पड़ती है। आलोचना की वह ऊर्जा नष्ट हो जाती है, जो सिर्फ़ उस स्पेस, उस दूरी से ही उत्पन्न होती है जो वह अपने और कलाकृति के बीच स्थापित करती है। दूरी से एक ख़ामोशी उत्पन्न होती है जिसमें 'कलाकृति' को सुना, देखा, परखा जाता है। इसके विपरीत अधिकांश हिन्दी आलोचक पूरे बैंड-बाजे के साथ कलाकृति के पास जाते हैं—कहीं परम्परा का ढोल सुनाई देता है, कहीं विचारधारा की दुन्दुभि बजती है और इस नक़्क़ारख़ाने में तूती की वह आवाज़ कहीं सुनाई नहीं देती जो शायद कलाकृति की आवाज़ होती; यदि हम उसे सुन पाते।

सिर्फ़ 'सुनना' ही नहीं, 'देखना' भी ज़रूरी है। जो कलाकृति बहुत पास से देखने पर सम्पूर्ण और स्वायत्त जान पड़ती है, ज़रा दूर से देखने पर श्रृंखला की एक कड़ी जान पड़ती है। और वह एक निष्क्रिय कड़ी नहीं है जिसे 'पहले से बनी-बनाई' श्रृंखला में जोड़ दिया गया है बल्कि वह इतनी जीवन्त और स्वावलम्बी है कि उसने जुड़ने के लिए स्वयं अपनी श्रृंखला को चुन लिया है। इसी अर्थ में एक कलाकृति सिर्फ़ परम्परा की एक कड़ी मात्र नहीं होती—वह अपनी परम्परा चुनती है और कभी-कभी उसे बनाती और तोड़ती भी है। कला की इस जीवन्त प्राणधारा को क्या वे आलोचक समझ पाएँगे जिन्होंने बरसों 'पोलिंग बूथ' में प्रेमचन्द का डिब्बा रखा है—जो कहानियाँ उस डिब्बे में डाली जाती हैं, उसका वोट सही है, बाक़ी सब इनवेलिड? सौभाग्य से पिछले कुछ अर्से से प्रेमचन्द के डिब्बे के साथ प्रसाद जी का डिब्बा भी रख दिया गया है; एक छोटी-सी लाइन उसके पीछे भी खड़ी दिखाई दे जाती है।

ऐसे ही डिब्बे कविता के बूथ में देखे जा सकते हैं। मुक्तिबोध की कविता को समझनेवाले इक्के-दुक्के ही क्यों न हों, किन्तु उसके डिब्बे के आगे आज भी एक लम्बी लाइन देखी जा सकती है जो उतनी ही लुटी-पिटी दिखाई देती है, जितना हँसिया-हथौड़े का वह निशान जो उनके डिब्बे पर दम तोड़ता दिखाई देता है।

नहीं, यह देखना नहीं, आँखें मूँदना है। सभ्यता-समीक्षा की बात तो दूर रही, एक कविता या कहानी की सार्थक आलोचना भी यहाँ से शुरू नहीं हो सकती।

हम एक क्षण के लिए समाज, संस्कृति, सभ्यता जैसी भारी-भरकम चीज़ों को भूलकर सिर्फ़ उस 'संसार' पर अपनी आँख टिका सकें जो रचना ने अपने भीतर रूपायित किया है। आपने जिसे 'आलोचना की ऊर्जा' कहा है, वह ठीक तभी प्रकट होती है, जब वह एक साथ दोनों के अन्तर्निहित सम्बन्ध-शृंखला के सातत्य में स्पन्दित होती रचना की स्वायत्त सृष्टि को देख सके।

क्या हिन्दी आलोचना हमें वह 'आँख' दे पाती है जहाँ से इस तरह का 'देखना' सम्भव हो सके? इसका उत्तर 'आँख और अन्य' के रिश्ते पर निर्भर करता है। हम जिसकी आलोचना कर रहे हैं, उससे अपना अलगाव बनाना ज़रूरी है। यह मैं इसलिए बार-बार दोहरा रहा हूँ क्योंकि हम भारतीयों की यह दुर्भाग्यपूर्ण प्रवृत्ति रही है कि हम अन्य की प्रतिष्ठा और प्राइवेसी को—वह चाहे व्यक्ति हो या कलाकृति—स्वीकार नहीं करते या तब तक स्वीकार नहीं करते, जब तक उसे किसी न किसी ढंग से खींचतान करके अपने 'स्व' का भाग नहीं बना लेते। किन्तु हमारा 'स्व' अपने में एक विपन्न और क्षुद्र जीव है। हम अकेले में उसका सामना करने से कतराते हैं, वह हमेशा किसी परिवार, समाज, संस्कृति, राजनीतिक विचारधारा का उच्छिष्ट और परजीवी पदार्थ बन जाता है। किसी भी समाज और साहित्य की 'आलोचनात्मक मेधा' इस बात पर निर्भर करती है कि उसमें 'स्व' और 'अन्य' का सम्बन्ध किस डिग्री पर अपनी शर्तों और प्रतिज्ञाओं पर मर्यादित होता है।

सार्थक आलोचना का जन्म इस अलगाव से होता है, किन्तु उसकी सम्पूर्ति और उपलब्धि उस क्षण होती है जहाँ आलोचना इन दोनों के बीच ख़ाली खाई पाटकर इस अलगाव का अतिक्रमण कर लेती है। इसीलिए अच्छी आलोचना हमें इतना उत्तेजित और उल्लसित करती है। वह जो कुछ किताब या कलाकृति के बारे में कहती है, वही कहीं हमारे 'स्व' के उन प्रच्छन्न और अभेद्य अंशों को आत्मीय बनाती है जिन्हें हम अभी तक अन्य का अंश मानते आए थे। कला का पाठ अब 'अन्य' न होकर हमारे आत्मन् का अंग बन जाता है, जहाँ अन्य और स्व के बीच दीवारें ढह जाती हैं। अच्छी आलोचना हमें अपनी आँख नहीं देती जिससे हम अन्य का सत्य जान सकें, बल्कि वह एक कुशल ऑप्टीशियन की तरह स्वयं हमारी आँख में वह सही नम्बर ढूँढ़ लेती है जहाँ से हम कलाकृति के पाठ में अपने सत्य को देख सकें।

आलोचना का कर्म कितना आसान हो जाता, अगर यह नम्बर एक जगह स्थिर रहता, जहाँ से 'सही पाठ' का अवलोकन किया जा सकता। मुश्किल यह है कि यह नम्बर न तो सबके लिए सही है, न एक जगह ठहरा हुआ है। तुलसीदास, शेक्सपियर, गोएटे की कृतियों का पाठ स्थिर भी है, अस्थिर भी—स्थिर इस अर्थ में कि उनकी पुस्तकों की मूल शब्दावली, टेक्स्ट को नहीं बदला जा सकता।

अस्थिर इस अर्थ में कि समाज में होने वाले हर परिवर्तन के बाद आँख का फोकस ही बदल जाता है। अगर हमारी दुनिया वह नहीं है जो पहले दिखाई देती थी, तो वह 'दुनिया' कैसे स्थिर रह सकती है जो एक कलाकृति में वास करती है? जब कभी ऐसा होता है, आलोचना को अपने पुराने नम्बर और निकष छोड़कर दुबारा वह जगह ढूँढ़नी पड़ती है जहाँ से पाठक की आँख कलाकृति का वह अर्थ उद्घाटित कर सके जो कालचक्र में घूमता हुआ उसके सामने स्थिर हो गया है। इस अर्थ में आलोचना कर्म एक सामाजिक धर्म बन जाता है; किसी पेशेवर आलोचक का धन्धा नहीं, बल्कि समाज में रहने वाले हर व्यक्ति का कर्तव्य कि वह जो 'आज और अब' है, उसको सही और संगत रूप से आँक सके। अपने यथार्थ को मूल्यांकित किये बिना कला का मूल्यांकन असम्भव है। जिस समाज में अपने 'आत्म' के परीक्षण पर रोक या सेंसर है—वह चाहे किसी धर्म रूढ़ि (अयातुल्ला) अथवा राजनीति दुराग्रह (स्तालिन) द्वारा आरोपित हो—वहाँ आलोचना का व्यापार मन्द पड़ जाता है, क्योंकि वहाँ अन्य की स्वायत्त सत्ता नष्ट हो जाती है। आलोचना का कर्म वहीं चरितार्थ है जहाँ 'आत्म' अपना परीक्षण 'अन्य' की कसौटी पर कर सके और अन्य का परीक्षण आत्म की स्मृति और संस्कारों के आलोक में हो सके। जब कभी किसी समाज में इन दोनों के बीच मुक्त आदान-प्रदान में बाधा उपस्थित होती है, वहीं वह चीज़ धूमिल और मलिन पड़ जाती है, जिसे आपने 'आलोचना की ऊर्जा और गरिमा' माना है।

हम भारतीयों को ख़ुद से नफ़रत करने की आदत हो गई है

सुकान्त दीपक की बातचीत

सुकान्त दीपक : आपके सभी उपन्यासों और कहानियों में अस्तित्वात्मक संकट सर्वत्र व्याप्त दिखता है। लगभग सभी चरित्र अकेले और सदा ही वेदना और छटपटाहट की स्थिति में दिखते हैं। आपके ऐसे चरित्रों और स्थितियों को रचने के क्या कारण हैं?

निर्मल वर्मा : मेरी रचनाएँ मूलत: एक ही परिवार के सदस्यों के परेशानी भरे सम्बन्धों या स्त्री-पुरुष के तनावपूर्ण बन्धनों से पैदा हुई स्थितियों के बारे में है। भारतीयों को संयुक्त परिवार और कुटुम्ब-क़बीले के लम्बे-चौड़े सम्बन्धों की आदत पड़ी हुई है, लेकिन पिछले 30-40 बरस में बढ़ते औद्योगिकीकरण और लोगों के भारी संख्या में अपने गाँवों-क़स्बों-शहरों से दूर जाने के बढ़ते चलन ने इस प्रणाली को कमज़ोर किया है। युगल-केन्द्रित परिवारों के उद्‌भव के बाद से अब सबको अपना जीवन ख़ुद ही जीना है। संयुक्त परिवार के विघटन से सुरक्षा की भावना छिनी है और अब लोगों को तनाव और दबाव अकेले ही झेलने होते हैं।

दूसरा बहुत महत्त्वपूर्ण परिवर्तन है, स्वतंत्र स्त्री का उभरना—एक स्त्री जो दूसरों पर निर्भर नहीं है, अपने पैरों पर खड़ी होने में सक्षम व्यक्ति। अतीत में भारतीय स्त्री हमारे परिवारों में चल रही बहुत-सी कुरीतियों और अन्यायों की शिकार रही है। नई स्त्री के उदय से समाज में मानवीय सम्बन्धों के संजाल में एक तरह की क्रान्ति आई है। इससे ख़ास तरह के तनाव भी उपजे हैं। भारतीय परिवार-व्यवस्था और समाज में हुए इन महत्त्वपूर्ण बदलावों के कारण सम्बन्धों में पनपी स्थितियाँ मेरे गल्प का केन्द्रीय विषय बनीं।

सु.दी. : अपने लेखन में आप बेहद वस्तुनिष्ठ और निष्पक्ष रहे हैं। निजी तौर पर अपनी रचनाओं से आपका तादात्म्य कैसे बनता है और आप ख़ुद को उनसे असम्पृक्त कैसे रख पाते हैं?

नि.व. : हाँ, लिखते हुए पूरी तरह निष्पक्ष और वस्तुनिष्ठ बने रहने का प्रयास करता हूँ। जब एक पक्ष में तमाम उदात्तता और सत्य हो और दूसरे में गहन अपराधबोध, तब मेरे लेखन का उद्देश्य असफल हो जाता है।

आप अगर देखें तो मेरी कहानियों और उपन्यासों में समस्या यह नहीं है कि कोई एक चरित्र दोषी है और दूसरा नहीं है। असल में सभी किसी त्रासदी में भाग ले रहे हैं, जिसके लिए सभी किसी न किसी ढंग से ज़िम्मेदार हैं। निष्पक्ष और अदृश्य हुए बिना आप इसे कलात्मक तटस्थता से नहीं निभा सकते। इसलिए लेखक को टी.एस. इलियट जिसे अवैयक्तिक (इम्पर्सनल) कहते हैं, वह होना पड़ता है। अवैयक्तिक होकर ही आप वस्तुनिष्ठ हो पाते हैं—कौरवों और पांडवों, दोनों से ही सहानुभूति रखनेवाले। अगर आप पक्षधर बन जाएँ तो टकराव एकतरफ़ा हो जाता है। आप पाएँगे कि 'महाभारत' में सबसे पीड़ादायी असमंजस और कलात्मक स्पेस वह है जहाँ आप अनिर्णीत होते हैं—किसे दोष दें, सत्य किस ओर है...? यह मानव-जीवन की जटिलता और समृद्धता के हमारे बोध को बढ़ाता है।

सु.दी. : क्या आपने सामाजिक-राजनीतिक विषयों को जानबूझकर अपने गल्प साहित्य से बाहर रखा है...? ये विषय आपके निबन्धों में दिखते हैं और लगता है कि बुद्धिजीवियों की एक अलग ही श्रेणी के लिए लिखे गए हैं।

नि.व. : निबन्ध मेरे लेखन का एक महत्त्वपूर्ण और अनिवार्य हिस्सा हैं। वे मेरे कथा-साहित्य के पूरक हैं। अपनी कहानियों और उपन्यासों के सीमित खाँचों में मैं जो प्रश्न नहीं उठा पाता, वह निबन्धों में उठाता हूँ। इसलिए औद्योगिकीकरण, धर्म और धर्मनिरपेक्षता जैसे विषय मेरे निबन्धों के महत्त्वपूर्ण विषय बन गए हैं। मेरे निबन्धों से बहुत-से लोग अप्रसन्न भी हुए हैं। बहुत-से लोगों को मेरा कथा-साहित्य बहुत प्रिय है, लेकिन मेरे लेखों और निबन्धों के कारण वे मुझे पसन्द नहीं करते। उन्हें लगता है कि लेखक के तौर पर मुझमें काफ़ी दुविधा भी है। लेकिन मैं न कथा-साहित्य के बिना पूरा हूँ, न निबन्धों के बिना। निश्चित ही मैं अलग-अलग लोगों को सम्बोधित नहीं कर रहा होता, मैं एक ही व्यक्ति में संवेदना के विभिन्न स्तरों को सम्बोधित करता हूँ।

सु.दी. : प्रगतिशील लेखकों ने आपके कथा-साहित्य में समकालीन सामाजिक-राजनीतिक परिस्थितियों की अुपस्थिति को इंगित करते हुए आप पर 'प्रासंगिकता' से दूर होने का आरोप लगाया।

नि.व. : यह कौन तय करेगा कि 'प्रासंगिक' क्या है? सरकार, पार्टी या नेता प्रासंगिकता को परिभाषित कैसे करेंगे? अक्सर वामदल ख़ुद ही यह तय करने की ज़िम्मेदारी ओढ़ लेते हैं कि महत्त्वपूर्ण क्या है। हमने देखा है कि उनकी ख़ुद की परिभाषाएँ कैसे अप्रासंगिक हो गईं। स्टालिन-युग में वे जिसे प्रासंगिक कहते थे, अब ख़ुद ही उसे अप्रासंगिक कहते हैं।

देखिए, कला की 'प्रासंगिकता' अपने-आपमें एक अर्थहीन शब्द है। हम 'महत्त्वपूर्ण' और 'सामाजिक रूप से महत्त्वपूर्ण' जैसे जुमलों का खोखलापन देख चुके हैं। यह साहित्यिक आलोचना नहीं, भाषा का दुरुपयोग है।

सु.दी. : आपके कुछ निबन्ध और लेख अंग्रेज़ी में हैं। क्या आपकी इच्छा अंग्रेज़ी में गल्प साहित्य लेखन करने की नहीं हुई, ख़ास तौर पर अब, जब अंग्रेज़ी में लिखनेवाले भारतीयों को इतना प्रचार और बहुत आर्थिक लाभ मिल रहे हैं?

नि.व. : जब मैंने लिखना शुरू किया था तब मुल्कराज आनन्द और आर.के. नारायण जैसे मेरे समकालीन भारतीय भाषाओं में लिखनेवालों के तौर पर आजीविका के लिए संघर्ष कर रहे थे। लाखों डॉलरों की एडवांस मिलने की बात उन दिनों सोची भी नहीं जा सकती थी। ख़ैर, अगर मुझे अपनी मातृभाषा के अलावा किसी और भाषा में लिखने के लिए कहा जाता तो मैं मना कर देता। कारण यह है कि मेरी कहानियाँ और उपन्यास मेरे भावनात्मक संसार की उपज हैं, और मेरे आन्तरिक संसार की भाषा हिन्दी है।

सु.दी. : नायपॉल का भारत 'एन एरिया ऑव डार्कनैस' से सुधरकर 'अ वूंडेड सिविलाइजेशन' हो गया है। आपने नायपॉल से ख़ुद को अलग कर लेनेवालों पर तालिबानी मानसिकता (से ग्रस्त होने) का आरोप लगाया है।

नि.व. : हम भारतीयों को ख़ुद से नफ़रत करने की आदत है। इसलिए पहले भारत की आलोचना करता रहा व्यक्ति जब अचानक इस देश की समृद्ध धरोहर की प्रशंसा करने लगे तो उसे सन्देह की दृष्टि से देखा जाता है। हमारे प्रगतिशील नायपॉल को ज़्यादा पसन्द नहीं करते, क्योंकि वह पुस्तकालयों को जलाने और मन्दिरों को नष्ट करके भारतीय सभ्यता को पहुँचाई गई क्षति की आलोचना करते रहे हैं। इस क्षति ने भारतीय मानस पर एक गहरा घाव छोड़ा है, और इसीलिए वह भारतीय सभ्यता को घायल सभ्यता कहते हैं। आप मेरे वस्तुनिष्ठ होने की बात कह रहे थे, मुझे लगता है कि नायपॉल सबसे वस्तुनिष्ठ पर्यवेक्षक हैं।

हम भारतीय इस अपराधबोध से ग्रस्त रहते हैं कि अपनी संस्कृति की समृद्धि की बात करने पर हम पर भाजपा या विहिप का सदस्य होने का आरोप लगेगा।

नायपॉल को ऐसी कोई चिन्ता नहीं सताती। इसलिए उनके वक्तव्यों में इतना सत्य है, और सत्य उन लोगों को हमेशा ही कड़वा लगता है जो उसको दमित रखना चाहते हैं।

सु.दी. : आप अपनी आत्मकथा कब लिखेंगे?

नि.व. : मैं सोचता हूँ कि मेरा पूरा लेखन ही आत्मकथा है (हँसते हैं)। कहानी में आप वस्तुनिष्ठ हो सकते हैं क्योंकि आप तथ्यपरक नहीं, सच्चे होने की कोशिश में होते हैं। जब आप अमूर्त रूप से सच्चे होते हैं तो आप उस व्यक्ति के बारे में बात करते हैं, जिसकी रचना आपने की होती है। हालाँकि अपनी कहानी लिखते हुए आप अपने बारे में भी उतने ही ईमानदार और निष्पक्ष होना चाहते हैं, लेकिन ऐसा कम ही हो पाता है। और गड़बड़ियाँ आ ही जाती हैं।

['द ट्रिब्यून ऑन संडे' : 10 मार्च, 2002]
अंग्रेज़ी से अनुवाद : मधु बी. जोशी

हम जो कहते हैं, उसमें हमेशा वह निहित होगा, जो कहा नहीं जा सकता

अरुंधति सुब्रह्मण्यम की बातचीत

अरुंधति सुब्रह्मण्यम : अपने एक निबन्ध में आपने इस बात पर ज़ोर दिया था कि एक साहित्यिक विधा के रूप में यूरोपियन कहानी अपने उत्कर्ष को छूकर इस सदी में अपनी ऊर्जा खो चुकी है। इस पर विस्तार से बताएँ।

निर्मल वर्मा : मेरा आशय उन्नीसवीं सदी के मोपासाँ और डिकेंस जैसे क्लासिकी कथा लेखकों द्वारा विकसित उस कथा-रूप से था, जिसमें अपेक्षाकृत स्थिर और टिकाऊ सामाजिक जीवन का स्वप्न था।

लेकिन इस सदी के प्रारम्भ में शायद चेख़ॅव के साथ ही, मानवीय स्थिति की यह परिभाषित की जा सकनेवाली पहचान बिखरने लगी थी। इसलिए हम चेख़ॅव और अन्य लेखकों को इस अराजकता और विशृंखलता के भीतर से एक अलग तरह का ढाँचा तैयार करते पाते हैं, जिसमें इस अराजकता को अंकित किया जा सके।

शैली और संरचना के स्तर पर साहसिक बदलाव वहाँ हुए, जहाँ कुछ लेखक जीवन के उन टुकड़ों को अंकित करने का प्रयास कर रहे थे, जो बड़े सत्यों के प्रतीक थे। वहीं दूसरों ने जीवन के आधुनिक ढाँचे में पौराणिक कथाएँ रचने का प्रयास किया।

मैं इन्हें कहानियों के बजाय क़िस्से कहूँगा। काफ़्का की कई कहानियाँ ऐसी ही नीतिकथाएँ हैं; मान की 'डेथ इन वेनिस' भी प्रतीक कथा की तरह लिखी गई थी, जो 19वीं सदी के यथार्थवादी लेखकों के लिए सम्भव नहीं था।

कहानी की मृत्यु की बात करते हुए मेरा यही आशय था। आज हम क़िस्से, पुराकथाएँ, जीवन के अंश और यहाँ तक कि काव्यात्मक रचनाएँ देखते हैं, जो निश्चित ही 19वीं सदी के परम्परागत अर्थों में कहानियाँ नहीं हैं।

अ.सु. : क्या यह आधारसूत्र हिन्दी कहानी पर भी लागू होता है?

नि.व. : मुझे लगता है कि हिन्दी कहानी चेख़ॅव से काफ़ी पीछे है। हिन्दी कहानी का अपना ही इतिहास है, बीसवीं सदी के प्रारम्भ में प्रेमचन्द की कहानियों के साथ इसमें परिपक्वता आई।

जब प्रेमचन्द ने लिखना शुरू किया तो उनके सामने उस साहित्यिक परम्परा से हटकर राह ढूँढ़ने की चुनौती थी, जिसमें कल्पना, जादू और वास्तविकता मिलकर एक ताना-बाना तैयार करते थे। ये रचनाएँ रोचक थीं लेकिन उन मायनों में 'कहानी' नहीं थीं जिसमें हम समझते हैं। ये क़िस्से ही थीं।

प्रेमचन्द हिन्दी गद्य को 19वीं सदी के यूरोपियन यथार्थवादी लेखकों के यथार्थवाद के बराबर के स्तर पर लाए और इस मामले में वह एक बड़े नवप्रवर्तक थे। लेकिन उनके लेखन की एक बड़ी कमी यह थी कि अपरिचित यूरोपियन कथारूप और हमारी देशी जीवन-शैली के बीच कभी-कभी तालमेल नहीं बैठ पाते थे। भारतीय खेतिहर जीवन की जटिलता को 19वीं सदी के यथार्थवाद के कसे खाँचे में प्रस्तुत कर पाना कठिन था।

प्रेमचन्द के बाद की, पचास और साठ के दशक में लिखना शुरू करनेवाली हमारी पीढ़ी कुछ हद तक प्रेमचन्द के यथार्थवाद से इसलिए असन्तुष्ट थी क्योंकि यह उन नैतिक संहिताओं और बोधों पर आधारित था, जिनसे प्रेमचन्द ख़ुद को कभी मुक्त नहीं कर पाए। मेरी पीढ़ी प्रेमचन्द के आख्यानों के इस केन्द्रीय आदर्शवाद से मुक्त होना चाहती थी।

दूसरे, गाँवों से शहरों की ओर पलायन, बढ़ते भौतिकवाद, संयुक्त परिवार के टूटने, स्त्रियों की सामाजिक स्थिति में धीमे, कष्टपूर्ण ढंग से लेकिन निश्चित रूप से आए बदलावों आदि के परिणामस्वरूप शहरी मध्यवर्ग में अपनी जड़ों से कट जाने की भावना आई थी। इस सबके कारण होनेवाले तनावों को कथा-साहित्य में प्रतिबिम्बित होना ही था।

अब मैं एक विशिष्ट क़िस्म के भारतीय एकाकीपन के अन्तिम बिन्दु पर आता हूँ। नैतिक अस्पष्टता की समस्याओं से जुड़े इस एकाकीपन की जड़ें भारतीय समाज के उन आधारों के ढहने में हैं जो लोगों को पोषित करते थे—यह चाहे धर्म हो या संयुक्त परिवार व्यवस्था में उपलब्ध सुरक्षा।

इन परम्परागत भूमिकाओं के लुप्त होने पर हर व्यक्ति को अपने उत्तर ढूँढ़ने, अपनी अस्मिता को खोजने के लिए ख़ुद पर निर्भर होना पड़ा। ये समस्याएँ महत्त्वपूर्ण हिन्दी कहानीकारों के लिए कच्चा माल बनीं, जिनकी रचनाएँ कुछ मायनों में यूरोपियन कथा-रूप जैसी हैं लेकिन उसकी नक़ल नहीं।

अ.सु. : 'नई कहानी' गुट के लेखकों से आपका विवाद इस मत पर आधारित लगता है कि हिन्दी में 'नई कहानी' कुछ विरोधाभासी मुहावरा है।

नि.व. : पचास के दशक में 'नई कविता' का आन्दोलन आया, 'नई कविता' एकदम ठीक नाम है क्योंकि यह कविता सचमुच मुहावरे, भंगिमा, काव्यात्मक बुनावट के स्तरों पर तीस और चालीस के दशकों के रूमानी खुमार से विद्रोह कर रही थी।

लेकिन जब मेरी पीढ़ी के लेखक प्रेमचन्द की राह से अपने अलग जाने को ही हिन्दी की 'नई कहानी' मानने लगे, तो मैं उनसे सहमत नहीं हुआ।

बस, इन 'नई' कहानियों में कथा की अधिक वयस्क, अधिक परिपक्व साहित्यिक समझदारी दिखती है। 'नई' कहने पर (शैलीगत) रूप में ही क्रान्ति का आभास होता है, जिसका अर्थ होगा—कहानी कहने के यथार्थवादी ढंग से प्रस्थान।

मेरे समकालीनों का यथार्थवाद प्रेमचन्द की पीढ़ी के यथार्थ से कहीं अधिक परिष्कृत, सूक्ष्म और वास्तविक हो सकता है, लेकिन वह कहानी के रूप, फ़ार्म से प्रयोग करता कभी नहीं दिखता।

अ.सु. : आपने एक प्रखर और विशिष्ट निजी मुहावरा विकसित किया है जो 'दूसरी दुनिया' और 'अँधेरे में' जैसी कहानियों में स्पष्ट होता है। समकालीन हिन्दी कहानी में आप अपनी भूमिका को कैसे देखते हैं?

नि.व. : अपने लेखन का तटस्थ मूल्यांकन करना हमेशा ही कठिन होता है क्योंकि या तो आप बहुत ही अधिक विनम्रता या संकोच से काम लेते हैं या काफ़ी कम संकोच से। मैं ख़ुद को अंग्रेज़ी पढ़े-लिखे उस भारतीय मध्यवर्ग में पाता हूँ जो अपनी जगह से उन्मूलित हो गया है। जिसके सामने वह खड़ा है, वह यूरोपियन अस्तित्ववादियों के एलिएनेशन से बहुत भिन्न है।

भले ही मैं इसमें असफल रहा होऊँ लेकिन मैंने अपनी रचनाओं में भारतीय मध्यवर्ग के इसी संधिकाल को अंकित करने का प्रयास किया है। लेकिन इससे अधिक तो शायद मैंने कुछ नहीं किया। मेरे लेखन को एक लम्बे निबन्ध या हमारे समाज में व्याप्त किंकर्तव्यविमूढ़ता और क्षति—यह आस्था के मायने में हो, सुरक्षा के, प्रेम के या सम्प्रेषणीयता के—के भाव को परिभाषित करने के प्रयास के रूप में देखा जा सकता है।

अ.सु. : आप पर अक्सर आरोप लगता है कि आपकी कहानियों का सरोकार हमारे समय के 'प्रासंगिक' और ज्वलन्त प्रश्नों के बजाय गूढ़ मनोवैज्ञानिक विषय हैं।

नि.व. : यह आरोप अक्सर ही, विशेष रूप से प्रगतिशील मार्क्सवादी आलोचक लगाते रहे हैं। सच पूछिए तो आरोपों की कमी नहीं है। मैं बचाव की मुद्रा में नहीं आना चाहता लेकिन मैं कुछ प्रश्नों को स्पष्ट करना चाहूँगा।

मुझ पर अपनी रचनाओं में अक्सर विदेशी पृष्ठभूमि का इस्तेमाल करने का आरोप लगाया गया—मेरे लिए तो यह सहज था क्योंकि मैंने अपने जीवन के सबसे रचनात्मक वर्ष विदेश में बिताए हैं। किसी भी लेखक के लिए इसे अपराध नहीं माना जा सकता, ख़ास तौर पर जब उसे लगता हो कि वह ऐसे प्रश्न उठा रहा है, जिन्हें प्रभावी ढंग से केवल उस विशिष्ट पृष्ठभूमि में ही उठाया जा सकता है।

आख़िर हेमिंग्वे और ग्राहम ग्रीन की ज़्यादातर रचनाओं की पृष्ठभूमि विदेश हैं, लेकिन फिर भी संसार के विभिन्न हिस्सों की भिन्न-भिन्न ऐतिहासिक परिस्थितियों के माध्यम से चिरन्तन मानवीय प्रश्नों को उठाती हैं।

मुझ पर अक्सर लगाया जानेवाला दूसरा आरोप है—मेरी रचनाओं में बसा विरक्ति, एकाकीपन का भाव। यह एक वैध आलोचकीय टिप्पणी जैसा लगता है लेकिन अगर आप मेरी रचनाओं को ग़ौर से देखें तो पाएँगे कि मेरे चरित्रों का जिस समाज से (एकाकीपन) उत्सूत्र है, उसकी प्रकृति विशिष्ट रूप से भारतीय है। अपनी जड़ों से अलग होने की यह अनुभूति एक सुस्पष्ट, ठोस सामाजिक वास्तविकता से उपजी है। ज़रूरी नहीं कि यह सामाजिक वास्तविकता स्पष्ट रूप से परिभाषित ही हो। इसके केवल संकेत भी हो सकते हैं, लेकिन विरक्ति की इस अनुभूति का एक सन्दर्भ है। यह शून्य में काम नहीं कर रही।

अ.सु. : कुछ विशेष वाम गुटों की ओर से यह आरोप भी अक्सर लगाया जाता है कि आपका लेखन शहरी विशिष्ट वर्ग को ही समझ में आता है।

नि.व. : इस आरोप का खंडन मैं पूरे आत्मविश्वास से करता हूँ। अक्सर कहा जाता रहा है कि भावनात्मक या आन्तरिक जीवन की जिन समस्याओं का सन्धान मैं करता हूँ, वे हमारे समाज के लिए अपरिचित हैं, लेकिन बिहार, उत्तर प्रदेश, राजस्थान के छोटे-छोटे शहरों से मुझ तक पहुँचनेवाली प्रतिक्रियाएँ इस बात का खंडन करती हैं। ये पाठक ऐसी समस्याओं के सन्धान के आंशिक रूप से सफल प्रयासों तक से तादात्म्य स्थापित कर पाते हैं, जिन्हें कहानी में पहले कभी परिभाषित नहीं किया गया। जो एक सीधे यथार्थवादी ढंग से नहीं, एक ऐसे मुहावरे में लिखी गई है, जो उनकी वेदना के मौन को पकड़ पाता है।

मैं नहीं जानता कि कितने भारतीय कहानीकार बड़े शहरों में रह रहे भारतीयों की आन्तरिक निविड़ता के अनबूझे क्षेत्र का सन्धान करके उसे दर्ज करने में सक्षम हो पाए हैं।

और फिर मुझे नहीं लगता कि किसी भी लेखक को पूरी तरह समझा जा सकता है। कभी-कभी वास्तविकता को बनाए रखने के लिए सम्प्रेषणीयता की बलि देनी होती है। कभी-कभी सत्य का सम्प्रेषण सिर्फ़ इसी तरह सम्भव होता है कि हम दूसरे को अनुभव करा दें कि यह असम्प्रेषणीय है।

विट्गेंस्टाइन ने बहुत सुन्दर बात कही है कि कुछ चीज़ें ऐसी हैं जिन्हें लिखा नहीं जा सकता, लेकिन हताश होने की ज़रूरत नहीं, क्योंकि हम जो कहते हैं, उसमें वह हमेशा निहित होगा जो कहा नहीं जा सकता। लिखित शब्द में यह आस्था—कि वह उस निविड़ता को पकड़ पाएगा जो लिखी नहीं जा सकती—और ख़ुद पाठक की मनीषा और कल्पनाशीलता में आस्था—किसी भी लेखक के लिए बहुत महत्त्वपूर्ण है।

साहित्य आज मास मीडिया संस्कृति की विभीषिका के विरुद्ध संघर्ष में जुटा है। अगर वह उसी के तत्काल सम्प्रेषण के टोटकों के मोह में फँस जाएगा तो दोनों में कोई अन्तर नहीं रहेगा। लेखकों के लिए इस ख़तरनाक भ्रम से लड़ना ज़रूरी है जो ज़ोर देकर कहता है कि लोगों को समझ में आ सके, इसके लिए ज़रूरी है कि उन्हें सरल सच्चाइयों की ही ख़ुराक दी जाए!

अंग्रेज़ी से अनुवाद : मधु बी. जोशी

साहित्य हमारी आत्मा की ब्लू फ़िल्म है

शुचिस्मिता की बातचीत

शुचिस्मिता : ज्ञानपीठ सम्मान प्राप्त होने पर आपकी प्रतिक्रिया क्या थी?

निर्मल वर्मा : मैं बस चकित हो उठा। (भोली मुस्कराहट)

शु. : यह सम्मान आपको गुरदयाल सिंह के साथ मिल रहा है, क्या इससे आपको फ़र्क़ पड़ा? क्या इससे पहले भी कभी यह पुरस्कार दो लोगों को एक साथ मिला है?

नि.व. : इस बारे में मैं क्या कह सकता हूँ? यह तो ज्यूरी का फ़ैसला है। और फिर ऐसा कोई पहली बार नहीं हुआ है, इससे पहले भी एक बार गुजराती और बंगाली लेखकों को एक साथ यह सम्मान दिया जा चुका है।

शु. : आज साहित्य की स्थिति कैसी है?

नि.व. : साहित्य पल्लवित, पुष्पित और समृद्ध हो रहा है। इसके भविष्य को लेकर कोई ख़तरा मैं नहीं देख पाता।

शु. : आधुनिक साहित्य के बारे में आप क्या सोचते हैं?

नि.व. : मैं इस शब्द के अर्थ को स्पष्ट नहीं समझ पाया हूँ, यह मुझे भ्रमित करता है।

शु. : आपने भारतीयता का एक निजी मुहावरा गढ़ा है। आप इसे कैसे परिभाषित करेंगे?

नि.व. : मेरे लिए भारतीयता संस्कृति, भावनाओं, अस्तित्ववाद और लोकाचार से जुड़े कुछ अनूठे सिद्धान्तों से नियत होती है। इसमें महाकाव्यों, मध्यकालीन साहित्य और अन्य ग्रंथों पर आधारित एक साझा अतीत शामिल है। यह एक सतत प्रक्रिया है—

एक अविच्छिन्न जीवन-शैली, यह जीने का हमारा विशिष्ट ढंग है, जो दुनिया के अन्य देशों से अलग है, यही भारतीयता की पहचान बन गया है।

शु. : आपकी दृष्टि में कौन-से विषय लेखक समुदाय के समक्ष चुनौती खड़ी कर रहे हैं?

नि.व. : जीवन की कुछ विशिष्ट वास्तविकताओं के वाहक सभी विषय लेखक समुदाय के लिए प्रासंगिक हैं।

समस्त दृष्टिकोणों से प्राप्त किया गया परम सत्य ही वास्तविक साहित्य का सत्य है। मैं निजी तौर पर अनुभव करता हूँ कि साहित्य हमारी आत्मा की 'ब्लू फ़िल्म' है। एक बार इसे देख लेने पर हम युग के बाक़ी ऐबों को भुला देते हैं।

शु. : बेहतरीन साहित्य के सृजन के लिए एक नये लेखक को किन गुणों को अपनाना चाहिए?

नि.व. : उसे भाषा के प्रयोग, सही अभिव्यक्ति, और सबसे बढ़कर अपनी जड़ों के प्रति सचेत होना चाहिए। उसकी एकमात्र प्रतिबद्धता साहित्य के प्रति हो, लेकिन वह किसी ख़ास विचारधारा का दास भी न हो। विभिन्न दिशाओं से आ रही ताज़ा हवा और विभिन्न विचारधाराओं और विचारों को लेकर ग्रहणशीलता उसमें होनी चाहिए। वैश्वीकरण के इस दौर में लेखक संसार के दूसरे हिस्सों के साहित्य के प्रभाव से बच नहीं सकता। वह तमाम पूर्वग्रहों से मुक्त, वैयक्तिक विचारधाराओं से स्वतंत्र होकर साहित्यिक स्वायत्तता के लिए अनवरत प्रयासरत रहे। लेखक अगर ख़ुद को इतिहास से असम्पृक्त करके मनुष्य की आध्यात्मिक, सांस्कृतिक, दैहिक और आर्थिक कामनाओं के बरअक्स बाहरी संसार से एक सार्थक सम्बन्ध न जोड़ पाए तो वह अधूरा है।

शु. : आप साम्प्रदायिकता और धर्मनिरपेक्षता में अन्तर कैसे करेंगे?

नि.व. : मैं मानता हूँ कि वर्तमान परिप्रेक्ष्य में 'धर्मनिरपेक्षता' एक ऐसा शब्द है जिसका सबसे ज़्यादा दुरुपयोग हुआ है। इस शब्द की अर्थध्वनि यह निकलती है कि संस्थान, व्यष्टि और राज्य अ-धार्मिक हों। तो यहाँ जीवन दो चरणों में बँट जाता है—धर्मनिरपेक्ष और धार्मिक। और इसे ही मैं छद्म-धर्मनिरपेक्षता कहता हूँ। यह धर्मनिरपेक्षता जिसे हम लोगों पर थोपने की कोशिश कर रहे हैं, एक विकृति को जन्म दे रही है। भारतीय मानस धर्मनिरपेक्षता की इस वर्तमान अवधारणा से कभी नहीं जुड़ सकता जो हमारे यहाँ की परिघटना नहीं है। इस अवधारणा के दर्शन की जड़ें यूरोप की अभूतपूर्व ऐतिहासिक परिस्थितियों में हैं। यूरोप में धर्म और सामाजिक जीवन के बीच स्पष्ट अन्तर रहा है। इसके विपरीत भारत में धर्म

निरन्तर सामाजिक जीवन का अंग बना रहता है। और जब धर्मनिरपेक्षता की यह विदेशी अवधारणा साधारणजन पर थोपी जाती है तो यह भारतीय प्रकृति पर बहुत दबाव बनाती है, जिसकी परिणति साम्प्रदायिकता में होती है। मैं धर्म का उपयोग सत्ता को प्राप्त करने के साधन के रूप में करने के एकदम ख़िलाफ़ हूँ। लेकिन इसके साथ ही मुझे यह भी लगता है कि अगर आप सच्चे अर्थों में धर्मनिरपेक्ष हैं तो आपको फ़ासीवाद और सम्प्रदायवाद का हर चरण में, हर तरह से, विरोध करना चाहिए। इस मामले में मनमाने ढंग से किसी को तुष्ट और किसी को रुष्ट नहीं किया जा सकता। मैं इसे दोमुँहापन मानता हूँ।

शु. : विपक्ष का आरोप है कि मौजूदा सरकार इतिहास के विकृतीकरण का अभियान चला रही है। इस पर आपकी टिप्पणी?

नि.व. : इस विवाद की वास्तविकता के बारे में मुझे कोई जानकारी नहीं है इसलिए इस पर टिप्पणी कयासबाज़ी ही होगी।

शु. : हाल के बरसों में 'निर्वासन में साहित्य' की लहर-सी आई है। इस रुझान के बारे में आप क्या सोचते हैं?

नि.व. : मुझे लगता है कि बीसवीं सदी का इतिहास निर्वासन में लिखे गए साहित्य का इतिहास है। कश्मीरी प्रवासियों की पीड़ा उन लोगों की पीड़ा से बड़ी है जिन्हें अपने देश से दूसरे देश में जाना पड़ा। कश्मीरी अपने ही देश में निर्वासित हैं। निर्वासन में लिखे जा रहे साहित्य को मैं ऐसा सार्थक विकास मानता हूँ जो इस दौर के साहित्य को नया आयाम देगा।

शु. : हिन्दी साहित्य की वर्तमान स्थिति के बारे में आप क्या सोचते हैं?

नि.व. : हिन्दी साहित्य युगों पुरानी छायावादी प्रवृत्ति से आगे बढ़ आया है और इसकी स्थिति मज़बूत है। अब इसमें एक तरह की साहित्यिक स्वायत्तता दिखती है। मैं मानता हूँ कि साहित्य का सत्य साहित्य में ही निहित होता है। सूचना विस्फोट के इस युग में हिन्दी साहित्य को इलेक्ट्रॉनिक मीडिया, इंटरनेट या अन्य वैकल्पिक माध्यमों से कोई ख़तरा नहीं है। साहित्य को ख़तरा सिर्फ़ तभी होता है जब परिवर्तन की बयार में बहते हम अपनी जड़ों से, अपनी अस्मिता और मूल स्वभाव से कट जाते हैं। मुझे विश्वास है कि जब तक परम सत्य की मनुष्य की खोज जारी रहेगी, साहित्य बना रहेगा, क्योंकि केवल लेखक ही धर्मनिरपेक्ष ढंग से लिखते हुए हमारे अस्तित्व के गोपन सत्य को सामने ला सकता है।

['कश्मीर टाइम्स' : अप्रैल, 2000]
अंग्रेज़ी से अनुवाद : मधु बी. जोशी

समकालीन आलोचना गिरोहों और शिविरों में बँट गई है

अरविन्द त्रिपाठी की बातचीत

अरविन्द त्रिपाठी : निर्मल जी, ऐसा लग रहा है कि हिन्दी आलोचना अपने समकालीन लेखन के बारे में आश्चर्यजनक रूप से चुप है। यह स्थिति कुछ ज़्यादा ही अजीब इसलिए लगती है,क्योंकि अभी हाल तक समकालीन लेखन का पर्याप्त नोटिस लिया जाता था। उदाहरण के लिए छायावाद, प्रगतिशील आन्दोलन, प्रयोगवाद, नई कविता, नई कहानी—सबको अपने समय में चर्चा मिली। लेकिन समकालीन आलोचना अपने समय से कुछ ज़्यादा ही आँख चुरा रही है। आपकी दृष्टि में इसके क्या ठोस कारण हो सकते हैं?

निर्मल वर्मा : देखिए, आपका सवाल काफ़ी दिलचस्प है, क्योंकि बहसतलब है। किसी भी समय के महत्त्वपूर्ण आलोचक को पुस्तक और पाठक समुदाय के बीच काफ़ी गम्भीर और संवेदनशील क़िस्म की मध्यस्थता करनी पड़ती है। इसके लिए गम्भीर आलोचक के मन में एक स्तर पर दोहरी और गहरी निष्ठाएँ होनी चाहिए। एक ओर वह रचना का सम्पूर्ण साक्षात्कार कराता है, तो दूसरी ओर उसे पाठक और समाज की ओर भी इशारा करना पड़ता है कि अमुक कृति की पठनीयता का आस्वाद क्या है और वह समाज के लिए कितनी मुफ़ीद साबित होगी। तब कहीं जाकर एक विवेक-सम्पन्न आलोचक का दायित्व-निर्वाह होता है। किन्तु हिन्दी आलोचना का इसे दुर्भाग्य ही मानना चाहिए कि कुछेक आलोचकों को छोड़ दिया जाए, तो ज़्यादातर आलोचक अपने कर्म से विरत हैं। इसीलिए उनकी आलोचना में वह ताक़त नहीं है, जो उन्हें एक बड़े आलोचक के रूप में प्रतिष्ठित कर सके।

अ.त्रि. : यानी आप मानते हैं कि आज के ज़्यादातर आलोचक अपने दायित्व का निर्वाह गम्भीरतापूर्वक नहीं कर रहे हैं?

नि.व. : हाँ, ज़्यादातर आलोचकों का यही हाल है। इसके लिए उनकी लापरवाही या उदासीनता उतनी उत्तरदायी नहीं हैं, जितनी उनकी निजी वैचारिक निष्ठा। समकालीन आलोचना गिरोहों और शिविरों में इस तरह बँट गई है कि उसकी शिनाख़्त महज़ संगठनों के आधार पर ही की जा सकती है। एक ज़माने में सृजनात्मक आलोचना थी, दूसरी ओर प्रगतिशील आलोचना। अब प्रगतिशील आलोचना भी बँटकर जनवादी आलोचना हो गई है। ऐसे माहौल में हर वर्ग के आलोचक की अपनी निष्ठाएँ और अपने सरोकार हैं। इसीलिए किसी कृति की आलोचना लिखने के पूर्व वह पहले से ही अपनी धारणा बना लेता है कि इसके बारे में क्या-क्या लिखना है। इस तरह आलोचना का ढाँचा पहले तैयार कर लिया जाता है, फिर उसी के अनुरूप रचना और रचनाकार का मूल्यांकन होता है। मेरी दृष्टि में एक कृति के मूल्यांकन की यह सबसे विकृत और हास्यास्पद प्रक्रिया है, जिससे हिन्दी की समकालीन आलोचना को छुटकारा पाना चाहिए। तभी जाकर आलोचना की स्थिति कुछ सुधर पाएगी।

अ.त्रि. : निर्मल जी, इसकी क्या वजह हो सकती है कि सन् '60 के बाद के साहित्य का मूल्यांकन अभी तक नहीं हुआ, जबकि सातवें और आठवें दशक में युवा पीढ़ी के कई महत्त्वपूर्ण लेखक उभरकर सामने आए हैं? कविता के क्षेत्र में धूमिल के बाद और कहानी के क्षेत्र में ज्ञानरंजन के बाद के रचनाकारों का मूल्यांकन बिलकुल नहीं हुआ। कथा-साहित्य के मूल्यांकन के प्रसंग में नामवर सिंह का कहना है कि इधर के कथा-साहित्य में व्यावसायिकता काफ़ी हद तक हावी हो गई है। यह बात कहाँ तक सच है?

नि.व. : यह सच है कि कथा-साहित्य में व्यावसायिकता हावी हुई है। पर इस दौर में भी अच्छे कथाकार उभरे हैं। उदाहरण के लिए मंज़ूर एहतेशाम का 'सूखा बरगद' और विनोद कुमार शुक्ल का 'नौकर की क़मीज़' वे कथा-कृतियाँ हैं जिनकी ओर आलोचकों का ध्यान जाना चाहिए था। फिर भी कथा-साहित्य की अपेक्षा कविता का ज़्यादा मूल्यांकन हुआ है। नामवर सिंह के बाद मलयज और अशोक वाजपेयी ने इधर के कवियों पर गम्भीरतापूर्वक लिखा है। पर ये दो नाम ही काफ़ी नहीं हैं। मेरी दृष्टि में 'नई कहानी' और 'नई कविता' आन्दोलन के दौर के बहुत सारे लेखकों का पुनर्मूल्यांकन होना भी ज़रूरी है। कृष्णा सोबती का 'ज़िन्दगीनामा', भीष्म साहनी का 'तमस' और श्रीलाल शुक्ल का 'राग दरबारी' जैसी कृतियाँ पुनर्व्याख्या चाहती हैं। इस लिहाज़ से आज की आलोचना को न केवल अपने समय की रचना से टकराना है, बल्कि उन कालजयी कृतियों से भी जूझना होगा, जिनसे साहित्य की धारा को विशेष मोड़ मिलता है।

अ.त्रि. : आज की आलोचना में एक विशेष स्थिति यह पैदा हुई है कि अब समग्र कृतियों पर लम्बे लेख और गम्भीर विवेचन के बजाय पुस्तक समीक्षा की शैली विशेष रूप से अपनाई जा रही है। कुल मिलाकर आलोचना के नाम पर अब हमें पुस्तक समीक्षाओं पर निर्भर होना पड़ रहा है। आपकी दृष्टि में समकालीन पत्र-पत्रिकाओं में वे कौन-सी पत्र-पत्रिकाएँ विशेष रूप से उल्लेखनीय हैं, जिन्होंने पुस्तक समीक्षाओं के स्तर को बनाए रखा है?

नि.व. : आपका कहना सही है कि आज की ज़्यादातर आलोचना पुस्तक समीक्षा में सिकुड़ गई है। लेकिन आलोचना में पुस्तक समीक्षा का प्रयोग कोई बुरा नहीं है, बल्कि मेरी दृष्टि में ठीक ही है। किन्तु हमारे यहाँ ज़्यादातर पुस्तक समीक्षाओं का स्तर बहुत व्यावसायिक हो रहा है। पुस्तक समीक्षा के नाम पर मात्र सूचनाएँ दी जाती हैं। हमारे यहाँ से प्रकाशित पत्र-पत्रिकाओं में पुस्तक समीक्षाएँ उतनी व्यापक, दिलचस्प और पठनीय नहीं होतीं, जितनी पश्चिमी दुनिया से प्रकाशित होनेवाले 'न्यूयॉर्क रिव्यू सप्लीमेंट' जैसे पत्रों में प्रकाशित पुस्तक समीक्षाएँ होती हैं। पुस्तक समीक्षा की परम्परा को अपने यहाँ विकसित करने के लिए ज़रूरी है कि योग्य पुस्तकों के चुनाव में सावधानी बरती जाए। साहित्यिक पुस्तक समीक्षाओं के लिए यह कोई ज़रूरी नहीं कि प्रकाशकों की सभी किताबों को सम्मिलित किया जाए। वहाँ चुनाव बहुत ज़रूरी है। तभी जाकर साहित्यिक कृतियों का महत्त्व रेखांकित किया जा सकता है। मेरी दृष्टि में 'पूर्वग्रह', 'आलोचना' और 'साक्षात्कार'—ये तीन ही ऐसी पत्रिकाएँ हैं, जिन्होंने पुस्तक समीक्षाओं के स्तर को क़ायम रखा है। ये तीनों पत्रिकाएँ समीक्षा के लिए काफ़ी जगह देती हैं।

अ.त्रि. : अभी पिछले दिनों अशोक वाजपेयी ने 'समवाय' आयोजन के दौरान समकालीन आलोचना की पड़ताल करते हुए कहा कि 'आज आलोचना तो है, किन्तु आलोचक ग़ायब हो गया है', जबकि दूसरी ओर अज्ञेय जी ने कहा था कि 'आलोचना है, आलोचक है, सिर्फ़ आलोक चाहिए।' आपकी दृष्टि में समकालीन आलोचना की दुनिया में कौन-सी बात सच है?

नि.व. : मुझे दोनों बातों में अज्ञेय जी की बात समकालीन आलोचना के प्रसंग में ज़्यादा सटीक लगती है। जैसा कि मैंने पहले कहा, हमारे यहाँ आलोचना में राजनीति, पार्टी लाइन के दाँव-पेच कुछ ज़्यादा ही हावी हैं। हर ख़ेमे का आलोचक दूसरे वर्ग के लेखक को घटिया करार देता है और अपने वर्ग के एक तृतीय श्रेणी के रचनाकार को भी अव्वल साबित करने के लिए एड़ी-चोटी का पसीना एक कर देता है। इस तरह आलोचना किसी गिरोहबन्द गोल का खेल लगती है, जहाँ एक वर्ग दूसरे वर्ग का सहृदय आलोचक न होकर शत्रु जैसा बरताव करता है।

वात्स्यायन जी ने जिस आलोक की बात कही है, उसका आशय मूल्यों की तरफ़ है, जिससे हमारे आलोचक कट से गए हैं। जब तक हम किसी कृति के मूल्यांकन में रचना की स्वायत्तता को महत्त्व नहीं देंगे, तब तक उसका मूल्यांकन अधूरा होगा। एक समर्थ और गम्भीर आलोचक का अपनी परम्परा की मूल प्रतिष्ठाओं को तोड़ना आलोचना के बुनियादी सरोकारों से मुँह मोड़ना है। हमारी समकालीन आलोचना जब तक इन अतियों से ऊपर नहीं उठती, तब तक स्वस्थ आलोचना का विकास असम्भव है।

[रविवार]

मार्क्स से अपना पिंड छुड़ाना चाहते हैं प्रगतिशील

शंकर शरण की बातचीत

शंकर शरण : आपको जब किसी पुरस्कार का समाचार मिलता है तो पहली बात मन में क्या आती है?

निर्मल वर्मा : यह कहना तो बेईमानी होगी कि ख़ुशी नहीं होती, पर तात्कालिक कामों की व्यस्तता घेरे रहती है, इसलिए वह ठहरती नहीं। मैं इसी से अपनी आँखों में ऊँचा नहीं उठ जाता कि कोई पुरस्कार मिला है। पर साहित्य अकादेमी पुरस्कार मिलने पर बहुत ख़ुशी हुई थी। वह पहला पुरस्कार था। उसके बाद यह धीरे-धीरे कम होती गई। ज्ञानपीठ पुरस्कार का सुनकर बड़ा अजीब लगा था। मैं समझता था, यह पुरस्कार किन्हीं और लोगों के लिए है।

शं.श. : आपने सबसे पहली रचना कौन-सी लिखी थी?

नि.व. : मैं आठवीं में था। तेरह-चौदह साल का रहा होऊँगा। मैं कश्मीर गया था। तब भारत का विभाजन नहीं हुआ था। लौटते हुए किसी व्यक्ति के यहाँ एक रात रुका था। उनकी दो छोटी-छोटी बेटियाँ थीं। उनसे मेरा परिचय हुआ। पहाड़ों का परिवेश था। वहाँ से लौटकर मैंने एक कहानी लिखी। तब बनारस से समाजवादी पार्टी की एक पत्रिका निकलती थी, उसे भेजा भी था, पर वह छपी नहीं। 1951-52 में मेरी पहली कहानी 'रिश्ते' प्रकाशित हुई थी, 'कल्पना' में।

शं.श. : आपको यह कब लगा था कि जीवन में लेखन ही आपकी वृत्ति होगी?

नि.व. : यह तो अब तक महसूस होता है कि होनी चाहिए (हँसी)! मैंने कभी कोई निश्चय नहीं किया। मुश्किल यह कि मुझे कभी अपने पर विश्वास नहीं रहा कि लेखन ही मेरा व्यवसाय तो नहीं, कर्म एक तरह का बन जाएगा। लेकिन मैं पुस्तकों के सान्निध्य में हमेशा रहता था। रूसी लेखक टॉल्स्टॉय, चेख़ॅव, तुर्गनेव

आदि के हिन्दी में अनुवाद हो चुके थे। प्रेमचन्द, सुदर्शन तो थे ही। इनके सान्निध्य में रहकर लिखे शब्दों के प्रति एक तरह की आत्मीयता उत्पन्न होती है, वह ज़रूरी थी। लेकिन वह कभी मेरे अपने लिखने में प्रस्फुटित होगी, इसके बारे में कभी मैंने सोचा नहीं था।

शं.श. : समकालीन हिन्दी लेखन में सबसे खटकने वाली चीज़ आपको क्या लगती है?

नि.व. : हमारे समकालीन लेखन में विषयों की कमी नहीं है। लेखकों ने अलग-अलग तरह के अनुभवों को छूने का यत्न किया है। अनुभव का विस्तार आया है। पर खटकने वाली चीज़ है कि किसी विषय को, चाहे वह किसी भी समस्या से सम्बन्धित क्यों न हो, उसे कलात्मक सौष्ठव के साथ विषय के अनुरूप फ़ार्म को ढूँढ़कर निकाल लेना, ताकि हर कहानी, उपन्यास हमें यह विश्वास दिला सके कि यह इसी फ़ार्म में लिखी जा सकती थी। इसका जो अनूठा शिल्प है, इसके बिना यह विषय अपनी प्राणवत्ता ग्रहण नहीं कर पाता, इस तरह की फीलिंग नहीं होती। शिल्प की सुघड़ता का अभाव खटकता है और भाषा के प्रति एक बहुत ग़ैरज़िम्मेदाराना रवैया। भाषा की ताज़गी, नये शब्दों की चमक और विषय के मुताबिक़ नई भाषा का प्रयोग कर पाने की क्षमता, इस पर हम ज़्यादा ध्यान नहीं देते। भाषा केवल अभिव्यक्ति का माध्यम नहीं है। वह अपने में एक तरह की अनुभूति और भावना को सम्प्रेषित करती है।

शं.श. : कहा जाता है कि हिन्दी में कथा-साहित्य का पाठक वर्ग बहुत घट गया है। जबकि पश्चिम में टी.वी. और आधुनिक मनोरंजन के इतने विकास के बाद भी नये-पुराने साहित्य के पाठक नहीं घटे। आख़िर हिन्दी में ही इस प्रतिकूल स्थिति के क्या कारण हैं?

नि.व. : पहले तो यह स्थिति है या नहीं, इसके बारे में मुझे शंका है। यह हमारे प्रकाशकों की फैलाई बात है, पर पुस्तक मेलों में जिस तरह से लोग दुकानों पर टूटते हैं, भिन्न-भिन्न क़िस्मों की किताबें ख़रीदते हैं। एक पिछड़े हुए देश में पुस्तकों के प्रति पिपासा स्वाभाविक रूप से होती है, क्योंकि उसे अन्य साधन कम सुलभ होते हैं। पर अच्छी पुस्तकें न पढ़ पाने का एक बड़ा कारण यह है कि वे आसानी से उपलब्ध नहीं होतीं। फिर कम दामों पर उपलब्ध नहीं हो पातीं। हमारी लाइब्रेरी की हालत भी बहुत ख़राब है। यूरोपीय देशों में शहर के हर हिस्से में एक अच्छी लाइब्रेरी मिलेगी। हमारे यहाँ बड़े-बड़े शहरों में दो-तीन पुस्तकालय होंगे, वह भी बड़ी ख़राब अवस्था में। तो यदि आप पुस्तक-संस्कृति के विकास के साधन विकसित नहीं करेंगे, तब पुस्तकों के न बिकने का विलाप करना मेरे ख़याल में उचित नहीं है।

शं.श. : पुस्तक-संस्कृति को विकसित करने की ज़िम्मेदारी सबसे अधिक किस पर आती है?

नि.व. : हमारे शिक्षा संस्थानों पर। स्कूल, कॉलेज और विश्वविद्यालय पर। स्वतंत्रता के पचास सालों में हमारी शिक्षा-पद्धति में जितना पतन हुआ है...। आख़िर हमारे भावी पाठक तो यहीं बनते हैं। यह केवल उत्तरी भारत की बात है, केरल या बंगाल की नहीं।

शं.श. : और आगे बढ़ें तो क्या यह कह सकते हैं कि यह ज़िम्मेदारी सबसे अधिक शिक्षकों पर आती है?

नि.व. : हाँ, सबसे अधिक। आज तो उन्हें कम वेतन मिलने की शिकायत भी नहीं की जा सकती। पर शिक्षक गाँवों में जाना नहीं चाहते। कक्षा में जाना नहीं चाहते। हाईस्कूलों में किताबें ख़रीदी जाती हैं, ठीक से रखी नहीं जातीं। किताबों के प्रति आकर्षण जगाने के लिए एक पूरा अभियान होता है। स्वतंत्र भारत में जिसे सबसे अधिक उपेक्षित किया गया है, वह शिक्षा ही है।

शं.श. : धर्म और धर्मनिरपेक्षता पर आपके विचारों की सेक्यूलर, वामपंथी बुद्धिजीवियों ने बड़ी आलोचना की है। आपने धर्म को रिलीजन का पर्याय न कहकर अधर्म के विपरीत वाली भारतीय मान्यता के रूप में विचार करने का आग्रह किया। आप कुछ और स्पष्ट करेंगे?

नि.व. : आज प्रश्न यह नहीं है कि राजनीति को धर्मावलम्बी होना चाहिए या धर्मनिरपेक्ष। दोनों संज्ञाएँ खंडित मानसिकता का बोध कराती हैं। प्रश्न यह पूछना चाहिए कि धर्म, तो क्या धर्म? धर्मनिरपेक्षता तो किस धर्म के प्रति निरपेक्षता? हमारे सेक्यूलर लोग पश्चिम की भोंडी नक़ल में भारतीय सभ्यता-बोध की विशिष्ट धर्म-भावना को तिरस्कृत कर अपना अज्ञान ही प्रदर्शित करते हैं। दुःख की बात यह है कि जो काम 19वीं सदी के ईसाई मिशनरी यहाँ नहीं कर सके, वह हमारे धर्मनिरपेक्षियों ने कर दिखाया—हमारे धर्म-बोध के प्रति हिक़ारत पैदा करके। यह एक भयंकर घटना है। भारतीय संस्कृति की दृष्टि स्वयं ही बहुलवादी रही है, जो सेक्यूलरिस्टों की दृष्टि से बहुत भिन्न है। ये भारतीय एकता को केवल अनेकता में देखते हैं। अनेकता के भीतर जो एकनिष्ठ बोध है, उसे अनदेखा कर देते हैं। यह सेक्यूलर फ़ंडामेंटलिज़्म है, जो धार्मिक फ़ंडामेंटलिज़्म से भी बुरा है। क्योंकि यह बुद्धिवाद की आड़ में अन्धविश्वासी कट्टरता पैदा करता है। इसी का विकृत रूप सनकी, स्वार्थपरक मूल्यहीनता है जो चारों तरफ़ दिख रही है। इसे धर्मनिरपेक्षता ने पैदा किया है, जो सांस्कृतिक मूल्यों से रिक्त और परम्पराशून्य है। साम्प्रदायिक असहिष्णुता और धर्मनिरपेक्षी मूल्यहीनता, दोनों ही उस भौतिक,

परजीवी जीवन-शैली से पैदा हुए हैं जो पिछले पचास वर्ष से भारत में अपनाई गई। इसे समझने की ज़रूरत है।

शं.श. : सोवियत संघ के विघटन के बाद हमारे देश में प्रगतिशील संगठनों ने अपने रिकॉर्ड की कोई समीक्षा नहीं की। इस चुप्पी को क्या समझें?

नि.व. : मार्क्स ने कभी कम्यूनिज़्म को 'यूरोप का प्रेत' कहा था। आज कम्यूनिज़्म के लिए स्वयं इतिहास ही एक प्रेत बन गया है। इसीलिए प्रगतिशील उससे अपना पिंड छुड़ाना चाहते हैं।

शं.श. : मगर क्या कारण है कि इतनी बड़ी उथल-पुथल का कोई असर दिखाई नहीं देता?

नि.व. : इसका एक सीधा जवाब यह है कि जब एक चीज़ आपको एक तरह का सहारा, या सुरक्षा देती रहे तो वह कितनी ही खोखली क्यों न हो जाए, आप उसे हटाना नहीं चाहते। प्रगतिवादी भी अपनी अस्मिता को ख़तरे में डालना नहीं चाहते। वे नहीं चाहते कि अपने समूचे जीवन की विचारधारा का पुनर्मूल्यांकन करने का जोखिम उठाएँ, जिसके कारण उन्हें किसी और रास्ते पर जाने का जोखिम उठाना पड़े।

['हिन्दुस्तान' : 15 अप्रैल, 2001]

छोटी सच्चाइयों के सहारे ही हम असत् के प्रभुत्व के विरुद्ध जी पाते हैं

जहाँआरा वसी की बातचीत

जहाँआरा वसी : आप अपनी क्लासिक 'माया-दर्पण' और अन्य कहानियों के बारे में कुछ बताइए। क्या आप ख़ुद को 'नई कहानी' के लेखकों में गिनते हैं?

निर्मल वर्मा : पहले आपके प्रश्न का जवाब दूँ। इससे आपको कुछ हद तक मेरे काम के बारे में भी पता चल जाएगा। जिसे आप 'नई कहानी' ग्रुप कहती हैं, मैं उसका हिस्सा कभी नहीं रहा। मैं तो मानता हूँ कि औपचारिक रूप से ऐसा कोई समूह था भी नहीं। हाँ, 1950-55 में इलाहाबाद सें 'कहानी' निकलती थी जिससे युवा लेखकों का एक ऐसा दल जुड़ा था जो पुराने लेखकों के संकीर्ण भौतिकवाद से असन्तुष्ट-सा था। लेकिन पुराने लेखकों में से प्रेमचन्द और जैनेन्द के प्रति श्रद्धाभाव बना रहा। 'नई कहानी' आन्दोलन के मोहन राकेश, कमलेश्वर और राजेन्द्र यादव जैसे उग्र नायकों तक ने अपने पूर्ववर्तियों द्वारा विकसित यथार्थवादी शैली से विद्रोह नहीं किया।

असन्तोष शायद शैली से नहीं था, उसकी आपेक्षिक अनगढ़ता से था। नई कहानियाँ अधिक सूक्ष्म, जटिल, तीखे ढंग से परिमार्जित थीं, यहाँ तक कि उनमें अनुभव की भी अधिक व्यापक रेंज थी। लेकिन वे यथार्थवाद से चिपकी रहीं। कुछ अपवाद भी थे, जैसे पुरानी पीढ़ी के अज्ञेय और रेणु जो अपने पहले उपन्यास 'मैला आँचल' के साथ बड़ी प्रखरता से हिन्दी परिदृश्य पर उभरे। लेकिन रेणु ग्रामीण पृष्ठभूमि से गहरे जुड़े थे, उनकी चिन्ताएँ, उनके सरोकार कुछ अलग थे। वह 'नई कहानी' के शहर आधारित शहराती मध्यवर्ग का हिस्सा कभी नहीं रहे।

मैं इसी मध्यवर्ग का हिस्सा था—अंग्रेज़ी पढ़ा-लिखा, भावनात्मक रूप से असुरक्षित, कुछ हद तक परिवार की परम्पराओं में संस्थापित और साथ ही उस

आत्म से भी कुछ-कुछ परिचित जो जाति या क्षेत्रीय पहचान के खाँचे में नहीं अट पाता। आत्म की यह नई जगी अवधारणा मेरी शुरुआती कहानियों की विषयवस्तु बनी। इसे उस यूरोप की शब्दावली में ठीक-ठीक परिभाषित करना कठिन था, जहाँ मनुष्य पूरी तरह स्वतंत्र है। न ही यह प्रेमचन्द की कहानियों में दिखने वाले विभिन्न 'सामाजिक वर्गों' जैसा था। आप पूछ सकती हैं कि फिर यह था क्या? यह वही परेशान सवाल है जो 'माया-दर्पण' जैसी कहानियों में अपनी ही तरह की दुश्चिन्ता पैदा करता है। कभी-कभी मुझे लगता है कि मेरी कहानियों और उपन्यासों के प्लॉट बदले लेकिन मेरे लेखन की विषयवस्तु यही रही।

ज.व. : आलोचक कहते हैं कि आधुनिक हिन्दी लेखक में असहायता का मनोभाव व्याप्त है। क्या आप इससे सहमत हैं?

नि.व. : असहायता का भाव तो है और हाल के बरसों में आई भारतीय मध्यवर्ग के आध्यात्मिक विध्वंस और आर्थिक विपन्नता को देखते हुए इस पर आश्चर्य भी नहीं होना चाहिए। लेकिन और कारण भी हैं। संयुक्त परिवारों का विघटन, उनमें लोगों को मिलनेवाली सुरक्षा का अचानक हुआ लोप, स्त्रियों का अनिश्चित और सन्देहास्पद स्थान और एक अभूतपूर्व क़िस्म की भौतिकवादी क्रूरता। पिछले अर्से की श्रेष्ठ हिन्दी कहानियाँ क़स्बाई जीवन की जटिल परिस्थितियों के बारे में हैं।

ज.व. : आपके विचार से समाज में साहित्य की क्या भूमिका है? क्या साहित्य को समाजालोचना में पड़ना चाहिए? और पड़े तो किस हद तक?

नि.व. : मुझे नहीं लगता कि साहित्य किसी भी तत्त्व को डेवलप करता है। वह शायद स्वप्न-बिम्बों को ही फ़ोटोग्राफ़ की तरह डेवलप करके उन्हें कहानियों और उपन्यासों में बदलता है। अस्पष्ट प्रतीत होते इन बिम्बों के सम्बन्धों को खोजने या स्थापित करने में ही लेखक का श्रम और सफलता निहित है। इन्हीं अर्थों में सभी कहानियाँ और कविताएँ अज्ञात क्षेत्र में जोखिम-भरी यात्राएँ, मौन के अपरिवर्तनीय क्षेत्र पर बोले गए धावे हैं। कुछ कविताएँ और उपन्यास सत्य के अब तक अन-अन्वेषित द्वीपों को हमारे अन्तरस्थ अछूते जगतों को दर्ज करने में सफल रहते हैं। तब हम स्वयं को अधिक समृद्ध, अधिक पूर्ण, अधिक तृप्त पाते हैं। शायद इसे साहित्य की 'सामाजिक भूमिका' कहा जा सकता है।

ज.व. : आप कई बरस चेकोस्लोवाकिया में रहे और वास्लाव हावेल, मिलान कुन्देरा और मिरोस्लाव होलुब जैसे विशिष्ट लेखकों को जानते हैं। 'खुलेपन' का हंगरी पर क्या प्रभाव हुआ है? क्या पैरेस्त्रॉइका ने समकालीन पूर्वी यूरोपीय साहित्य को प्रभावित किया है?

नि.व. : हाल ही में मैं लगभग 15 बरस बाद प्राहा में था। उस शहर में होना, जहाँ वास्लाव हावेल जैसे लेखकों को अब भी उस तरह के विचारों के लिए प्रताड़ित किया जाता है, जो हंगरी और पोलैंड जैसे पड़ोसी देशों में निर्द्वंद्व भाव से आचरण में लाए जा रहे हैं, अतियथार्थवादी अनुभव जैसा था। मुझे तो यह स्थिति और भी बेतुकी लगी क्योंकि 1968 में जब अलेक्ज़ेंडर दुबचेक के सुधारवादी आन्दोलन को कुचलने के लिए सोवियत टैंक आए तो मैं वहीं था। 'प्राहा के वसन्त' के बीस बरस बाद गोर्बाचोव का ग्लास्नोस्त आया। कोई सोच भी नहीं सकता था कि इतिहास ख़ुद को दोहराएगा। चेक कम्यूनिस्टों ने रूसी पत्रकारों और लेखकों को बाक़ायदा हावेल से मिलने से रोका।

ज.व. : लेखक की प्रतिबद्धता की बात बहुत सुनी जाती है। क्या लेखक को प्रतिबद्ध होना चाहिए? उसे किसके प्रति प्रतिबद्ध होना चाहिए?

नि.व. : मैं मानता हूँ कि भयावह रूप से विपरीत परिस्थितियों में भी अपनी अन्तरात्मा के सत्य से निरन्तर जुड़ा रहा हावेल जैसा लेखक ही लेखक की प्रतिबद्धता के सबसे उदात्त उदाहरण को प्रस्तुत करता है। आज पोलैंड और हंगरी में फिर से स्वस्थ वातावरण तैयार किया जा रहा है। सार्वजनिक जीवन में स्वतंत्रता और मानवीय सम्मान लौटते दिख रहे हैं। जीवन की कुछ छोटी सच्चाइयों की विजय के सहारे ही मनुष्य असत् के प्रभुत्व के विरुद्ध जी पाता है। इस असत् ने रचनात्मक, सच्चे और सम्मानपूर्ण अस्तित्व के मूल स्रोत पर कुठाराघात किया है। अगर इस प्रक्रिया को उसी तरह न कुचला गया, जैसे 20 बरस पहले चेकोस्लोवाकिया में कुचला गया था, तो साहित्य ही नहीं, सार्वजनिक जीवन के सभी क्षेत्रों में इसके दूरगामी प्रभाव होंगे।

['टाइम्स ऑफ़ इंडिया', मेट्रो वन : 2 अगस्त, 1989]
अंग्रेज़ी से अनुवाद : मधु बी. जोशी

साहित्य में मौन का उतना ही महत्त्व है, जितना पेंटिंग में अदृश्य का

अशोक वाजपेयी, हरीश त्रिवेदी, मृदुला गर्ग और सुधीर चन्द्र की बातचीत

अशोक वाजपेयी : मित्रो, महात्मा गांधी अन्तरराष्ट्रीय हिन्दी विश्वविद्यालय की ओर से इस शाम अपने विशेष आयोजन में हम आप सबका स्वागत करते हैं और आपके बहुत कृतज्ञ हैं कि आप यहाँ हमारे न्योते पर पधारे हैं। हमारे विश्वविद्यालय ने जो कुछ योजनाएँ बनाई हैं, उनमें से एक योजना यह है कि हिन्दी के मूर्धन्य लेखकों पर कुछ मनलुभावन सामग्री पेश की जाए। यह योजना हमने 'छवि संग्रह' के नाम से बनाई है। इस शृंखला का पहला फ़ोलियो हम निर्मल वर्मा पर प्रकाशित कर रहे हैं। जैसा कि आपको मालूम है कि निर्मल वर्मा से तीन बुद्धिजीवी, जिनमें एक आलोचक, एक इतिहासकार और एक कथाकार हैं, बातचीत करेंगे। मैंने आपसे शुरू में ही कहा कि निर्मल जी से उनकी ज़िन्दगी, सोचने-विचारने, उनके कथा-संसार को टटोलने की चेष्टा तीन व्यक्ति कर रहे हैं। वे हैं अंग्रेज़ी के अध्यापक मगर हिन्दी साहित्य में गहरी रुचि रखनेवाले आलोचक डॉ. हरीश त्रिवेदी, इतिहासकार डॉ. सुधीर चन्द्र और मशहूर लेखिका मृदुला गर्ग। मैं श्री हरीश त्रिवेदी से आग्रह करता हूँ कि वे निर्मल जी से पहला प्रश्न पूछें।

हरीश त्रिवेदी : निर्मल जी, आजकल की हमारी साहित्यिक-सांस्कृतिक स्थिति को उपनिवेशवादी भी कहा जाता है। उसमें हिन्दी में लिखने का, भारतीय भाषाओं में लिखने और पुरस्कार भी पा लेने का सर्वोच्च महत्त्व कुछ कम नहीं होता दिखता? अब तो लोग कहते हैं कि बुकर, पुलित्ज़र नहीं मिला तो बाक़ी सब क्या है? आपके लेखन का प्रमाण है कि आप अंग्रेज़ी में निबन्ध लिखते हैं और कहानी-उपन्यास हिन्दी में। आप शायद इसे अंग्रेज़ी में लिख सकते थे। अब आपको कैसा लगता है कि इतने साल लिखने के बाद हिन्दी की जो स्थिति है, विशेष कर अंग्रेज़ी

के परिवेश में, उसके प्रति आप आश्वस्त हैं? हिन्दी में लिखनेवाले क्या रहेंगे? क्या लिखा जाएगा हिन्दी में? अंग्रेज़ी तो नहीं छा जाएगी? और आपका हिन्दी में लिखना, जिसमें आप अभी भी लगे हुए हैं, उसके बारे में आपको क्या लगता है? कुछ हिन्दी और मराठी में लिखने वाले लोग भी तो अंग्रेज़ी में आ गए हैं। इन सबके बारे में आपको क्या लगता है?

निर्मल वर्मा : सच तो यह है कि इस विषय के प्रति मैं सचमुच विरक्त हूँ। मुझे अंग्रेज़ी-हिन्दी विवाद सांस्कृतिक स्तर पर उत्प्रेरित करता है। मुझे अब शर्म आती है कि पचास वर्ष के बाद अंग्रेज़ी का प्रभुत्व हमारी राजनीति पर, हमारी सांस्कृतिक मनोदशा पर, हमारी सोच पर और चिन्तन पर बढ़ा है। लेकिन मुझे उन लेखकों से कोई शिकायत नहीं है, जिन्होंने अंग्रेज़ी में कविता, उपन्यास और चिन्तन किया है। मैं आपको आश्वस्त कर सकता हूँ कि जिस तरह औसत और घटिया उपन्यास हर भाषा में लिखे जाते हैं, अंग्रेज़ी में भी लिखे जाते हैं। मेरे प्रिय लेखकों में, कवियों में कई ऐसे हैं, जिन्होंने अंग्रेज़ी में कविताएँ लिखी हैं, जिन्होंने अंग्रेज़ी में लिखकर उत्कृष्ट भारतीय चिन्तन किया। मुझे भारतीयता और अंग्रेज़ी के बीच भाषा स्तर पर कोई विरोध नहीं दिखता। मुझे दु:ख होता है तो इसलिए कि हम हिन्दी को वह मौक़ा नहीं दे सके, जिसके आधार पर वह हमारे समाज में केन्द्रीय भूमिका निभा सके, जिसका आदर्श बनाया गया था। हिन्दी हमारे लिए उतना ही स्वाधीन चिन्तन का प्रतीक था और है, जितना खादी, चरखा या स्वदेशी प्रतीक था। और अब तो शायद वह प्रतीक भी नहीं रहा।

ह.त्रि. : इसी से मिलता-जुलता एक और सवाल आपसे पूछना चाहता हूँ। आपके लेखन में अंग्रेज़ी की छाया इस प्रकार है कि वह अंग्रेज़ी में फिट आ सकती है। उसका अनुवाद या पुन:अनुवाद हो सकता है। जैसा कि लोग कहते हैं, आपने भाषा का जो प्रयोग किया है, वह अद्भुत है, विलक्षण है, हिन्दी में बिलकुल नया है। ये कहाँ से आए? शायद उनमें अंग्रेज़ी का थोड़ा-सा पुट है, लेकिन हिन्दी का स्वभाव बदलने का उसमें प्रयत्न है। आप उन प्रयोगों के बारे में बताएँ जिनसे हिन्दी की समृद्धि बढ़ी है, वे कहाँ से आए?

नि.व. : बहुत अच्छा प्रश्न है। इसलिए भी क्योंकि मैं इससे अवगत नहीं था। मैं बिना झिझक के कहना चाहूँगा कि इस पर अंग्रेज़ी का असर रहा है, लेकिन जब मैंने हिन्दी में लेखन या प्रयोग किया तो मुझे लगा कि इसमें एक तरह का स्वर आता है, जो पारम्परिक वाक्य संरचना में नहीं आता। अगर ऐसा मुझे महसूस होता तो फिर मैं अंग्रेज़ी का अनुकरण न करता, जैसा मैंने कई चीज़ों में नहीं किया। यह मुझे दुर्भाग्यपूर्ण लगता है।

मृदुला गर्ग : आप भाषा को कैसे लेते हैं? सीधा-सा प्रश्न है, फ्लॉबे ने कहा था कि भाषा चोट खाई हुई केतली है, जिस पर हम भालुओं को नचाने के लिए ताल देते हैं और चाहते हैं कि आसमान के तारे तक करुणा से बिखर जाएँ। कुछ लेखक भाषा को माध्यम या उपक्रम मानते हैं, कुछ उसको कथावस्तु के समकक्ष साध्य बना लेते हैं। क्या आपको अपनी केतली में कोई तरंग नज़र आती है जब आप लिखना शुरू करते हैं?

नि.व. : इसका बहुत संक्षेप में उत्तर देना चाहूँगा, हालाँकि मेरे लिए यह प्रश्न बहुत महत्त्वपूर्ण है। भाषा माध्यम तो है ही, यह तो इतनी स्पष्ट चीज़ है कि उसे दोहराने की ज़रूरत नहीं है, लेकिन मेरे लिए वह एक चलते हुए नाटक की इमोशनल लाइन होती है, एक भावनात्मक संसार होता है। हम उसे भाषा में ही रचते हैं। ऐसा नहीं है कि पहले हमें विचार आता है, फिर हम उसके लिए भाषा या शब्द ढूँढ़ते हैं। मैं हमेशा एक लेखक होने के नाते यह महसूस करता रहा हूँ कि एक वाक्य पढ़ते हुए वह अपनी इमोशन जेनरेट करे, अपना भाव सृजित करे, यह नहीं कि किसी भाव के बारे में कहे। मुझे यह लगता है कि एक कलाकार इससे बहुत दूर भागता है, उसे भावना चाहिए। उसे भावना के भीतर समानान्तर रूप से भागना पड़ता है, ताकि एक वाक्य को पढ़ते हुए हम उस भाव के साक्षी हो सकें, उसके भागीदार हो सकें। अगर मैं अपनी बात को थोड़ा-बहुत स्पष्ट कर सका हूँ तो मेरे लिए चेख़ॅव की भाषा वर्जीनिया वुल्फ़ की भाषा, रेणु की भाषा में एक वाक्य को पढ़कर लगता है कि उस संसार के भीतर एक और संसार आलोकित हुआ है। जिसके बारे में वह कह रहा है, वह उस वाक्य के भीतर ही संचारित हो रहा है। यह चीज़ हम किसी लेखक के गद्य में पाते हैं तो फिर वह माध्यम नहीं रह जाता, वह साध्य बन जाता है, साधन नहीं रहता। भाषा की साध्यों के ऊपर साधना मेरे ख़याल से हर लेखक की गहरी महत्त्वाकांक्षा रहती है और मुझे नहीं मालूम कि मैं कितना सफल हो पाया हूँ। लेकिन जिन लेखकों ने मुझे आकर्षित किया है, उन्होंने भाषा का इस्तेमाल ऐसे ही किया है।

सुधीर चन्द्र : भाषा की बात चल रही है। मेरे लिए 'अन्तिम अरण्य' का सबसे बड़ा मतलब यह है कि यह अनकहे का उपन्यास है। कितना कुछ कहा जा रहा है और कोई भी क्षण ऐसा नहीं रहता। सम्भवत: एक क्षण ऐसा आता है, लगता है कि अब कुछ कहा जा रहा है, तो जब परेशानी होती है पढ़नेवालों की, भई चाय की दुकान तक तुम जा रहे हो, उसका तो विस्तृत विवरण है, यह दूर से ही तुमने देख लिया। यह हुआ, वह हुआ। और जैसे ही चाय की दुकान पहुँचे, लगा कि अब कुछ कहा जाएगा तो बात ख़त्म हो जाती है। मुझको ऐसा लगता है कि आपकी कहानियाँ जितनी खुले में ख़त्म होती थीं, उस लिहाज़ से आपने कहानी

लेखन में नया काम किया था। यह कुछ न कह सकने का जो भाव है, 'अन्तिम अरण्य' में बड़े ही सशक्त तरीक़े से आया है।

नि.व. : असल में जब भाषा के बारे में मृदुला जी ने प्रश्न किया था, वह मेरी तरफ़ से अनकहा रह गया था, उसे सुधीर ने परिभाषित कर दिया। साहित्य में मौन का उतना ही महत्त्व है जितना एक पेंटिंग में अदृश्य का। जो कहा गया है, उसमें अनकहा अपने आप ही ध्वनित हो जाता है।

मृ.ग. : बात जब 'अन्तिम अरण्य' की हो रही थी, तब नामवर जी की एक बात याद आई : 'जहाँ भी निर्मल रहते हैं, उनके साथ शिमला या पहाड़ रहता है।' 'अरण्य' इसका टाइटल भी है और बोध भी है। भारतीय मनीषा में अरण्य अकेलेपन से शायद कहीं गाँव का मन्तव्य लिये रहता है। वहाँ आदमी अकेला नहीं होता। वहाँ उसका घर है। क्या मैं ठीक समझी हूँ?

नि.व. : मैं नहीं जानता। यह रीडिंग है और अच्छी होनी चाहिए, लेकिन 'अन्तिम अरण्य' के बारे में, जो मृत्यु के बारे में बातें कही गई हैं मृत्यु के भय या आतंक या मृत्यु के बारे में, ये चीज़ें मेरे अन्दर नहीं थीं। 'अन्तिम अरण्य' का केन्द्रबिन्दु मेरे लिए मृत्यु नहीं रहा। जहाँ तक मृत्यु के बारे में उनका सोचना है, मृत्यु के बारे में तो हम शहर में भी सोचते हैं। बूढ़ा आदमी कहीं भी हो, मृत्यु के बारे में सोचता है। 'अन्तिम अरण्य' में यह कोई विशेष बात नहीं है और विशेष बात क्या है, यह मैं नहीं जानता...।

['दैनिक भास्कर' : 3 दिसम्बर, 2002]

प्रकाशक के लिए पुस्तक जूते की तरह है...

विनीता गुप्ता की बातचीत

विनीता गुप्ता : आपके भीतर साहित्य का अंकुर कब और किन परिस्थितियों में फूटा?

निर्मल वर्मा : यह अपने-आपमें बड़ा रहस्यमय प्रश्न है कि किसी के भीतर साहित्य का अंकुर कब और किन परिस्थितियों में जन्म लेता है। मुझे लगता है, कई चीज़ें एक साथ काम करती हैं। मेरे अपने सन्दर्भ में तो ऐसा ही हुआ। शिमला में घर का वातावरण और आसपास का परिवेश। मेरे दादा श्री कृष्णमुरारी वर्मा को पुस्तकें और 'कल्याण' आदि पत्रिकाएँ पढ़ने का बहुत शौक़ था। वे ख़ुद भी पढ़ते थे और मुझे कहते थे कि मैं उन्हें पढ़कर सुनाऊँ। मैं अक्सर उनको 'कल्याण' पढ़कर सुनाया करता था। अंग्रेज़ों की गर्मियों की राजधानी थी शिमला। तो गर्मियों के दिनों में वहाँ बहुत लोग आते थे, ख़ूब चहल-पहल रहती थी। शिमला का प्राकृतिक परिवेश बहुत प्रभावित करता था और फिर शिमला में सर्दियों के दिनों में हमारे घर में अनेक भिक्षुक और साधु-संन्यासी आकर रहते थे। मुझे याद है कि एक मुस्लिम पीर भी आते थे, जो न जाने कहाँ-कहाँ की अपनी यात्राओं के संस्मरण बताते थे। चार-पाँच महीने वे शिमला में ही बिताते थे और हम भाई-बहन उनकी बातें बहुत ग़ौर से सुनते थे। एक महात्मा जी भी आते थे और साल में दो-तीन महीने हमारे घर में रहते थे। तिब्बती भिक्षुओं को देखकर हमारा मन रोमांच से भर उठता था। मेरा बाल मन इन सबको ग्रहण करता रहता था। फिर मैंने किशोरावस्था में प्रेमचन्द, जैनेन्द्र, गोर्की आदि की पुस्तकें पढ़ीं। इस प्रकार विभिन्न प्रभावों के सम्मिश्रण से मेरे भीतर एक परिपाक जनमा, जिसमें मेरे साहित्य-सृजन का बीजांकुरण हुआ।

वि.गु. : आपने हिन्दी साहित्य का एक लम्बा दौर देखा है। इस दौर में हुए परिवर्तनों के आप साक्षी रहे हैं। आप इस बदलाव का आकलन किस प्रकार करते हैं?

नि.व. : '50 और '60 का दशक 'नई कहानी' के आन्दोलन का दौर था और उस आन्दोलन के साथ मेरा नाम भी जोड़ा जाता है। हालाँकि मैं इससे आश्वस्त नहीं होता कि मैंने ऐसे किसी आन्दोलन में सक्रिय रूप से भाग लिया। इलाहाबाद उन दिनों साहित्यिक सरगर्मियों का केन्द्र था, साहित्य की दृष्टि से दिल्ली तो एक क़स्बा जैसा था। एक तरह से बंजर। इलाहाबाद और देश के दूसरे भागों के लेखकों से मेरा नाता इतना ही था कि मेरी और उनकी कहानियाँ पत्रिकाओं में छपती थीं और मैं उनको पढ़ता था, वे मुझे पढ़ते थे। दिल्ली में वे कहानीकार थे, जो विभाजन के बाद पाकिस्तान से दिल्ली आए थे। अधिकांश करोलबाग़ में ही रहते थे। भीष्म साहनी, देवेन्द्र इस्सर, कृष्ण बलदेव वैद आदि...। हम लोगों ने 'कल्चरल फोरम' के नाम से एक संस्था का गठन किया था। हम लोग हर रविवार को मिलते थे, अपनी-अपनी कहानियाँ पढ़ते थे और उन पर बहुत गहरी टीका-टिप्पणी होती थी, कटु आलोचना होती थी। कहीं कोई कोताही नहीं बरती जाती थी। इन चर्चाओं से लिखने की प्रेरणा मिलती थी। परिष्कार भी होता रहता था।

वि.गु. : अभी आपने कहानी-आन्दोलन की चर्चा की। क्या आपको लगता है कि साहित्य पर इस तरह के आन्दोलनों का प्रभाव होता है?

नि.व. : साहित्य का उन्मेष बहुत कुछ आन्दोलनों से जुड़ा होता है, बशर्ते वह आन्दोलन कुछ लेखकों की व्यक्तिगत स्वार्थ-सिद्धि का अड्डा न बन जाए। आन्दोलन साहित्य का विकास करने में योगदान देते हैं। गहरे स्तर पर वे प्रेरणा का स्रोत भी हो सकते हैं। 'परिमल' पत्रिका जो साहित्यिक प्रगतिशील आन्दोलन का केन्द्र थी, जनवादी लेखक संघर्ष और प्रगतिशील लेखक संघ आदि के महत्त्व को भी नकारा नहीं जा सकता। इनके महत्त्व को नकारना उस सच को नकारना है जो एक-दूसरे से सीखने की प्रेरणा देता है। जब लेखकों का एक समुदाय बनता है, तो उसका अवचेतन पर प्रभाव पड़ता है। इससे लेखन को ऊर्जा मिलती रहती है।

वि.गु. : हिन्दी साहित्य को समृद्ध करने में साहित्यिक पत्रिकाओं का क्या योगदान रहा है?

नि.व. : एक ज़माना था जब मन्मथनाथ गुप्त 'कहानी' पत्रिका निकालते थे। 'कल्पना' हैदराबाद से निकलती थी। इन दोनों पत्रिकाओं का हिन्दी साहित्य के उन्मेष में जो योगदान रहा, उसकी आप कल्पना भी नहीं कर सकते। वह '50 और '60 का दशक था। वह दौर हिन्दी साहित्य का सर्वाधिक समृद्ध दौर रहा है। अनेक पत्रिकाएँ प्रकाशित होती थीं। दिल्ली से 'कृति' और 'आजकल' निकलती थी।

बाद में 'नई कहानी' भी निकली। इलाहाबाद से डॉ. धर्मवीर भारती ने 'निकष' निकाली थी, जो बहुत महत्त्वपूर्ण पत्रिका थी। उपेन्द्रनाथ 'अश्क' हर साल 'संकेत' नाम से साहित्यिक रचनाओं का संकलन प्रकाशित करते थे। अमृतराय ने 'हंस' उसी दौर में निकाली थी। 'सारिका' और 'धर्मयुग' का महत्त्वपूर्ण योगदान रहा। 'धर्मयुग' और 'सारिका' व्यावसायिक होने के बावजूद बहुत प्रभावशाली पत्रिकाएँ थीं। इनकी पहुँच बहुत दूर तक थी। इन पत्रिकाओं ने जनमानस में साहित्य का संस्कार डाला।

वि.गु. : क्या अब उस स्तर की पत्रिकाएँ आपको दिखाई देती हैं?

नि.व. : अब तो लघु पत्रिकाएँ निकलती हैं। लेकिन इनका घेरा बहुत सीमित है। ये पत्रिकाएँ गुणवत्ता की दृष्टि से कमतर नहीं हैं। इनमें अच्छी कहानियाँ और कविताएँ भी होती हैं, लेकिन ये कोई गहरी रेखा नहीं खींच पातीं। इनमें से कुछ तो एक गुट विशेष की विचारधारा का प्रतिनिधित्व करती हैं। और इनके प्रकाशक अपने ही गुट के लोगों की रचनाएँ छापते हैं। इनकी सबसे बड़ी कमी यह है कि इनमें समाज में अपना हस्तक्षेप करने का सामर्थ्य नहीं है। सच कहूँ तो ये छोटे-छोटे दुर्गों में विभाजित पत्रिकाएँ हैं।

वि.गु. : अभी आपने दुर्ग की बात कही। साहित्य में गुटबाज़ी और ख़ेमेबाज़ी इस हद तक हो गई है कि एक-दूसरे गुट के लोगों की टाँग-खिंचाई में अच्छा साहित्य उपेक्षित रह जाता है।

नि.व. : यह हमारी साहित्यिक अपरिपक्वता का प्रमाण है। जितना विश्वविद्यालयों और कॉलेजों में हमारी शिक्षा-पद्धति का पतन होता गया, उसी अनुपात में साहित्य के प्रति हमारा विवेक भी धूमिल हुआ है। और जब विवेक धूमिल हो जाता है तो दूसरी चीज़ें ज़्यादा हावी हो जाती हैं। जैसे अपना खेमा बनाना, अपनी विचारधारा को बढ़ाना, अच्छी साहित्यिक रचना को नज़रों से ओझल करके अगर वह रचना अपने ख़ेमे के लेखक की है, तो दोयम दर्जे की रचना को बढ़ावा देना, और फिर उसे पुरस्कार दिलाने के लिए एड़ी-चोटी का पसीना बहाना। यह काम बड़े-बड़े साहित्यकार कर रहे हैं। मैं किसी का नाम नहीं लेना चाहता। लेकिन यह सबसे बड़ा दुर्भाग्य है कि वे यह नहीं जानते कि वे साहित्य का कितना नुक़सान कर रहे हैं। क्योंकि अगर साहित्य में उत्कृष्टता और स्तरीयता का विवेक और मनीषा ही कुन्द हो जाए तो इसका गहरा असर सृजनात्मक साहित्य पर पड़ेगा ही। इससे सिर्फ़ आलोचना विधा की क्षति नहीं होती अपितु उसके आसपास की विधाएँ भी क्षीण हो जाती हैं, अपनी ऊर्जा खो देती हैं, क्योंकि उनका सही आकलन करनेवाली कोई शक्ति नहीं रहती। यह हमारे साहित्य पर एक अभिशाप की तरह है।

वि.गु. : ख़ेमेबाज़ी के साथ-साथ पुरस्कारों की ओर देखें तो लगता है, पुरस्कारों में भी गुटबाज़ी आ गई है। क्या ऐसे पुरस्कार किसी लेखक की साहित्यिक उत्कृष्टता की पहचान हो सकते हैं?

नि.व. : मेरा पुरस्कारों से कोई विरोध नहीं है, लेकिन अगर यह रचना की उत्कृष्टता पर न देकर एक ख़ास तरह की स्वार्थ-सिद्धि करने और ख़ेमे को बढ़ाने के लिए दिये जाएँ तो इससे बड़ा नुक़सान साहित्य का और कुछ नहीं हो सकता।

लेखक को पुरस्कार के बारे में सोचना ही नहीं चाहिए। उसे पुरस्कार मिल जाता है, यह अच्छी बात है, लेकिन वह पुरस्कारों के लिए थोड़े ही लिखता है।

वि.गु. : वह लिखता किसलिए है?

नि.व. : सुबह से शाम तक हम जो जीवन जीते हैं, उसमें तमाम उलझनें, गाँठें और अन्तर्विरोध होते हैं। साहित्यकार जब लिखता है, तो यह नहीं सोचता कि वह अपने सुख या समाज के लिए लिख रहा है अपितु वह अपने भीतर की दुनिया को एक स्पष्टता देने का प्रयास करता है। उसमें एक तर्क पिरोना चाहता है, जो ऊपर से एकदम अराजक और तर्कहीन जान पड़ता है। और जब वह यह कर पाता है, चाहे कहानी के माध्यम से करे, या कविता के माध्यम से, तो न केवल उसे सन्तोष मिलता है, अपितु वह चीज़ केवल उसकी सम्पत्ति बनकर नहीं रह जाती, सार्वजनिक हो जाती है। तुलसीदास ने किसी का भला करने के उद्देश्य से 'रामचरितमानस' की रचना नहीं की थी। उन्होंने अपने मन की शान्ति, सन्तोष और आनन्द के लिए 'मानस' की रचना की थी। लेकिन उसी स्वान्त: सुखाय रचना ने हिन्दू मानस को किस तरह आलोड़ित किया, यह अपने में एक बड़ी शिक्षा देने वाली चीज़ है। जो बात तुलसी पर लागू होती है, वह किसी भी युग में किसी भी लेखक पर लागू होती है।

वि.गु. : साहित्य में भारतीय संस्कृति और संस्कारों का क्या महत्त्व मानते हैं?

नि.व. : अगर यह सोचकर लिखें कि यह संस्कृति या संस्कार रचना में आने ही चाहिए तब तो उसकी दुर्गति ही होगी। न तो उसमें भारतीय संस्कार ही ठीक से आ पाएँगे, न ही वह रचना कला की दृष्टि से उत्कृष्ट बन पाएगी। लेकिन यह सच है कि हर लेखक लिखता है अपने संस्कार को अभिव्यक्त करने के लिए। चूँकि वह किसी ख़ास परिवेश, ख़ास परम्परा से आया है, स्वाभाविक रूप से उस संस्कृति, परिवेश की छाया उस पर पड़ेगी ही। यह इसलिए भी ज़रूरी है, क्योंकि अपनी रचना में वह हर तरह के रूपक और प्रतीकों का इस्तेमाल करता है। ये रूपक और प्रतीक उसे अपने ही धर्मशास्त्रों से, अपने ही महाकाव्यों और परम्परागत कृतियों से प्राप्त होते हैं। और जो इस निधि का लाभ नहीं उठाता, वह बेहद विपन्न लेखक है।

वि.गु. : किन्तु हिन्दी साहित्यकारों का एक ख़ेमा ऐसा भी है, जो अपने ही एक वरिष्ठ साथी को सिर्फ़ इसलिए बाहर कर देता है, क्योंकि उन्होंने हिन्दू प्रतीकों का प्रयोग किया?

नि.व. : यह निरी जाहिली है। अगर हम भारतीय और हिन्दू प्रतीकों का इस्तेमाल नहीं करेंगे तो क्या ईसाई और मुस्लिम प्रतीकों का इस्तेमाल करेंगे? ये प्रतीक तो सहज रूप से हमारे रक्त में प्रवाहित होते हैं! जब हम यूरोप का साहित्य पढ़ते हैं तो उनमें बाइबल और यूनानी पौराणिक ग्रंथों से लिये गए रूपक व प्रतीक मिलते हैं। हम उन्हें स्वीकार करते हैं। नस्लीय दृष्टि से हम क्या उसे देख पाएँगे? आज हम निराला का 'तुलसीदास' या 'राम की शक्ति-पूजा' पढ़ते हैं, तो क्या यह कहेंगे कि यह हिन्दूवादी कविता है? क्या हम उसे साम्प्रदायिक कविता कहकर ख़ारिज कर सकते हैं? मैं समझता हूँ, ऐसी बातें करना हमारी आलोचनात्मक विपन्नता का प्रतीक है। इसमें हिन्दू-मुस्लिम का सवाल ही पैदा नहीं होता।

वि.गु. : पाठकों और लेखकों की दृष्टि से हिन्दी साहित्य का भविष्य कैसा देख रहे हैं?

नि.व. : हमारे पास दूर-दराज़ के क्षेत्रों, छोटे-छोटे गाँवों से आने वाले पत्रों से यह प्रमाणित हो जाता है कि साहित्य के पाठक हैं, और साहित्य अभी हाशिये पर गया नहीं है। समाज से लेखक का नाता और गहरा होता जा रहा है। अभी भी लेखक और समाज के बीच एक संवाद की स्थिति है। कई युवा लेखकों को पढ़कर लगता है, उनकी प्रारम्भिक रचनाएँ बहुत उत्कृष्ट कोटि की थीं, लेकिन अब वह स्तर नहीं रहा। आख़िर वे किन प्रलोभनों में फँस गए कि उनकी मेधा धूमिल हो गई?

वि.गु. : कई बार प्रकाशकों की माँग होती है कि पाठक ऐसा चाहते हैं, आप ऐसा लिखें तो...यानी साहित्य का भी व्यवसायीकरण हो गया है?

नि.व. : साहित्य का व्यवसायीकरण होना अच्छी बात नहीं है। आज के दौर में जबकि हर चीज़ का व्यवसायीकरण होता जा रहा है, कम-से-कम साहित्य को इसकी छूत नहीं लगनी चाहिए। आप साहित्य का सृजन अपने सपनों को, आकांक्षाओं को चरितार्थ करने के लिए करते हैं। यदि आप उसमें भी समझौता करने लगे तो इससे बड़े दुर्भाग्य की बात क्या होगी! आप प्रकाशक की माँग पर थोड़े ही लिखते हैं! मेरे विचार से कोई भी स्वाभिमानी लेखक, जिसे अपनी प्रतिभा पर विश्वास है, ऐसा समझौता नहीं करेगा। प्रकाशक के लिए तो पुस्तक एक जूते या साबुन की तरह है, जिसे उसे बेचना है। लेकिन आपके लिए तो अपनी रचना ऐसी नहीं है।

['पाञ्चजन्य' : 9 फ़रवरी, 2003]

लेखक केवल समाज के लिए नहीं लिखता

नीलांशु रंजन की बातचीत

निर्मल वर्मा केवल इस राष्ट्र के माने हुए हिन्दी उपन्यासकार, कहानी लेखक और आलोचक ही नहीं हैं, अपितु गांधी दर्शन के पक्के अनुयायी हैं।

इस समय जब देश साम्प्रदायिकता और राजनीतिक हलचल से बुरी तरह जूझ रहा है, निर्मल वर्मा मानते हैं कि महात्मा गांधी की विचारधारा ही समय की माँग है।

धर्मनिरपेक्षता के मुद्दे पर दोबारा विचार करना अति आवश्यक हो गया है। वह कहते हैं : "धर्मनिरपेक्षता किसी व्यक्ति के धार्मिक लगाव और विश्वास की विकृत अभिव्यक्ति होती है।" जब धर्मनिरपेक्षता के नाम पर धर्म समाज से लुप्त हो जाता है तो लोगों की आत्मा में एक ख़ालीपन आ जाता है, जिसे राजनीतिज्ञ साम्प्रदायिकता के विष से भरने का प्रयत्न करते हैं। अत: साम्प्रदायिकता धर्म के काले पक्ष के अलावा कुछ नहीं है। यदि धार्मिक भावनाओं का दमन किया जाता है, जब इसके क़ानूनी और प्राकृतिक अभिव्यक्ति के रास्ते बन्द हो जाते हैं तो वे भी कुटिल माध्यम के ज़रिये अपनी अभिव्यक्ति खोज लेती हैं। अब समय आ गया है जब धर्मनिरपेक्षता की उस अवधारणा के बारे में गम्भीरता से सोचा जाए, जिसे हमारे देश में अभी तक पोषित किया गया है।

वह आगे लिखते हैं : "आप जानते हैं कि साम्प्रदायिकता की मूल समस्या यह नहीं है कि हिन्दू और मुसलमान एक-दूसरे के प्रति विद्वेषपूर्ण हो गए हैं, अपितु जिस तरह की धर्मनिरपेक्षता को हमने माना है उसके कारण राजनीतिज्ञों के हाथ में बुरी शक्तियाँ आ गई हैं, जिनके कारण वे लोगों की भावनाओं के साथ खिलवाड़ कर सकते हैं। वस्तुत: गांधीवाद को नकारने के फलस्वरूप ऐसी दु:खद स्थिति हुई है।"

उनका मानना है कि मनुष्य के मन में कुछ जन्मजात होता है जो उसे उद्विग्न करता रहता है, लेकिन आधुनिक समय में इस उद्विग्नता ने अनर्थकारी आयाम ग्रहण कर लिया है और इसका मुख्य कारण है, मनुष्य का प्रकृति एवं विश्व की

अन्य प्रजातियों से श्रेष्ठ होने का असीम अहंकार। वह कहते हैं कि यह द्वितीय विश्वयुद्ध के पश्चात् हुई विशाल तकनीकी प्रगति के परिणामों के कारण है जिसने विश्व के एक भाग में प्रचुर सम्पत्ति का सृजन किया तो दूसरे में दरिद्रता का।

अधिक दार्शनिकतापूर्ण होकर वह कहते हैं : "जो व्यक्ति इस संसार में अपने को अकेला समझता है, उसे कोई चीज़ आध्यात्मिक और भावनात्मक सन्तोष प्रदान नहीं कर सकती। यह अकेलापन और असुरक्षा एक प्रकार का भय पैदा करते हैं, जो अन्ततः सभी प्रकार की हिंसा, घृणा और सन्देह के लिए ज़िम्मेदार होता है।"

निर्मल वर्मा इस आरोप पर कड़ी प्रतिक्रिया व्यक्त करते हैं कि उनकी कृतियाँ जनसाधारण को नहीं छू पातीं और उनके उपन्यास-कहानियों का पठन एक विशेष वर्ग तक ही सीमित रहता है और वह वर्ग है बौद्धिक वर्ग। उन्होंने कहा : "कौन कहता है, साहित्य सभी के लिए होता है? ऐसा नहीं होता। लेखक केवल समाज के लिए नहीं लिखता। उसकी अपनी कल्पना, विचार और संवेग इत्यादि होते हैं। एक कहानी लिखते समय या कविता की रचना करते समय उसके मन में कई विचार होते हैं। उसे अपने तरीक़े से विचारों की अभिव्यक्ति की आज़ादी मिलनी चाहिए। उसे अपने ढंग से जीवन और मृत्यु का अर्थ और जटिलताएँ जी पाने की स्वतंत्रता होनी चाहिए और इससे भी अधिक उसे अपनी कृतियों के माध्यम से अपने स्वप्न साकार करने की स्वतंत्रता मिलनी चाहिए। यदि अन्य लोग लेखक के साथ मिलकर उसके संवेग और संवेदनशीलता बाँटते हैं, तो यह अलग बात है। क्या आप समझते हैं कि वृक्ष हमारे लिए फल पैदा करते हैं? नहीं, ऐसा नहीं है। यह वृक्ष का धर्म है, ऐसा ही लेखक के सम्बन्ध में है।"

जब उनसे इस आलोचना पर विचार प्रकट करने को कहा गया कि दार्शनिक निर्मल वर्मा साहित्यकार निर्मल वर्मा पर हावी रहता है तो उन्होंने कहा : "मैं नहीं जानता कि यह कहाँ तक सही है। परन्तु यदि मेरा दर्शन मेरी कला पर हावी रहता है तो यह निश्चय ही मेरी कमज़ोरी है। लेकिन मैं यहाँ यह बताना चाहूँगा कि साहित्य या कला की कोई कृति दर्शन से अछूती नहीं रह सकती। दर्शन साहित्य या कला या किसी अन्य सृजनात्मक वस्तु में अन्तर्निहित होता है। इससे बचा नहीं जा सकता। कला केवल मनोरंजन के लिए नहीं होती बल्कि यह जीवन के अनेक पहलुओं को छूती है, देखती है, और बारीकी से जाँच करती है और इस प्रक्रिया से उसका विकास होता है।"

वह आगे कहते हैं : "आप जानते हैं, मुंशी प्रेमचन्द की कहानियाँ अत्यन्त दिलचस्प और मनोरंजक भी होती हैं लेकिन उनमें केवल मनोरंजन ही विद्यमान नहीं होता। वस्तुतः वे मूल्यों पर आधारित कहानियाँ होती हैं और हमें उनमें जीवन के अनेक सत्यों के दर्शन होते हैं, जैसे कि ग्रामीण जीवन का चित्रण, शहरी जीवन की तेज़ गति तथा गाँव और शहर के जीवन के सभी परिचित परिवेश।"

उनकी अधिकांश कहानियाँ यूरोपीय संस्कृति से प्रभावित हैं। लेकिन क्या यह साहित्यकार जिसने चेकोस्लोवाकिया में जीवन का काफ़ी समय गुज़ारा है, ऐसा सोचता है कि उनकी यूरोपीय पृष्ठभूमि की कहानियाँ भारतीय संस्कृति से मेल नहीं खातीं? उनका कहना था कि यूरोपीय तकनीक बेमेल हो सकती है, कहानियाँ नहीं। कहानी का परिवेश और कथानक यूरोप में स्थित हो सकता है, परन्तु इसके भावनात्मक पहलू को किसी विशेष भौगोलिक सीमा से नहीं बाँधा जा सकता। महत्त्वपूर्ण बात होती है समानुभूति—लेखक की संवेगात्मक पहुँच थोड़ी व्यापक होनी चाहिए।"

इसे और ठीक से समझाने के लिए उन्होंने कहा : "टॉल्स्टॉय और शेक्सपियर की कहानियाँ आज भी प्रासंगिक, अर्थपूर्ण और जीवन्त हैं—ऐसा क्यों है? उनकी कहानियाँ अत्यन्त संवेदी हैं, वे संवेगों को जागृत करती हैं क्योंकि इन कहानियों के पात्रों और परिवेश में मानव-मूल्यों, संवेगों, भावनाओं इत्यादि की गहरी अनुभूति होती है। वे हमें विदेशी नहीं लगते। प्रत्येक कला अपने परिवेश से गहन रूप से जुड़ी होनी चाहिए।"

साहित्यिक क्षेत्र की दयनीय स्थिति पर व्यथित होते हुए वह गहन रूप से अनुभव करते हैं कि भारतीय साहित्यकारों की उपेक्षा हुई है और इसी वजह से रवीन्द्रनाथ टैगोर के बाद किसी भारतीय साहित्यकार को नोबेल पुरस्कार नहीं प्राप्त हो सका। उनके विचार में हिन्दी साहित्य का उचित रूप से अनुवाद नहीं किया गया और न ही विदेशी अनुवादकों ने इस क्षेत्र में विशेष रुचि प्रदर्शित की।

वह दुःख प्रकट करते हुए कहते हैं : "यदि टैगोर ने अपनी कविताओं का अनुवाद स्वयं न किया होता तो उन्हें नोबेल पुरस्कार प्राप्त नहीं होता और मेरा यह सौ प्रतिशत दृढ़ विश्वास है।"

निर्मल वर्मा ने एक बार लिखा था कि मनुष्य एक हिंसक प्राणी है। इसकी व्याख्या करते हुए उन्होंने कहा : "हाँ, मेरा यह दृढ़ विश्वास है कि मनुष्य एक हिंसक प्राणी है। जानवर, जिन्हें हम पशु कहते हैं, अपनी भूख और प्यास मिटाने के लिए हिंसा करते हैं जबकि मनुष्य ईर्ष्या, द्वेष, घृणा, भय, प्रतिशोध एवं क्रोध के कारण हिंसा करता है। पशुओं के लिए ये सभी उद्वेग अनजाने हैं।

"आज हमारे संसाधनों का ह्रास हो रहा है और हम सबसे बुरी शक्ल में प्रदूषण एवं प्रकृति के असन्तुलन का सामना कर रहे हैं और इन आपदाओं और अनर्थ के लिए और कोई नहीं, मनुष्य स्वयं ज़िम्मेदार है। मनुष्य ने ही वनों को काटकर और प्रदूषण फैलाकर प्रकृति पर अपना आधिपत्य दिखाने का प्रयत्न किया है। और मेरा यह दृढ़ मत है कि यदि यह सृष्टि मनुष्य-विहीन होती तो प्रदूषण और प्रकृति के असन्तुलन की समस्या कभी पैदा नहीं होती।"

आशावादी होते हुए वह कहते हैं कि मनुष्य यदि चाहे तो बुद्ध, महावीर और गांधी की भाँति उनके क़दमों का अनुकरण कर महानता प्राप्त करने की सामर्थ्य रखता है।

['हिन्दुस्तान टाइम्स' : 12 फ़रवरी, 1995]
अंग्रेज़ी से अनुवाद : मधु बी. जोशी

लेखक को बिना निर्बोध हुए अपने स्वप्न की अखंडता को बनाए रखना ज़रूरी है

यू.आर. अनन्तमूर्ति की बातचीत

यू.आर. अनन्तमूर्ति : निर्मल, तुम हिन्दी में लिखते हो और मैं कन्नड़ में। मैं बरसों पहले तुमसे मिला था, फिर तुम्हारी एक-दो कहानियों के अनुवाद पढ़े। फिर संस्कृति और साहित्य पर तुम जो आम तौर पर लिखते हो, वह पसन्द आने लगा। अपने पूरे लेखन में तुम यह मानते हो कि एक लेखक की लेखक के तौर पर एक ख़ास भूमिका होती है और उसे अपने कर्म और वचन में लेखक की अपनी भूमिका पर अटल रहना चाहिए। तुम लेखक से हमेशा ज़्यादा-से-ज़्यादा ईमानदारी की माँग करते हो।

अगर मुझे सही याद है तो बहुत समय तक अपनी संस्कृति में निभाई अपनी भूमिका के कारण ऑर्वेल तुम्हें बहुत प्रिय रहे। भारतीय लेखक में अगर अलोकप्रिय होने का साहस न हो तो कई बार वह अपने सन्दर्भ में सच नहीं बोल सकता। तो मान्यता यह है कि साहित्य की एक ठीक-ठाक भूमिका है। मैं तुमसे सहमत हूँ, लेकिन मैं एक चिन्ता तुम्हारे साथ बाँटना चाहता हूँ। कभी-कभी मुझे लगता है कि भारतीय भाषाओं का कोई भविष्य नहीं है। क्योंकि खाते-पीते मध्यवर्गीय परिवारों के बच्चे अपने पाठ्यक्रम में पढ़ाई जा रही भारतीय भाषाओं को उतनी गम्भीरता से नहीं लेते जितनी गम्भीरता से बचपन में हम लोग लेते थे।

स्वतंत्रता के बाद से हमारी शिक्षा-प्रणाली में अंग्रेज़ी अधिक केन्द्रीय होती चली गई है। हम लोग कम-से-कम स्कूल के अन्तिम वर्ष तक अपनी भाषाओं का प्रयोग करते थे। बचपन में सीखने की प्रक्रिया में अपनी भाषा-बोली इस्तेमाल करते रहें तो (बाद में) अगर आप उसका उपयोग छोड़ भी दें तो भी वह सदा आपके साथ बनी रहती है। अब यह दिनोंदिन कठिन होता जा रहा है। मैं छोटे-छोटे तालुका-मुख्यालयों में भी अंग्रेज़ी माध्यम का मोह देख रहा हूँ।

मुझे लगता है, हमारी भाषाएँ मरेंगी तो नहीं लेकिन वे रसोई की भाषाएँ बनकर रह जाएँगी। क्योंकि भाषाओं के माध्यम से बहुत पिछड़े लोग ही पढ़ रहे हैं—ऐसे लोग, जो अंग्रेज़ी शिक्षा का ख़र्च नहीं उठा सकते।

इसलिए आशा बची रहती है कि भाषाएँ मरेंगी नहीं। लेकिन अधिक चैतन्य, अधिक भाग्यशाली लोग भाषाओं का प्रयोग नहीं कर रहे। और ऐसे समाज में मेरी क्या भूमिका रहेगी, जहाँ जीवन के बहुत गम्भीर उद्देश्यों के लिए भाषाओं का उपयोग नहीं हो रहा होगा? क्या यह प्रश्न तुम्हें चिन्तित करता है?

निर्मल वर्मा : मैं समझता हूँ कि यह एक वास्तविक चिन्ता है। मैं किसी ऐसी साहित्यिक कृति की कल्पना नहीं कर पाता जो लेखक की संस्कृति के सन्दर्भों और प्रतीकों, सम्बद्धताओं से समृद्ध भाषा में न लिखी गई हो और फिर भी एक कलावस्तु के रूप में ख़ुद को धारणीय बनाए रख पाए और लोगों के जीवनो को भी प्रभावित करती हो। असल में तो लेखक इन्हीं प्रतीकों और सम्बद्धताओं के द्वारा अपने लेखन के माध्यम से अपने समुदाय के सपनों और छिपी कामनाओं को साझा करता है।

दरअसल हम एक विचित्र और पीड़ादायी विरोधाभास में जी रहे हैं। जिन लोगों के पास कहने के लिए अद्‌भुत बातें हैं, कष्टों, वंचना, ख़ुशी के अनुभवों का कोष है, उनकी पकड़ उस साहित्यिक मुहावरे पर नहीं है, जिसके माध्यम से वे इन गहरी भावनाओं को व्यक्त कर सकते हैं। ख़ुद को बुद्धिजीवी या लेखक या पढ़ा-लिखा कहनेवाले गिने-चुने लोग, जिन्हें भाषा या अंग्रेज़ी के माध्यम से इस साहित्यिक भाषा को प्राप्त करने की सुविधा दी गई है, वे ख़ुद को उस आधारभूत तत्त्व से पूरी तरह काट चुके हैं, जिसे विलियम बट्‌लर यीट्‌स 'द इमोशन ऑव द मल्टिट्यूड' यानी जनमन की भावना कहते हैं। वह जो कहते या बोलते-बतियाते हैं, वह उन लोगों के सबसे आधारभूत और गहनतम अनुभवों का प्रतिबिम्ब नहीं करता जिनके प्रतिनिधि होने का वे दावा करते हैं।

मेरे विचार से भारतीय साहित्य को दो चुनौतियों का सामना करना ही चाहिए। एक, उसे अंग्रेज़ी जैसी विदेशी भाषा के बोझ से पूरी तरह मुक्त हो जाना चाहिए। लेकिन इससे भी अधिक महत्त्वपूर्ण यह है कि भारतीय लेखक पूरी तरह उस भाषा की अक्षतता के प्रति प्रतिबद्ध हो, जिसमें वह लिख रहा है, और जो वर्तमान परिस्थितियों में राजनीतिक दबावों, वाणिज्यिक दबावों, प्रौद्योगिक युग के दबावों के चलते गम्भीर संकट में पड़ी है। लेखक इन बाहरी दबावों से जिस सीमा तक, जिस अनुपात में समझौता करता रहेगा, उसके लेखन का सत्य उसी सीमा तक हल्का हो जाएगा, वह उभरेगा ही नहीं। इसलिए सवाल केवल अंग्रेज़ी या भाषाओं का ही नहीं है, यह अपने लेखन की भाषा के प्रति लेखक की प्रतिबद्धता का भी सवाल है।

यू.आर.अ. : तुम्हें समझ पाने के लिए मैं, जिसमें हम रहते हैं, उस वातावरण की भाषा पर एक टिप्पणी करना चाहता हूँ। मेरी भाषा कन्नड़ में लिखनेवाले बहुत-से लेखकों की मातृभाषा कन्नड़ नहीं थी लेकिन वे कर्नाटक में रहने लगे और कन्नड़ में लिखने लगे। यही बात बहुत-से हिन्दी लेखकों के बारे में भी सच होगी। अगर आप अपने वातावरण की भाषा से सहज सम्बन्ध नहीं बना पाते तो कई बाधाएँ आती हैं। एक, मेरे ख़ुद के बचपन और वयस्कता की निरन्तरता टूटी है, क्योंकि दूसरी भाषा मेरे वयस्क वर्षों की भाषा है। इसलिए मेरे और मेरे सम्बन्धियों के बीच बाधा है, जो उस भाषा को नहीं जानते। मेरे और जनगण के बीच बाधा है। ये बाधाएँ आपके बोधों को भी प्रभावित कर सकती हैं और तब हो सकता है कि आप एक विदेशी बाज़ार के लिए लिखने लगें। साहित्य तब भी महत्त्वपूर्ण होता है जब आप अपने ही समुदाय के साथ उसके प्रतीकों आदि की भाषा में गहन संवाद कर रहे हों। और हमारे ख़ुद के प्रतीकों के बारे में तुमने जो कहा, उसके सन्दर्भ में एक बात बताता हूँ।

मेरे एक मित्र ने एक बार मुझे बताया कि भारत में 22 स्वीकृत भाषाएँ हैं लेकिन पूरे देश में दो भाषाएँ चलती हैं। ये दो भाषाएँ 'रामायण' और 'महाभारत' हैं। मुझे लगता है कि यह एक गहरी टिप्पणी है। ये दोनों महाभाषाएँ हैं। सभी जगह लोग अपनी व्यथा, अपने सन्देहों, अपनी समस्याओं की व्याख्या करने के लिए इन दो महान कथाओं में आए प्रतीकों और चिह्नों का उपयोग करते आए हैं। जाति का प्रश्न होता है तो कर्ण की याद आती है, एकलव्य की याद आती है। दो दलों के बीच वैमनस्य होता है तो कौरवों और पांडवों की। इस तरह दैनन्दिन जीवन के मायनों में इन दो भाषाओं ने देश को जोड़े रखा है।

तुम्हें लगता है कि हमारे युग में लिख रहे हम लेखक लोगों पर ऐसा कोई प्रभाव छोड़ पाए हैं? जब लोग अपने जीवनो की व्याख्या का प्रयास करते हैं, तब इनके लिए हमारा कुछ भी महत्त्व होता है? तुम्हें लगता है कि हम जो लिखते हैं, उसका उपयोग वे करते हैं? हम दीपक या दर्पण बन पाते हैं? अगर आप दीपक हैं तो राह दिखाते हैं। अगर आप दर्पण है तो कम-से-कम यह तो दिखाते ही हैं कि ख़ुद क्या हैं। क्या हम ऐसा कर पाए हैं?

नि.व. : इस प्रश्न से किसी भी अन्य देश के किसी भी अन्य लेखक की तुलना में भारतीय लेखक अधिक जटिलता से आमने-सामने होते हैं। मुझे लगता है कि एक भारतीय लेखक दृश्य और अदृश्य दो तरह के वातावरणो में काम करता है। अदृश्य जिन मायनों में तुमने अभी बताया, महाकाव्यों की पूरी विरासत है। और बात सिर्फ़ यहीं ख़त्म नहीं होती। संत कवियों की सांस्कृतिक स्मृति और अतीत के काव्य मात्र से ही नहीं, बल्कि अपने पूर्वजों, अपने पितरों से अवचेतन रूप में आत्मसात किये गए मूल्य भी इसमें शामिल है। क्योंकि हमारे लिए ये इस स्मृति

के सर्वश्रेष्ठ प्रसारक हैं। यह हम जैसे आधुनिक लेखकों के लिए प्रत्यक्ष हस्तक्षेप की तरह काम नहीं करता क्योंकि मुझ पर जो दबाव हैं, वे वर्तमान वातावरण की वास्तविकताएँ हैं। यह मेरा एकाकीपन है, अपनी वैयक्तिकता की मेरी चेतना जहाँ एक जनसमूह में मैं एक इकाई हूँ, समाज से, अपने परिवार से मेरा सम्बन्ध और उनसे मेरा विलगाव। इस तरफ़ का आधुनिक परिताप—जहाँ एक ओर जुड़े होने की भावना है और दूसरी ओर अपने ख़ुद के आधुनिक संसार में पूरी तरह असहाय होने का आभास—मेरे लेखन में इनकी अन्त:क्रिया होनी आवश्यक है। मैं अपने अतीत का प्रयोग आड़ की तरह नहीं करता, मैं कुछ लेखकों की तरह उन मिथकों और प्रतीकों का उपयोग नहीं करता, जिनकी समकालीन प्रासंगिकता नहीं बची। न ही अपनी थाती को भुला और छोड़कर मैं एक पूरी तरह समकालीन लेखक बन सकता हूँ।

तो जो जनगण में नि:शब्द उपस्थित है और जिसे वह वाणी नहीं दे पाता, लेकिन जिसे एक भारतीय, एक व्यष्टि और बीसवीं सदी में जी रहे एक व्यक्ति के रूप में अपने वैयक्तिक अनुभव के माध्यम से मैं सम्प्रेषित कर पाता हूँ, उसे कैसे संघटित करें? मुझे लगता है कि किसी यूरोपियन लेखक के विपरीत एक लेखक के तौर पर मुझे निरन्तर इन तीन स्तरों पर सक्रिय रहना होता है। एक अमेरिकी या फ्रेंच लेखक को समुदाय का प्रवक्ता नहीं होना होता, न ही वह इसकी आवश्यकता अनुभव करता है। अगर वे एक बढ़िया उपन्यास या बढ़िया कविता लिखते हैं या बढ़िया तसवीर बनाते हैं तो उनके लिए यह काफ़ी होता है। और मुझे लगता है कि वे इससे सन्तुष्ट भी रहते हैं।

मुझे नहीं लगता कि भारत में ऐसा सम्भव हो सकता है। ऐसा भी नहीं कि यह महत्त्वपूर्ण नहीं है। अपने उपन्यास की विषयवस्तु के बारे में मैं ख़ुद उपन्यास के, उसके शिल्प के सन्दर्भ में बात करना चाहूँगा। लेकिन एक उपन्यास में निहित प्रकाश इतने प्रश्न खड़े करेगा कि जब तक मैं शिल्प के आधार पर ही नहीं बल्कि वर्तमान समय के एक भारतीय के रूप में इन समस्याओं को हल न कर लूँ, तब तक एक कहानीकार के तौर पर भी उनके उत्तर नहीं दे पाऊँगा। यह स्थिति एक भारतीय लेखक के रूप में मुझ पर एक तरह का उत्तरदायित्व डालती है। असली परीक्षा यह है कि मेरी कला, बिना कला होना बन्द किये और बिना प्रचारवादी कला बने, मेरे और समुदाय के बीच किस सीमा तक सम्बन्ध गढ़ पाती है।

यू.आर.अ. : प्रचारवादी कला, कला नहीं रह जाती और इस तरह वह प्रभावी प्रचार भी नहीं बन पाती। हम लोग अपनी गहन समस्याओं के बारे में लिखते हैं। हम जैसे बहुत-से आधुनिक, पढ़े-लिखे लोग, जिनकी जड़ें तो हमारे ही समाज में हैं लेकिन जिनका पश्चिम से भी ख़ासा परिचय है, जो व्याकुल होते हैं और

पाठक उनके लेखन से प्रभावित भी होते हैं। लेकिन बहुसंख्यक लोग, जो सचमुच महत्त्वपूर्ण हैं, उनकी कल्पना की भूख बहुत बड़ी है। और लेखक के तौर पर मैं इससे नहीं जुड़ा हूँ। यह बात मुझे चिन्तित करती है। क्या हुआ है? महाकाव्यों से प्रेरित लोकप्रिय फ़िल्में अक्सर इस भूख को शान्त करती हैं।

लेकिन मैं यह नहीं कर पाऊँगा। मैं ऐसा करते हुए अवास्तविक हो रहा होऊँगा। मैं किसी क़िस्म का समाधान करने के लिए भी ऐसा नहीं कर पाऊँगा क्योंकि इन फ़िल्मों में जैसा सुखद अन्त होता है, मैं उसका आभास भी नहीं दे सकता। लेकिन इसके साथ ही कोई भी गम्भीर कलाकार अपने समुदाय से जुड़ना चाहता है। अगर लोग उसे न भी पढ़ें, हालाँकि पढ़ा जाना भी महत्त्वपूर्ण होता है, लेकिन लेखन के लिए चुने गए विषय के आधार पर लेखक को ही अपने-आप में जोड़ने वाला होना चाहिए। हॉपकिन्स ने अपने युग, अपने समय के बारे में बहुत गहराई से लिखा, उसे किसी ने नहीं पढ़ा। इससे कोई फ़र्क़ नहीं पड़ा। वह अपने युग से जुड़ा हुआ था। क्या हम अपने लेखन में सचमुच अपने समुदाय, अपने समय से जुड़े हैं? क्या हममें कोई कमी है? और बात यही नहीं है कि हम फ़िल्मी सितारों की तरह लोकप्रिय नहीं हैं। क्या हमारे साहित्य में ऐसी गम्भीरता है कि उसमें एक शक्ति बन पाने की सम्भावना हो?

नि.व. : लेकिन लोकप्रिय सिनेमा की जिन फ़िल्मों से इतने लोगों को जुड़ाव होता है, उन्हें कभी विचलित करती हैं?

यू.आर.अ. : नहीं।

नि.व. : मैं यह कह रहा हूँ कि कलाकार को इस तरह के लोकलुभावन समझौते किये बिना जुड़ पाना चाहिए और अपनी सफलता के सर्वश्रेष्ठ क्षणों में वह सबसे निचले पायदान पर खड़े पाठक की फ़रमाइश पूरी किये बिना जुड़ता भी है। ख़ासे संयम से वह ख़ुद को ऐसी स्थितियों में रखकर देखता है, जहाँ वह जीवन की स्थितियों को प्रश्नांकित करने लगता है। दूसरे शब्दों में कहें तो एक कलाकार को कलाकार के रूप में दुर्बोध हुए बिना और किसी क़िस्म के लोकलुभावन समझौते किये बिना, अपने वचन और स्वप्न की अखंडता और विश्वसनीयता को बनाए रखने के लिए संघर्ष करना होता है। उसे अपने संघर्ष को उन समस्याओं से जोड़ना होता है जो केवल लोक की ही समस्याएँ नहीं हैं, बल्कि जो उसे व्यक्तिगत रूप से भी विचलित करती हैं।

अगर ये समस्याएँ मुझे गहरे तक विचलित करती हैं तो इससे एक तरह की असहजता, बेचैनी और वेदना जन्मेगी। महान कला सदा यही करती रही है। टॉल्स्टॉय एक अत्यन्त लोकप्रिय लेखक थे। लाखों रूसियों ने उन्हें पढ़ा।

लेकिन वह एक ऐसे लेखक थे जो रूसियों के जीवन के अँधेरे के बारे में बहुत विचलित करनेवाले प्रश्न पूछ रहे थे। मुझे लगता है कि ऐसा सभी समाजों में होता है, लेखक को सन्तुलन बनाए रखते हुए तलवार की धार पर चलना होता है—वह न लोकप्रियता की ओर झुक सकता है, न ही असंयम की ओर। और इस सन्तुलन को साधे-साधे ही उसे प्रचलित नैतिकता या आचार संहिता की शर्तों पर नहीं, अपनी ही शर्तों पर जुड़ने का प्रयास भी करना होता है।

['टाइम्स ऑफ़ इंडिया' : अगस्त, 1988]
अंग्रेज़ी से अनुवाद : मधु बी. जोशी

हम साहित्य पढ़ते हैं, दूसरों की नियति का सामना करने के लिए

प्रवीण चोपड़ा की बातचीत

हर लेखक का अपना एक जीवन-दर्शन होता है और होती है एक विशिष्ट कला-दृष्टि। दोनों उसके सर्जनात्मक लेखन में अव्यक्त रूप से विद्यमान रहते हैं। पाठक या आलोचक सहज अन्दाज़ लगा सकता है उनके बारे में। यदि लेखक अपने आग्रहों के बारे में दो-टूक बात करने की जहमत भी उठाए तो हमारा अहोभाग्य। निर्मल वर्मा ने 'शब्द और स्मृति', 'कला का जोखिम' और 'ढलान से उतरते हुए' में यह जहमत उठाई है।

कला की कोई सामाजिक प्रासंगिकता नहीं होती, ऐसा उन्होंने 'कला का जोखिम' में लिखा है, क्योंकि कला स्वायत्त और आत्मनिष्ठ है। अपने अस्तित्व का औचित्य यह सीधे ज़िन्दगी से लेती है, सामाजिक या दूसरे सिद्धान्तों से नहीं। आज यदि रचनाएँ हमें सम्पूर्णता या कृतज्ञता का बोध नहीं करा पातीं तो इसलिए कि कला ने अपनी स्वतंत्रता की गरिमामय प्रतिज्ञा भूलकर अपने को समय के फ़ॉर्मूलों, मंत्रों और फ़ैशनों में बाँध लिया है।

प्रवीण चोपड़ा : तो फिर क्या किसी सार्वभौमिक सन्देश में कला की अर्थवत्ता निहित है?

निर्मल वर्मा : नहीं, एक कलाकृति का जादू और मर्म और रहस्य उसकी नितान्त निजी, विशिष्ट बुनावट में रहता है...किन्तु हर पीढ़ी का व्यक्ति इस रचना के भीतर अपने प्रासंगिक सत्य को ढूँढ़ निकालता है।

कला अपने सृजन के उदात्त क्षणों में मिथक होने का स्वप्न देखती है, जिसमें व्यक्ति और समूह का भेद मिट जाता है। हम साहित्य पढ़ते हैं, दूसरे से एकीकृत

होने के लिए, दूसरे की नियति का सामना करने के लिए—'अन्ना कैरेनिना मैं ही हूँ, मैं ही हूँ हैमलेट।' कलाकृति की सार्थकता इसी में है कि वह हमारी अन्तर्दृष्टि को अधिक व्यापक और संवेदनशील बना सके। उस व्यापक दृष्टि के सहारे हम अपना जीवन-दर्शन ख़ुद खोज सकें—यह बोनस होगा।

प्र.चो. : कला को परखने का ढंग कृति स्वयं सुझाती है, यह कैसे?

नि.व. : एक कलाकृति नितान्त नये संसार की रचना करती है। यह सत्य, शिव और सुन्दर के चलित मानकों को ध्वस्त कर नये मानक स्थापित करती है—तब आलोचना को भी बदलना पड़ता है। तो लेखन का प्रयोग मनोरंजन नहीं बल्कि मौजूदा जीवन-व्यवस्था, विश्वासों और प्रतिबद्धताओं को झिंझोड़ना है, डिस्टर्ब करना है, उनके अधूरेपन को उधेड़ना है।

यह डिस्टर्ब करने की प्रक्रिया अनेक तरीक़ों से हो सकती है। मार्क्सवादी राजनीतिक स्तर तक सीमित रहते हैं। किन्तु यहाँ मैं समूचे जीवन की बात कर रहा हूँ, जो राजनीति से कहीं ज़्यादा व्यापक है। अब प्रेम को ही लें, वह गहरा आत्मीय अनुभव है पर मनुष्य के समूचे अनुभव से जुड़ा है। प्रेम सूख रहा है, यही बहुत-सी समस्याओं की जड़ में हैं।

> व्यक्तिगत सम्बन्ध और उनकी सीमा यह शायद मुख्य थीम है निर्मल वर्मा की कहानियों में। अकेलेपन और उदासी के मौसम में पात्र आत्मा उड़ीलन करते हैं और निर्दयता से स्वयं और दूसरों के सच से साक्षात्कार करते हैं।
>
> 'कव्वे और काला पानी' कहानी के शहरी 'मैं' को अपनी होनी के एहसास और अर्थवत्ता पर सन्देह है—और एक तरह से उसे सन्देह है दुनिया के साथ अपने सम्बन्ध पर। वह घर बेचना चाहता है। उसका अपने बड़े भाई से मिलने जाना, जो एक दूर-दराज़ पहाड़ी क़स्बे में एकान्तवास करता है, एक तरह से जीवन के अर्थ को जानने की ललक है।

प्र.चो. : 'एक चिथड़ा सुख' पर यह आरोप लगाया गया है कि इसके पात्र अस्तित्ववादी-से लगते हैं। क्या इसीलिए उपन्यास उबाऊ हो गया है?

नि.व. : किन्हीं भी सिद्धान्तों का प्रतिपादन करने के लिए मैं पात्रों या घटनाक्रम की रचना नहीं करता। कहानी ही आती है दिमाग़ में पहले। 'एक चिथड़ा सुख' को बड़ा कलेवर चाहिए था। ऐसे तो वह झलकियों में बँटा लगता है। पात्रों की आपसी सम्बन्धों की विवशता को पूरी तीव्रता से अभिव्यक्त करने के लिए शायद ज़्यादा बड़े फ़लक की अपेक्षा थी।

प्र.चो. : 'वे दिन' की सफलता के बावजूद आपने उपन्यास की तरफ़ अधिक ध्यान नहीं दिया। क्या ऐसा तो नहीं कि आपका अनुभव गहन चाहे रहा हो, व्यापक नहीं रहा, इसलिए बड़े उपन्यास आप लिख ही नहीं सकते?

नि.व. : इसका उत्तर देना काफ़ी मुश्किल है। एक बड़ा उपन्यास लिखने के लिए महीनों कहीं जमकर बैठना ज़रूरी है, जो पिछले वर्षों में मेरे लिए सम्भव नहीं हो पाया। इसलिए बड़े प्रोजेक्ट में हाथ डालना सम्भव नहीं हो पाया। बड़े उपन्यास न सही, लघु उपन्यास, जो लिखना मुझे आता भी है, मैं लिख ही सकता हूँ।

प्र.चो. : आप अपने नितान्त वैयक्तिक अनुभवों का उपयोग लेखन में किस सीमा तक करना पसन्द करते हैं?

नि.व. : पहली बात तो यह है कि जिस विषयवस्तु, पात्रों, परिवेश को बहुत क़रीब से देखा-समझा नहीं, उसके बारे में लिखना बहुत छिछला रहेगा। स्वयं के अनुभव तीव्रता से भोगे तो होते हैं, पर मैं उनका प्रयोग तब करता हूँ जब उनसे एक दिशा मिल जाती है। अनुभव को महज़ दोहराना तो बेकार होगा। होता यह है कि वह कलात्मक अनुभव का रूप धारण कर एक निराले ढंग की कहानी में आता है।

एक बात और। निर्मल वर्मा के अनुसार किसी विषय के बारे में—'पैशन' हो तो तटस्थता नहीं रहती और 'पैशन' के बिना लिखने की प्रेरणा नहीं मिलती। अजीब कारण है, है न?

आधुनिक हिन्दी साहित्य में एक महत्त्वपूर्ण हस्ताक्षर हैं निर्मल वर्मा। 1953 में उनकी पहली कहानी 'रिश्ते' छपी थी 'कल्पना' में। तब से आज तक उन्होंने अविराम लिखा है। उनके तीन उपन्यास, पाँच कहानी-संग्रह के लिए उन्हें साहित्य अकादेमी का पुरस्कार भी मिला है।

निर्मल वर्मा की कहानियाँ भावप्रधान (गलदाश्रु नहीं) होती हैं जिनमें सूक्ष्म संवेदनाएँ पिरोयी रहती हैं। ऐसा पुरुष लेखकों में कम ही देखने को मिलता है जो वर्जीनिया वुल्फ़, कैथरीन मैंसफील्ड और अपने यहाँ अमृता प्रीतम की याद दिलाता है। उनके स्त्री पात्रों से नारी आन्दोलन को कोई शिकायत नहीं हो सकती। बच्चों को बड़े स्नेह से रचा गया है—जैसे 'दूसरी दुनिया' की लड़की जो 'मैं' को बार-बार पार्क में चार पेड़ों से घिरी अपनी ज़मीन पर पाँव रखते ही बन्दी बना लेती है।

भावप्रवणता लाने के लिए वे 'प्लॉट' की बलि देने में भी नहीं झिझकते। गिनती के पात्र और उनकी मन:स्थिति में केन्द्रबिन्दु होता है कहानी का वातावरण। मौसम का प्रयोग उन्होंने अनूठे ढंग से किया है।

> उनकी भाषा में एक प्रवाह है। (आलोचनात्मक और दार्शनिक निबन्धों की भाषा ज़्यादा ही साहित्यिक हो गई है) और है एक संगीत जो उनकी कहानियों को सरस बना देता है। बिम्ब के बादशाह हैं वह।

प्र.चो. : छठे दशक में जब आपने लिखना शुरू किया और आज की दिल्ली में, क्या अन्तर है?

नि.व. : तब एक जीवन्त साहित्यिक वातावरण था यहाँ—जैसा प्रथम विश्वयुद्ध के बाद पेरिस में था। हिन्दी के पुराने गढ़ों इलाहाबाद, बनारस आदि से भी लेखक श्रीकान्त वर्मा, मोहन राकेश, राजेन्द्र यादव यहाँ बसने के लिए आ रहे थे।

हालाँकि लेखन एक नितान्त व्यक्तिगत कर्म है, फिर भी उसके लिए प्रेरणा और पोषण की ज़रूरत होती है। वह परिवेश तब था और आज सूख गया है। तब की सहृदयता और खुलापन भी अब अनुपस्थित है। अफ़सोस कि जिन लेखकों से बहुत आशाएँ थीं, उनमें से अधिकांश मौन हो गए या मास मीडिया द्वारा लील लिये गए हैं। आज भी साहित्यिक गतिविधि है पर खेमों के खूँटों से बँधी।

> निर्मल वर्मा की 'परिन्दे' से 'नई कहानी' की शुरुआत मानी जाती है पर उन्होंने किसी आन्दोलन से कभी कोई सरोकार नहीं रखा।

> अच्छा कहानीकार अपने जीवन-दर्शन और राजनीति को पाठकों पर थोपता नहीं। हाँ, एक जागरूक नागरिक और विचारवान व्यक्ति होने के नाते अपने आग्रहों को जग-जाहिर करने के लिए लेखों का ज़रिया अपना सकता है। 'ढलान से उतरते हुए' में निर्मल वर्मा ने यही किया है। वे भारतीय संस्कृति और उसकी प्रासंगिकता को समझते हैं और उसके नष्ट होने की सम्भावना से आशंकित हैं।

प्र.चो. : आपके चिन्तन में यह क्रान्तिकारी परिवर्तन क्या हाल ही में हुआ है?

नि.व. : कुछ भी एकदम से नहीं होता। और यह जो विदेशीपन वाली बात है तो हुआ यों, कि मेरी कुछ कहानियों का परिवेश प्राग और लन्दन में था तो मेरे आग्रह भी पश्चिमी हैं, ऐसा मान लिया गया। यह एक बचकाना निष्कर्ष था—ग्राहम ग्रीन और डी.एच. लारेंस कहाँ-कहाँ घूमते रहे, पर रहे शुद्ध अंग्रेज़।

> पश्चिम में कुछ वर्ष रहने और पाश्चात्य कला और दर्शन से दो-चार होने का लाभ उन्हें यह हुआ कि वे आज के मानवीय संकट और भयावह भविष्य से भली-भाँति परिचित हैं, पीड़ित हैं। उनका कहना है कि विज्ञान और औद्योगिकीकरण से जो व्यक्ति का व्यक्ति से और व्यक्ति

का प्रकृति/समष्टि में अलगाव हुआ है, इस स्थिति से उबरने का रास्ता और तकनीक केवल भारतीय संस्कृति में है। केवल यहाँ एक समग्र सांस्कृतिक/दार्शनिक दृष्टि मिलती है। हर्ष की बात यह है कि मिस्र या यूनान की तरह हमारा धर्म और संस्कृति मृत नहीं, अभी भी लाखों की ज़िन्दगी में क्रियावान है, चाहे क्षीणावस्था में। महात्मा गांधी आदि युग-पुरुषों ने अपनी पुरातन काल से चली आ रही परम्परा से ही आधुनिक समस्याओं के समाधान खोज निकाले थे। आज यदि राजीव के भारत में हम प्रगति के नाम पर पश्चिम की अन्धाधुंध नक़ल करेंगे तो इससे बड़ी मूर्खता और ट्रेजेडी और कोई नहीं हो सकती।

['नवभारत टाइम्स' : 9 नवम्बर, 1986]

बचपन में मैं जहाज़ का कप्तान बनना चाहता था

मेखला दत्ता, शिवकुमार झा की बातचीत

प्रश्न : निर्मल जी, बातचीत की शुरुआत हम इस जिज्ञासा से करना चाहेंगे कि लेखक कर्म आपके लिए सुविचारित और योजना बनाकर शुरू किया गया कर्म है या अवचेतन मन के किसी अनुराग ने लेखन से जोड़ दिया?

उत्तर : संकल्प करके मैंने लिखना शुरू नहीं किया था। बचपन से किताबें, पत्रिकाएँ पढ़ने का शौक़ रहा। मेरे परिवार में लेखक या कलाकार नहीं थे परन्तु पढ़ने का परिवेश था। बड़ी बहन पत्रिकाएँ मँगवाया करती थीं। लिखने की मौलिक प्रेरणा अवचेतन में शायद रवीन्द्रनाथ या प्रेमचन्द को पढ़कर जागी होगी। चेख़ॅव, टॉल्स्टॉय, रोम्याँ रोलां को भी पढ़ा। दरअसल बचपन में मैं जहाज़ का कप्तान बनना चाहता था। अक्सर ही मन करता कि समुद्र की लहरों पर उतरूँ। लेखक बनने का शौक़ नहीं था। इसलिए इतिहास विषय लेकर पढ़ा।

प्रश्न : अक्सर ही ऐसा देखने को मिलता है कि कई प्रतिष्ठित लेखक साहित्येतर विषयों से जुड़े रहे हैं। इसकी कोई ख़ास वजह...?

उत्तर : आपने ठीक कहा है। चेख़ॅव भी पेशे से डॉक्टर थे और कहा करते थे कि डॉक्टरी मेरी पत्नी और लेखन-क्रिया मेरे लिए प्रेयसी जैसी है।

प्रश्न : प्राय: देखने को मिलता है कि साधारणत: साहित्य लेखन की शुरुआत लोग कविता से करते हैं। क्या आपके साथ भी ऐसा हुआ?

उत्तर : हाँ, मैंने भी कविताओं से ही लेखन की शुरुआत की। आरम्भ में अंग्रेज़ी में रोमांटिक कविताएँ लिखता था। लेकिन उन्हें प्रकाशित नहीं करवाया।

प्रश्न : आपका साहित्य आपके अंग्रेज़ी साहित्य के विशद अध्ययन को दर्शाता है। ऐसे में आपकी सोच की भाषा क्या है?

उत्तर : दरअसल दोनों ही भाषाएँ मुझमें इस तरह घुल-मिल गई हैं कि मैं फ़र्क़ नहीं कर पाता कि मेरी सोच की भाषा क्या है, लेकिन मेरे लेखन की भाषा हिन्दी ज़रूर है।

प्रश्न : आपने किसी साक्षात्कार में कहा है कि साहित्य के भविष्य की चिन्ता साहित्यकार की नहीं, समाजशास्त्री की होनी चाहिए। लेकिन जिस तरह का ख़तरा हम महसूस करते हैं, वह क्या लेखक के अवचेतन को नहीं छूता, भले ही वह मुखर होकर उसकी चर्चा नहीं करें?

उत्तर : लेखक का तात्कालिक रिश्ता तो ज़ाहिर रूप से समाज से होता ही है और उसकी झलक उसके लेखन में भी प्रतिफलित होती है। लेकिन समाज में जो उथल-पुथल होती है, उसको लेखक केवल समाज के परिप्रेक्ष्य में नहीं देखता। उसमें पूरा विश्व समाहित रहता है, प्रकृति रहती है, अलौकिक चीज़ें रहती हैं, ईश्वर का होना न होना रहता है। लेखक को इन सारे प्रश्नों, संशयों से निपटना होता है। वह सिर्फ़ समाज के प्रति ही उत्तरदायी नहीं है। एक लेखक समाज को, पूरे विश्व और ब्रह्मांड के साथ देखता है, ताकि वह पूरे विश्व के समाज के साथ एक आत्मिक रिश्ता क़ायम कर सके। टॉल्स्टॉय का कहना था कि मनुष्य केवल सामाजिक प्राणी नहीं है। वह सम्पूर्ण जगत में रहने वाला ऐसा मनुष्य है जो जीवन के समस्त रहस्यों की पूँजी खोजना चाहता है। इस दृष्टि से वह राजनीतिज्ञ, समाजशास्त्री, इतिहासकार से अलग है या एक शब्द में कहें तो साहित्य का एक विषय मनुष्य के भीतर और बाहर का संसार है जिसमें सब आ जाता है।

प्रश्न : साहित्यकार के रूप में अपने समय के सामाजिक या परिवेशगत दबावों का आपके लेखन पर कैसा प्रभाव पड़ता है?

उत्तर : परिवेशगत प्रभाव साहित्यकार की व्यक्तिगत छननी से छनकर उसके भीतर आते हैं। यदि कोई राजनीतिक घटना घटती है, तो बड़े सन्दर्भों के साथ जुड़कर ही वह अर्थ ग्रहण करती है।

प्रश्न : आपकी सोच में कहानी या उपन्यास किस रूप में आते हैं?

उत्तर : कहानी की सोच, उपन्यास की सोच से अलग है। कहानी में एक इम्प्रेशन या झलक ही काफ़ी होती है जो धीरे-धीरे एक पैटर्न में कहानी का रूप लेती जाती है। इसके लिए कोई बना-बनाया ब्लू प्रिंट नहीं होता है। एक हल्की-सी झलक के

आधार पर लिखने का काम शुरू होता है और लिखने के दौरान पात्र, घटनाएँ आदि स्वत: निर्मित होती जाती हैं। उपन्यास में विधि दूसरी होती है। एक विशाल पटल पर, बड़े पैमाने पर, भोगे और देखे हुए अनुभव, कुछ लोगों के चेहरे और उनके अनुभव आदि एक शृंखला में दिखाई देते हैं, परन्तु यह शृंखला भी ऐसी नहीं होती कि उसमें पूरा का पूरा उपन्यास समा सके। लेकिन ये सारी चीज़ें लेखन-प्रक्रिया में ढलती जाती हैं। उपन्यास लिखने की परिकल्पना के समय कथानक भी दिमाग़ में रहता है, लेकिन कहानी में अनुभूति को ही विस्तार दिया जाता है।

प्रश्न : उपन्यास लेखन के क्रम में क्या उसके अन्त, अन्तिम हिस्सों के स्वरूप का आभास होता है?

उत्तर : उपन्यास के अन्त का आभास तो रहता है लेकिन यह ज़रूरी नहीं कि उसका वही स्वरूप अन्त तक बना रहे। लेखन-क्रम में कभी-कभी वह बदल भी जाता है।

प्रश्न : आपके पात्र एक रहस्यात्मक आवरण से घिरे हुए-से दिखते हैं। सबके अपने-अपने रहस्य हैं। मेरी समझ में आपने हर पात्र को वास्तविक जीवन में देखा-परखा होगा। यह रहस्यात्मकता उन्हें जानने-परखने के साथ जुड़ी होती है या वे रचना-प्रक्रिया में आकर रहस्यमय हो उठते हैं?

उत्तर : चेख़ॅव की एक पंक्ति याद आ रही है : 'हर व्यक्ति की आत्मा में एक अँधेरा है।' हम चाहे किसी के कितने ही क़रीब क्यों न हों, उसे समझने में सक्षम नहीं हो सकते और यह जो रहस्यात्मकता है, वह एक तरह से हमारी निजी आकांक्षा या तड़प है जो एक-दूसरे को पूरी तरह से पा लेना चाहते हैं। पति-पत्नी, माता-पिता हर रिश्ते में कुछ न कुछ कोने अनदेखे ही रह जाते हैं। लेखक उन अनदेखे और छिपे हुए कोने को अपनी रचनात्मक संवेदनशीलता से प्रकाशित करने की कोशिश करता है। जिस तरह एक शल्य चिकित्सक ऑपरेशन कर मवाद को सामने लाता है और घाव ठीक करता है। यह एक कष्टदायी प्रक्रिया है। ठीक इसी प्रकार रिश्तों के उन अनछुए-अनदेखे-अनजाने कोनों को सामने लाना लेखक के लिए चुनौती है। इस रहस्यात्मकता को हम इस तरह भी समझ सकते हैं कि जो जीवन हम जीते हैं, उसके भीतर भी ऐसे कई जीवन दबे रह जाते हैं, जिन्हें हम नहीं जी पाते। ये अनजिये जीवन भी उतने ही महत्त्वपूर्ण होते हैं और उसके प्रभाव हमारे अवचेतन पर ज़रूर पड़ते हैं। इसका प्रतिफल हमारे अन्य कई कामों में देखने को मिलता है।

प्रश्न : आपकी कहानियों में, उपन्यासों में भी, अनुपस्थित की उपस्थिति बहुत रही है। यहाँ तक कि कभी-कभी वे उपस्थित लोगों से भी अधिक महत्त्वपूर्ण हो उठते हैं।

आपके नवीनतम उपन्यास 'अन्तिम अरण्य' में भी यह स्थिति देखने को मिलती है। ऐसा क्यों?

उत्तर : हम केवल उन लोगों के बीच ही नहीं रहते जो जीवित हैं अथवा मौजूद हैं; बल्कि हम उनके बीच भी रहते हैं जो मौजूद नहीं हैं। वे भले ही हाड़-मांस के जीवन्त रूप में न हों, पर स्मृति के तौर पर वे हमारे जीवन को संचालित करते हैं। उनका न होना भी बहुत मायने रखता है। मृत्यु, अभाव इन सबका तीव्र बोध हमें हमेशा होता है।

प्रश्न : आपके उपन्यासों, कहानियों में कुछ शब्दों, वाक्यों की पुनरावृत्ति होती है। जैसे : 'वे दिन' में मारिया या 'एक चिथड़ा सुख' में बिट्टी एक ही बात कहती है कि : 'मैं तुम्हारी आवाज़ सुनना चाहती थी।' क्या ऐसा अनायास ही होता है?

उत्तर : कथाकार का व्यक्तित्व शाश्वत क़िस्म का होता है। उसकी शैली में भी ज़्यादा परिवर्तन नहीं होता। उसकी सोच के केन्द्रीय बिन्दु में भी बहुत परिवर्तन नहीं होता, इसलिए पुनरावृत्ति की गुंजाइश होती है।

प्रश्न : आपके उपन्यासों या निबन्धों की शुरुआत में किसी लेखक या चिन्तक का उद्धरण लिखा रहता है। क्या इन उद्धरणों का उस पुस्तक विशेष के समग्र चिन्तन के साथ कोई सम्बन्ध होता है?

उत्तर : इसका एक कारण तो यह है कि दूसरे लेखक के शब्दों के द्वारा हम अपनी भावनाओं को अधिक तीव्रता और स्पष्टता से व्यक्त कर पाते हैं। यह उद्धरण एक तरह से कल्पना की छलाँग है, जिसे मुझे अपने शब्दों में धीरे-धीरे पार करना है। जैसे हम कभी-कभी जल्दी घर पहुँचने के लिए कोई शॉर्टकट राह तलाश लेते हैं। उसी तरह हम जहाँ पहुँचना चाहते हैं, वहाँ उद्धरण एक छलाँग लगाकर पहुँचा देता है। 'अन्तिम अरण्य' के आरम्भ में मैंने प्रूस्त की पंक्तियाँ उद्धृत की हैं जो इस तथ्य को रेखांकित करती हैं कि हम बूढ़े क्यों होते हैं। उद्धरण न तो किसी चीज़ से सीधे जुड़ा होता है और न ही बहुत दूर होता है।

प्रश्न : आपके दो उपन्यासों के प्रकाशन में एक लम्बा समयान्तराल होता है। क्या इसकी कोई ख़ास वजह है? 'अन्तिम अरण्य' भी लम्बा समय लेकर आया।

उत्तर : मैंने चार साल पहले ही 'अन्तिम अरण्य' लिखना शुरू किया था। ऐसी बात नहीं है कि मैं बड़ी धीमी गति से लिखता हूँ। हालाँकि कई कारणों से यह भी एक कारण रहा है। उपन्यास लिखने के बीच कभी कोई कहानी आ जाती है या किसी सेमिनार के लिए कोई निबन्ध लिखना ज़रूरी हो जाता है; जबकि उपन्यास लिखना एक निरन्तर प्रक्रिया है। बीच में व्यवधान आने से उसे दुबारा शुरू करने

के लिए भी समय की आवश्यकता महसूस होती है। मैं अपने-आपको शुद्ध रूप से कथाकार नहीं मानता हूँ। कई बार मुझे राजनीतिक और सामाजिक जीवन में हस्तक्षेप करना ज़रूरी हो जाता है, कभी कोई पत्रिका किसी विषय पर लिखवाती है। हिन्दी लेखकों को कई स्तरों पर जीना पड़ता है। अंग्रेज़ी लेखकों से उनकी स्थिति अलग है। ऐसी व्यस्तताओं और इन व्यवधानों के कारण भी कई बार उपन्यास शुरू कर सही समय पर उसे पूरा नहीं कर पाता। इससे कष्ट भी होता है।

प्रश्न : सामाजिक स्तर पर हिन्दी साहित्यकारों का मान-सम्मान अन्य कई क्षेत्रीय भाषाओं की तुलना में कम है। मैं, मेखला दत्ता, बांग्लाभाषी होने के अनुभव के आधार पर कह सकती हूँ कि बांग्लाभाषी अपने साहित्यकारों को बहुत सम्मान देते हैं। इस पर आप क्या कहना चाहेंगे?

उत्तर : बांग्ला का अपना एक संस्कार रहा है। पढ़ने-लिखने की एक संस्कृति रही है। दक्षिण में भी, मलयालम में, लेखक को आदर्श पुरुष का दर्जा दिया गया है जबकि हिन्दी समाज में साहित्य एक हाशिये की चीज़ हो गया है। एक दूसरी वजह भी नज़र आती है। वह यह कि हिन्दी-भाषी प्रदेश बहुत बिखरा हुआ है। बंगाल या दक्षिण क्षेत्र अधिक एकजुट है। उसमें एक तरह की सांस्कृतिक सघनता है। विशेष निकटता का आभास है। इस दृष्टि से हिन्दी-भाषी प्रदेशों में एक प्रकार का बिखराव है। इस समाज में भी एकजुटता होती तो यहाँ भी जैनेन्द्र, प्रेमचन्द, अज्ञेय आदि का शरत्चन्द्र या रवीन्द्रनाथ-जैसा सम्मान होता। हिन्दी क्षेत्रों की व्यापक निरक्षरता भी इसका एक कारण है।

प्रश्न : अपने अनुभव के आधार पर हिन्दी-भाषा के भविष्य के सम्बन्ध में आप क्या सोचते हैं?

उत्तर : हिन्दी का भविष्य हिन्दी-भाषियों पर निर्भर करता है। पिछले दस-पन्द्रह वर्षों में साहित्य एवं समाज में अंग्रेज़ी का गहरा प्रभुत्व रहा है। पहले अंग्रेज़ी सिर्फ़ अभिजात वर्ग की भाषा हुआ करती थी। अब उसका वर्चस्व पूरे समाज पर है और इस स्थिति में परिवर्तन भी आएगा, जब विश्वविद्यालय हिन्दी और क्षेत्रीय भाषाओं के माध्यम से हर विषय को पढ़ाना शुरू करेंगे ताकि लोग अपने सोचने की भाषा अर्जित कर सकें। अंग्रेज़ी वरदान भी सिद्ध हो सकती है, बशर्ते कि हम अंग्रेज़ी को ऐसी भाषा का दर्जा दें जो दूसरी भाषाओं के ऊपर नहीं बल्कि एक आवश्यकता के रूप में रहे। हम लोग राजनीतिक दृष्टि से भले ही स्वतंत्र हो गए हैं पर वैचारिक दासता के शिकंजे में आज भी हैं। अब यह ज़रूरी हो गया है कि हम अपने समूचे औपनिवेशिक ढाँचे में परिवर्तन लाएँ।

['पूर्वोदय पत्रिका', इंडियन एयरलाइंस]

कला एक तरह से पुनर्सृजन है

विजय शंकर की जिज्ञासाएँ

प्रश्न : (1) मनुष्य और आधुनिक मनुष्य में क्या अन्तर है? उसके विभेदक तत्त्व कौन से हैं?

(2) एक साधारण मनुष्य और एक कलाकार में क्या भेद हैं?

(3) दोनों की अन्तर्दृष्टियों में कौन-सी भिन्नताएँ हैं जबकि दोनों के सरोकार एक हैं, दोनों की कर्मभूमि एक है और दोनों की अपनी-अपनी सीमाएँ हैं?

(4) पश्चिम में आधुनिकता की अवधारणा एक योजना के रूप में लाई गई, उसी के तहत जीवन की सारी गतिविधियों को बाँधने की पुरज़ोर कोशिश की गई। इस कोशिश में दार्शनिकों को, विचारकों को, राजनीतिज्ञों को कहाँ तक सफलता मिली?

(5) इस प्रोजेक्ट में कला की क्या भूमिका रही है?

(6) पश्चिम में जितने भी कला आन्दोलन हुए हैं (जैसे इम्प्रेशनिज़्म, एक्सप्रेशनिज़्म, दादावाद, क्यूबिज़्म, यथार्थवाद, अतियथार्थवाद आदि) उनके मूल में कौन-से विचार रहे हैं?

(7) भारतीय समाज की आज तक की यात्रा में कई उतार-चढ़ाव आए हैं। क्या आप इससे सहमत हैं? यदि हाँ, तो उसके कौन से सूत्र हैं जिनमें बँधी हमारी आत्मा आज भी स्वच्छन्द विचरण कर रही है? यदि आप इससे सहमत नहीं हैं—परम्परागत समाज से—तो आज हमारी सामाजिक स्थिति क्या है? उसे हम कैसे समझ सकेंगे?

(8) भारतीय कला से क्या तात्पर्य निकाला जाना चाहिए?

(9) भारतीय आधुनिक कला किसे कहेंगे?

(10) परम्परागत समाज में आधुनिक कला का क्या औचित्य है?

उत्तर : मनुष्य का मानव-तत्त्व संलग्नताओं के बीच रूपायित होता है। परिवार और समाज में वे सम्बन्ध प्राथमिक और मूलगामी हैं—किन्तु यह सिर्फ़ संलग्नता की शुरुआत है। कालान्तर में उसके सम्बन्धों की शृंखला उत्तरोत्तर बढ़ती जाती है—प्रकृति से सम्बन्ध, दैवी शक्तियों से संवाद, ईश्वर की अदृश्य किन्तु सर्वव्यापी सत्ता से सम्बन्ध। इन सम्बन्धों के संश्लिष्ट तन्तुजाल में उसके बन्धन हैं, जो एक तरफ़ उसकी स्वतंत्रता पर अंकुश लगाते हैं, तो दूसरी तरफ़ उसे संरक्षण भी देते हैं। उनके भीतर वह अपने को अकेला, असुरक्षित, अनाथ नहीं पाता। वे उसके 'मनुष्यत्व' को परिभाषित करते हैं।

किन्तु घूमते हुए 'इतिहास चक्र' में आस्था-विश्वास के ये शरण-स्थल धीरे-धीरे छूटते जाते हैं, उनकी जगह आर्थिक स्वार्थपरकता की पकड़ मज़बूत हो जाती है। यूरोप में औद्योगिक क्रान्ति के थपेड़ों ने उन सब घोंसलों को छिन्न-भिन्न कर दिया, जो सम्बन्धों के तिनकों से बने थे; चर्च, परिवार, सम्प्रदाय—कोई ऐसी संस्था नहीं बची थी जिससे मनुष्य आत्मीय रिश्ता बना पाए। समस्त समूह एक भीड़ में बदल गए थे और मनुष्य—व्यक्ति में।

व्यक्ति—वह आधुनिक मनुष्य था—अकेला, संरक्षणहीन, स्वावलम्बी और अहं केन्द्रित।

अत: यह महज़ ऐतिहासिक संयोग नहीं था कि मनुष्य सारी दुनिया में थे—किन्तु 'आधुनिक मनुष्य' सिर्फ़ यूरोप में। यह स्वाभाविक ही था कि आधुनिकता के समस्त आन्दोलनों का सूत्रपात पश्चिम में हुआ था।

मेरे लिए साधारण मनुष्य कोई भी नहीं है—या हर मनुष्य साधारण है, जिसकी कुछ विशिष्टताएँ हैं। एक कलाकार सिर्फ़ इस अर्थ में विशिष्ट है कि वह दी हुई वस्तुओं में जो छिपा है, जो अन्तर्निहित है, उसे देखने की क्षमता रखता है। पर यही काफ़ी नहीं है...क्षमता अन्य लोग भी रख सकते हैं; एक कलाकार यदि उनसे कुछ अलग है, तो इसलिए कि वह उस 'छिपे' को उजागर करने की दक्षता भी रखता है—एक कवि शब्दों को इस तरह पुनर्नियोजित कर लेता है, ताकि भाषा के भीतर से कविता का सोता निकाल सके; एक मूर्तिकार पत्थर के भीतर छिपी मूर्ति को उत्कीर्णित कर लेता है, जैसे एक संगीतज्ञ आवाज़ों के बवंडर के बीच 'सुरों की संगति' निकाल लेता है। एक कलाकार का 'यथार्थ' साधारण मनुष्य के यथार्थ से भिन्न नहीं है। वह सिर्फ़ उसके भीतर से उठती हुई 'पुकार' सुन लेता है, जो 'पूर्ण' होने के लिए तड़प रही है—पत्थर मूर्ति में, स्वर संगीत में, शब्द कविता में—और अजब बात यह है कि जब तक वह उन्हें पूर्णता प्रदान नहीं करता, स्वयं भी अपने अधूरेपन में तड़पता रहता है। अत: पूर्णता की यह पुकार अन्तत: दोतरफ़ा है—यथार्थ जिस तरह मनुष्य द्वारा रूपान्तरित होकर अपना 'सत्य' उपलब्ध कर लेता है, उसी तरह वह मनुष्य को 'कलाकार' में रूपान्तरित करके

उसे अपने जीव का 'सम्पूर्णत्व' पाने में योगदान करता है।

अत: आधुनिकता के आन्दोलन को किसी योजनाबद्ध 'प्रोजेक्ट' के रूप में देखना ठीक नहीं होगा। यूरोपीय मनुष्य की 'वैयक्तिक चेतना' में जो अभूतपूर्व परिवर्तन हुआ, उसने उसकी जीवन-पद्धति, कार्यशैली, दार्शनिक चिन्तन और कला-दृष्टि के समस्त पक्षों को प्रभावित किया है। यह उल्लेखनीय है कि एशिया और अफ्रीका के देशों की सांस्कृतिक परम्परा बहुत लम्बे अर्से तक इस 'आधुनिक चेतना' से अपने को बहुत अलग और दूर पाती रही। समय, प्रकृति, आत्म, ईश्वर-जैसी 'शक्तियों' से उनका सम्बन्ध आधुनिक विचारधारा से जब तक अप्रभावित रहा, तब तक उसकी कला-दृष्टि और चिन्तन-पद्धति भी 'आधुनिकता' से अछूती रही।

आज भूमंडलीकरण की दौड़ में यह सोचना भी अकल्पनीय जान पड़ता है कि हमारी धरती पर सिर्फ़ यूरोप और अमेरिका के लोग ही नहीं बसते और सोचने-समझने की उनकी दृष्टि ही सर्वोपरि और सार्वभौमिक नहीं हो सकती।

आज 'आधुनिकता' को प्रगति और विकास का पर्याय मान लिया गया है—जो संस्कृतियाँ अपने को आधुनिकता की होड़ से मुक्त रखना चाहती हैं, उन्हें अनिवार्यत: पिछड़ी हुई और 'अविकसित' माना जाता है। कितनी बड़ी विडम्बना है कि उन्नीसवीं सदी के अन्त में कला के जिस आधुनिक आन्दोलन ने मुक्ति का रास्ता दिखाया था, वही इक्कीसवीं सदी के आरम्भ में 'उत्तर-आधुनिक' की अर्थशून्यता और केन्द्रहीनता में परिणत हो चुका है।

आज की दुनिया में भारत एक अनूठा देश है—शायद एकमात्र अकेला ऐसा देश जहाँ 'प्राचीन सभ्यता' के उपकरण म्यूज़ियम में प्रदर्शन के लिए न होकर, सामान्य लोगों की आस्थाओं, मर्यादाओं और दैनिक आचार-व्यवहार में देखे जा सकते हैं। आज भी धार्मिक त्योहारों, पर्वों और अनुष्ठानों का 'मिथकीय काल' ऐतिहासिक समय द्वारा ग्रस नहीं लिया गया है, मनुष्य अपनी लौकिक व्यस्तताओं से उठकर कभी भी उसमें प्रवेश कर सकता है—और चाहे तो उसमें जीवनपर्यन्त रह सकता है। आज का भारत उस देश से बहुत भिन्न नहीं है—इतिहास की समस्त उथल-पुथल के बावजूद—जिसे मार्को पोलो, मेगस्थनीज और फाह्यान ने देखा था। यह बात आज कितने देशों के बारे में कही जा सकती है?

'प्राचीन समय' ही 'परम्परा' में रूपान्तरित होकर मनुष्य के जीवन को संचालित करता है। जब हम भारत को 'परम्परागत देश' कहते हैं, तो इस अर्थ में नहीं कि वह अतीत में जीने वाला देश है, बल्कि वर्तमान में रहकर भी वह अपने आन्तरिक समय की लय का अनुकरण करता है। इतिहास के परिवर्तन भारत में भी हुए हैं; विदेशियों के आक्रमण, राजसत्ताओं का विकास-पतन, सामाजिक व्यवस्थाओं में उलट-फेर किन्तु 'जीने की इस लय' को परिवर्तनों के बीच अखंडित रखने में जो चीज़ सबसे अधिक सहारा देती है—वह 'परम्परा' है।

परम्परा के परिवेश में ही मनुष्य की आत्मा 'स्वच्छन्द विचरण' कर सकती है...यदि यह परिवेश अनुपस्थित हो तो स्वयं 'स्वतंत्रता' की अवधारणा सन्दिग्ध हो जाती है—समाज में स्वतंत्रता होने से ही मनुष्य अपने में स्वतंत्र नहीं हो जाता—यही आज पश्चिमी सभ्यता का संकट है। परम्परागत समाज में मनुष्य के दायित्वों के निर्वाह में ही उसकी स्वतंत्र चेतना का आविर्भाव होता है—सृष्टि के प्रति दायित्व, प्रकृति के प्रति दायित्व, चर-अचर के प्रति दायित्व। दायित्वों की देवभूमि में कला की सृजनशक्ति वास करती है—इसके विपरीत 'आधुनिक' समय में मनुष्य के अधिकारों पर ज़ोर दिया जाता है, पर इन अधिकारों का उपयोग वह कैसे करे, इसकी नैतिक चेतना का उसे कोई भान नहीं है।

कला, भारतीय सन्दर्भ में, एक ऐसी योग-साधना है, जिसमें समूची सृष्टि एक छाया की तरह प्रतिबिम्बित होती है। कला एक तरह से पुनर्सृजन है, क्योंकि उसका पहला सृजन तो कलाकार की परिकल्पना में परिपूर्ण हो चुका होता है... वाल्मीकि के लिए समूची रामायण—लिखे जाने से पूर्व—एक सपने की तरह पहले से ही चरितार्थ हो चुकी थी। आदि बिम्बों—आर्किटाइपल चित्रों के थिएटर से ही एक रचनाकार अपनी कविता या नाटक के बिम्बों को चुनता है। चीनी दर्शनिक चुंग-सू के शब्दों में : "एक साधक का मस्तिष्क, जब बिलकुल स्थिर और शान्त होता है, तब वह समूचे विश्व का आईना बन जाता है।" कलाकार को भी योग-साधना के द्वारा अपनी समस्त इन्द्रियों को संकेन्द्रित करना पड़ता है—एक साधक की तरह—उसके बिना रचना असम्भव है।

सृजन की यह परम्परा आधुनिक समय में नये आयाम ग्रहण करती है, किन्तु उसका केन्द्रीय तत्त्व वैसा ही रहता है, जैसा 'प्रथम कलाकार' के कल्पना-लोक में रहा होगा। इसी अर्थ में एक भारतीय कलाकार परम्परा की प्राथमिक शर्तों पर 'आधुनिक' होता है। क्या रवीन्द्रनाथ ठाकुर अपनी कविता में एक ही साथ भारतीय परम्परा के आधुनिक अग्रदूत नहीं जान पड़ते? यह बात तत्त्व-चिन्तन में श्री अरविन्द, उपन्यास-कला में राजाराव, प्रेमचन्द, जैनेन्द्र, सामाजिक दर्शन में विवेकानन्द, गांधी और लोहिया, ज्ञान-साधना में महर्षि रमण के बारे में कही जा सकती है। अपने-अपने क्षेत्र में इन व्यक्तियों ने भारतीय परम्परा को आधुनिक युग में नये सृजनात्मक आयाम दिये हैं।

['क' पत्रिका : 2003]

कई बार कहानी पन्नों पर पूरी हो जाती है, पर मन में अधूरी रह जाती है

सुशील सिद्धार्थ की बातचीत

सुशील सिद्धार्थ : निर्मल जी, पाठक अपने प्रिय और प्रमुख रचनाकारों के विषय में अधिक से अधिक जानना चाहता है। उसके अनुद्घाटित अन्तरंग का साक्षात्कार करना चाहता है। आपके विषय में अपेक्षाकृत ऐसी जानकारियाँ कम हैं। हम चाहेंगे कि आप अपने प्रारम्भिक जीवन के बारे में कुछ बताएँ।

निर्मल वर्मा : ऐसा तो नहीं है कि मैंने अपने आरम्भिक जीवन के बारे में दूसरे साक्षात्कारों में कुछ भी न कहा हो। न ही जानबूझकर मैंने व्यक्तिगत जीवन के बारे में चीज़ों को कुछ दबाना या छिपाना चाहा है। पर यह मैं हमेशा सोचता रहा हूँ कि एक पाठक के लिए लेखक का कृतित्व ही सबसे महत्त्वपूर्ण होना चाहिए। लेकिन मैं इस जिज्ञासा को अस्वाभाविक भी नहीं मानता। क्योंकि लेखक का व्यक्तित्व, उसके जीवन के अनुभव कहीं न कहीं किसी न किसी ढंग से, चाहे कितना ही परोक्ष क्यों न हों, उसके सृजन, रचना-संसार से जुड़े होते हैं।

मैंने कहानियाँ लिखना बहुत देर से शुरू किया। जबकि आज लेखकों को देखता हूँ...तो जब उनकी एक या दो पुस्तकें छप जाती हैं, उस उम्र में शायद मैंने पहली या दूसरी कहानी लिखी थी। लेकिन साहित्य के प्रति मेरा लगाव हमेशा से ही बहुत आत्मीय और गहरा रहा था। शायद इसलिए भी कि हमारे घर का वातावरण और परिवेश ऐसा था...जहाँ कोई साहित्यकार तो नहीं थे, न मेरे पिता, न मेरे दादा, न ही कोई मेरे सगे-सम्बन्धी, मगर साहित्यिक पुस्तकों के प्रति गहरा लगाव ज़रूर था। मुझे याद है कि जब भी मेरी बड़ी बहन, जो पढ़ने में बहुत तेज थीं, को कोई पुरस्कार मिलता था (उन दिनों यह पुरस्कार पुस्तकों के रूप में मिलता था) तो सबसे पहले मैं ही उन पर अधिकार जमाने की कोशिश करता था।

वो बेचारी देख भी नहीं पाती थीं कि उन्हें कौन-सी पुस्तकें पुरस्कार में मिली हैं। हमारे घर में बराबर बहन या भाई उस ज़माने की प्रसिद्ध पत्रिकाएँ, 'वीणा', 'सरस्वती, 'विशाल भारत' और बाद में 'हंस' मँगाते थे...हम बड़ी उत्सुकता से उनकी प्रतीक्षा करते थे। 'कल्याण', हालाँकि यह धार्मिक पत्रिका थी, फिर भी उसमें एकाध कहानियाँ ज़रूर रहती थीं...हम उन्हें पढ़ने के लिए लालायित रहते थे।

यह कुछ आश्चर्य की बात है कि यद्यपि स्कूल में हिन्दी के प्रति मेरा उतना ही गहरा लगाव था जितना इतिहास, भूगोल या अंग्रेज़ी साहित्य के प्रति...स्कूल की लाइब्रेरी से पुस्तकें लेने का दिन त्योहार का-सा दिन होता था। जिस किसी लड़के को उस दिन प्रेमचन्द, सुदर्शन या जैनेन्द्र कुमार की कहानियाँ मिल जाती थीं, वह ख़ुद को सौभाग्यशाली समझता था...हम सब उसकी ओर बड़ी ईर्ष्या से देखते थे।

कॉलेज के दिनों में (मैं स्टीफ़ेंस कॉलेज में था) वहाँ से हिन्दी में एक पत्रिका निकलती थी, उसकी सम्पादिका ने मुझसे कहा कि मैं थोड़ा-बहुत अगर लिखता हूँ तो उनके लिए एक कहानी लिखूँ। मैंने पहली कहानी कॉलेज मैगजीन के लिए लिखी। वह सम्पादिका बहुत दक्ष और संस्कृत की विदुषी थीं। बाद में मिरांडा कॉलेज में संस्कृत की प्रोफ़ेसर बनीं। उनकी बहुत ही कम उम्र में मृत्यु हो गई, जिसका अपशकुन एक छाया की तरह मेरी कहानी पर मँडरा रहा है।

दूसरी कहानी मैंने तब लिखी जब मैं कश्मीर से लौट रहा था...यद्यपि मेरी उम्र बहुत कम थी। यह स्वतंत्रता से पहले की बात है...उन दिनों वहाँ ऐसा झगड़ा नहीं था। रास्ते में एक छोटे क़स्बाती शहर में ठहरा...वह काफ़ी सज्जन पुरुष थे। दो बेटियाँ थीं। काफ़ी अतिथि सत्कार किया। इस संस्मरण के आधार पर मैंने एक लम्बी कहानी लिखी जो 'जनवाणी' में भेजी। हालाँकि यह छपी नहीं। इस तरह लिखता तो रहता था, लेकिन संकल्प नहीं किया था कि लेखक बनूँगा। लिखना मेरे लिए शौक़ नहीं था, जैसे लोग अकेले में अपने लिए कोई खेल चुन लेते हैं, उसी तरह लिखना मेरे लिए एकान्त में एकदम निकट का अनुभव था। प्रकाशित होने की उतनी इच्छा नहीं थी।

लिखना स्वयं में बहुत चमत्कारी चीज़ थी। अगर कोई मुझसे प्रेरणास्रोत के बारे में पूछे तो मैं उन किताबों का नाम लूँगा जिनको पढ़कर मैं साहित्य-संसार के रहस्य या जादू का आभास करता था। उन दिनों अनुवाद बहुत अच्छे निकलते थे। टॉल्स्टॉय, चेख़ॅव, गोर्की—इनके बहुत अच्छे अनुवाद आए थे। शरत् और रवीन्द्र के अनुवाद तो थे ही। तो ये पुस्तकें ही मेरे आरम्भिक वर्षों के लेखन का प्रेरणास्रोत बनीं।

सु.सि. : आपने एक जगह कहा है कि लेखक को अपनी अलग दुनिया बनानी पड़ती है। एक दुनिया, जिसमें वह रहता है; एक दुनिया, जो सबकी है। लेखक इन दोनों का अतिक्रमण करके अपनी एक और दुनिया बनाता है। आपके बारे में एक राय यह भी है कि आप तीसरी दुनिया के लेखक हैं। इस सन्दर्भ में कुछ कहें।

नि.व. : मेरा कहा ठीक से समझा नहीं गया। यह बात मैंने अपने बारे में नहीं... लेखन के बारे में कही है। मैंने कोई अलग दुनिया नहीं बनाई। बल्कि हर रचनाकार अपनी रचनाओं से एक ऐसी दुनिया रचता है जो केवल वही रच सकता है। जो उसके विशिष्ट वैयक्तिक अनुभवों के समीक्षण से सम्भव होती है। इस लिहाज़ से वह अनूठी...अद्वितीय है। लेकिन इसका अर्थ यह नहीं कि सामान्य दुनिया से वह अजनबी हो जाती है।

जिस दुनिया में हम रहते हैं, पीड़ा भोगते हैं, रोज़ी-रोटी कमाते हैं, परिवार के साथ सुख-दु:ख से गुज़रते हैं, यह सामान्य दुनिया है। सामान्य अनुभवों के बीच एक अनूठे सत्य को वाणी दे पाना एक लेखक का धर्म हो जाता है। रचना जब पढ़ी जाती है तो हर पाठक, जो सामान्य अनुभवों के बीच अनूठे अनुभवों को सँजोता हुआ भी उसे अभिव्यक्त नहीं कर पाता, वह इससे साझा कर लेता है...साक्षात् कर लेता है। इसीलिए रचना को पढ़कर कई बार कहते हैं कि ऐसा मेरे जीवन में भी हुआ है...लेकिन इसका अर्थ यह नहीं कि उसे व्यक्त करने के लिए आवश्यक संवेदात्मक क्षमता मुझे मिल सकी। इस अर्थ में लेखक द्वारा रची गई दुनिया विशिष्ट भी होती है और सामान्य दुनिया से साझा भी करती रहती है।

सु.सि. : आपका एक महत्त्वपूर्ण कथन है कि भ्रष्ट भाषा में मूल्यवान अनुभव व्यक्त नहीं हो सकते। तो क्या भ्रष्ट अनुभवों को मूल्यवान भाषा में व्यक्त कर सकते हैं?

नि.व. : अनुभव कैसे भ्रष्ट हो सकते हैं? कोई व्यक्ति अपने अनुभवों के प्रति ग़ैर-ईमानदार, ग़ैर-ज़िम्मेदार हो सकता है...लेकिन अनुभव तो स्वयं में एक अनुभव है...वह प्रिय या कटु हो सकता है। पवित्र या भ्रष्ट नहीं होता। अनुभव के तौर पर हम उसे भोगते हैं। यह हो सकता है कि वह इतना कटु, बीभत्स, असहनीय हो कि हम उसका सामना न कर सकें। यह भी हो सकता है कि हम अनुभव को उसके नंगेपन में दिखाने की बजाय उसमें तालमेल पैदा करें, ताकि वह हमारे समाज के लिए स्वीकार्य हो सके। लोकप्रिय हो सके। जैसे शूगर कोटेड करके दवाई की कटुता ख़त्म की जाती है। ऐसे मिलावटी अनुभव अन्तत: अपनी विश्वसनीयता खो देते हैं।

लेखक की कोशिश होती है कि जिस भाषा में समाज के अन्य वर्ग सम्प्रेषण करते हैं...उस सम्प्रेषण के दौरान शब्दों के साथ समझौता करते हैं...एक राजनीतिज्ञ सुन्दर शब्दों का भी ऐसा इस्तेमाल करता है कि श्रोताओं को प्रलोभित किया जा सके, इसका यथार्थ से नाता नहीं होता। हमने अपने समय में देखा है कि राजनीति में लोकतंत्र समाजवाद जैसे अनेक सुन्दर शब्दों को निर्ममता से भ्रष्ट किया गया है। अत: एक कलाकार पर दायित्व होता है कि शब्दों पर जो कलुष जमा है, जो झूठ इकट्ठा हो गया है, उसे हटाकर उसे पूरी सच्चाई और प्रामाणिकता के साथ इस्तेमाल कर सके।

यह उसका पहला कर्तव्य है, लेकिन यहीं पर उसका कर्तव्य समाप्त नहीं हो जाता। एक संघर्ष और जुड़ा है। जिन शब्दों से सामान्य जीवन का कारोबार चलता है, उन्हीं शब्दों से उसे कविता, कहानी रचनी होती है। वह शब्दों को शब्दकोश से नहीं लाता। जो शब्द मंडी में, बाज़ार में, राजनीति में, हर तरह की गन्दगी में इस्तेमाल होते हैं—उन्हीं का प्रयोग वह करता तो खोटेपन से भरे शब्दों से कैसे अनुभव की सच्चाई व्यक्त करे, यह चुनौती उठानी पड़ती है। इस चुनौती का जवाब दो तरह से हो सकता है : एक, लेखक कह दे कि मुझे समाज से कुछ लेना-देना नहीं है। समाज इतनी भ्रष्ट भाषा में जी रहा है कि मेरी बात समझ नहीं सकता। और वह अपनी रचनाओं में दुरूह से दुरूहतर होता जाए। वह कहे कि मुझे परवाह नहीं—कौन समझता है, कौन नहीं। मेरी समझ से यह चुनौती से कतराना है। एक दूसरा रास्ता लोग अपनाते हैं। शब्दों की सच्चाई, प्रामाणिकता को अवमूल्यित करना, ताकि वह लोगों तक पहुँच तो सकें मगर अपनी वास्तविक स्थिति में नहीं।

जिसे हम लोकप्रिय साहित्य कहते हैं, वह ऐसे ही लिखा जाता है। लोगों को यह अच्छा भी लगता है, समझ में भी आता है, किन्तु न तो अनुभव की सच्चाई प्रकट होती है, न स्थिति से जीवन में किसी सत्य की प्राप्ति हो पाती है। विकल्प इन दो अतियों के बीच में है—तथाकथित लोकप्रिय साहित्य और तथाकथित अहंग्रस्त एलीट साहित्य के बीच में।

तीसरा रास्ता अर्थात् भाषा के साथ कम-से-कम समझौता करके लोगों तक अधिक से अधिक अनुभव सम्प्रेषित कर पाना। शब्दों को उनकी पूरी गरिमा के साथ अनुभव की सम्पूर्ण सच्चाई के साथ प्रस्तुत करना। इसमें दो चीज़ों से सामना करना पड़ता है। कला का सबसे बड़ा धर्म है सम्प्रेषण...लेकिन सम्प्रेषण किसी भी मूल्य पर नहीं...भाषा को भ्रष्ट करके सम्प्रेषण टी.वी. सीरियल या जासूसी उपन्यास करते हैं, इस क़ीमत पर नहीं। भाषा की प्रामाणिकता की रक्षा और अनुभव की सच्चाई बचाते हुए अधिक से अधिक लोगों तक पहुँचने की कोशिश वह चुनौती है, जिसे एक सच्चा साहसी रचनाकार स्वीकार करता है।

सु.सि. : आपको सौन्दर्योपासक संत कहा जाता है। आलोचकों का मानना है कि आपके यहाँ सुख भी सुन्दर है और दुःख भी। अवसाद है तो रहस्यपूर्ण ढंग से मुस्कराता। सौन्दर्य पर इतना बल देना किसी विशेष मानसिकता का परिचायक है क्या?

नि.व. : मुझे तो ख़ुशी होगी कि मेरा लिखा सब कुछ सुन्दर मान लिया जाए। अगर लेखक इतनी सुन्दरता प्राप्त कर ले तो यह बहुत बड़ी उपलब्धि है। दुर्भाग्यवश मैं इस सीमा तक पहुँच नहीं सका हूँ। पता नहीं, उन लोगों की सुन्दरता की परिभाषा क्या है, जो मेरी कहानियों पर ऐसा आक्षेप करते हैं! मेरी समझ में बीभत्स से बीभत्स अनुभव की अभिव्यक्ति भी समर्थ होनी चाहिए।

जिस कलात्मक सौन्दर्य की बात मैं कर रहा हूँ, वह दरअसल इस क्षमता में निहित होता है। एक उबाऊ अनुभव भी दिलचस्प ढंग से व्यक्त हो सकता है। 'रामायण' में कितने ही भयानक और करुण प्रसंग हैं, किन्तु उनका प्रभाव मुझ जैसे पाठक पर इतना तीव्र इसलिए होता है कि अभिव्यक्ति बहुत सुन्दर है।

सुन्दरता तब सुन्दर नहीं रहती जब आप निर्मम कटु सत्य को सुन्दर शब्दावली से छिपाने की कोशिश करते हैं। भयावहता को कम करके प्रस्तुत करने से वह पचाने की, रसास्वादन करने की चीज़ भर रह जाती है। सुन्दर वही है जो पूरी तीव्र अनुभवशीलता के साथ व्यक्त हो। तभी नौ रसों को सुन्दर कहा गया...बीभत्स भी सुन्दर रस है। हाँ, अगर इसके पीछे कुछ सहानुभूतिशील आलोचकों का आशय है कि मैं पीड़ा का सामना उसी तीव्रता से नहीं करता...उससे कतरा जाता हूँ तो यह एक सच हो सकता है। लेकिन तब फिर मेरी कहानी, मेरी शैली, मेरी भाषा उसी अनुपात में सौन्दर्य से वंचित हो जाएगी। कहना यह चाहिए कि अमुक लेखक अनुभव को सम्पूर्णता में व्यक्त नहीं कर पाता। लेखक में इतना कलात्मक साहस नहीं था कि अनुभव को पूरी भयानकता और नग्नता में प्रस्तुत कर पाए। इसलिए एक अनुभव अप्रामाणिक बन जाता है। जितना अप्रामाणिक बन जाता है, उसी हद तक अपनी सुन्दरता भी खो देता है।

सु.सि. : आपकी रचनाओं में प्रेम का दबा-दबा घुटा-घुटा रूप सामने आता है। अक्सर स्मृतियाँ आन्दोलित करती हैं, मगर पात्र चुनौतियों का सामना करने से कतराता है। मसलन 'पिछली गर्मियों में' का नायक। जो प्रवास के दौरान...विएना से भारत आने पर अपने बिछड़े प्रेम से साक्षात्कार करने की कोशिश नहीं करता।

नि.व. : यह एक अच्छा उदाहरण है...मगर नायक का लगाव है...प्रेम है या नहीं, यह स्पष्ट नहीं है। एक धूपछाँही तरह का लगाव है। जाता इसलिए नहीं क्योंकि उसका विएना में एक लड़की से रिश्ता पहले ही हो चुका है। उसे लगता है कि करुणा उससे जो एक्सपेक्ट करती है, उसे पूरा नहीं कर पाएगा। लिहाज़ा वह टालता रहता है। ऐसे अनुभव हम सबको नहीं होते? यह क्या पलायनवाद है? विएना जाने से पहले उसका अनुभव-संसार दूसरा था...वहाँ रहकर वह दूसरा आदमी बन गया है। अब लौटकर पुरानी उम्मीदों को पूरा कर पाना शायद सम्भव नहीं है। हाँ... इसी वजह से वह आदमी अपने दोष से मुक्त नहीं हो जाता, उसे मिलना चाहिए था। कहानी में इसे जस्टीफाई नहीं किया गया है। कुछ लोग चीज़ों का सामना न कर पाने के कारण एक मानवीय परिस्थिति में हम क्या करते हैं, यह बताती है। फिर यह कहानी का केन्द्रीय अनुभव भी नहीं है। केन्द्रीय अनुभव यह है कि कैसे वह अपने परिवार के बीच ख़ुद को निर्वासित समझता है। लड़की को तो छोड़िए, वह माता-पिता के बीच ख़ुद को अजनबी पाता है।

सु.सि. : रचनाशीलता में आपने स्मृति को ख़ासा महत्त्व दिया है। अनुभव की तरह स्मृति भी आपका प्रिय शब्द है। प्रत्येक रचना में कुछ ख़ास स्मृतियाँ लौट-लौट आती हैं। इसके पीछे कौन-से कारण हैं?

नि.व. : मेरी कहानियाँ या उपन्यास केवल स्मृतियों के आधार पर ही नहीं रचे गए। उनमें वर्तमान काफ़ी स्पष्ट और तीखे ढंग से मौजूद रहता है। यह ज़रूर है कि हम सबका वर्तमान एकांगी नहीं होता, न ही एकायामी होता है। हर व्यक्ति अपने वर्तमान में समूचे अतीत को लेकर चलता है। बहुत कुछ बीतने के बाद भी अतीत फाँस की तरह खटकता रहता है। वर्तमान में हस्तक्षेप करता रहता है।

हम कहीं चौबीस घंटे का ध्यान देकर विवेचन करेंगे तो पाएँगे, अतीत कितने गुप्त सूराख़ों से, कितनी सेंध लगाकर हमें खटखटाता है। वर्तमान वही नहीं है, जो अब और आज है। वह भी है जो बीतने पर भी हमारे भीतर जीवित है। इसी अर्थ में अतीत और वर्तमान का अन्तर्गुम्फित सम्बन्ध मेरी कहानियों और उपन्यासों में अपनी भूमिका निभाता है। जानबूझकर यह नहीं सोचता कि नायक या नायिका की स्मृतियाँ उसे कैसे प्रभावित कर रही हैं। मेरे लिए अनुभव और स्मृति के बीच का अदृश्य सम्बन्ध हमेशा इतना सशक्त रहा है कि मैं उसे अलग करके नहीं देख सकता। मेरा कोई संकल्प नहीं है कि स्मृति को ही महत्त्व दूँगा।

सु.सि. : 'सुबह की सैर' का कर्नल निहालचन्द लगातार पिछले प्रेम की स्मृतियों में जीता है...?

नि.व. : यह कर्नल की दुविधा है। वह सोचता है कि जीवन में किसी का प्रेम न पा सका, न किसी को दे सका। इससे वह वर्तमान जीवन का मूल्यांकन करता है। क्या यह ग़लत है? ऐसी दुविधा एक और कहानी की नायिका में भी है, जो नायक के जाने के बाद उसकी चीज़ों को फेंक देती है, उसका गर्भस्थ शिशु बच नहीं सका है, लेकिन वह अपने प्रेम को बचाना चाहती है। हर कहानी किसी-न-किसी पात्र की दुविधा को ही शब्द देती है।

सु.सि. : 'रात का रिपोर्टर' को लेकर कई आलोचकों को असन्तोष रहा है कि आपातकाल की भयावह सच्चाइयों का सामना बड़े अमूर्तन के साथ किया गया है।

नि.व. : मुझे नहीं मालूम, अमूर्तन से उनका क्या अभिप्राय है। उपन्यास का नायक जो एक पत्रकार है, उसके लिए इमरजेंसी एक ऐतिहासिक दुर्घटना ही नहीं है।

वह एक ऐसी संकटपूर्ण स्थिति है जो उसकी व्यक्तिगत जीवन की ट्रेजेडी को भी अनावृत करती है। एक तरह से यह इतिहास का व्यक्तिगत जीवन में आवर्तन है, इसे अमूर्तन नहीं कहा जा सकता। आलोचना हर बार ग़लत नहीं होती...किन्तु वह आलोचना ग़लत हो जाती है जो उपन्यास की दुनिया में प्रवेश न कर अपनी आशाओं को उस पर आरोपित करना चाहती है।

सु.सि. : इसी प्रसंग में आप हिन्दी आलोचना के बारे में अपनी धारणा हमें बताएँ।

नि.व. : एक बार वात्स्यायन जी ने कहा था कि हिन्दी में आलोचक तो हैं आलोचना नहीं है। मैं इतनी अतिवादी बात नहीं कहूँगा। यह ठीक है कि हिन्दी कथालोचना ने कई आशाएँ पूरी नहीं की है। पिछले तीस-चालीस वर्षों में राजनीतिक मतवादी आलोचकों के कारण साहित्य और कला के उत्कृष्ट अंश का उचित मूल्यांकन नहीं हो सका। साहित्य का अपना परिवेश क्या है, उसे समझने के लिए क्या मर्यादाएँ होनी चाहिए—यह सोचने की ज़्यादा कोशिशें नहीं हुईं। इसके बावजूद मैं कहना चाहूँगा कि हिन्दी आलोचना दूसरी भारतीय भाषाओं की आलोचना की तुलना में बहुत बुरी नहीं है। बहुत विपन्न नहीं है। ऐसे कई आलोचक हैं जिन्होंने रचनाओं का सार्थक मूल्यांकन किया है। नेमिचन्द्र जैन, नामवर सिंह ने एक समय कहानी का बहुत महत्त्वपूर्ण कार्य किया। हालाँकि बाद में उन्होंने यह क्षेत्र छोड़ ही दिया। मलयज, रमेशचन्द्र शाह, साही, रामस्वरूप चतुर्वेदी, अशोक वाजपेयी—ये ऐसे आलोचक हैं, जिन पर कोई भी साहित्य गर्व कर सकता है। ठीक भी है, जैसे अच्छे कथाकार कम होते हैं, वैसे ही अच्छे आलोचक भी ज़्यादा नहीं होते।

सु.सि. : मेरा तात्पर्य हिन्दी कथालोचना में व्याप्त दुरभिसन्धियों और विसंगतियों से भी था। आपकी 'सूखा' कहानी को लेकर 'हंस' में विध्वंसक प्रतिक्रियाएँ दर्ज होती हैं, दूसरी ओर दूधनाथ सिंह 'पूर्वग्रह' के एक अंक में इसे मूल्यवान रचना मानते हैं...।

नि.व. : नक़ली लेखन बहुत जीवित नहीं रहता। उसे पुरस्कारों द्वारा कृत्रिम जीवन दिया जा सकता है, मगर वह लम्बे समय तक जीता नहीं। रेणु के उपन्यासों को प्रारम्भ में कितना उपेक्षित किया गया। आज उनकी स्थिति हम सब जानते हैं।

सु.सि. : हिन्दी में परम्परा की गिनती ख़ूब होती है। आप ख़ुद को किस परम्परा में खड़ा पाते हैं?

नि.व. : मेरे लिए यह कहना तो बड़ा मुश्किल है कि मैं किस परम्परा का लेखक हूँ। यह अवश्य है कि मेरे ऊपर अनेक लेखकों के प्रभाव स्वाभाविक ही हैं।

वह केवल भारतीय लेखक नहीं हैं, विदेशी भी हैं। मैंने सजग होकर किसी एक लेखक की परम्परा को अपनाया हो, यह तो नहीं कहूँगा। यह अवश्य कहूँगा कि कई लेखकों की रचनाओं ने मुझे भीतर से इतना आलोड़ित किया है कि मेरी रचनाओं पर उनका प्रभाव है। वर्जीनिया वुल्फ़, चेख़ॅव, जैनेन्द्र कुमार, अज्ञेय—इनकी प्रेरणाएँ या धारणाएँ मेरे साहित्य को प्रभावित करती रहती हैं। ऐसे लेखक भी हैं जिनका मैं बड़ा प्रशंसक हूँ...मगर परम्परा या प्रेरणा का कोई नाता नहीं है। जैसे रेणु।

सु.सि. : अपनी रचना-प्रक्रिया के बारे में हमें कुछ बताएँ?

नि.व. : किन-किन अनुभवों से गुज़रकर कहानी आती है, यह कहना कठिन है। मैं प्लान बनाकर काम नहीं करता। कुछ अनुभव बार-बार आकर एक पैटर्न-सा बना लेते हैं...जब लगता है कि इस पैटर्न को किसी रचना में व्यक्त कर सकते हैं तो प्रारम्भ हो जाता है। फिर भी कहानी का अन्त या पात्रों की नियति के बारे में मुझे कुछ स्पष्ट नहीं रहता। कई बार ग़लत शुरुआत भी हो जाती है। मेरी रचना-प्रक्रिया ग़लती करना, ग़लती को सुधारना...स्पष्टता और धुँधलेपन की गुफाओं के बीच की यात्रा है। स्पष्ट मेरे मन में कोई ख़ाका नहीं रहता...बाद में जो बनकर आता है वो शुरू में सोचे हुए से बिलकुल अलग हो सकता है। कई बार निराशा भी होती है कि जैसी कहानी लिखना चाहता था, उसके कई तत्त्व छूट गए। अपने अधैर्य या अज्ञान के कारण उतना गहरे नहीं गया जितना जाना चाहिए था। कई बार कहानी पन्नों पर पूरी हो जाती है, मगर मन में अधूरी रहती है। शायद यह चीज़ उम्मीद जगाती है कि एक और कहानी की भूमिका है।

सु.सि. : समूचे कथा-साहित्य में आपकी भाषा अलग से पहचानी जाती है। आप शब्दों से इतना विलक्षण काम कैसे ले पाते हैं?

नि.व. : जब आलोचक इस तथ्य की ओर मेरा ध्यान दिलाते हैं तो मुझे विस्मय होता है, क्योंकि मैं कभी ऐसा सोचता नहीं। ऐसा नहीं कि मैंने अर्जित किया है इसे किसी ख़ास परिश्रम या निष्ठा से। लिखने के बहाव में जो शब्द सबसे प्रचलित होते हैं, उन्हें चुन लेता हूँ। यह पाठक की भी संवेदनशीलता और समझ है, जो मेरे बारे में ऐसी धारणा रखती है। मैं भाषा में संकेतों से काम लेता हूँ, ऐसा मैं समझता हूँ। शब्द बाहुल्य से किसी रचना की शक्ति कम होती है, ऐसा मेरा विश्वास है। कहानी के वाक्यों की स्पेसिंग बहुत महत्त्वपूर्ण होती है। हेमिंग्वे इसका अन्यतम उदाहरण हैं।

सु.सि. : हिन्दी कथा-साहित्य में चलने वाले आन्दोलनों से आप लगभग अलग-थलग रहे...?

नि.व. : इसमें कोई विशिष्टता नहीं है। मैंने एक लेखक के तौर पर साहित्य की मर्यादाओं-प्रतिज्ञाओं के भीतर सृजन करने का प्रयास किया। जैसे एक इंजीनियर, एक वैज्ञानिक, एक गणितज्ञ की अपनी सीमाएँ होती हैं...उनका सम्मान करते हुए ही वह उच्चताएँ अर्जित करता है। यही लेखक की स्थिति है। भाषा के प्रति ज़िम्मेवारी, अपने जीवन के मूल्यवान अनुभव, सत्यों को व्यक्त करने वाली शैली का अन्वेषण—यह सब किये बिना एक लेखक सम्पूर्ण-सार्थक लेखन नहीं कर सकता। अगर कोई इन प्रतिज्ञाओं को अपनाकर लिखना शुरू करता है तो इसे त्याग या संतपन नहीं मानना चाहिए। यह तो न्यूनतम है जो उसे करना चाहिए। लेखन का कर्म चुना है तो वह उसकी मूलभूत प्रतिज्ञाओं से कैसे मुक्त हो सकता है?

सु.सि. : कभी आत्मकथा लिखने का विचार नहीं आता?

नि.व. : मेरी सारी कहानियाँ...मेरे सारे उपन्यास शायद आत्मकथा ही हैं। अपने जीवन के बारे में अलग से लिखने का उत्साह नहीं होता। अब भी मेरे अनुभव के कुछ पक्ष हैं, जिन्हें मैं कहानी या उपन्यास में उद्घाटित नहीं कर पाया हूँ। वे हमेशा प्रकाश में आने के लिए किसी खिड़की या दरवाज़े का इन्तज़ार करते रहते हैं। अगर मैं उन्हें आत्मकथा में व्यक्त कर दूँगा तो उन्हें लगेगा, उनके प्रति अन्याय हुआ। क्योंकि शायद वे सीधे-सीधे आने में सकुचाएँ। शायद वह सच्चाई न प्राप्त कर सकें, जो एक फ़िक्शन की गरिमा में होती है। आत्मकथा लिखने के लालच से जितना बच सकूँ, उतना अच्छा है।

सु.सि. : आजकल क्या कर रहे हैं!

नि.व. : मैं पिछले दो-तीन वर्ष से, मन्थर गति से कई व्यवधानों के बावजूद एक उपन्यास पूरा करने की कोशिश कर रहा हूँ। उसके अंश 'पूर्वग्रह' में छपे भी थे। (हँसते हुए) सोचता हूँ...ऐसे लम्बे साक्षात्कारों से समय बचा पाया तो जल्दी पूरा कर डालूँ।

['कथाक्रम' : अक्टूबर, 1999]

लिखना बहुत अकेलेपन का काम है

यतीन्द्र मिश्र की बातचीत

यतीन्द्र मिश्र : साहित्य सर्जना के लिए प्राणतत्त्व क्या चीज़ होती है?

निर्मल वर्मा : अनुभव की जितनी समूची पूँजी हम जमा करते हैं, जब वह रागात्मक स्वर में या रागात्मक भावना में अवतरित होती है या अनूदित हो जाती है तो मेरे ख़याल से सीधे एक द्वार के खुल जाने की आशा बनती है। इससे अच्छा या उत्कृष्ट सृजन हो पाएगा या सफल कहानी लिखी जाएगी, इसकी कोई गा़रंटी नहीं।

य.मि. : क्या आप यह मानते हैं कि साहित्य-सर्जना में वैचारिक आग्रह को स्थान दिया जाना चाहिए?

नि.व. : वैचारिक आग्रह तो नहीं लेकिन विचार का महत्त्व मैं अवश्य स्वीकार करता हूँ लेकिन विचार के भी बहुत-से रूप होते हैं। एक विचार एक रूप में एक दार्शनिक के पास आता है। एक दार्शनिक, एक तत्त्वचिन्तक विचार को जिस रूप में और जिस दृष्टि में गुनता है और जिसे वह अपनी जीवनदृष्टि का माध्यम बनाता है, वह उससे काफ़ी अलग है जो विचार की भूमिका एक लेखक या कवि के भीतर होगी। वहाँ विचार भावना से अलग होकर नहीं आता। भावना और विचार दोनों एक-दूसरे के प्रदेश में न केवल दख़ल देते रहते हैं, बल्कि अन्तत: इस तरह घुल-मिल जाते हैं कि किसी उत्कृष्ट कलाकृति में एक को दूसरे से अलग करके नहीं देखा जा सकता। यह नहीं कि पहले आप विचार करते हैं फिर उसे भावनात्मक क्षेत्र में अनूदित करते हैं बल्कि एक सघन भावना के भीतर ही विचार बीज की तरह पड़ा हुआ होता है। इसलिए जो विचारवान कविता होती है, उसमें विचार और भावना को एक-दूसरे से अलग करना असम्भव हो जाता है। मैं यदि उदाहरण के तौर पर कहूँ तो जयशंकर प्रसाद, निराला, अज्ञेय—ये विचारवान कवि थे। लेकिन क्या इनकी कविताओं में यह विचारतत्त्व ही इनकी काव्यशक्ति को

इतना सघन, इतना गहरा और इतना चिन्ताकुल करनेवाला बनाता था? अलग से मैं यदि कुछ कवियों का नाम लूँ, जैसे—महादेवी या पंत या बहुत-सी कविताओं में शमशेर, वहाँ पर भावनाओं की बहुत ही मुख्य भूमिका होती थी। परन्तु यह ज़रूरी नहीं है कि इस तरह की साफ़-सुथरी कोटियों में आप लेखकों या कवियों को बाँट सकें। देखिए, जहाँ कविता कमज़ोर होती है और विचार उस पर हावी होने लगता है—वहाँ कविता का आन्तरिक सौन्दर्य नष्ट हो जाता है। पंत की कविता इसका उत्कृष्ट उदाहरण है। पंत मूलत: भावनात्मक स्तर के कवि हैं लेकिन श्री अरविन्द के दर्शन से आसक्त या आकर्षित होकर उन्होंने एक दर्शन को अपनी कविता पर आरोपित करना चाहा, जिससे न तो दर्शन की गरिमा सामने आ पाई और न कविता का सौष्ठव ही प्रस्तुत हो पाया। इस दृष्टि से जब तक विचार और भावना दोनों एक-दूसरे के साथ बिलकुल अन्तर्गुम्फित नहीं हो जाते, तब तक कविता के लिए वह एक श्रेयस्कर तत्त्व नहीं बनता।

य.मि. : आपके निबन्धों में जो दर्शन पक्ष उभरता है, जो अध्यात्म विकसित होता है, वह सूक्ष्म चिन्तन आप किस रूप में लेते हैं और उसका क्रियान्वयन साहित्य में किस रूप में करते हैं?

नि.व. : मैं नहीं सोचता कि मैं एक दार्शनिक के तौर पर निबन्ध लिखता हूँ। दार्शनिक के पास एक तरह का अवधारणात्मक ढाँचा होता है जिसे अंग्रेज़ी में Conceptual Structure कहते हैं। इसके भीतर विचारों और प्रत्ययों का खेल या क्रीड़ा होती है, जबकि मैं निबन्ध लिखता हूँ तो उसके पीछे प्रेरणा किसी प्रकार की अवधारणात्मक या प्रत्ययमूलक नहीं होती। मैं उसे किसी सिद्धान्त को प्रमाणित या निरूपित करने के लिए नहीं लिखता। जब समाज, साहित्य या संस्कृति के कुछ प्रश्न मुझे परेशान करते हैं और मुझे लगता है (सही या ग़लत, यह अलग बात है) कि उनके बारे में स्पष्ट चिन्तन की ज़रूरत है, ताकि वैचारिक कुहासे से बाहर आ जाया सके, तो निबन्ध लिखने की आन्तरिक विवशता महसूस होती है। इस तरह की प्रश्नाकुलता जो निजी घेरे से बाहर जाकर समूचे समाज की चिन्ता बनकर मुझे व्यक्तिगत तौर पर परेशान करने लगती हैं, जैसे—धर्म या धर्मनिरपेक्षता का प्रश्न। जैसे—साम्प्रदायिकता तथा उसके अवशेष जो आज भी हमारे जीवन में बचे हुए हैं। पश्चिम का हमारे जातिगत संस्कारों पर आतंक। ये केवल दार्शनिक प्रश्न नहीं हैं—ये प्रश्न हमारी जीवन पद्धति के साथ जुड़े हुए हैं। इसका मतलब यह नहीं कि निबन्ध लिखने से कोई समाधान मिल जाता है, या मैं कोई उत्तर ढूँढ़ पाता हूँ, बल्कि इन प्रश्नों को तर्कसंगत ढंग से प्रस्तुत करना मेरा अभीष्ट है ताकि हम अपने भीतर जमी हुई पूर्वनिर्मित धारणाओं और पूर्वग्रहों को छाँट सकें और सोच सकें कि ये प्रश्न इतने आसान नहीं हैं। कुछ गहरे जाने की ज़रूरत है

इनका सामना करने के लिए। वहाँ पर मेरे ख़याल से, मेरे लिए कम-से-कम, एक कहानी और उपन्यास से अलग निबन्ध की विधा शुरू होती है।

य.मि. : आपको लगता है कि आजकल जो साहित्य लिखा जा रहा है—ख़ास कर उपन्यास और कहानियाँ, उसमें इतिहास इस क़दर दख़ल दे रहा है कि उसकी क़िस्सागोई या उसका जो आदिम पाठ है, वह भटक रहा है। क्या यह सही लगता है आपको? क्या इतिहास के साथ जुड़कर साहित्य अपने को विकसित कर पाएगा?

नि.व. : इस प्रश्न का उत्तर तो बहुत सीधा है। कोई भी चीज़ आप ले लीजिए—चाहे वह इतिहास हो, राजनीति हो, समाज हो, कोई भी चीज़ एक उपन्यासकार के लिए अछूत नहीं है। एक उपन्यासकार के लिए सब चीज़ें खुली होती हैं। वह सबको स्वीकार कर सकता है या अपने विवेक और अपनी रुचि के अनुसार, अपने रागात्मक झुकाव के अनुसार कुछ को विशिष्ट समझ सकता है, कुछ को चुन सकता है। इतिहास के साथ हम कैसा सम्बन्ध बना पाते हैं, यह ज़्यादा महत्त्वपूर्ण है। अगर मुझे झाँसीवाली रानी का चरित्र बहुत गहरे तौर पर लगता है कि प्रासंगिक है। जैसे—उसने अंग्रेज़ों के ख़िलाफ़ लड़ाई लड़ी थी। आज यदि मैं उसे परोक्ष या प्रत्यक्ष रूप से अपनी कहानी में लाता हूँ तो कोई हर्ज की बात नहीं है। कोई मुझे यह नहीं कहेगा कि वह अस्पृश्य है आपके लिए। वह आपकी क़िस्सागोई में बाधा डालेगी। लेकिन अगर मैं झाँसी की रानी या शिवाजी या महाराणा प्रताप या किसी भी इतिहास के हिस्से को अपने पूर्वग्रहों को प्रक्षेपित करने का साधन या माध्यम बना लेता हूँ तो लोग कहेंगे—भई! इससे अच्छा तो सीधा इतिहास ही पढ़ते, आपका उपन्यास पढ़ने की क्या ज़रूरत थी! क्योंकि ये सब चीज़ें तो इतिहास में उपलब्ध हैं ही। एक उपन्यासकार इतिहास के तत्त्वों को इस तरह से रूपान्तरित करता है कि वह इतिहास से भी ज़्यादा अधिक हमें मानवीय सत्य की ओर उन्मुख लगता है। इतिहास तो तथ्यात्मक सत्य (Factual Truth) है। उस हक़ीक़त को कल्पना में ढालकर बेहतर परिप्रेक्ष्य में मानवीय सत्य में परिणत कर पाना ही एक उपन्यासकार की सबसे बड़ी चुनौती है। अगर वह इसे कर पाता है, तो मैं समझता हूँ कि वह टॉल्स्टॉय की तरह है, जिसने 'वार एंड पीस' जैसा महान उपन्यास लिख दिया।

य.मि. : आपकी निगाह में एक साहित्यकार की दृष्टि क्या होनी चाहिए?

नि.व. : मुझे लगता है कि इस प्रश्न का उत्तर कोई है नहीं, क्योंकि दृष्टि (Vision), अगर आप अमूर्त रूप से पूछें तो मैं कहूँगा कि एक ऐसी चीज़ है जिसे कभी परिभाषित नहीं किया जा सकता। एक लेखक का विज़न तो होता है, लेकिन उससे कोई पूछे कि क्या है—यह व्याख्यायित करना बेहद मुश्किल है। रवीन्द्रनाथ ठाकुर कहते थे—मैं तो समूचे जीवन को ही अपनी कविता का विषय बनाना चाहता हूँ।

जीवन की सब समस्याएँ जो आपको आलोड़ित कर पाती हैं, जो आपके अनुभव के घेरे में आकर कहीं छुपे हुए यह संकेत बताती हैं कि यह ऐसा अनुभव है, इसे यहाँ से न फिसलने दीजिए, क्योंकि ये ही आपको किसी सत्य की ओर ले आएगा, तभी आप कलम उठाकर उस अनुभव को लेकर कविता या कहानी शुरू करने लगते हैं। लेकिन आप यदि 'दृष्टि' की प्रतीक्षा में बैठे रहे, कि जब तक मुझे कोई दृष्टि प्राप्त नहीं हो जाती, तब तक मैं कहानी नहीं लिखूँगा तो यह कृत्रिम होगा। जो लोग बनी-बनाई दृष्टि को अपनाते हैं, चाहे वह गांधीवादी दृष्टि हो या मार्क्सवादी, वे कला से विचलित हो जाते हैं?

य.मि. : वर्जनाओं की व्याख्या आप किस तरह करेंगे, जबकि आप प्रूस्त तथा वर्जीनिया वुल्फ़ से प्रेरित रहे हैं?

नि.व. : मेरे विचार से एक लेखक के भीतर अनेक तरह के अवरोध उत्पन्न होते रहते हैं। वे भावनात्मक स्तर पर हों या मानसिक धरातल पर, इन अवरोधों की कोई सामान्यीकृत व्याख्या नहीं की जा सकती। एक महिला लेखक, एक दलित लेखक का 'स्त्री' और 'दलित' होना उसकी शक्ति भी होता है, अवरोध भी। शक्ति इस अर्थ में कि उनके जैसे अनुभव किसी और के पास नहीं हैं, अवरोध इस अर्थ में जब वे उसे कुंठित करने लगते हैं...एक लेखक की उत्कृष्टता मेरे विचार में यही है कि वह अपने लेखन में, अपने चिन्तन में, कितने साहस और जीवन के साथ इन अवरोधों का अतिक्रमण कर पाता है। इसी अर्थ में मुझे प्रूस्त तथा वर्जीनिया वुल्फ़ और दूसरे उपन्यासकार इतने विशिष्ट लगते हैं। वर्जीनिया वुल्फ़ ने नारी अनुभवों के सूक्ष्म स्तरों को अपनी रचनाओं में उद्घाटित किया है, जो अक्सर स्त्रियाँ महसूस तो करती हैं किन्तु बाहर प्रकाश में लाने का साहस नहीं कर पातीं। उसी तरह से हम यह देखते हैं कि प्रूस्त ने जीवन के ऐसे बीहड़ और अँधेरे अनुभव को छुआ है जो हममें से अधिकांश लोग जागते-सोते महसूस करते रहते हैं, लेकिन उन्हें शब्दों में अभिव्यक्त किया जा सकता है, उसकी कल्पना भी नहीं कर सकते।

प्रूस्त हों चाहे शेक्सपियर हों, इन लोगों ने अभिव्यक्ति के द्वारों को न केवल खोला है बल्कि इसमें मनुष्य को मनुष्येतर स्तरों के प्रति अवगत कराया है। इसलिए हमें लगता है कि हम जो हैं, उससे कहीं कुछ अधिक हो गए हैं—इनकी रचनाओं को पढ़ते हुए। शायद इसीलिए क्योंकि जीते हुए, अनुभव करते हुए हमारा बहुत बड़ा हिस्सा अवरोधों (वर्जनाओं) से छिपा रहता है। हमारी नग्न आँखों के सामने यह प्रकट नहीं हो पाता जो कि इन रचनाकारों की कृतियों में प्रस्तुत होकर हमारे सम्मुख आता है। इस कारण मुझे लगता है कि साहित्य, जो हमारा यथार्थ है, उसे समृद्धतर रूप में हमारे आगे प्रस्तुत करता है।

य.मि. : श्रेष्ठ रचना क्या स्वयं रचनाकार की उपस्थिति का निषेध करती है या नहीं?

नि.व. : निषेध करती है या नहीं, यह कहना मुश्किल है—लेकिन यह ज़रूर कहूँगा कि जिस रचना को पढ़ते समय हम उसके रचनाकार को भूल जाएँ, यह उसकी भारी सफलता है। एक रचना का शायद स्वप्न भी होता है, सबसे बड़ी अभिलाषा भी यही होती है कि वह प्रकृति के उपादानों की तरह नैसर्गिक जान पड़े। उसकी अनिवार्यता में ही उसका होना निहित होता है। यह तभी सम्भव हो सकता है जब हमें बार-बार यह महसूस न हो कि कठपुतलियों की तरह, इस रचना के पात्रों या भाषा की प्रवृत्तियों के पीछे कोई धागा बँधा है और वह किसी दूसरे के हाथ में है। कठपुतलियों के नाच का सौन्दर्य तभी हमारे सामने प्रकट होता है, जब हम कठपुतलियों को नाचते हुए तो देखें लेकिन उनके पीछे जो धागे हैं, वे हमें न दिखाई दें। यही उपस्थिति रचनाकार की रचनाओं में होनी चाहिए। रचनाकार ईश्वर की तरह होता है, जो हर जगह व्याप्त रहता है मगर दिखाई नहीं देता।

य.मि. : आप स्वयं को व्याख्यायित किस तरह करेंगे? व्यक्ति निर्मल वर्मा और रचनाकार निर्मल वर्मा में वस्तुनिष्ठ अन्तर क्या है?

नि.व. : आत्यन्तिक रूप से तो शायद कोई अन्तर नहीं है, लेकिन यह अवश्य है कि लिखते हुए जो केन्द्रीभूत भावना सामने आती है—जीने के समय जो व्यक्ति हूँ, जिसे हम दैनिक या व्यक्तिगत जीवन कहते हैं, उसमें एक तरह का विशृंखलित बहाव रहता है। उसमें कुछ चीज़ें दिखाई देती हैं, कुछ चीज़ें आँखों से ओझल हो जाती हैं, कुछ के लिए एक अजीब-सा अफ़सोस या पश्चात्ताप रह जाता है। उस पश्चात्ताप की क्या रेखा है, कैसा स्वरूप है—वह भी पूरी तरह दिखाई नहीं देता। जो भावनाएँ हमारे भीतर व्यक्ति के रूप में उठती-गिरती रहती हैं, कम-से-कम मैं अपने बारे में कह सकता हूँ कि उन भावनाओं को घनीभूत दृष्टि से, ऐकान्तिक रूप से एक जगह समेटकर उनका कोई पैटर्न बन सके, उनमें कोई संगति दिखाई दे सके, यह लेखक के रूप में ही प्राप्त कर सकता हूँ।

शायद यह कहना सही होगा कि लेखक वह नहीं है—जैसा वह व्यक्ति के रूप में जीवन बिताता है। लेकिन व्यक्ति के रूप में वह जो जीवन बिताता है, वह अवश्य ही अपनी झलक, अपने अनुभव की खुरचन और खरोंच अपनी रचनाओं में छोड़ जाता है।

य.मि. : मृत्यु, भय, हर्ष, ईर्ष्या, प्रेम, साहचर्य, पीड़ा और आसक्ति की कितनी भूमिका साहित्य में होनी चाहिए? एक रचनाकार के लिए इन उपादानों का प्रयोग कहाँ तक प्रासंगिक है?

नि.व. : आपने जिन भावनाओं या जिन अनुभूतियों का नाम लिया है, ये सब रचनाकार की सृजन-धरा को उर्वर बनाती हैं। अनुभूति का कोई भी क्षेत्र एक लेखक के लिए वर्जित प्रदेश नहीं है; बल्कि मैं तो यह भी कहूँगा कि अनुभव का ऐसा प्रदेश जो यथार्थ में नहीं है, उसे भी लेखक ढूँढ़ निकालता है। कोलम्बस की तरह से एक नई 'दुनिया' खोजता है जबकि वह दुनिया हमेशा से ही मौजूद थी। बावजूद इसके कि हम कह सकते हैं कि अमुक व्यक्ति ने इस सदी में या इस वर्ष में वह देश, वह प्रदेश या वह दुनिया खोज निकाली। इसी तरह हम कह सकते हैं कि प्रूस्त के आने से पहले मनुष्य की कई अनुभूतियों के बारे में हमारा परिचय ही नहीं हुआ था, हालाँकि वे अनुभूतियाँ पहले से ही हमारे भीतर मौजूद थीं। शेक्सपियर के बारे में कहा जाता है कि उन्होंने ही सबसे पहले व्यक्तिगत (Individual) को आविष्कृत किया था। अमेरिकी आलोचक हैरल्ड ब्लूम का बहुत सुन्दर वक्तव्य है कि शेक्सपियर से पहले व्यक्ति-चेतना के बारे में हमें कुछ भी नहीं मालूम था। यह नहीं कि व्यक्ति-चेतना मनुष्य में थी नहीं, लेकिन शेक्सपियर के नाटकों ने इसे पहली बार चरितार्थ किया। हम जान पाए कि एक व्यक्ति के भीतर किस तरह की विडम्बनाएँ, किस तरह के अन्तर्द्वंद्व काम करते हैं। एक व्यक्ति की अवधारणा, मनुष्य की सामान्यीकृत छवि से कितनी अलग है। समाज में व्यक्ति का जन्म कोई साहित्यिक कृतियों में पाए, यह बहुत बड़ी चीज़ है। ऐसा इसलिए सम्भव हो पाता है कि हम हमेशा ही अपने भीतर होनेवाले अनुभवों को नाम नहीं दे सकते हैं। एक रचना में जब वे आते हैं, तो हमें लगता है कि घृणा की यह अनुभूति, ईर्ष्या का यह स्वरूप भी होता है। प्रूस्त को जब आप पढ़ते हैं तो लगता है कि ईर्ष्या के इतने स्तर हो सकते हैं। उन्होंने कितनी गहराई में जाकर इस भावना को उकेरा है, देखकर आश्चर्य होता है। कहा जाता है कि मनुष्य का जो शरीर है, उसमें तो विकास नहीं हो सकता लेकिन मनुष्य के भीतर जो अन्तर्भूत दृष्टियाँ हैं—उनमें विकास होता रहता है। जैसे कि ग्रीक्स के समय में समुद्र के लिए कहा जाता था कि वह शराब (Wine) की तरह उफन रहा है लेकिन उसका कोई और रूप हो सकता है, समुद्र का किसी अन्य तरह वर्णन किया जा सकता है—यह बहुत वर्षों बाद ज्ञात हुआ। मनुष्य के बोध की जो शक्ति है, वह जब तक धीरे-धीरे विकसित नहीं होती, तब तक समुद्र, आकाश, पर्वत आदि के रंगों के बारे में हमारा ज्ञान बहुत ही सीमित होगा। यह एक अजीब चीज़ है कि इवोल्यूशन यानी मनुष्य के शरीर का विकास एक जगह रुक जाता है, लेकिन इसके देखने, समझने और अनुभव करने की शक्तियाँ बराबर विकसित होती रहती हैं। साहित्य के भीतर हम इस विकास की प्रक्रिया को जिस सघनता में देख पाते हैं, उतना कहीं और नहीं।

य.मि. : एक कथाकार की समाज-सापेक्षता उसके अन्तर्जगत से किस तरह प्रच्छन्न होती है?

नि.व. : मेरे विचार में हम कविता, कहानी, उपन्यास के माध्यम से रचनाकार की समाज-सापेक्षता ही नहीं, उसके युग के जितने भी महत्त्वपूर्ण और केन्द्रीय भाव हैं, उनके साथ उसका क्या सम्बन्ध है—सब धीरे-धीरे उद्‌घाटित करते हैं। हम रचनाकार के लोक को समाज तक ही सीमित न करें, यह मेरा हमेशा से आग्रह रहा है। क्योंकि यदि समाज के भीतर के संघर्षों तक ही उसकी रचनाएँ उसे प्रतिबिम्बित करती हैं, तो वह एक ऐतिहासिक दस्तावेज़ तो हो सकता है जिसके माध्यम से हम जान पाएँ कि उसके समय में समाज में किस तरह की उथल-पुथल हो रही थी और उस लेखक का समाज के प्रति क्या दृष्टिकोण था—प्रगतिशील था या प्रतिक्रियावादी था। परन्तु इससे कोई बात बनती नहीं जान पड़ती। बाल्जाक़ के बारे में कहा जाता है कि समाज के प्रति उनका दृष्टिकोण बहुत ही अभिजातवर्गी (Aristocratic) था; जबकि उनके उपन्यासों में उसी कुलीनता से उत्पन्न पाखंड के बारे में, स्वार्थों के बारे में उसके पतन के बारे में उनकी बड़ी आलोचनात्मक दृष्टि थी। एक लेखक के बारे में, आप कह सकेंगे कि समाज के प्रति उनका दृष्टिकोण एक व्यक्ति के रूप में अलग था और रचनाकार के रूप में बिलकुल अलग।

मेरे ख़याल में प्राथमिक रूप में हमें रचनाओं के भीतर किस तरह के समाज का संश्लिष्ट विश्लेषण किया जाता है, उस पर अधिक ध्यान देना चाहिए। लेखक समाज के प्रति क्या दृष्टिकोण रखता है, यह बहुत ही गौण चीज़ है और कभी-कभी तो वह बिलकुल विरोधी होता है, जो उसने अपनी रचनाओं में प्रकट किया है।

य.मि. : एक रचनाकार के रूप में मोक्ष के प्रति आपकी अवधारणा है?

नि.व. : मैं सोचता हूँ कि यह बहुत महत्त्वपूर्ण बात है कि एक रचनाकार धीरे-धीरे, उत्तरोत्तर अपने पूर्वग्रहों एवं भ्रमों से मुक्ति पाकर सत्य की रोशनी में आता है, यही मोक्ष का अनुभव है। मोक्ष का मतलब है—अपने अहं की कुहेलिका से छुटकारा पाना। अहं भ्रमों (Illusion) का सबसे सशक्त स्रोत है और जब हम अपने भ्रमों से छुटकारा पा लेते हैं, तब माया की सृष्टि से स्वयं को अलग कर देते हैं। मोक्ष का अर्थ एक रचनाकार के लिए आत्म-विस्मृति से आत्म-स्मृति या आत्म-साक्षात्कार की तरफ़ आना है।

एक बहुत सुन्दर बात कुमारस्वामी ने कही थी कि एक रचनाकार 'सेल्फ़ फॉरगेटफुलनेस' प्राप्त करता है; अर्थात् रचनाकार स्वयं को भूलकर रचना में प्रतिष्ठित हो जाता है। यहाँ सेल्फ़ का मतलब 'आत्म' नहीं, 'अहं' है। अहं को भूलकर ही सत्य की प्राप्ति या मोक्ष की प्राप्ति हो सकती है।

मेरे ख़याल में एक रचनाकार के लिए सार्थकता का सबसे सफल क्षण तब होता है, जब वह अपने अहं की दुनिया से मुक्त होकर एक वृहत्तर यथार्थ में प्रवेश कर सके। तभी वह महान रचनाकार बन पाएगा, क्योंकि उसी क्षण वह अपने को अनेक अवस्थाओं में, अनेक स्थितियों में, अनेक प्राणों में अवस्थित कर सकता है। इसलिए मोक्ष रचनाकार का अपने अहं से छुटकारा पाने का रास्ता है।

य.मि. : आपने एक बार कहा था कि साहित्य में भी आइंस्टीन होते हैं, तो ये आपने किस परिप्रेक्ष्य में कहा, इसके पीछे आपका क्या मन्तव्य था?

नि.व. : मैंने यह कहा था कि जिस तरह आइंस्टीन ने न्यूटन की कॉसमॉस थ्योरी के बारे में, जो उसकी वैज्ञानिक धारणा थी। उसे उलटकर रख दिया था, गुरुत्वाकर्षण (Gravity) के सिद्धान्त में, एक समूचे ब्रह्मांड के प्रति हमारी दृष्टि को बदल दिया था। गैलीलियो ने जब यह कहा कि सूरज नहीं, धरती सूरज के इर्द-गिर्द घूमती है तो अचानक ही धरती, सूर्य, नक्षत्रों, ग्रहों के बारे में हमारा विचार, हमारी दृष्टि बिलकुल बदल गई। वैसे ही कुछ लेखक भी होते हैं जो अपने उपन्यासों के माध्यम से हमारे जीवन को देखने की समूची, समग्र दृष्टि में एक आमूल परिवर्तन ले आते हैं। ऐसे रचनाकारों में, मैंने उदाहरण दिया था—वाल्मीकि, व्यास से लेकर शेक्सपियर, रवीन्द्रनाथ टैगोर, दोस्तोएव्स्की, मार्सेल प्रूस्त, वर्जीनिया वुल्फ़ तथा विभूतिभूषण बन्द्योपाध्याय सहित ऐसे लोग हुए हैं, जिनको पढ़ने के बाद आपको लगता है कि जीवन का रहस्य जिन परतों के नीचे छिपा हुआ था, जो अभी तक मुझसे छिपा हुआ था, जो अब तक मेरी आँखों के सामने नहीं आया था, वह अचानक जैसे एक पर्दा हटा देने जैसी चमत्कारिक घटना लगती है। इस दृष्टि से मैंने कहा कि हम उन पुस्तकों को पढ़ने के बाद जीवन को उसी नज़र से नहीं देख सकते, जैसे उनको पढ़ने के पहले देखते आए थे। हमारा देखने का नज़रिया थोड़ा अधिक विस्तृत हो जाता है।

य.मि. : आपने अभी तक जितना लिखा है, उसमें आपको कौन-सी रचना उत्कृष्ट लगती है?

नि.व. : कोई नहीं। (ज़ोर से हँसते हैं)

य.मि. : नहीं, ऐसा तो नहीं हो सकता। उसमें से आपने अपने सृजन की जो कोटियाँ निर्मित की हैं, उसके अनुसार किस रचना को श्रेष्ठ मानते हैं?

नि.व. : सच कहूँ तो इस उम्र पर आकर अपने लेखन के प्रति मेरे मन में एक तरह की खीज उत्पन्न हो गई है। मैं जो लिख रहा होता हूँ, उसके प्रति मैं बिलकुल ही निरपेक्ष हो जाता हूँ। उसमें जो भी अच्छा या बुरा, उत्कृष्ट या निकृष्ट होता है, उसमें किसी प्रकार का भेद कर पाना बहुत मुश्किल हो जाता है। इसलिए जब कोई पाठक बीस बरस या पच्चीस बरस पहले लिखी हुई किसी कहानी या उपन्यास की चर्चा करता है, तो ख़ुद मुझे आश्चर्य होने लगता है कि क्या सचमुच मैंने ऐसी कहानी लिखी थी, या ऐसा उपन्यास लिखा था? तो यह ही इसका सही व सच्चा उत्तर है कि मैं आपको मिलकर बता दूँ कि अमुक उपन्यास अच्छा है या वह उपन्यास साधारण है। चूँकि हम विवेक-आधारित प्राणी हैं, अत: एक लेखक को हम विचारशील आलोचक अथवा संवेदनशील पाठक पर यूँ छोड़कर आगे न निकल जाएँ, उसके साथ क़दम मिलाकर अपना पुनर्मूल्यांकन करते चलें। शेष तो आनेवाले समय के तराज़ू पर पता चल ही जाता है कि कौन-सी रचना घटिया है और कौन-सी उत्कृष्ट।

य.मि. : एक रचनाकार के रूप में, आजकल जो समीक्षा के मापदंड चल रहे हैं, आप उनसे कितने सन्तुष्ट हैं?

नि.व. : एक अच्छी समीक्षा, हमेशां एक व्यावहारिक समीक्षा होती है। समीक्षा के मापदंड चाहे कितने सुन्दर क्यों न हों, अगर वे एक पुस्तक की आलोचना करते समय, अपने विवेक को भूल जाते हैं, तो मापदंड अन्तत: कोई मक़सद नहीं रखते। जिसकी सुरुचि इतनी विवेकशील है कि एक पुस्तक पर मनन करते हुए, चिन्तन करते हुए वह उसके समूचे अन्त:पाठ को, उसके भीतर छिपे हुए संकेतों को, बिम्बों को, सही अर्थों में प्रकाशित करके इस तरह सामने लाता है कि हमें लगता है कि अरे, हमने तो इस उपन्यास को इस तरह देखा ही नहीं था! लेकिन एक ही मापदंड, जिसे मैं समझता हूँ कि जो बहुत ज़रूरी होता है कि एक आलोचक में अपना अहं (Ego) तथा भ्रम (Illusion) त्यागकर पुस्तक के संसार को स्वीकार करने की विनम्रता होनी चाहिए—चाहे अन्त में वह संसार की निस्सारता को अस्वीकार ही क्यों न कर दे किन्तु शुरू में एक स्वायत्त सत्ता के रूप में उसे स्वीकार करना चाहिए।

य.मि. : नये रचनाकार, जो साहित्य के क्षेत्र में आ रहे हैं, उनके लिए आपके क्या परामर्श हैं?

नि.व. : मैं समझता हूँ कि जो नया लेखक है, उसे किसी उपदेश की ज़रूरत नहीं है। अगर वह सचमुच लेखक बनने की सही और ईमानदार आकांक्षा रखता है, क्योंकि उसे दूसरे ढंग से मालूम हो जाता है कि उसका रास्ता कौन-सा है,

वह कहाँ पर है और वह सब उपादानों को जुटाने में एकनिष्ठ हो जाता है, जो उसे महान कवि बनाए या न बनाए लेकिन लेखक की भूमिका निभाने में उसे समर्थ बना सके। उसे कौन-सी पुस्तकें पढ़नी चाहिए, उसे किस तरह का जीवन बिताना चाहिए, उसे किस मानसिकता में जीना चाहिए, ये सारे उपकरण हैं, जिन्हें वह उस पक्षी की तरह जुटाने लगता है जो घोंसला बनाने के लिए जान लेता है—अपनी प्रवृत्ति के तौर पर कि उसे कौन-सी लकड़ी चाहिए, कौन-सा तिनका चाहिए, कौन-सा धागा चाहिए जिससे कि उस घोंसले को बनाया जा सके। जब पक्षी जैसा प्राणी, जिसे कोई ज्ञान नहीं है, वह इतनी आसानी से ये सब चीज़ें पहचान लेता है तो उस व्यक्ति, जो एक लेखक होने की महत्त्वाकांक्षा रखता है, उसे तो ये सब चीज़ें सहज रूप से पता होनी ही चाहिए। एक दूसरा आदमी या उपदेशक उसे सारी बातें नहीं बता सकता। एक छोटी-सी किताब, एक अच्छी किताब पढ़कर ही हमें अहसास हो जाता है कि इस लेखक ने किस तरह के उपकरण जुटाए हैं, इंस सुन्दर किताब को बनाने के लिए।

य.मि. : आज जो लिखा जा रहा है, आपके समकालीन रचनाकार जैसा लिख रहे हैं, उससे आप कितने सन्तुष्ट हैं?

नि.व. : सबसे नहीं, पर कुछ लोगों से अवश्य ही सन्तुष्ट हूँ। हमेशा ही अच्छा साहित्य सब लोगों के द्वारा नहीं लिखा जाता। कुछ लोग ही अच्छी कविताएँ या उपन्यास लिखते हैं, और यह हमेशा हर साहित्य पर लागू होता है। आज भी हिन्दी में अच्छे कवि और कुछ बहुत अच्छे कथाकार हैं और ऐसे भी हैं, जो मैं समझता हूँ कि उतने सफल नहीं हैं, जितने दूसरे। यह स्वाभाविक ही है, इसमें कोई आश्चर्य की बात नहीं है।

य.मि. : आपको इस वर्ष का ज्ञानपीठ पुरस्कार देने का निर्णय लिया गया है, इस पर आपकी क्या प्रतिक्रिया है?

नि.व. : मुझे प्रसन्नता तो हुई किन्तु मेरे लिए यह अप्रत्याशित भी था। यह ज़रूर है कि इस तरह के पुरस्कार मिलने के बाद एक लेखक ज़रूरत से ज़्यादा अपने पर एक अदृश्य बोझा-सा महसूस करने लगता है, जो लेखन की मुक्त प्रक्रिया को थोड़ा-बहुत अवरुद्ध करता है। मैं आशा करता हूँ कि उतने ही सहज रूप में लिखता रहूँ—जैसा कि पिछले वर्षों में लिखता रहा हूँ।

पुरस्कार से इतना तो ज़रूर है कि एक लेखक को लगता है कि उसके लेखन को थोड़ी-बहुत वैधता मिली है, वह चाहे एक झूठी सान्त्वना क्यों न हो। लिखना स्वयं में बहुत अकेलेपन का काम है। उसका बीहड़ जोखिम किसी सम्मान या पुरस्कार से कम नहीं हो जाता। वह हर रचना में, हर पुस्तक में उसी विकराल

रूप में सामने आता है, जैसा वर्षों पहले हमने लिखना शुरू किया था। नई रचना लिखते समय न पुरस्कार काम आते हैं, न पुराना अभ्यास और न ही पुरानी सफलताएँ। उस क्षण एक रचनाकार उतना ही निरीह और शंकालु होता है, जितना पहली कहानी लिखने के वक़्त।

['सहित' : 2000]

बिम्ब-प्रतिबिम्ब

फ़िल्म और मीडिया में निर्मल वर्मा

हम अपनी मूर्खतापूर्ण ग़लतियों से दूसरों को आहत करते हैं

बी.बी.सी. फ़िल्म की पटकथा

पार्क में यही एक मुश्किल है। इतने खुले में सब अपने-अपने में बन्द बैठे रहते हैं। आप किसी के पास जाकर सान्त्वना के दो शब्द नहीं कह सकते। आप दूसरों को देखते हैं, दूसरे आपको। शायद इससे भी कोई तसल्ली मिलती होगी। यही कारण है, अकेले कमरे में जब तकलीफ़ दुश्वार हो जाती है तो अक्सर लोग बाहर चले आते हैं—सड़कों पर, पब्लिक पार्क में। किसी पब में। वहाँ आपको कोई तसल्ली न दे, तो भी आपका दु:ख एक जगह से मुड़कर दूसरी तरफ़ करवट ले लेता है...।

[पृष्ठभूमि में 'धूप का एक टुकड़ा' से एक अंश]

निर्मल वर्मा : जब आप बोलते हैं तो सिर्फ़ अपने बारे में कहते हैं। आपको सुनना चाहिए, लोगों को ही नहीं बल्कि असंख्य अन्य आवाज़ों को भी, प्रकृति की, पेड़ों की...हमारे आसपास इतनी चीज़ें होती रहती हैं—मनुष्यों के संसार में ही नहीं बल्कि मानवेतर संसार में भी। और मुझे लगता है कि अगर किसी लेखक में सुन पाने का अनुशासन अपनाने के लिए पर्याप्त उत्सुकता या धैर्य नहीं है—वैसे यह उत्सुकता सहज और जन्मजात ही होनी चाहिए, कि आख़िर यह सब है क्या?

कमेंटरी : निर्मल दिल्ली में अपने पारिवारिक मकान की छत पर एक छोटे से कमरे में अकेले रहते हैं। अब वह भारत में बस गए हैं लेकिन वह कई बरस चेकोस्लोवाकिया में काम करते रहे और यूरोप के अधिकांश देश घूम चुके हैं।

नि.व. : यूरोप में बहुत से पार्कों, बहुत-से पबों में ऐसे अकेले लोग दिखते हैं जो भारत में नहीं दिखते। भारत में पारिवारिक जीवन इतना सुगठित है कि लोगों को अकेलेपन से बचने के लिए बाहर नहीं जाना पड़ता। यूरोप में मुझे ऐसे ढेरों लोग मिले जो बतियाने को बेहद उत्सुक रहते थे। और अगर आप धैर्यवान, सहानुभूतिपूर्ण श्रोता हुए, ऐसा भी नहीं है कि आप घर जाकर उनके बारे में कहानी लिखेंगे (हँसी) तो ये बिखरे संवाद स्मृति में अंक जाते हैं। फिर कभी लगता है कि वे किसी विशेष स्थिति में सही अट रहे हैं और यूँ वे कहानी बन जाते हैं।

नामवर सिंह : निर्मल वर्मा आज हिन्दी में लिख रहे हमारे सबसे महत्त्वपूर्ण लेखकों में से एक हैं। वह नैतिक बल से सम्पन्न लेखक हैं और यह नैतिक बल मानवीय मूल्यों में उनके विश्वास से आता है। उनकी चिन्ता भारतीय समाज के एक विशिष्ट वर्ग तक ही सीमित नहीं बल्कि पूरे संसार, और मनुष्य की नियति को लेकर है। उनके लेखन में आप मनुष्यों की स्थिति को लेकर छटपटाहट पाएँगे। छटपटाहट के अलावा एक और तत्त्व महत्त्वपूर्ण है—आवेग।

> मुझे कभी-कभी यह सोचकर बड़ा अचरज होता है कि जो चीज़ें हमें अपनी ज़िन्दगी को पकड़ने में मदद देती हैं, वही चीज़ें हमारी पकड़ के बाहर हैं। हम न उनके बारे में कुछ जानते हैं, न किसी दूसरे को बता सकते हैं। मैं आपसे पूछती हूँ—क्या आप अपनी जन्म की घड़ी के बारे में कुछ याद कर सकते हैं, या अपनी मौत के बारे में किसी को कुछ बता सकते हैं?
>
> [पृष्ठभूमि में 'धूप का एक टुकड़ा' से एक अंश]

नि.व. : शेक्सपियर के आत्मालाप या 'द वेव्स' जैसे उपन्यासों में वर्जीनिया वुल्फ़ के लम्बे-लम्बे एकालाप मुझे बहुत आकर्षित करते हैं। मुझे हमेशा ही लगा है कि बहुत विकट परिस्थितियों में मनुष्य अपने आपसे बात करता है। आत्मालाप के दर्शन का तत्त्व है—आपका यह अनुभव करना कि किसी विशेष स्थिति के तनावों के बीच बेहद अस्पष्ट और बेहद जटिल भावनाओं को समझ पानेवाला एकमात्र व्यक्ति मैं हूँ।

ना.सिं. : उनकी कहानियों के बारे में बात करनी हो तो उसका एक सूत्र है—स्मृति। उनके वाचन का बीज स्मृति में है। उनकी सभी कहानियों का एक ही शीर्षक हो सकता है : 'बीते हुए की स्मृति'। रिमेम्बरेंस ऑफ़ थिंग्स पास्ट। यह निर्मल की एकदम अपनी विशिष्टता है, और हिन्दी में कोई ऐसा नहीं कर पाया है।

उसने मुक्ति की साँस ली। वह गलियारे की बेंच पर बैठ गया। शायद कुछ देर में वह सो जाएँगे। उसके जी में आया कि भीतर से सिगरेट ले आए। उसका मुँह सूख चला था। लेकिन उठने की बजाय वह बेंच पर पसर गया। वह सो नहीं रहे। जब वह सो जाते हैं,वह एकदम जान जाता है—उनके साँस लेने के ढंग से। कभी-कभी उसे भ्रम होता है कि जैसे वह उनके सो जाने की बाट जोहता है, वृद्ध भी वैसे ही उसके सो जाने की प्रतीक्षा करते हैं, परिणामस्वरूप दोनों ही जागते रहते हैं। कभी-कभी उसे यह स्थिति हास्यास्पद-सी जान पड़ती और वह सोचता, अगर वह अपने शहर लौट जाए, तो भी कोई अन्तर नहीं पड़ेगा। भाई ने उसे हड़बड़ाहट में तार दिया था—यह सोचकर कि आख़िरी वक़्त सब साथ रहें। अब वे साथ हैं—एक साथ उनसे अलग हैं।

['बीच बहस में' का आंशिक नाट्य रूपान्तरण]

नि.व. : यह एक पिता और बेटे के अस्पताल में बीते कुछ दिनों के बारे में है। एक ओर पिता हैं जो बेहद आहत हैं कि उन जैसा व्यक्ति जो कुछ ख़ास परिस्थितियों में सर्वशक्तिमान हुआ करता था, महज़ एक बीमार बनकर उस बेटे पर आश्रित हो गया है जिसे पिता के तौर पर वह सुरक्षा देता आया है। कभी-कभी स्थिति हास्यास्पद हो जाती है—जैसे कि पिता जब चादर गीली कर देते हैं तो अपमानित महसूस करने के बजाय वह बेटे से कहते हैं कि जब तुम छोटे थे तो तुम भी यही करते थे। घटनाओं की एक शृंखला के माध्यम से दोनों व्यक्तियों के बीच एक ख़ास क़िस्म का अप्रकट संघर्ष चलता दिखता है।

मुझे घर ले चलो! बूढ़े का स्वर बहुत धीमा हो आया था। वह अँधेरे में उन्हें देखने लगा।

आप घबराते हैं? उसने धीरे से कहा, घर में क्या है, जो यहाँ नहीं है?

वहाँ कुछ नहीं है, इसलिए मैं जाना चाहता हूँ।

वे दोनों अँधेरे में एक-दूसरे को घूर रहे थे।

छुओ मुझे...यहाँ और यहाँ...अब तुम बच्चे नहीं हो...देखा तुमने, मैं बाहर हूँ। आई एम आउटसाइड।...कहाँ हैं तुम्हारे हाथ? तुम्हें अब भी हथेलियों पर पसीना आता है। छुओ यहाँ, हाथों को, पैरों को, टाँगों को, गर्दन को...नहीं, आई एम नॉट हिस्टीरिकल...छूकर देखो, मैं बाहर हूँ। अब मुझे जाने दोगे?

वह छूने लगा अँधेरे में उनकी देह को। बारिश के बाद जैसे पेड़ गर्म हो जाते हैं, वैसी उनकी देह थी। हर अंग हवा में थरथराता हुआ, जैसे पुरानी, ऐंठी नसों में उलझी हुई टहनियाँ उसे अपने में लपेट रही हों, भींज रही हों! जैसे पेड़ के तने में अपने तन का एक-एक तिनका बिखर रहा हो।

छोड़ो।

['बीच बहस में' का आंशिक नाट्य रूपान्तरण]

नि.व. : पूरी कहानी सुनाना तो मुश्किल है लेकिन मैंने कभी पिता और कभी बेटे के दु:ख और छटपटाहट से फट पड़ने के विभिन्न क्षणों को कहानी में पिरोने की कोशिश की है। हालाँकि लड़के के दिल में गहरे पश्चात्ताप का भाव भी है। कहानी का नाम 'बीच बहस में' है। क्योंकि लड़का पिता में भरे असन्तोष और आक्रोश का स्रोत जानना चाहता है। वह नहीं चाहता कि पिता पूरी तरह यह बताए बिना मर जाएँ कि वह अपने बच्चों को लेकर इतने चिन्तित और लज्जित क्यों रहे हैं।

बूढ़े ने फड़फड़ाती आँखों से उसे देखा। देर तक शून्य आँखों से देखते रहे। फिर धीरे-से कहा, "आई एम एशेम्ड ऑफ़ यू! सुन लिया या दोबारा कहूँ?...आज की बात नहीं...आई हैव आलवेज़ बीन एशेम्ड ऑफ़ यू... ऑफ़ यू आल...।"

वह एकटक जड़, मंत्रमुग्ध-सा उन्हें ताकता रहा। फिर एक भयानक ख़तरे ने उसे जकड़ लिया, "आप रुक क्यों गए? बोलिए...आप इस तरह चुप नहीं हो सकते! कहिए...आपको हम पर शर्म है, उसके आगे? बोलिए! नहीं, आप इस तरह नहीं जा सकते...बहस के बीच में...आप सुनते हैं, यह घर नहीं है, जहाँ से आप कहीं भी जा सकते हैं। यहाँ से आप कहीं भी नहीं जा सकते!"

वह हँसने लगा और बूढ़े के दोनों कन्धों में अपना सिर सिमटा लिया। उनके अंग-अंग को जगाने की बेतहाशा कोशिश करने लगा, "स्पीक... स्पीक! यू कांट गो लाइक दिस..."

दरवाज़े पर नर्स खड़ी थी। टॉर्च के दायरे में दो गुँथी हुई देहों को देखकर वह एक क्षण समझ न पाई, मरीज़ कौन है, मेहमान कौन है, कौन बाक़ी है, कौन जा चुका है?

['बीच बहस में' का आंशिक नाट्य रूपान्तरण]

नि.व. : मुझे ऐसा लगता है कि हम अपनी मूर्खतापूर्ण ग़लतियों से, शुद्ध क्रूरता से, उपेक्षा से दूसरों को आहत करते हैं। हम दूसरों की कुछ चीज़ों की अनदेखी करते हैं। इस तरह जो पहले से उपस्थित है, वह धीरे-धीरे क्षरित, विघटित हो जाता है। मैं यह नहीं मान पाता कि आपसी समझदारी से सौहार्द तैयार किया जा सकता है। मैं दूसरे छोर से शुरू करता हूँ। मैं मानता हूँ कि यह जुड़ाव पहले से मौजूद होता है लेकिन अपने कृत्यों से हम एक-दूसरे के जीवन को नरक बना देते हैं। अलगाव को अस्तित्व के अनिवार्य अंग के रूप में स्वीकार कर लेना—यह लेखक के रूप में मेरे लिए गहरे संताप का कारण है।

> अपने कमरे में मुझे चैन पड़ता है। बाहर जाकर जब भी मैं बेचैन और परेशान होती हूँ, तब यह सोचकर बहुत राहत मिलती है कि मैं अपने सुपरिचित परिवेश में लौट जाऊँगी।
>
> [पृष्ठभूमि में 'धूप का एक टुकड़ा' से एक अंश]

ना.सिं. : निर्मल वर्मा कुछ हद तक बाहरी आदमी हैं। लम्बे समय तक यूरोप में रहने के कारण वह अपने देश, अपने वातावरण में कुछ हद तक अपरिचित बन गए हैं। इसलिए मुझे लगता है कि एक तरह का एकाकीपन उनके व्यक्तित्व में, उनकी मानसिकता में, उनकी रचनात्मक प्रक्रिया में अन्तर्जात है।"

नि.व. : देखिए, मैं 1959 में जब चेकोस्लोवाकिया गया तो वहाँ बहुत कड़ी स्टालिनवादी, अनुशासनबद्ध, सत्तावादी, सैन्य मानसिकतावाली शासन-प्रणाली थी। धीरे-धीरे यह (जकड़न) पिघली, चीज़ें बदलीं और वातावरण काफ़ी खुला लगने लगा। और मुझे लगा कि यह पहला ऐसा समाजवादी देश होगा जिसकी अपनी एक मानवतावादी, समाजवादी और साहित्यिक परम्परा होगी 1968 में जब रूसी फ़ौजें आईं—मैं वहाँ नहीं था, लन्दन में छुट्टी बिता रहा था। वहीं मैंने यह ख़बर सुनी तो मैंने सोचा कि एक बार फिर इतिहास ने करवट ली है। मुझे विशेष रूप से अपने उन चेक मित्रों के लिए गहरा दुःख हो रहा था जो मान रहे थे कि वे एक अँधेरी सुरंग से बाहर आ गए हैं और जो अब फिर अँधेरे में जा रहे थे। इसलिए इतिहास मेरे अनुभव में बहुत निकट रहा है। यह मेरे लेखन में तो प्रत्यक्ष नहीं है लेकिन अपने देश और विदेश की घटनाओं के साक्षी, बीसवीं सदी के एक मनुष्य के रूप में।

निजी तौर पर मैं अनुभव करता हूँ कि ज्योतिष की तरह इतिहास की भी हमारे जीवन में एक गहन रूप से निजी भूमिका है। मैं नहीं मानता कि ऐतिहासिक घटनाएँ हमें प्रभावित नहीं करतीं। मैं भले ही किसी ऐतिहासिक घटना में भाग न ले रहा होऊँ लेकिन हिटलर और स्टालिन का उदय, कुछ विशिष्ट आन्दोलन, साम्यवादी दल, इन सबका लोगों के व्यक्तिगत, बेहद निजी जीवनों पर प्रभाव तो पड़ा ही है।

इसलिए जब कभी कोई मुझसे साहित्य की सामाजिक उपयोगिता के बारे में पूछता है तो मैं यही कहता हूँ कि इसकी उपयोगिता यही है—जो दिनदहाड़े हो रहा है और जो अख़बारों में छप रहा है, क्या उसकी प्रतिध्वनि हमारे निजी जीवन में है, जो मौन के क्षेत्र हैं, जिन्हें हम अभिव्यक्त नहीं कर पाते? और जब कोई लेखक इस समानान्तर चेतना को अपने कथा साहित्य में पकड़ पाता है, तो मैं समझता हूँ कि उसने बेहद महत्त्वपूर्ण काम किया है, क्योंकि यह प्रतिध्वनि, यह समानान्तर चेतना इतिहास की पुस्तकों या समाचार-पत्रों में जगह नहीं पाती।

[रामकुमार निर्मल को उनकी पुस्तक के आवरण के लिए अपने चित्र की स्लाइड दिखा रहे हैं :]

राम : यह बहुत पुराना चित्र है, 1958 में शिमला में बनाया था।

क. : निर्मल और उनके भाई रामकुमार उनकी पुस्तक 'द वर्ल्ड एल्सव्हेयर' के आवरण के लिए स्लाइड चुन रहे हैं। राम एक प्रसिद्ध चित्रकार हैं जिनके चित्र निर्मल के लेखन के विषयों को प्रतिध्वनित करते हैं। निर्मल ने उनके कई चित्रों को अपनी पुस्तकों के आवरण के लिए चुना है।

रा. : तुम इसे लन्दन भेज सकते हो (उन्हें एक और स्लाइड दिखाते हैं)

नि.व. : यह भी तभी बनाई थी? (स्लाइड को देखते हैं)

रा. : हाँ, उसी बरस।

क्या आप उस क्षण को याद कर सकते हैं, जब आप एकाएक यह फ़ैसला कर लेते हैं कि आप अलग न रहकर किसी दूसरे के साथ रहेंगे—ज़िन्दगी भर? मेरा मतलब है, क्या सही-सही उस बिन्दु पर उँगली रख सकते हैं, जब आप अपने भीतर के अकेलेपन को थोड़ा-सा सरकाकर किसी दूसरे को वहाँ आने देते हैं? जी हाँ, उसी तरह जैसे कुछ देर पहले आपने थोड़ा-सा सरककर मुझे बेंच पर आने दिया और अब मैं आपसे बातें कर रही हूँ, मानो आपको बरसों से जानती हूँ!

[पृष्ठभूमि में 'धूप का एक टुकड़ा' से एक अंश]

['बीच बहस में', बांडुंग फ़ाइल, बी.बी.सी. टीवी कार्यक्रम
पटकथा एवं निर्देशन : गीता सहगल, 1988
'बीच बहस में' के प्रमुख अभिनेता : रामगोपाल बजाज, वीरेन्द्र सक्सेना]
अंग्रेज़ी से अनुवाद : मधु बी. जोशी

अपने गहनतम क्षणों में ही मनुष्य एकालाप करता है

आई.सी.ए.—गार्डियन शृंखला के लिए

गीता सहगल : निर्मल जी, हमारे कार्यक्रम में आपका स्वागत है। आपको लिखते हुए तीस बरस से अधिक हो चुके हैं। आप जब पढ़ रहे थे, उन दिनों भी आज ही की तरह मध्यवर्ग और उच्च मध्यवर्ग के ज़्यादातर लोगों को पढ़ाई-लिखाई अंग्रेज़ी में होती थी। आप दिल्ली के अति सम्भ्रान्त सेंट स्टीफ़ेंस कॉलेज में पढ़े लेकिन जब आपने कहानियाँ लिखनी शुरू कीं तो हिन्दी में लिखा। आपने हिन्दी को लेखन का माध्यम क्यों बनाया?

निर्मल वर्मा : देखिए, मुझे नहीं लगता कि मैंने समझ-बूझकर हिन्दी में लिखना तय किया। मेरे लिए उस भाषा में लिखना ही सहज था जिसमें मैं अपने परिवार वालों से बात करता था और फिर मेरी परवरिश भी इस तरह हुई थी कि तमाम महत्त्वपूर्ण प्रभाव, मेरा धर्म और वे महत्त्वपूर्ण उत्सव जिनमें मैं भाग लेता था, सभी की जड़ें उस भाषा के परिवेश में गहरी गड़ी थीं जिसने मेरे भावनात्मक संसार को प्रभावित किया। इसलिए संसार को देखने के इन दो तरीक़ों में मुझे कोई विरोधाभास नहीं दिखा—एक तो उस अंग्रेज़ी के माध्यम से जिसमें मेरी शिक्षा-दीक्षा हुई और दूसरा, उस हिन्दी के माध्यम से जिसमें अपनी गहन भावनाओं को व्यक्त करने का भारी दबाव मेरे अन्दर मौजूद था। तो चुनाव करने जैसी बात नहीं थी।

गी.स. : आपकी पहली कहानियों के पीछे क्या प्रेरणा काम कर रही थी?

नि.व. : मैं कहूँगा कि मुझे लगता था कि मैं बस इसी तरह एक प्रकार की स्पष्टता इस अराजक संसार में ला सकता हूँ जिसमें मैं जी रहा हूँ। मेरे लिए लेखन एक बहुत झिझक भरा रास्ता था। मैं अपने बहुत अराजक, बहुत अस्पष्ट और कहूँगा कि बहुत ही अव्यवस्थित अनुभवों में अर्थ को टोह-टटोल रहा था। और मुझे यह भी लगता था कि यह एक ऐसा काम है जिसे करते हुए लोगों से मिलना-जुलना ज़रूरी नहीं है।

यह एक ऐसा काम है जिसे मैं अपने कमरे में बैठकर काग़ज़ और कलम से कर सकता हूँ। मुझे किसी संगीतकार या चित्रकार की तरह लोगों से व्यवहार नहीं रखना होगा। यह एक बहुत ही निजी गतिविधि है जो अपनी ही दुनिया में रहने और अपने लेखन के माध्यम से एक ऐसी वास्तविकता को प्रक्षेपित करने के मेरे स्वभाव से मेल खाता था। जो मेरे लिए बहुत बाहरी थी। इसलिए लेखन मेरे निजी जगत और बाहरी वास्तविकता के बीच एक पुल था।

गी.स. : आप इस बारे में कुछ अधिक बताएँगे? आप बाहरी वास्तविकता से किस क़िस्म का पुल जोड़ने की कोशिश कर रहे थे?

नि.व. : मेरे लिए प्रश्न यह था कि वास्तविकता दरअसल है क्या? मैं बहुत वर्षों तक साम्यवादी दल का सदस्य रहा। एक स्तर पर मुझे लगा कि एक राजनीतिक सिद्धान्त के प्रति मेरी प्रतिबद्धता उन आदर्शों को बाधित कर रही है जो मेरे लिए बहुत मूल्यवान थे। लेकिन सिद्धान्त के प्रति मेरी प्रतिबद्धता सतही नहीं थी क्योंकि वह भी मानव की नियति, मनुष्यमात्र का कल्याण, कष्टों से मुक्ति जैसे उच्च आदर्शों का पोषण करती थी। यह सब अपनी जगह ठीक है लेकिन किसी व्यक्ति विशेष के कष्टों और पीड़ा का क्या होगा? जब किसी सिद्धान्त से ऐसा अन्तर्विरोध बनने लगे, जब यह लगने लगे कि सिद्धान्त व्यक्ति विशेष की इस विशिष्ट, ख़ास पीड़ा की पूरी तरह अनदेखी करता है तब हम क्या करें? यही वे समस्याएँ थीं जिन्हें मैं हल नहीं कर सका—न तो वार्ताओं से, न ही उन लम्बी चर्चाओं में जो मित्रों, दल के नेताओं से हुआ करती थीं। इसलिए मैंने सोचा कि इन विरोधाभासी वास्तविकताओं से निपटने का सबसे अच्छा और सबसे प्रभावी ढंग इन्हें मेरी कहानियों के संसार में ढूँढ़ना होगा जो मेरे मित्रों, मेरे दल, या मेरे परिवार जिसमें मैं रह रहा हूँ, उस विशेष सामाजिक सन्दर्भ की अपेक्षा इन्हें कहीं अधिक स्वतंत्रता देता है।

गी.स. : तो 1956 तक आप साम्यवादी दल में रहे। उन दिनों आप युवा ही थे। जब आपने लिखना शुरू किया तो स्पष्ट रूप से राजनीतिक विषय नहीं चुने। आप अपने मन की इस उलझन को सुलझाने की कोशिश कर रहे थे?

नि.व. : नहीं, ऐसी बात नहीं है। यह मेरे सरोकारों, मेरे मोहों का एक बहुत महत्त्वपूर्ण हिस्सा था। आपको यह विरोधाभासी लग सकता है लेकिन यूरोप से मेरा सम्पर्क सबसे अधिक राजनीतिक रूप से समर्पित लेखकों के माध्यम से रहा। लुई आरागां, पाब्लो नेरुदा, पाल एलुआ, जार्ज अमादू वे लेखक हैं जिनकी पुस्तकों से मेरे मन में पश्चिमी जगत, लैटिन अमेरिका की छवि बनी। लेकिन उन्होंने मुझे वास्तविकता का एक ही बिम्ब दिया था—राजनीतिक बिम्ब। उनकी रचनाएँ हालाँकि बहुत

उत्कृष्ट थीं लेकिन मैं वास्तविकता के उस विशेष बिम्ब से बहुत प्रसन्न नहीं था जो उनके उपन्यास, उनकी क़विताएँ प्रस्तुत कर रहे थे। लेकिन बाहरी संसार से मेरे सम्पर्क का माध्यम वही थे।

दूसरी ओर एक विशेष धर्म के प्रति मेरी प्रतिबद्धता थी। मैं एक विशिष्ट लोकाचार, एक हिन्दू आध्यात्मिकता के बीच पला-बढ़ा था जिसमें बचपन से ही मुझे सिखाया गया था कि वास्तविकता को कई दृष्टिकोणों से देखकर ही सत्य तक पहुँचा जा सकता है। इसने मुझे सिखाया था कि किसी एक विशेष सत्य पर अटककर उसके प्रति दास भाव न रखा जाए। इस तात्त्विक, पुरखों से मिली आस्था, कि सत्य पर किसी एक विचारधारा का एकाधिकार नहीं हो सकता, कि वास्तविकता के कई पक्ष हैं जो एक-दूसरे के विरोधी नहीं हैं और मिलकर एक अद्वैत सम्पूर्ण बनते हैं—इस सबने मुझे वास्तविकता के प्रति एक विशेष धार्मिक सोच में आस्था दी, जो उन तमाम राजनीतिक और सैद्धान्तिक चिन्तनों से अलग थी जो मैं कॉलेज के ज़माने में पढ़ रहा था।

गी.स. : क्या आप बता सकते हैं कि अपने कथा-साहित्य में आप सत्य का सम्पादन करते हुए वास्तविकता के इन एकाधिक पक्षों को कैसे दिखाते हैं?

नि.व. : असल में तो यह बहुत आसान है। एक कहानी में ऐसी स्थिति आती है जहाँ कोई बहुत गहराई से यह महसूस करता है कि वह दूसरे व्यक्ति से सम्पर्क नहीं जोड़ पाता। यहाँ असहायता की भावना बहुत प्रबल है। लेकिन जैसे-जैसे कहानी आगे बढ़ती है, वह सम्बन्धों में एक ऐसे बिन्दु पर पहुँच जाता है जहाँ उसे लगने लगता है कि चिर अभिलाषित प्रेम को पाने के लिए अपने अहम्मन्य मोहों के कुछ हिस्से को छोड़ देना असम्भव नहीं है। अब यहाँ दो चीज़ें हो रही हैं। एक है ख़ुद से, अपने संसार से जुड़ने की उसकी ज़बरदस्त इच्छा जो इस वास्तविकता के आड़े आ रही है कि जब तक आप इस आत्म की सीमाओं पर विजय पाकर उन्हें पार नहीं कर लेंगे और जब तक आपमें दूसरों से जुड़ पाने का साहस न हो तब तक आपको प्रेम नहीं मिल सकता। आपको अपने आत्म में कोई अर्थ तब नहीं मिल पाएगा, जब तक आप किसी दूसरे से एक अर्थपूर्ण सम्बन्ध में नहीं जुड़ पाते। ये दो वास्तविकताएँ और दो सत्य हैं। मेरा सत्य कुछ मायनों में दूसरे व्यक्ति से जुड़ पाने की गहरी कामना से परिभाषित होता है।

गी.स. : आपकी कहानी 'बीच बहस में' में अस्पताल में भर्ती एक पिता अपने अतीत को याद करते हुए परिवार के प्रति अपने आक्रोश को व्यक्त करता रहता है। पिता और पुत्र एक-दूसरे से जुड़ने का प्रयास करते रहते हैं लेकिन कहानी के अन्त तक वे मिल नहीं पाते। पिता, उनका आक्रोश शान्त होने से पहले ही मर जाते हैं।

नि.व. : यह क्षेत्र, यह बदला हुआ क्षेत्र ही कहानी का, स्नेह का परिक्रमा-पथ है। भावना और द्वंद्व के इस परिवर्तित क्षेत्र में बाहर निकलने का रास्ता न पा सकना। पाठक सम्प्रेषण की आवश्यकता और अपने अन्तिम सत्य को सम्प्रेषित कर पाने की अक्षमता को समझ पाता है। यह इच्छाएँ, कामनाएँ, यह भावनाएँ ही अर्थ के पक्षों की घटक हैं और इनके कोई अन्तिम हल, इन समस्याओं से निकल पाने के रास्ते भी नहीं हैं। अगर यह उस स्थिति की वास्तविकता की प्रकृति को प्रदीप्त करती हैं तो मुझे लगता है कि कोई लेखक काफ़ी हद तक उस तत्त्व को सम्प्रेषित कर पाया है जिसे वह असम्प्रेषणीय मानता है।

गी.स. : आपके लेखन को पढ़नेवाले आपको एकाकीपन का कवि कहते हैं। आपकी कहानियों के बारे में कहा जाता है कि उन्हें एक ही शीर्षक के अन्तर्गत संगृहीत किया जा सकता है : 'बीती हुई चीज़ों की स्मृति'। आपकी ज़्यादातर कहानियों की जड़ें एक बहुत आधुनिक वास्तविकता में गहरी जमी हैं। आप अपनी प्रेरणा अपनी हिन्दू परम्परा बताते हैं जो कई तरह से संसार को देखने की साम्यवादी दृष्टि के धुर विपरीत हैं; लेकिन आपकी कहानियाँ पढ़ते हुए आपकी आधुनिकता आश्चर्यचकित कर देती है। इस बारे में आप क्या कहेंगे?

नि.व. : मुझे लगता है कि यह स्वाभाविक ही है। भारत में रह रहे एक भारतीय के तौर पर मैं वास्तविकता के कई स्तरों पर जीता हूँ जिनमें से एक आधुनिकता है, बीसवीं सदी एक अन्य स्तर है। मैं भले ही प्राचीन हिन्दू मत में आस्था रखता होऊँ लेकिन मैं आधुनिकता और बीसवीं सदी को नकार नहीं सकता। अगर मैं उस मत से चिपका रहूँ तो यह उस वास्तविकता से द्रोह होगा जिसे मैं रोज़ जी रहा हूँ। इसलिए जिसे आप आधुनिक कहती हैं, मेरे लिए वह उस समय के तत्त्वों का तात्त्विक विन्यास है जो काफ़ी हद तक मेरे व्यक्तित्व, मेरे भावनात्मक विन्यास को नियत करता है।

लेकिन दूसरी ओर मुझे नहीं लगता कि किसी पश्चिमी व्यक्ति की तरह मैं संसार को केवल इस भावनात्मक विन्यास के माध्यम से देख सकता हूँ। अगर मैं ऐसा करूँ तो यह उनकी नक़ल मात्र होगी और उस भारतीय वास्तविकता को झुठला रही होगी जिसने संसार और मेरे आत्म को समझने का एक विशेष आयाम मुझे दिया है। एक आसान-सा उदाहरण है—पश्चिम का व्यक्ति इतिहास के प्रति मोहाविष्ट होता है। वह मानता है कि इतिहास एक विशेष उत्प्रेरक शक्ति है—ऐतिहासिक घटनाओं का ऐसा प्रचंड बल, जो एक विशेष सत्य तक पहुँचता है और इस सत्य को बदला नहीं जा सकता। एक भारतीय के रूप में मैं इसे इतिहास की ताक़तों में अन्धविश्वासी आस्था मानता हूँ। यह बात शायद उतनी ही हास्यास्पद है, जितनी किसी पश्चिमी व्यक्ति को अनेक देवी-देवताओं और पौराणिक चरित्रों में मेरी आस्था लगती होगी।

इतिहास में पश्चिमी लोगों की अन्धश्रद्धा उन विभिन्न देवताओं में भारतीयों की श्रद्धा से किस मायने में बेहतर है? मुझे तो लगता है कि संसार को देखने, उसे आतंकित करनेवाली विभिन्न शक्तियों और भयों से निपटने के भारतीय व्यक्ति के तरीक़ों का आधार तैयार करने वाले देवी-देवता और पौराणिक चरित्र किसी विराट प्रेत की तरह पृथ्वी पर भटकती इतिहास की अमानवीय शक्ति की तुलना में हमारे संसार के कहीं अधिक निकट हैं। ख़ैर, एक आधुनिक व्यक्ति के तौर पर मैं इतिहास के माध्यम से जीता हूँ। एक भारतीय के तौर पर मैं इतिहास को कई जगहों पर अस्वीकार करता हूँ।

गी.स. : मुझे लगता है कि आपका कुछ लेखन शायद उस युग के इतिहास के परे जाने का द्वंद्व है जिसमें आप जी रहे हैं।

नि.व. : अपने उत्कृष्ट क्षणों में पश्चिमी लेखक भी यही करता है। टॉमस मान एक जर्मन लेखक थे लेकिन अपने सर्वोत्कृष्ट क्षणों में उन्होंने इतिहास की इन अवरोधक, पंगु करनेवाली बेड़ियों को तोड़ा—नाज़ियों की बर्बरता के युग में उन्होंने अपने उपन्यास 'डॉक्टर फाउस्ट्स' में जर्मन लोगों के बारे में कुछ चिरन्तन सत्यों को उद्‌घाटित करके हिटलर द्वारा किये जा रहे दुष्प्रचार का प्रतिवाद किया। मुझे लगता है कि जब मार्केस लैटिन अमेरिका की पुराकथा लिखते हैं तब भी यही होता है; एक और स्तर पर यह इतिहास द्वारा लैटिन अमेरिकी लोगों पर थोपी गई तानाशाहियों और ऐतिहासिक अनाचारों की गहरी आलोचना भी है। तो मैं यह नहीं कहता कि यह भारतीय लेखक का ही विशेषाधिकार है। मेरा गहरा विश्वास है कि रचनात्मकता के अपने सबसे महत्त्वपूर्ण क्षणों में एक लेखक इतिहास की बेड़ियों से ऊपर उठकर किसी चिरन्तन सत्य को पकड़ने का प्रयास करता है।

गी.स. : क्या आप उन कहानियों और उपन्यासों के नाम बताएँगे जहाँ अपने विचार से आप इस लक्ष्य को प्राप्त कर सके हैं?

नि.व. : अगर मैंने यह लक्ष्य प्राप्त कर लिया होता तो मैं लिखना बन्द कर चुका होता। मुझे तो अगली कहानी लिखने को प्रेरित ही यह तथ्य करता है कि मैं सत्य से साक्षात्कार के इस बिन्दु पर पहुँचने से चूक गया हूँ। जिस दिन मैं इसे प्राप्त कर लूँगा, उस दिन अपनी कलम तोड़कर लिखना बन्द कर दूँगा।

गी.स. : वह क्या है जो आपको लिखने के लिए प्रेरित करता है?

नि.व. : मैं बस यही कहूँगा कि यह बहुत कठिन प्रश्न है, यही शायद सबसे ईमानदार उत्तर होगा। मैं ख़ुद भी पच्चीस बरस से इस प्रश्न का उत्तर ढूँढ़ रहा हूँ।

मुझे लगता है कि मेरे लिए तो एक विशेष विचार को काग़ज़ पर उतारना ही वर्तमान के अत्याचार से निपटने की दिशा में पहला क़दम है। अपनी डायरी में वर्जीनिया वुल्फ़ लिखती है : "जैसे ही आप मछली कहते हैं, जैसे ही आप डिनर कहते हैं, आप मछली बनाने, डिनर तैयार करने की तात्कालिक चिन्ता पर विजय पा लेते हैं। काग़ज़ पर आपका लिखा शब्द इस चिन्ता, इस भय को मिटा देता है कि वास्तविकता आप पर हावी हो जाएगी।" मैं सोचता हूँ कि लिखने की प्रक्रिया एक विरोधाभासी ढंग से स्वयं को समय की निरंकुशता से, वर्तमान की निरंकुशता और तात्कालिक दारुणता से मुक्त करने की प्रक्रिया भी है।

गी.स. : आपकी बहुत-सी कहानियों के केन्द्र में बच्चा है, या वह एक ऐसा गवाह है जो चीज़ों को बहुत ज़्यादा नहीं समझता। वहाँ आप क्या कहने का प्रयास कर रहे होते हैं?

नि.व. : मैं आपकी इस बात से सहमत नहीं हूँ कि बच्चा ज़्यादा नहीं समझता। असल में चीज़ों को समझने का उसका ढंग वयस्कों के समझने के ढंग से काफ़ी अलग है। यही कारण है कि मैं आठ से चौदह वर्ष के आयुवर्ग के प्रति बहुत आकृष्ट हूँ। यह वह आयु है जब मनुष्य का मानस धीरे-धीरे रचा जा रहा होता है। 'एक चिथड़ा सुख' में पूरा घटनाक्रम वयस्कों के बीच घटता है लेकिन इसे दस बरस के एक बच्चे की आँखों से देखा गया है। बच्चा घटनाओं में भाग नहीं ले रहा लेकिन वयस्कों के विपरीत उसका मानस भावनात्मक निजी हितों से पूर्वग्रहग्रस्त नहीं है। उसकी स्मृति की साफ़ स्लेट पर घटनाएँ अंकित हो रही हैं। मुझे नहीं लगता कि मैं बहुत सफल रहा। लेकिन मेरा प्रयास वयस्कों के माध्यम से कुछ कहना नहीं था। हर भंगिमा, हर चेष्टा, हर कृत्य, हर भावनात्मक क्षण उस बच्चे की आँखों से दर्ज हुआ है जो केवल एक दर्शक है लेकिन फिर भी जिसकी सहानुभूति (लेखक की ही तरह) विभिन्न चरित्रों में बँटी है। उसे किसी विशेष चरित्र से लगाव नहीं है। वह इन छह लोगों की नियति का गवाह है जो एक-दूसरे से उलझे हुए हैं।

गी.स. : यह चरित्र उस तरह की रूढ़ छवियाँ नहीं हैं, जैसी भारतीय कथा साहित्य में देखने में आती हैं। दिल्ली में उन्मुक्त जीवन जी रहे बोहेमियन, कलाकार कहे जा सकने वाले कई लोगों के मिल जाने की कल्पना कर पाना तक कठिन है।

नि.व. : मुझे लगता है कि अपेक्षाकृत समृद्ध पृष्ठभूमि से आनेवाले हर भारतीय को दिल्ली के सम्भ्रान्त वर्ग में जीते हुए एक विशिष्ट अपराधबोध घेरे रहता है। ये (चरित्र) रंगमंच के प्रति भी गहरे ढंग से समर्पित हैं। उपन्यास में मेरी समस्या यह रही कि बच्चा उन तमाम समझौतों, उन आत्म-ध्वंसों का गवाह कैसे बने

जिनमें यह लोग मासूमियत से डूबे हैं? कैसे ये लोग प्रेम के मामले में, यहाँ तक कि अपनी कला के प्रति समर्पण के मामले में भी धोखा देते हैं और कष्टों से घिरे होने पर अपने अस्तित्व की प्रामाणिकता को भी समझ नहीं पाते? मुझे यह सोची-समझी चर्चा या तार्किक सैद्धान्तिकता के माध्यम से नहीं करना था बल्कि एक पर्यवेक्षक के अनगढ़, बहुत निष्पाप मानस के माध्यम से करना था—और यह बच्चा पहले पृष्ठ से लेकर अन्तिम पृष्ठ तक अपनी भूमिका पर खरा उतरा।

गी.स. : आप एकालाप और आत्मालाप का भी अक्सर उपयोग करते हैं?

नि.व. : हाँ। राष्ट्रीय नाट्य विद्यालय ने मेरी कहानियों के एकालापों, आत्मालापों को 'तीन एकान्त' के नाम से मंचित भी किया है। आपके प्रश्न के उत्तर में मैं ब्रोशर में छपी अपनी पंक्तियाँ दोहराऊँगा : 'मैंने हमेशा अनुभव किया है कि आत्मनिरीक्षण के गहनतम क्षणों में मनुष्य स्वयं से संवाद करता है।' ऐसा लगता है कि वह अपनी आत्मा से बतियाता है, और अगर हम उसे मार न डालें तो आत्मा बहुत अच्छी श्रोता होती है। हममें से बहुत-से आत्मा को मार डालते हैं। वह हमारे प्रति चैतन्य बनी रहने का प्रयास करती है लेकिन जैसे ही हम उसकी अनदेखी करते हैं या निर्दयता से उसकी ओर से आँखें फेर लेते हैं, वह मुरझा जाती है। किसी तरह बची रह जाए तो आत्मा फिर भी प्रत्युत्तर देती है, हम ही उससे संवाद नहीं करते। असल में तो शेक्सपियर के श्रेष्ठतम आत्मालाप, वे हैं जहाँ सब लोग सुन रहे हैं। लेकिन एक व्यक्ति ख़ुद से बात कर रहा है जिसे हम पागल या बावला कहते हैं। वह ख़ुद से बात करता है। मुझे लगता है कि हम उनके आत्मनिरीक्षण की भाषा जानते होते तो बहुत अच्छा रहता। और फिर बच्चे भी बातें करते हैं—आप पाते हैं कि बच्चे ख़ुद से, अपने खिलौनों से बातें करते हैं। मैंने पाया कि आत्मालाप किसी व्यक्ति के अचेतन क्षणों में उसके एक विशिष्ट आत्मचित्र को सामने लाने का बहुत प्रभावी साहित्यिक उपाय है। आपने कभी किसी बूढ़ी स्त्री को पार्क में ख़ुद से बतियाते देखा होगा, या कोई शराबी जो किसी को नहीं जानता लेकिन किसी से बात कर रहा है? मेरी इच्छा एक लघु उपन्यासकार के रूप में एक पूरा आत्मालाप लिखने की है जिसमें न कोई चरित्र होंगे, न संवाद।

गी.स. : इसकी प्रेरणा का स्रोत असाधारण-सा है न? आप कई बरस विदेश में रहे। चेकोस्लोवाकिया में जीने के अलग ही ढंग को काफ़ी निकट से देखा। आपके कई एकालापों की पृष्ठभूमि विदेश है—पबों और पार्कों में ख़ुद से बतियाते (कभी-कभी चुप भी बैठे) लोग, जो बेहद अकेलेपन के बीच दूसरों से संवाद और सम्प्रेषण करने के प्रयास में जुटे हैं।

नि.व. : यह सच है। यह मेरे जीवन के सबसे त्रस्त कर देनेवाले अनुभवों में से एक था कि बूढ़े लोग इतने अकेले हो सकते हैं। भारत में बूढ़े लोग भले ही बहुत सुखी न हों लेकिन वे अपने परिवारों, अपने बच्चों के साथ रहते हैं। बस, इतनी-सी बात कि बेटे-बहू-दामाद पास में हैं और उन्हें कभी भी बुलाया जा सकता है, काफ़ी राहत देती है। लेकिन प्राग और लन्दन में मैंने पाया कि बूढ़े लोगों के बच्चे काम वग़ैरह के सिलसिले में दूर निकल गए थे। और वे सोच भी नहीं पाते थे कि किससे बातें करें। ऐसे बहुत-से लोगों से मेरी मुलाक़ात नाइट क्लबों, पबों, पार्कों में हुई। जब वे पाते कि मैं उनकी भाषा समझता हूँ लेकिन उनके समाज का नहीं हूँ; कभी-कभी ऐसा होता है कि आप किसी परिचित की अपेक्षा किसी अपरिचित के सामने अपने दिल की बातें रख देते हैं। तो मैं पार्कों या बारों में ऐसी आत्म-स्वीकृतियों का गवाह रहा हूँ। ऐसे कई अनुभवों के बाद मैंने उनमें से कुछ को उन दिनों लिखे आत्मालापों में उतारा।

गी.स. : हाँ, 'डेढ़ इंच ऊपर' में एक व्यक्ति गेस्टापो द्वारा मार दी गई अपनी पत्नी के बारे में बात करता है।

नि.व. : आपने मुझसे इतिहास और व्यक्तिगत अनुभव की बात पूछी थी। यह उसी का उदाहरण है—नाज़ी प्रशासन के दौरान गेस्टापो इस व्यक्ति की पत्नी को ले जाते हैं, इस ऐतिहासिक घटना के कारण पति पहली बार ख़ुद को बेहद चकरा देनेवाली स्थिति में पाता है क्योंकि उसने कभी सोचा नहीं था कि उसकी पत्नी उसे बिना बताए ऐसी क्रान्तिकारी नाज़ी-विरोधी गतिविधि में भाग ले रही होगी। यह बिन्दु जहाँ इतिहास व्यक्तिगत अनुभव में चला आता है, मुझे बहुत आकर्षित करता है। इतिहास को सीधे लाए बिना या व्यक्तिगत सम्बन्धों को हवामहल बनाए बिना मैं इन दो तत्त्वों को मिलाना चाहूँगा—वस्तुनिष्ठ इतिहास और बहुत गहरे सम्बन्ध—और स्पर्श के उस बिन्दु को देखना चाहूँगा, जहाँ दोनों एक-दूसरे को ख़ारिज कर देते हैं।

गी.स. : यह बहुत अलग क़िस्म का उदाहरण है क्योंकि आपने विरले ही इसे सीधा छुआ है।

नि.व. : आप सही कह रही हैं। लेकिन जो उपन्यास मैं लिख रहा हूँ ('रात का रिपोर्टर') उसमें मैं इसी विषय पर विस्तार से काम करना चाहता हूँ। आप ठीक कह रही हैं—मैंने कुछेक कहानियों में इसे छिटपुट ढंग से छुआ है लेकिन मेरी अभिलाषा इतिहास और व्यष्टि की इस समस्या को एक अधिक व्यापक, विस्तृत कैनवस पर उतार पाना है।

गी.स. : आपकी बहुत-सी कहानियाँ अकेलेपन, वेदना, संवाद करने का प्रयास करते और उसमें असफल रहते लोगों के बारे में हैं। आपने ख़ुशी के बारे में भी कहा है कि ख़ुशी में एक बहुत अलग गुण होता है, कि ख़ुशी विशेष क्षणों की बात है जबकि दुःख किन्हीं विशेष शर्तों पर निर्भर नहीं होता। आपने ऐसा क्यों कहा?

गी.स. : मुझे लगता है कि मनुष्य-जाति में ही ऐसा कुछ है—इसका ईश्वर और प्रकृति से कुछ लेना-देना नहीं है—कि दुःख मानवीय स्थिति की एक अन्तर्जात शर्त है। मैं यह नहीं कहूँगा कि यह ग़लत या बुरी स्थिति है। मैं तो यह कहूँगा कि यह एक ऐसी बात है जिसे स्वीकार किया जाना चाहिए। मैं इसके बारे में अधिक विस्तार से नहीं बोलूँगा लेकिन मैं मानता हूँ कि मैं अपने उपन्यासों को सुखद उपन्यास या दुःखद उपन्यासों के तौर पर नहीं देखना चाहूँगा। मैं इन श्रेणियों से परे निकलना चाहता हूँ। मनुष्यों की चेतना में ही भारी वंचना की अनुभूति भरी है। इसका कारण क्या है? एक बिन्दु पर मनुष्य ने ईश्वर को खो दिया, एक अन्य बिन्दु पर प्रकृति के और उसके बीच अलगाव हो गया; या व्यष्टि के तौर पर स्वर्ग के बग़ीचे से उसे बाहर कर दिया गया; उसने ख़ुद को पूरे समुदाय से कटा पाया और वह भीड़ में अकेला रह गया। इसके कई समाजशास्त्रीय, ऐतिहासिक, नृतत्त्वशास्त्रीय कारण हो सकते हैं, जिन पर हम चर्चा नहीं कर रहे, लेकिन एक लेखक के तौर पर मैं इस स्थिति को स्वीकार करना चाहूँगा और इतिहास, समय, समाज और अन्य व्यष्टियों से इसके सम्बन्ध के सन्दर्भ में इसकी जाँच करना चाहूँगा। लेकिन मैं कहूँगा कि यह स्थिति मेरे मानस को सन्धान, जाँच, गवेषणा के लिए प्रेरित करती है।

[इंस्टीट्यूट ऑफ़ कंटेम्परेरी आर्ट्स तथा गार्डियन संयुक्त संवाद शृंखला, 1988]
अंग्रेज़ी से अनुवाद : मधु बी. जोशी

भारत लौटकर मैंने पाया कि अपने देश के बारे में कितना कम जानता हूँ

तरुण तेजपाल की बातचीत—'राइटर एट वर्क' की पटकथा

कमेंटरी : उपन्यासकार, कहानीकार, निबन्धकार निर्मल वर्मा ने भाषा के नवाचारी उपयोग और शहरी मध्यवर्गीय आधुनिक भारतीय जीवन के अब तक अछूते क्षेत्र को जोड़कर परम्परागत हिन्दी लेखन की रूपरेखा को बदला है। 1929 में जन्मे निर्मल वर्मा दिल्ली के सेंट स्टीफ़ेंस से पढ़े और फिर कई देशों की यात्राएँ की—चेकोस्लोवाकिया, आइसलैंड, अमेरिका, इंग्लैंड...उनकी अन्तरराष्ट्रीय पृष्ठभूमि उनके लेखन में प्रतिबिम्बित होती है और यह उन्हें एक ऐसी अनूठी विरोधाभासी स्थिति में डाल देता है जहाँ वह एक ऐसे समादृत हिन्दी लेखक हैं जो हिन्दी के परम्परागत जगत के वासी नहीं हैं।

> क्या प्रश्नों के जवाब होते हैं? यह हमेशा सच नहीं होता। आधी नींद की बुड़बड़ाहट में हम एक कितना कुछ पूछते हैं, ख़ाली दीवारें उन सब प्रश्नों को सोख लेती हैं। दूसरे दिन—सुबह की चहचहाहट में—कुछ भी याद नहीं रहता; हम सोचते भी नहीं, पिछली रात कौन-से शर्म और पछतावे ने सिर उठाया था।
>
> [पृष्ठभूमि में 'एक चिथड़ा सुख' से एक अंश]

क. : लेखक-विचारक निर्मल वर्मा अपने कथा साहित्य में अपने विचारशील मानस की गहरी छाप लिये आते हैं। निर्मल की कहानियों की अद्भुत विशेषता, जीवन और अस्तित्व के अर्थ को ढूँढ़ने की चेख़ॅव जैसी आतुरता की शुरुआत हुई, अकेले में खेले जानेवाले उस खेल से जो बालक निर्मल स्वयं से खेलते थे। वह कल्पना करते कि अगले पाँच मिनटों में मौत उन्हें आ पकड़ेगी—फिर वह सबसे

अनमोल स्मृतियों का हिसाब लगाते। उनके व्यक्तित्व का यह गुण उनके लेखन में अलग-अलग रूपों में सामने आता रहा है।

निर्मल वर्मा : मुझे लगता है कि यह जन्मजात था। मैंने अपने परिवार में तो कोई मृत्यु नहीं देखी थी। मेरे बचपन में एक तरह का एकान्त था क्योंकि सर्दियों में जब सब सरकारी दफ़्तर दिल्ली चले आते थे, तब भी हम शिमला में ही बने रहते और ख़ाली मकानों के आसपास या जंगल में घूमते; वहाँ हम जानवरों का मरना देखते, घर में पालतू जानवरों का मरना। इस तरह मृत्यु से भावनात्मक स्तर पर परिचय था। मैं कहूँगा कि अस्तित्ववादी समस्या से जुड़े विचारों का एक कारण अपने एक निकट सम्बन्धी के अन्त को देखना भी हो सकता है। यह विचार कि मनुष्य ज़्यादा समय नहीं रहता, कि जीवन क्षणिक है, कि हमें इस क्षणिक अस्तित्व में कुछ अर्थ खोजना चाहिए—अस्पष्ट रूप से ही सही, सदा उपस्थित रहे।

तरुण तेजपाल : उस दौर की भावप्रवणता ने क्या आपके लेखन पर प्रभाव छोड़ा है?

नि.व. : हाँ, अप्रत्यक्ष रूप से। क्योंकि मृत्यु और आत्मघात, आत्महत्या के रूप में तो नहीं लेकिन उसके बारे में गहन सोच-विचार के रूप में, किसी छाया की तरह वे मेरे चरित्रों को ग्रसे रहती थीं। मैं इसे हताशा तो नहीं कहना चाहूँगा लेकिन अपने भाग्य को उदासी-भरे ढंग से स्वीकार करने का भाव, या कहिए कि जिन्हें बदला नहीं जा सकता, उन चीज़ों के लिए एक तरह की स्वीकृति हमेशा ही मेरे लेखन का अंग रही।

क. : व्यष्टि के सृष्टि से सम्बन्ध की दुविधा निर्मल की कहानियों का एक ज़रूरी सरोकार रही है लेकिन उसके मंच बदलते रहे हैं। 'वे दिन', 'लाल टीन की छत', 'एक चिथड़ा सुख' जैसी कथाओं की पृष्ठभूमि चेकोस्लोवाकिया, लन्दन, दिल्ली, शिमला और अन्य स्थान हैं; उनके चरित्रों के व्यक्तित्व भी महानगरीय हैं। निर्मल ने स्वयं को परिभाषित करने के लिए हिन्दी में लिखना तय किया लेकिन उनके साहित्यिक भूदृश्य ने प्रेमचन्द शैली के राष्ट्रवादी, यथार्थवादी आलोचकों की दृष्टि में उन्हें अपनी जड़ों से कटा बना दिया।

त.ते. : दो विभिन्न संस्कृतियों के बीच की यात्रा और अपने लेखन में उनके संश्लेषण के प्रयास ने आपकी स्थिति विडम्बनापूर्ण बना दी है—विदेशों में यात्राएँ करते हुए आप ख़ुद को बाहरी व्यक्ति पाते रहे और अपने देश में हिन्दी के आलोचकों ने आपको बाहरी व्यक्ति घोषित किये रखा। क्या इसने आपको किसी भी तरह निरुत्साहित किया?

नि.व. : हाँ, मैं यह तो मानता हूँ कि कभी-कभी मैं उदास हुआ हूँ। इसलिए नहीं कि ऐसे आरोप आधारहीन हैं बल्कि मुझे लगता था कि न केवल मुझे लेकर बल्कि उस संस्कृति को लेकर भी गम्भीर ग़लतफ़हमियाँ हैं जिसमें मैं रहा हूँ। आलोचक लगातार कहते रहे हैं कि मेरी कहानियाँ पश्चिमी साहित्य से प्रभावित हैं, और ऐसा वे अवमानना के भाव से नहीं कहते, वे उसे पश्चिमी साहित्य की झलक देने वाले सन्दर्भ बिन्दु की तरह देखते हैं। पश्चिम से मेरा परिचय एक भारतीय के रूप में है। चेकोस्लोवाकिया, इंग्लैंड, पश्चिमी संस्कृति, समाजवादी संस्कृति को लेकर मेरी प्रतिक्रिया किसी पश्चिमी या यूरोपियन व्यक्ति के रूप में नहीं थी। अर्थान्वय करने या चीज़ों तक पहुँचने का मेरा ढंग एक भारतीय के रूप में मेरे चिन्तन के ही अनुरूप था।

क. : उन्हें हिन्दी के 'नई कहानी' आन्दोलन का हिस्सा माननेवालों को ख़ारिज करते निर्मल ख़ुद को अज्ञेय, वर्जीनिया वुल्फ़ और सत्यजित राय जैसे कलाकारों के क़रीब पाते हैं। अकेली व्यष्टिगत चेतना और बौखला देनेवाले इस संसार में सम्प्रेषण की समस्या इन सबमें साझी है। यही निर्मल की साहित्य-यात्रा की भी विषयवस्तु है।

त.ते. : हिन्दी साहित्य के विकास में अपने अवदान को आप कैसे लेते हैं? क्या आप किसी हिन्दी लेखक से जुड़ाव महसूस करते हैं?

नि.व. : मैं हिन्दी लेखन में अपनी जगह तय करने को कठिन काम मानता हूँ। मुझे लगता है कि हिन्दी के आलोचक ही इस काम को बेहतर ढंग से कर पाएँगे, वे वस्तुनिष्ठ भी हो पाएँगे। मुझे लगता है कि मैं जैसा लेखन करने का प्रयास कर रहा हूँ, जैसी समस्याओं को उठाने का प्रयास कर रहा हूँ, वह मेरे लेखन को दूसरों के लेखन से अलग बनाता है। और मैंने हमेशा प्रयास किया है कि लेखन केवल सौन्दर्यात्मक अनुभव ही बनकर न रह जाए; कि कहानी में दर्शन, भौतिकी, धर्म के सत्य भी प्रतिबिम्बित हों।

त.ते. : आपने कहीं कहा है कि यूरोप से लौटकर आपने अपने ही वातावरण में ख़ुद को बाहरी व्यक्ति पाया। संसार से कटे होने की इस अनुभूति के बारे में बताइए। इस निजी अलगाव ने आपके लेखन को कितना प्रभावित किया?

नि.व. : भारत लौटकर मैंने पाया कि मैं स्वयं को, अपने देश, अपने देशवासियों के बारे में काफ़ी कम जानता हूँ। यह अपने-आपमें ख़ासा विरोधाभास है कि अपने देश से बाहर पहुँचकर ही आप स्वयं को या अपनी संस्कृति को एक नई निगाह से देख पाते हैं।

त.ते. : क्या यह निर्वासन संलक्षण है?

नि.व. : हाँ, शायद। आँखों पर से आदत का चश्मा उतारना ज़रूरी था। मैं बनारस गया था और तभी पहली बार देवमूर्तियों में सौन्दर्य देख पाया। उससे पहले मैं कहता रहता था कि पूजा से मुझे फ़र्क़ नहीं पड़ता क्योंकि मैं नास्तिक हूँ। लेकिन मैंने जाना कि नास्तिक होते हुए भी मैं मन्दिरों में जा सकता हूँ और गणेश या काली या शिव की प्रतिमा के दर्शन से अपने मन में उठे सौन्दर्य, प्रेम और भक्ति के प्रवाह का अनुभव कर सकता हूँ। इस तरह मेरे अन्तर में गहरी दबी यह चीज़ अचानक सतह पर आ गई; और जीवन के इस चरण में मुझे लगने लगा है कि मैं ख़ुद को न यूरोपियन मानता हूँ, न भारतीय। इसलिए वह वेदना भी चली गई है और मैं ख़ुद को एक ऐसा मुक्त, स्वतंत्र व्यक्ति पाता हूँ जो भावना और अनुभव के स्तर पर अन्तर्बाधा से मुक्त है। मैं अपने बहुत-से स्वघोषित नियंत्रणों से मुक्त हो चुका हूँ और मुझे लगता है कि यही सबसे ईमानदार उत्तर है। मैं इस बारे में अधिक नहीं कह सकता, मैं नहीं बता सकता कि यह कैसा विश्वास है क्योंकि मैं इसे उस तरह परिभाषित नहीं कर सकता।

त.ते. : तो क्या इसका अर्थ यह भी हुआ कि वेदना और संसार से कटे होने की आपकी भावना मन्द हुई है, आपकी ख़ुद से सुलह हो चुकी है?

नि.व. : मैंने यह नहीं कहा। अगर मेरे मन में शान्ति होती तो मैं लिखना बन्द कर देता! मेरा सदा ख़ुद से लड़ना, सदा प्रश्न उठाते रहना, मेरे लेखन का एक घटक है। मुझे जब भी शान्ति का पड़ाव मिलता है, मैं जान जाता हूँ कि कुछ है जो यहाँ अनुपस्थित है। मेरी अगली कहानी में अनुपस्थित की तलाश होगी।

क. : निर्वासन, विस्थापन, विच्छिन्नता—क्या ये वे शब्द हैं जो निर्मल को कामू, काफ़्का, मिलान कुन्देरा से जोड़ते हैं? संसार से निवृत्ति के विशिष्ट भारतीय आदर्श तक पहुँचने का प्रयास भी दिखता है। ऐन्द्रिकता को लेकर उनका भाव भी विशिष्ट रूप से भारतीय है। निर्मल के लेखन में आन्तरिक मुठभेड़ों और मनोदृश्यों का वर्चस्व दिखता है लेकिन दूसरी ओर स्त्रियों और पुरुषों के सम्बन्धों में एक तरह की अपरिभाषित उत्कंठा, पीड़ा जैसा कुछ भी है।

त.ते. : आपकी कहानियों में कई तरह के वातावरण रचने के अलावा एक तरह की यौनिकता की व्याप्ति का भाव भी प्रबल है। आपकी नई कहानियों में यौनिकता मुखर है लेकिन वह अपनी परिणति तक नहीं पहुँचती। भारतीय पुरुषों के वातावरण पर काफ़ी पकड़ दिखती है। आप इस बारे में कुछ बताएँगे?

नि.व. : मुझे ख़ुशी हुई कि आपने यह प्रश्न पूछा। ऐन्द्रिकता ही नहीं, यहाँ हिंसा भी है—सुषुप्त हिंसा, सुषुप्त ऐन्द्रिकता है। मुझे लगता है कि जिन मध्यवर्गीय परिवारों

में हम रहते हैं, वहाँ ये सब उपस्थित रहते हैं। बहुत-सी भावनाएँ दबी ही रहती हैं, कभी सतह पर नहीं आतीं। हम बातें बहुत करते हैं लेकिन सम्बन्धों से जुड़े गहरे प्रश्नों पर चुप रह जाते हैं। कम-से-कम हम मध्यवर्गीय लोगों में तो यह विचित्र विरोधाभास है ही। बेटा महत्त्वपूर्ण समस्याएँ पिता को नहीं बताता, उसकी पत्नी का चुनाव उसकी माँ करती है या बहन। वह पिता को बताएगा कि वह क्या महसूस करता है, जैसे पिता देवता हों और माँ और बहनें गणेश और हनुमान जैसे छोटे-मोटे देवता हों। इससे मौन के कई क्षेत्र तैयार होते हैं। ऐन्द्रिकता भी ऐसी ही बात है। हिन्दी में हम क्या 'मैं तुमसे प्रेम करती हूँ' जैसे शब्दों का उपयोग करते हैं? मेरे कहने का मतलब यह है कि यह बहुत फूहड़ लगेगा लेकिन हिन्दी में लिखने का सुख यही है कि आप ऐन्द्रिक प्रेम की भावनाओं को व्यक्त करने के लिए अंग्रेज़ी में इस्तेमाल होनेवाले शब्दों का प्रयोग करने के बजाय तमाम इधर-उधर की बातें करते, एक तरह का लगाव रचने का प्रयास करते हैं।

क. : प्रामाणिकता की निर्मल जी की तलाश लगातार सघन हुई है। सामाजिक और भावनात्मक रूढ़िवादियों को छोड़कर वह अनुभव की बहुस्तरीय प्रकृति के निरूपण की ओर अग्रसर हुए हैं। वह पाठक को पहले से तैयार नहीं करते। वह चाहते हैं कि पाठक उनके साथ अस्पष्टता के अनुभव से गुज़रे। प्रगति के इस क्रम में उनके प्लॉट और भौगोलिक अवस्थितियाँ लगातार धुँधले होते चले गए हैं।

नि.व. : हाँ, मैंने चरित्रों को नाम देने बन्द कर दिये हैं। मैं यह नहीं कहता कि लता या लतिका ने ऐसा कहा। मैं सर्वनाम—वह, लड़की, पुरुष का इस्तेमाल करता हूँ, क्योंकि विशेष रूप से नाम का उल्लेख मुझे ज़रूरी नहीं लगता। लेकिन दूसरी ओर मुझे यह भी लगता है कि इन चरित्रों का ढाँचा, अवस्थिति और अनूठापन मेरे मन में बहुत स्पष्ट होने चाहिए। चरित्रों के नाम न होने से वे रोचक या सार्वभौमिक क़िस्म के या प्रतिनिधि चरित्र नहीं बन जाते। वे बहुत अनूठे लोग हैं लेकिन उन्हें कोई विशेष नाम देते हुए मैं झिझकता हूँ। नाम कभी-कभी पाठक और कहानी के बीच बाधा बन जाते हैं।

त.ते. : आपको ऐसा क्यों लगता है?

नि.व. : मान लीजिए किसी कहानी का घटनाक्रम प्राग या लन्दन में चल रहा है और मैं यह व्यक्त नहीं करना चाह रहा कि चरित्र भारतीय है या अंग्रेज़ या चेक लड़की या भारतीय लड़का है। जैसे ही आपको यह विवरण पता चलते हैं तो एक पैटर्न बनने लगता है—चेक लड़की के प्रेम में पड़ा भारतीय लड़का, एक तरह का समाजशास्त्रीय पाठ तैयार होने लगता है। लेकिन दो लोगों के एक-दूसरे को सांस्कृतिक या जातीय सन्दर्भ से परे जाकर समझने का प्रयास करने की स्थिति में

कभी-कभी नाम बाधा बन जाते हैं। यहाँ तक कि भारत में अवस्थित कहानियों में भी ऐसा हो जाता है। वैसे मैं ऐसा बहुत सोच-समझकर भी नहीं करता। मेरी एक कहानी है : 'हिल स्टेशन'। पति, पत्नी और बच्चा—पति वास्तुकार है, पत्नी बहुत प्रेमिल, बच्चा बच्चा ही है। यह जोड़ी अपने हनीमून को दोहराने आई है जिसकी बहुत सुन्दर स्मृतियाँ उनके मनो में हैं, वह बच्चे से कहते रहे हैं कि हम पहाड़ जा रहे हैं, बच्चा उत्सुक है कि पहाड़ कैसे होंगे। जब 'हिल स्टेशन' पहुँचकर वे बच्चे को बताते हैं कि यही पहाड़ है तो वह बहुत परेशान होता है क्योंकि उसे सड़क दिख रही है, रास्ता दिख रहा है लेकिन पहाड़ तो अब भी बहुत दूर हैं। पति-पत्नी भी अनुभव करते हैं कि बरसों पहले हनीमून के दिनों का प्रेम पहाड़ों की ही तरह दूर जा चुका है।

क. : भाषा की उत्कृष्टता निर्मल की सफलता का बहुत बड़ा घटक है जो उनके निबन्धों, उपन्यासों, कहानियों और यात्रा-विवरणों में स्पष्ट दिखती है।

> मैंने सोचा था, वह बाहर चले गए हैं। मैंने निश्चिन्त होकर बत्ती जलाई थी। उन्हें देखकर मैं डर-सा गया। जैसे पीले अँधेरे में कोई प्रेत-छाया दिखाई दे गई हो, हालाँकि वह वहीं बैठे थे, जैसे मैं रोज़ देखता था। पलंग पर झुके हुए, पाटी पर टाँगें लटकाए हुए। रोशनी की चकाचौंध से वह कुछ अकबका से गए। मिचमिचाती आँखों से मुझे देखने लगे। "आज आप टहलने नहीं गए?" मैंने पूछा। "बस जाने ही वाला था," वह अपनी सिगरेट की डिब्बी खोलने लगे, एक के बाद एक सिगरेट के टोटे बाहर झाँकने लगे। वह आधी पीकर आधी छोड़ देते थे। इससे एक सिरे पर अपनी इच्छा और दूसरे सिरे पर डॉक्टर की हिदायत आधी पूरी हो जाती थी। कुछ देर तक वह असमंजस में उन मुँहझौंसे टुकड़ों से खेलते रहे, फिर वह उठ खड़े हुए।
>
> [पृष्ठभूमि में 'सूखा तथा अन्य कहानियाँ' से एक अंश]

> दुर्भाग्य यह है कि 'एक चिथड़ा सुख' और 'रात का रिपोर्टर' के मामले में अपराधबोध का अनूठापन अनुवाद की पकड़ से बच निकलता है। इसी का दूसरा पक्ष यह है कि उनके निबन्धों और यात्रा-संस्मरणों का अनुवाद न हो पाने के कारण अंग्रेज़ी के पाठकों के लिए निर्मल का राजनीतिक झुकाव अस्पष्ट रह जाता है।

नि.व. : 1948-49 में जिन दिनों मैं एम.ए. में पढ़ रहा था, मैं पार्टी का सदस्य बना, मैं बहुत प्रतिबद्ध था।

त.ते. : क्या आप कार्ड होल्डर साम्यवादी थे?

नि.व. : हाँ। मेरा विचार था कि क्रान्ति बस आने ही वाली है। हालाँकि मैं सेंट स्टीफ़ेंस में पढ़ रहा था लेकिन हम थोड़े-से ही लोग थे, वहाँ का वातावरण बहुत रूढ़िवादी था और हम उसका हिस्सा नहीं थे। लेकिन आदर्शवाद और रूमानियत भी बहुत था। हंगरी पर सोवियत संघ का आक्रमण हमारे लिए बहुत बड़ा झटका था। एक समाजवादी देश दूसरे समाजवादी देश में टैंक भेजे—यह हमारे लिए अकल्पनीय था क्योंकि हम तो अन्तरराष्ट्रीय एकजुटता के सपने पर पल रहे थे।

त.ते. : 1956 में आप कहाँ थे?

नि.व. : भारत में।

त.ते. : आपके अन्य महत्त्वपूर्ण क्षण?

नि.व. : प्राग वसन्त ऐसी ही एक घटना थी। मैंने स्टालिनवादी नौकरशाही के ढाँचे को ध्वस्त होते देखा...1967-68 में बौद्धिक पुनरुत्थान। मैं इन परिवर्तनों का साक्षी हूँ, तब मैं चेकोस्लोवाकिया में ही था और वहाँ के लेखक संघ से जुड़ा था। इसका बहुत महत्त्वपूर्ण प्रभाव नौकरशाही, तानाशाही, मानवता के नाम पर अमानवीय कृत्यों आदि को देखने के मेरे ढंग पर पड़ा। भारत लौटकर मैंने पहली बार गांधी को एक ऐसे व्यक्ति के रूप में जाना जो सचमुच क्रान्ति, झूठ और भारत के बारे में बहुत अधिक जानते थे। मार्क्सवाद या साम्यवाद के माध्यम से मैं इससे अधिक जान पाने की कल्पना नहीं कर सकता था।

त.ते. : तो मार्क्सवाद की माया की तुलना में गांधी यथार्थ थे?

नि.व. : हाँ, ऐसा कहा जा सकता है। मैं कहूँगा कि मैं एक गहरी नींद से जागा था कि मैं कोई सपना देख रहा था और अब जाग उठा था और यथार्थ मेरे सामने था और मुझे इससे जूझना था, भले ही मैं उसे समझ न पाऊँ या उस पर खरा न उतरूँ लेकिन इस सत्य को परखना तो था ही।

त.ते. : क्या इसने आपके कलात्मक संवेदन को किसी तरह बदला?

नि.व. : वैसे तो जब मैं मार्क्सवादी था, तब भी एक सिद्धान्त के तौर पर मार्क्सवाद का मेरे लेखन पर ख़ास प्रभाव नहीं था। और यह बहुत अजीब है कि किसी के सिद्धान्त और विचार एक स्तर पर हों और पूरा अनुभवजन्य संसार एक अलग दूसरे स्तर पर। हम चाहते तो हैं कि इनके बीच दरार न हो, लेकिन वह बनी ही रहती है। गांधीवाद, मेरे देश और संस्कृति के बारे में मैं जो कहा करता था,

उसे मैंने निबन्धों के रूप में लिखना शुरू कर दिया। निबन्धों में मेरे चिन्तन का वह पक्ष है जो मुझे लगता था कि मैं अपनी कहानियों के भावनात्मक बिम्बों में नहीं पकड़ पाऊँगा।

त.ते. : आपने अपने हिन्दू मूल में अवस्थित होने और शान्ति पाने की बात कही है। क्या इसका आजकल ज़ोर पकड़ रहे दक्षिणपंथी हिन्दुत्व से कोई लेना-देना है?

नि.व. : हिन्दुत्व से मेरा आशय एक सांस्कृतिक पहचान से है। यह हिन्दुत्व की सांस्थानिक अभिव्यक्ति से एकदम अलग है। मेरे लिए हिन्दुत्व एक परम्परा है, जीवन-शैली है, वास्तविकता को देखने का एक ढंग है; प्रकृति से, दूसरों से, जिसे मैं ईश्वर कहता हूँ, उससे मेरी सम्बद्धता है। उस जगत की सम्पूर्णता को देखने-समझने की मेरी विधि है, जिसमें मैं रह रहा हूँ।

त.ते. : आप ख़ुद को हिन्दू के रूप में परिभाषित करते हैं?

नि.व. : हाँ, निरीश्वरवादी हिन्दू के रूप में।

क. : संसार को समझने की निर्मल की दृष्टि को आकार देनेवाले प्रभावों के संजाल की पहली रेशमगाँठ एक पैसा देने का आश्वासन देकर बहन और दादा का पढ़ने को प्रेरित करना था। अब वयस्क निर्मल को प्रेरित करते हैं, रंगों के रहस्यमय विन्यास और फ़िल्में, जो उनके ही शब्दों में "बहुत हिंसक, विघटनकारी घटनाओं को अ-विघटनकारी बिम्बों में पकड़ पाती हैं।" ख़ुद पर दशकों पहले के सरोकारों पर ही अटके रहने का आरोप लगानेवालों के लिए निर्मल के पास एक सटीक उत्तर है।

नि.व. : मुझे लगता है कि पुराने विषय लेखक के पुराने नाक-नक्श होते हैं। लेखक बूढ़ा हो जाता है, पर इससे वह दूसरा व्यक्ति थोड़े ही बन जाता है। चेहरे पर झुर्रियाँ पड़ जाती हैं, चेहरा सूख जाता है लेकिन शरीर की मूलभूत रचना तो वही रहती है। समय के साथ हमारे जीवन का आधारभूत मनोवैज्ञानिक और भावनात्मक ढाँचा तो नहीं बदलता; और आपकी कहानियाँ, प्लॉट और बिम्ब वहीं से आते हैं।

['राइटर एट वर्क' सीरीज़, दूरदर्शन : 1994-1995]
अंग्रेज़ी से अनुवाद : मधु बी. जोशी

रुककर देखो कि तुम्हारे साथ, दूसरों के साथ क्या हो रहा है?

करण थापर की बातचीत

करण थापर : आपको एकाकीपन का कवि, असुख का लेखक कहा जाता है। यह पत्रकारीय उपनाम आपको खिजाते हैं, या फिर इनमें सचमुच आपकी साहित्यिक पहचान की कुछ झलक मिलती है?

निर्मल वर्मा : यह अब सच ही है लेकिन कभी-कभी लगता है कि यह शायद मेरे काम का बहुत ही सामान्य और बेहद अमूर्त मूल्यांकन है। मैं अनुभव करता हूँ कि एकाकीपन, असुख, दूरी और अलगाव के ये भाव मेरी कहानियों में, उपन्यासों में हैं लेकिन हर कहानी में ये बहुत अलग ढंग से आते हैं, और फिर ये उस मानवीय स्थिति में बहुत गहरे जमे हैं जिसे मैं अपनी कहानियों में रूपायित करने का प्रयास करता हूँ। हाँ, एक स्तर पर इन पर एक बहुत अमूर्त स्तर पर चर्चा की जा सकती है—कि मनुष्य हमेशा बहुत एकाकी होते हैं, कि मनुष्य होने में एकाकी होना निहित है।

क.था. : मैं आपको उद्धृत कर रहा हूँ : "मनुष्य विचित्र है। जब वह अकेला होता है तो दूसरों से संवाद चाहता है, जब दूसरों के साथ होता है तो ख़ुद में वापस लौटना चाहता है।"

नि.व. : मैं सोचता हूँ कि यह एक बहुत सहज भावना है, कभी-कभी हम अपने आसपास के लोगों से इतने ऊब जाते हैं कि अपने लिए एक एकान्त कोना चाहने लगते हैं। वर्जीनिया वुल्फ़ का वह सपना—'एक कमरा बिलकुल अपना' (अ रूम ऑफ़ वन्स ओन) सिर्फ़ स्त्रियों के लिए ही नहीं है, हर मनुष्य के लिए है। बहुत पहले मैंने एक कहानी...शायद कैथेरीन मैंसफील्ड की थी, अपनी स्कूली किताब

में पढ़ी थी—यह मा पार्कर नाम की घरेलू नौकरानी की कहानी थी जिसका बेटा मर गया है और वह रोना चाहती है। कहानी एक ऐसे एकान्त, निजी कोने की उसकी तलाश के बारे में है जहाँ वह खुलकर, बिना लज्जित हुए, रो पाए। यह स्थिति भारतीय घरों में बहुत सामान्य है।

क.था. : आपके उपन्यासों में मिलनेवाले इस एकाकीपन, संवाद स्थापित करने के इस अक्सर असफल रहनेवाले प्रयास में आपकी झलक कितनी है?

नि.व. : देखिए, मुझे नहीं लगता कि मेरे उपन्यासों में मेरे जीवन, मेरे अनुभवों के बारे में कुछ भी सीधे-सीधे आत्मकथात्मक है। लेकिन अपने आसपास के लोगों से व्यवहार में मैंने एक बात जानी—सूचना और सम्प्रेषण की जानकारी जितनी भी बढ़ी हो, जितनी भी परिष्कृत हो गई हो, मनुष्य के लिए दूसरे व्यक्ति से वह बातें कह पाना और भी कठिन हो गया है जो उसके चित्त को सबसे प्रिय हैं।

क.था. : आपने अभी जो कहा, उसी जैसी बात आपने एक बार पहले भी कही है। आपने कहा : "मुझमें एक अजीब बात है, मुझे किसी चीज़ की कमी नहीं खलती, गृहविरह मुझे कभी नहीं सताता।" इससे आभास मिलता है कि आप अपने-आप में पूरे हैं, और यह डरा देने की हद तक अलगाव और ऐकान्तिकता का भी भान करवाता है।

नि.व. : मैं सोचता हूँ कि आप अपने साथ रह सकते हैं। जब मेरे आसपास (मेरा) अतिक्रमण करने के लिए कोई नहीं होता तब मैं दुखी नहीं बल्कि ख़ुद को बहुत समृद्ध पाता हूँ, और मुझे घर की याद जैसा कुछ भी नहीं सताता। मैं सात-आठ वर्ष चेकोस्लोवाकिया और दूसरे देशों में रहा। मैंने देखा कि लोगों को बहुत बुरा, असहज लगता था क्योंकि खाना उनकी पसन्द का नहीं होता था।

क.था. : लेकिन अपने-आपसे प्रसन्न रहने का मतलब तो यही हुआ कि आप ख़ुद को, जैसे आप हैं, वैसा ही पसन्द करते हैं?

नि.व. : नहीं, ऐसा तो मैं नहीं कहता। मैं अपने-आपसे, जैसा मैं हूँ, प्रसन्न नहीं रहता। मैं ख़ुद में इतनी कमियाँ, इतनी अक्षमता, सच पूछिए तो दुर्बलता तक पाता हूँ कि अगर मैं अपने जीवन की कमियों के बारे में सोचना शुरू करूँ तो मैं जड़ होकर रह जाऊँगा।

क.था. : आप जब कहते हैं कि लिखना आपके संसार को अर्थ देने का, आपके अनुभवों को स्पष्ट करने और समझने के उपाय हैं तो आपका ठीक-ठीक मन्तव्य क्या होता है?

नि.व. : असल में मैं बहुत दृढ़ता से इस बात को मानता हूँ। देखिए, हमारी धारणाएँ इतनी गड्डमड्ड होती हैं कि उनका कोई स्पष्ट नमूना नहीं होता। वे बारिश की बूँदों की तरह टपकती रहती हैं। दिन बीतने पर जब आप यह देखने का प्रयास करते हैं कि दिन कैसा बीता तो विश्वास कीजिए कि आप उसमें कोई सुनिश्चित नमूना नहीं पाते। लेकिन फिर भी ऐसा लगता है कि हम कुछ बहुत महत्त्वपूर्ण अनुभवों से गुज़रे हैं।

क.था. : और आपकी रचनाएँ, आपकी कहानियाँ वह नमूना देती हैं?

नि.व. : मुझे लगता है कि मैंने इसी कारण लिखना शुरू किया। लेखन ने मुझे मौक़ा दिया कि मैं कह सकूँ : 'ठहरो, दौड़ो मत। यहीं रुक जाओ और उस सम पर टिको जहाँ से तुम आसपास देख सको, देख सको कि तुम्हारे साथ, दूसरों के साथ, क्या हो रहा है।'

क.था. : लिखना लेखक को कुछ-कुछ देवता-सा बना देता है। वह उन चीज़ों को समझ पाता है जिन्हें एक व्यक्ति, एक मनुष्य के रूप में वह समझ नहीं पाता था।

नि.व. : यह एकदम सच है। मुझे लगता है कि अपने व्यक्तित्व या अहं को अपने लेखन में प्रक्षेपित करने का प्रयास करनेवाले बुरे लेखक होते हैं। अच्छा लेखक सब कुछ का सृजन करके भी यही प्रभाव छोड़ता है कि यह वह नहीं है।

क.था. : लेकिन आप यह भी कह रहे हैं कि निर्मल वर्मा अपने जीवन को लिख लेने के बाद ही समझ पाता है। आपका लेखन आत्मचरितात्मक भले ही न हो लेकिन यह अनुभवों के आसवन की समझदारी तो है ही?

नि.व. : हाँ, मैं सोचता हूँ कि हर कहानी, हर उपन्यास एक अन्तर्दृष्टि, मेरे ख़ुद के बारे में सत्य का एक विशिष्ट आयाम है।

क.था. : आपका लेखक आपके संसार और बाहर के बीच की खाई को पाटने का एक उपाय है या उन्हें एक-दूसरे से दूर रखने का?

नि.व. : यह खाई को पाटता है। अगर ये दो संसार अलग हों तो लेखन में कोई मज़ा, कोई अर्थ नहीं रहे। हर कहानी, हर उपन्यास आपके और आसपास के संसार के बीच एक नया पुल बनाने का नया प्रयास है। असल में दूसरे लोगों के सम्पर्क में आना अपने व्यक्तित्व के ऐसे विशिष्ट आयामों के सम्पर्क में आना भी है जो अब तक अदृश्य रहे हैं।

क.था. : जानकार लोग आपको आज देश के महानतम जीवित लेखकों में से एक मानते हैं लेकिन आपकी अंग्रेज़ी में लिख रहे विक्रम सेठ, अमिताभ घोष या रोहिंटन मिस्त्री जैसी लोकप्रिय पहचान नहीं बन पाई। यह जानते हुए कि अगर आप उनसे बेहतर नहीं, तो कम-से-कम उनके जितने अच्छे लेखक तो हैं ही, उनके जैसी हैसियत का न होना क्या आपको खलता है?

नि.व. : नहीं...इसके बारे में मैं कभी नहीं सोचता। और यह मैं एकदम ईमानदारी से कह रहा हूँ, विनम्रता नहीं दिखा रहा। मेरे मन में यह बात कभी नहीं आई कि साहित्य जगत में मेरी हैसियत क्या है।

क.था. : आपमें प्रतियोगिता का भाव नहीं है?

नि.व. : नहीं, ज़रा भी नहीं। लेकिन फिर भी, एक सामान्य स्थिति के तौर पर मैं ख़ुद को सोच-विचार करता, जुड़ा हुआ तो पाता हूँ, लेकिन ख़ुद के बारे में नहीं। हिन्दी में उपन्यास लिखकर मैं सन्तुष्ट हो जाता हूँ। अगर उसका अनुवाद होता है तो अच्छी बात है, लेकिन अगर अनुवाद नहीं होता तो भी मैं भारत में अपने पाठक वर्ग से सन्तुष्ट रहता हूँ। लेकिन साथ ही मैं यह भी कहूँगा कि यह बात मुझे अवसन्न और व्यथित करती है कि मलयालम या तेलगू या बंगला या हिन्दी में लिख रहे बहुत बेहतर लेखक उन कम साहित्यिक प्रतिभा वाले लेखकों की तुलना में सिर्फ़ इसीलिए कम जाने-पहचाने जा रहे हैं, क्योंकि उनका लेखन अंग्रेज़ी में बहुत आसानी से उपलब्ध है।

क.था. : क्या यह भाषा अवरोध का दंड है?

नि.व. : बिलकुल, और यह एक सामाजिक प्रश्न है। इस ओर या उस ओर के लेखकों को दोषी नहीं ठहराया जा सकता। यह तो एक सामाजिक परिस्थिति है जिसमें वे काम कर रहे हैं।

क.था. : बचपन में आपका पसन्दीदा दिल बहलाव यह नाटक करना रहा कि आप मर रहे हैं। क्या यह आपके अन्दर के लेखक का समय से पूर्व पल्लवित होना था?

नि.व. : मैं कोई बहुत छोटा बच्चा नहीं था; दस-ग्यारह बरस का रहा होऊँगा। स्कूल की पत्रिका के लिए जब पहली कहानी लिखी तब मैं ग्यारह बरस का था। तो बहुत छोटा नहीं था।

क.था. : हाँ, लेकिन ज़्यादातर लोग दस या ग्यारह की उम्र में लिखी अपनी कहानियों को बहुत बचकाना मानेंगे, जबकि आपकी बात से लगभग ऐसा लग रहा है कि यह लेखक निर्मल वर्मा की शुरुआत ही थी।

नि.व. : अरे नहीं, वह तो खेल था, एक प्रतियोगिता थी, बस। मैंने कक्षा के एक मित्र से शर्त लगाई थी कि एक निश्चित दिन हम एक कहानी लिखकर लाएँगे। लेकिन उस दिन वह लड़का नहीं आया और लोगों से पता चला कि वह मर गया। इसलिए मेरे जीवन में कहानी लिखने के पहले प्रयासों पर मृत्यु की छाया मँडराती दिखती है।

क.था. : और यह छाया एकदम बचपन से रही है?

नि.व. : हाँ, और मैं नहीं समझता कि यह मात्र दुर्घटना थी। यह बहुत विचित्र है।

क.था. : '59 में आप चेकोस्लोवाकिया चले गए। कहा जाता है कि यह आपके जीवन में महत्त्वपूर्ण मोड़ था?

नि.व. : हाँ, मैं भी यह मानता हूँ। मुझे लगता है कि चेकोस्लोवाकिया मेरे लिए एक खिड़की, एक अलग अनुभव, एक अलग संसार में पहुँचाने वाली दहलीज़ रहा। यूरोप के बारे में मैंने सिर्फ़ टॉमस मान और रूसी लेखकों के उपन्यासों को पढ़ा था। मुझे अब भी याद है कि जब मैं आधी रात को मॉस्को हवाई अड्डा जा रहा था तो रास्ते को देखते हुए सोच रहा था कि टॉल्स्टॉय के उपन्यास 'वॉर एंड पीस' का नायक इसी रास्ते पर चलते हुए नताशा के प्रेम में पड़ा होगा। ज़रा मेरी बावली कल्पनाएँ देखिए...यूरोप आना फिर से उस जीवन को जीना था, जिसे मैं पुस्तकों और उपन्यासों में जीता रहा था।

क.था. : चेकोस्लोवाकिया में आपका काफ़ी समय हावेल और मिलान कुन्देरा जैसे लेखकों के अनुवाद करते बीता।

नि.व. : मैं इसीलिए तो वहाँ गया था। मुझे ओरिएंटल इंस्टीट्यूट ने निमंत्रित किया था जहाँ मैंने चेक से हिन्दी में अनुवाद की परियोजना शुरू की।

क.था. : लेकिन क्या इन अनुवादों ने साहित्य स्तर पर आप पर प्रभाव नहीं डाला? क्या अनुवादक के रूप में किये गए काम ने कहीं लेखक निर्मल वर्मा...?

नि.व. : मुझे नहीं लगता कि उन्होंने मेरे लेखन पर प्रभाव डाला बल्कि उन्होंने मेरे अनुभव क्षेत्र को विस्तार दिया। जैसे कि कारेल चापेक को पढ़ना ज़बरदस्त अनुभव था। जीवन की आन्तरिक गहराइयाँ और रहस्य हमारे जीवन को कैसे बदल सकते हैं, यह मैंने कारेल चापेक और उनकी रचना 'ए ऑर्डिनरी लाइफ़' से सीखा। तो ये वे छोटी-छोटी चीज़ें हैं जो मैंने सीखीं। लेकिन शैलीगत रूप से उन्होंने मुझ पर कोई प्रभाव नहीं डाला।

क.था. : दो बरस पहले भारत का सबसे बड़ा साहित्यिक ज्ञानपीठ पुरस्कार मिलने पर आपने कहा था : 'मैं तो सोचता था कि ऐसे पुरस्कार दूसरों के लिए होते हैं।' सचमुच ही यह आश्चर्य का संकेत था या इस बात का हल्का-सा इशारा कि यह पुरस्कार आपको पहले ही मिल जाना चाहिए था?

नि.व. : नहीं, ऐसा तो बिलकुल नहीं है। पुरस्कार और सम्मान मुझे झेंपा देते हैं। और मुझे कभी नहीं लगता कि वे मेरे लिए थे। यह ऐसा ही है कि जब किसी बच्चे को मिठाई दी जाती है तो वह पहले माता-पिता की ओर देखता है कि ले लूँ या नहीं। तो यह ऐसी प्रवृत्ति है जो मुझमें अब भी बची रह गई है, यह झूठी विनम्रता या कुछ और नहीं है। यह बस एक सहज प्रक्रिया है कि महीनों एकान्त और अकेलेपन में लिखी गई किसी रचना को कुछ स्वीकृति मिल पाती है। इससे मुझे कुछ सान्त्वना और आश्वस्ति भी मिलती है कि यह सब एकदम बेतुका ही नहीं था। लेकिन साथ ही यह अनुभूति भी होती है कि मैं इसके लायक़ नहीं हूँ।

[फेस टु फेस, बी.बी.सी. वर्ल्ड के लिए बातचीत
'इंडियन एक्सप्रेस' : 1 मार्च, 2003]
अंग्रेज़ी से अनुवाद : मधु बी. जोशी

क्या मेरे सुन्दर और अच्छे विचार मुझे एक बेहतर व्यक्ति बना सकते हैं?

'समय का शिल्प' फ़िल्म की पटकथा

कमेंटरी : निर्मल वर्मा हमारे समय के एक बड़े कथाशिल्पी हैं। इनकी जादुई भाषा पाठक को मनुष्य की स्थिति और नियति के अँधेरे-उजले झिलमिल संसार में ले जाती है। 'परिन्दे', 'जलती झाड़ी', 'चीड़ों पर चाँदनी', 'हर बारिश में', 'शताब्दी के ढलते वर्षों में', 'लाल टीन की छत', 'वे दिन', 'एक चिथड़ा सुख', 'रात का रिपोर्टर, 'धुंध से उठती धुन', 'शब्द और स्मृति'—कितनी ही कृतियाँ हैं, जिनसे हिन्दी साहित्य को समृद्धि मिली है। निर्मल वर्मा का साहित्य यथार्थ, स्मृति और कल्पना का काव्यात्मक लोक रचता है।

> वहाँ रात खड़ी थी। नीचे पहाड़ों के पैरों पर चाँदी के कटोरे-सी घाटी चमक रही थी। कुछ दूर तक हम चुपचाप चलते रहे। एक-दूसरे के पैरों को सुनते हुए। पोस्ट ऑफिस के पास बाँस के पेड़ के खोखले में चाय का ढाबा बन्द पड़ा था, जहाँ मैं आख़िरी बार उनके साथ बैठा था। सिर्फ़ पास की कोठरी से रोशनी का एक धब्बा बाहर झाड़ियों पर गिर रहा था। मोड़ पर आकर उनके पैर अपने-आप रुकने लगे।
>
> ['अन्तिम अरण्य' से निर्मल वर्मा एक अंश पढ़ते हुए]

क. : निर्मल वर्मा का जन्म 3 अप्रैल, 1929 को शिमला में हुआ, जहाँ बिताए बचपन का कोई न कोई अंश इनकी रचनाओं में मुखर रहा है। कवयित्री पत्नी गगन गिल के साथ इनके छोटे-से संसार में चिन्तन के कई संसार समाए हुए हैं। उनका नया उपन्यास 'अन्तिम अरण्य' काफ़ी चर्चित रहा और इसी के आसपास इन्हें साहित्य का सर्वोच्च पुरस्कार भारतीय ज्ञानपीठ पुरस्कार दिये जाने की घोषणा भी हुई।

निर्मल वर्मा : आलोचकों ने जिन बिन्दुओं पर अपना ध्यान केन्द्रित किया है, वह मेरे ध्यान में, कम-से-कम चेतन रूप में नहीं थे। जैसे कि किसी विषय को लेकर इस उपन्यास को मैंने नहीं लिखा था। चाहे वह मृत्यु हो या बुढ़ापा हो, उपन्यास में कुछ चरित्र और पात्र मेरे दिमाग़ में आते हैं, उनके अन्तस्सम्बन्ध आते हैं, और फिर उनको लेकर क्या एक कथा बन पाती है, एक पैटर्न, एक संगति, जिसमें उनके जीवन को बुना जा सकता है, यह मुझे ज़्यादा आकर्षित करता है। क्योंकि मैंने कई वर्ष, जैसा आप जानते हैं, पहाड़ों पर बिताए हैं। मुझे कई लोगों से मिलने का मौक़ा भी मिला है, और उनसे बातें भी हुई हैं। तो कभी-कभी यह बात ध्यान में आती थी कि ये लोग जो अपना घर-परिवार, पुराना अतीत सब छोड़कर पहाड़ों पर आकर बस गए हैं, ये क्या सोचते होंगे अपने जीवन के बारे में? और क्या अकेले में रहकर, अपने परिवार से अलग रहकर, मनुष्य एक पुरानी ज़िन्दगी की ग़लतियों को, विषाद को, पछतावे को मिटा सकता है? क्या वह सोच और चिन्तन के स्तर पर ऐसा परिशोध कर सकता है कि जैसे कि पुराना अतीत एक रफ़ कॉपी हो और अब वह एक फेयर कॉपी तैयार कर रहा हो, अकेले में बैठकर। क्या ऐसा मुमकिन है? क्या जीवन को अलग-अलग रूपों में और अलग-अलग पड़ावों में जिया जा सकता है? जहाँ तक मृत्यु का प्रश्न है, मैं समझता हूँ, चाहे वह युवक हो या अधेड़ व्यक्ति हो, या बूढ़ा हो, मृत्यु हमेशा पास रहती है। यह कहना ग़लत है कि बूढ़ा व्यक्ति मृत्यु के बारे में अधिक सोचता है। यह ज़रूर है कि स्वाभाविक तौर पर मृत्यु के निकट आते हुए वह उतना मृत्यु के बारे में नहीं सोचता, जितना अपने बीते हुए जीवन की घटनाओं के बारे में अधिक तटस्थ भाव से सोचने के लिए विवश होता है। ये सब चीज़ें थीं मेरे दिमाग़ में धुँधले कुहासे की तरह।

क. : जीवन और रचना, दोनों में निर्मल वर्मा प्रकृति और कल्पना को बहुत महत्त्व देते हैं। इनकी रचनाओं में यथार्थ इन दो सिरों के बीच किसी धुँधलके में मौजूद होता है। मानवीय सम्बन्ध वहीं साँस लेते हैं। इन सम्बन्धों का इनका चित्रण जितना मनमोहक है, उतना ही जटिल भी।

नि.व. : 'अन्तिम अरण्य' को अधिक आध्यात्मिक माना गया है। उसका परिवेश, उसका चिन्तन, उसके पात्रों के बारे में जो चीज़ मुझे विस्मय में डालती है, 'एक चिथड़ा सुख' या मेरे दूसरे उपन्यास 'लाल टीन की छत' या 'रात का रिपोर्टर' है, उसमें जीवन और अस्तित्व के, सच्चाई या झूठ के बारे में, एक तरह से घटाटोप, अनिश्चय हर पात्र के भीतर मौजूद रहता है। वह उसे सालता है, उसे सुलझाने की कोशिश करता है, और मैं समझता हूँ, उपन्यास में यही आध्यात्मिक अन्तर्द्वंद्व होता है। अध्यात्म का मतलब यह नहीं कि वह किसी धर्म या धार्मिक विश्वासों के पीछे जाता है या उनका अनुकरण करता है, बल्कि अपने अस्तित्व के बारे में उसके

सत्य और उसकी खोज में वह कहाँ-कहाँ भटकता है, कहाँ-कहाँ ग़लती करता है, कहाँ-कहाँ दूसरों के साथ फ़रेब करता है। कहते हैं, मनुष्य का जीवन अधूरा है लेकिन उसका जीवन केवल वही नहीं है, जो वह जीता है, उसकी कल्पनाएँ, उसके आदर्श, उसके आइडियल—वे सब इस अधूरेपन की सम्पूर्ति करते हैं। वे भी उसके जीवन का उतना ही अभिन्न अंग हैं, जितनी कि उसकी दैनिक दिनचर्या जो उसे अधूरा बनाकर छोड़ देती है। इसीलिए हम कहते हैं कि कथा-रचना का जीवन कल्पना में वास करता है, imagination में। आख़िर कल्पना में ही तो रचना का जन्म होता है, और कल्पना ग़ैर-यथार्थवादी चीज़ नहीं है। कल्पना मनुष्य का वह अधूरा यथार्थ है, जिसमें उसके स्वप्न, उसके आदर्श जीवित रहते हैं। वह भी उतना ही गहरा मान्य सत्य है जितना उसका अधूरा जीवन। मैं समझता हूँ कि इसीलिए कला, चाहे वह चित्रकला हो, कविता हो, उपन्यास हो, वह इस कल्पना की धरा पर उसकी अपूर्णता को एक तरह की सम्पूर्ति देती है। एक तरह की सम्पूर्णता देती है। इसीलिए हमें पढ़ते हुए, किसी महान रचना को या कविता या उपन्यास को पढ़ते हुए, कभी-कभी यह दुर्लभ अनुभव होता है कि हाँ, ये सम्भावनाएँ जो मेरे भीतर अधूरी पड़ी हुई थीं, वे इस कविता या उपन्यास के माध्यम से एक चरम अनुभूति और सम्पूर्ति का अनुभव और स्पर्श कर पाती हैं।

क. : निर्मल वर्मा पिछले पचास वर्षों से अपने जादुई भाषा-शिल्प से साहित्य में एक अलग पहचान बनाए हुए हैं। इस जादुई संसार की रचना-प्रक्रिया भी आसान नहीं है।

नि.व. : जब हम स्मृति या कल्पना जैसे शब्दों का इस्तेमाल करते हैं, तो कहीं भीतर यह भ्रम रहता है कि ये चीज़ें एक ठोस यथार्थ की दुनिया से कुछ अलग, कुछ ऊपर, कुछ भिन्न क़िस्म की चीज़ें हैं। मेरे दिमाग़ में कभी यह बात नहीं आती कि ये अलग चीज़ें हैं। मेरे लिए वे एक यथार्थ का उतना ही बड़ा अंग हैं, जैसे सड़क पर खड़े होकर बस की प्रतीक्षा करना; या अपने रोते हुए बच्चे को दुलारना या उसे चुप कराने की कोशिश करना या रात को सोते हुए बीते हुए शहरों की याद करना। मैं कभी यह सोच भी नहीं सकता कि चौबीस घंटे जो आदमी बिताता है, बस की प्रतीक्षा करते हुए, परिवार के साथ, वह सिर्फ़ वही है, जो वह ऊपर से करता दिखता है। बच्चे को दुलारते हुए उसकी स्मृति में पता नहीं कितने ख़याल आते रहते हैं, जबकि वह उस समय काम एक बहुत ही सीमित क्षेत्र में कर रहा है, रोते हुए बच्चे को चुप करा रहा है। उसी तरह से अगर आप बस की प्रतीक्षा कर रहे हैं—दस मिनट, पन्द्रह मिनट, तो पता नहीं, आप अपने जीवन में उन दस या पन्द्रह मिनटों में कितनी दुनियाओं का चक्कर लगाकर आते हैं और भूल जाते हैं जब बस आ जाती है। ज़रा आप सोचें, बस में बैठकर, जब मैं खड़ा हुआ था तब मैं क्या सोच रहा था, तो आपको अद्भुत विस्मय होगा कि आप बस के बारे

में नहीं सोच रहे थे। आप ऐसी चीज़ों के बारे में सोच रहे थे, जिनका न बस से सम्बन्ध था, न दफ़्तर से सम्बन्ध था। ये बिलकुल उस स्वप्न की तरह हैं जब आप सुबह उठते हैं तो लगता है, आपने तो स्वप्न में वह घर देखा था, जो कि कहीं अल्मोड़ा और नैनीताल में मेरे बचपन का मकान था, जहाँ पर आपने बचपन गुज़ारा था। दिन के उजाले में उस घर के बारे में कभी आपने सोचा भी नहीं था। किस तरह से वह घर चाहे दरवाज़े से सेंध लगाकर आपके स्वप्न में आ जाता है, इसकी क्या व्याख्या है? इसका क्या रहस्य है? मैं समझता हूँ, साहित्य और कला का जादू यही है कि हम जीवन में जो कठघरे और जो दीवारें खड़ी करते हैं, ये कल्पना का क्षेत्र हैं, ये स्मृति का क्षेत्र हैं, ये यथार्थ का क्षेत्र हैं—ये दीवारें एकाएक ढह जाती हैं। मैं समझता हूँ कि भाषा, अर्थ, परिवेश, और शब्दों का सत्य—अगर यह नहीं है, तो वह सम्मोहन झूठा है, छलना है, और बहुत जल्दी उसका मायाजाल टूट जाता है। कितने छायावादी लेखकों का सम्मोहन हम पर छाया रहता था। आज हम उन्हें पढ़ते भी नहीं हैं।

क. : एक लेखक आख़िर अपने समाज में, अपनी भाषा में क्या काम करता है? वह क्या किसी सामान्य मनुष्य से अलग है? लेखक के रूप में उसके क्या दायित्व हैं? इन मुद्दों पर निर्मल वर्मा काफ़ी सजग रहे हैं।

नि.व. : एक लेखक को उन्हीं शब्दों को अपने व्यवहार में लाना पड़ता है, अपनी कविता और कहानी में, जो शब्द अख़बारों में लिखे जाते हैं, जिनको बोलकर आप दुकानदार के पास जाकर सौदा ख़रीदते हैं। एक लेखक भाषा पर जमी हुई उस समूची गर्द और मैल को पोंछता है जो दुनिया के बाक़ी क्षेत्रों में लोग अपने-अपने स्वार्थों के लिए भाषा के माध्यम से प्राप्त करना चाहते हैं। एक लेखक बाक़ी लोगों से इसलिए अलग है क्योंकि बाक़ी लोगों की तरह भाषा उसके लिए सिर्फ़ माध्यम नहीं है। भाषा उसके लिए सिर्फ़ साधन नहीं है। भाषा उसका साध्य भी है। और साध्य इस अर्थ में है कि शब्दों को, अपनी स्वायत्त गरिमा को, जब तक वह उसकी पवित्रता को नहीं समझेगा, तब तक वह भाषा के साथ वही सलूक करता रहेगा, जो एक डिक्टेटर करता है, या एक व्यापारी करता है। एक लेखक का अपनी भाषा के साथ क्या सम्बन्ध है, इसमें उसकी नैतिक ज़िम्मेवारी झलकेगी, सम्पन्न हो पाएगी। मैं समझता हूँ कि अगर एक बढ़ई मेज़ बनाता है और लकड़ी की जाँच नहीं करता, उसको जाँच करनी नहीं आती, तो वह कभी भी मेज़ या कुर्सी अच्छी नहीं बना पाएगा। अगर उसे घटिया लकड़ी मिलेगी भी, तो भी वह उसे ज़्यादा से ज़्यादा सुघड़ बनाने की कोशिश करेगा, क्योंकि वह माध्यम है, जिसकी वजह से अच्छी मेज़ बनती है। इस लिहाज़ से भाषा का माध्यम होना बहुत महत्त्वपूर्ण है, लेकिन साध्य वह इस अर्थ में है कि जो कविता बनेगी, उसके सत्य को पाने के लिए हमें उस कविता के

भीतर ही जाना पड़ेगा, कहीं और नहीं। और इस अर्थ में कविता साध्य है और भाषा उसका माध्यम है, उस साध्य को प्राप्त करने का।

क. : निर्मल वर्मा ने एक प्रतिबद्ध कम्यूनिस्ट के रूप में अपनी रचना-यात्रा शुरू की थी। ये लम्बे समय तक तत्कालीन चेकोस्लोवाकिया में भी रहे, जहाँ कम्यूनिज़्म से इनके मोहभंग की शुरुआत हुई।

नि.व. : मैं मानता हूँ कि बीसवीं शताब्दी में कम्यूनिज़्म ही एक ऐसी विचारधारा थी जो मानवीय आदर्शों का सबसे सुन्दर उदाहरण लेकर हमारे सामने आई थी। समता, आज़ादी, न्याय, लोगों के भीतर आपस में सौहार्द भाव। इससे ज़्यादा सुन्दर मानवीय आदर्श और क्या हो सकते हैं? और सबसे बड़ा तो यह कि जो सबसे पिसे हुए लोग हैं, सबसे शोषित लोग हैं, सबसे बेबस लोग हैं, उन्हें वाणी मिले कि वह अपनी आवाज़ ऊपर उठा सकें। इतिहास में पहली बार सतह पर रोशनी में उनकी शक्ल दिखाई दी। हंगरी पर, चेकोस्लोवाकिया पर, जब एक मज़दूरों की ही सरकार ने, सोवियत यूनियन ने आक्रमण किया तो मैं सोचने लगा, अगर अमेरिका आक्रमण करे तो बात समझ में आती है। अमेरिका अगर वियतनाम पर हमला करे तो कितना ही बुरा क्यों न लगे, वह बात समझ में आती है, क्योंकि वह एक साम्राज्यवादी देश है। इस दृष्टि से वह फ़ासिज़्म से भी कहीं ज़्यादा बुरा है क्योंकि फ़ासिज़्म का अत्याचार तो नंगे तौर पर लोग आँखों से देख लेते हैं जबकि कम्यूनिज़्म के चेहरे को हम वर्षों तक नहीं पहचान पाते क्योंकि उसके पीछे बहुत ही सुन्दर आदर्शों और उदात्त भावनाओं का नक़ाब पड़ा रहता है। यह कोई संयोग नहीं था कि 50-60 वर्ष तक सोवियत संघ में सच को झूठ, न्याय को अन्याय, हर चीज़, रात को दिन कहते रहे और हम उन पर विश्वास करते गए।

क. : एक विचार, एक दर्शन के रूप में मार्क्सवाद और उसके व्यावहारिक पक्ष को निर्मल वर्मा अलग-अलग करके देखते हैं।

नि.व. : क्या यह एक गारंटी है कि मेरे सुन्दर और अच्छे विचार मुझे एक बेहतर व्यक्ति भी बना सकते हैं? क्या यह नहीं होता कि जो व्यक्ति बहुत अच्छे विचारों की व्याख्या करता है, वह बहुत ही खोखला और क्षुद्र अपने जीवन में होता है? इसलिए जिस बात की ओर मैं इशारा कर रहा हूँ कि हम जिन आदर्शों की बात करते हैं समाज में, हमें कभी मनुष्य को उन आदर्शों के अनुसार अपने को परिवर्तित करने की ज़रूरत पर ज़ोर देना चाहिए। आज 80 बरस बाद सोवियत संघ का विखंडन हुआ तो सोवियत आदमी उतना ही स्वार्थी, उतना ही आत्मकेन्द्रित,

उतना ही ग़रीब दिखाई दिया, जितना कि पश्चिमी देशों के लोग दिखाई देते हैं। क्या 80 वर्षों में वह मनुष्य में किसी तरह का परिवर्तन नहीं ला पाए?

क. : हिन्दी के एक महत्त्वपूर्ण लेखक के रूप में निर्मल वर्मा हिन्दी-भाषी समाज के सांस्कृतिक संकट, उसमें साहित्य की स्थिति और भूमिका के बारे में भी मौलिक ढंग से सोचते रहे हैं।

नि.व. : एक हिन्दी-भाषी व्यक्ति केरल की फ़िल्म न समझ पाए, वह बात तो मुझे समझ में आती है, ख़ुद हिन्दी समाज में हिन्दी लेखकों या हिन्दी फ़िल्मकारों को समझने में आम जनता को मुश्किल पड़ती है और यह एक गहरे सांस्कृतिक संकट का संकेत है। बंगला, कन्नड़, मलयाली समाज में एक तरह की एकजुटता है, एक तरह की सांस्कृतिक एकात्मकता है जो आपको हिन्दी समाज में नहीं दिखाई देगी। हिन्दी की खड़ी बोली का साहित्य सिर्फ़ सौ वर्ष पुराना है। हमारी जड़ें आज भी गाँव में, बोलियों में हैं। खड़ी बोली उतनी ही थोड़ी-सी बाहर की भाषा है, जैसे हमारे लिए कभी अंग्रेज़ी थी। शायद ही साहित्य की किसी भाषा ने सौ वर्षों में इतना विकास किया हो, जितना हिन्दी ने किया है। यह तो इसका बड़ा पॉज़िटिव पॉइंट है। लेकिन इसका जो नकारात्मक पहलू है, वह यह कि यह आम जनता के भीतर जो भाषा का सातत्य है, वह अगर रहता तो हमारा आज का हिन्दी साहित्य उतना ही जन के निकट होता, जितना बंगला का साहित्य है या मलयालम का।

क. : निर्मल वर्मा समाज के सांस्कृतिक पिछड़ेपन और किताबों से हमारे सम्बन्ध के बारे में भी सोचते रहे हैं। लेकिन टेलीविज़न जैसे माध्यमों के आने से साहित्य पर जिस संकट का ज़िक्र अक्सर किया जाता है, उसके बारे में इनकी राय कुछ अलग है।

नि.व. : जिन देशों में टेलीविज़न का प्रभाव भारत से कहीं ज़्यादा है, जैसे अमेरिका या इंग्लैंड या यूरोप, वहाँ पर किताबों की बिक्री कितनी ज़्यादा होती है। वहाँ पर प्रकाशक कितनी अच्छी मैगज़ीन और पत्रिकाएँ निकालते हैं। लोग पढ़ते भी हैं और टी.वी. देखते भी हैं। बल्कि मुझे तो टी.वी. इत्यादि जो मास मीडिया के साधन का प्रसार है, वह एक तरह की Blessing in disguise लगता है।

क. : कुछ आलोचकों का यह भी मानना है कि निर्मल वर्मा अपने निबन्धों में भारत और यूरोप के बीच एक वैचारिक पुल बनाने की कोशिश करते हैं। इनका प्रमुख सरोकार यह है कि भारत और यूरोप के बीच कैसा सम्बन्ध बन सकता है। वे एक-दूसरे को क्या दे सकते हैं।

नि.व. : यह ज़रूर है कि हर सभ्यता कुछ चीज़ों को उभारकर रखती है, कुछ चीज़ें दबी रहती हैं। ये दबी हुई चीज़ें दूसरी सभ्यताओं में ज़्यादा उभरकर आती हैं। जिस तरह से पियानो के कुछ स्वर हमेशा मौजूद रहते हैं, लेकिन जब तक आप उन्हें छुएँ नहीं, तब तक उसका स्वर आता नहीं है, वैसे हमारे भीतर भी कई ऐसे स्तर हैं जो हमेशा दबे रहते हैं, और जब तक कि बाहर की कोई संस्कृति उसे अपने स्पर्श से छूती नहीं है, वह अनुभूति के स्तर पर नहीं आ पाते। यह एक सबसे सुन्दर चीज़ है कि विभिन्न संस्कृतियों के भीतर आकर हम एक सम्पूर्ण मनुष्य बनने की आकांक्षा देखते हैं। और यही चीज़ हमें एक संकीर्ण रवैये से कि हमारी सभ्यता में ही सब कुछ है, इससे बचाती है। मैं समझता हूँ कि यूरोप और भारत की सभ्यताएँ एक-दूसरे से अलग भी हैं और एक-दूसरे की सम्पूर्ति भी करती हैं।

क. : निर्मल वर्मा के वैचारिक निबन्ध भी इनकी कहानियों और उपन्यासों की ही तरह महत्त्वपूर्ण हैं। अनेक निबन्धों में वह भारतीयता की गम्भीर खोज करते हैं। आलोचकों की निगाह में इनके निबन्ध विवादास्पद भी हैं क्योंकि उनमें पौराणिकता का अतिरिक्त आग्रह दिखाई पड़ता है।

नि.व. : गणेश का क्या स्थान रहा है हमारे संस्कारों में, हनुमान का क्या रहा है, शिव का क्या रहा है? हमारी पौराणिक कथाओं ने हमारी अन्तश्चेतना में कितना गहरा असर डाला है। क्या इसे हम मिटा सकते हैं? क्या हम कह सकते हैं कि यह हिन्दुत्व की बात है? इसका हमारी संस्कृति से कोई सम्बन्ध नहीं है? हम हिन्दुत्व का नाम लेकर इन चीज़ों को भी अपने जीवन से हटा देना चाहते हैं जिनसे कि हमारी जीवन-दृष्टि बनती है; जो हमें पूरी एक निधि, एक ख़ज़ाना देते हैं। जिनसे हम अपने काव्यात्मक और रचनात्मक स्रोतों को प्राप्त करते हैं, उनके प्रति तो हमें एक तरह से ऋणी, कृतज्ञ रहना चाहिए।

क. : कई आलोचकों को निर्मल वर्मा के इधर के वैचारिक निबन्धों के प्राचीन भारतीय सांस्कृतिक विमर्श पर हिन्दुत्ववाद की गहरी छाप दिखाई देती है। कुछ लोगों का कहना है कि मार्क्सवाद से शुरू करके ये हिन्दुत्ववाद में चले गए हैं।

नि.व. : कितनी हैरानी की बात है कि मार्क्सवादियों का इतना विघटन हो गया, सोवियत संघ का विघटन हो गया, मार्क्सवाद-चिन्तन का इतना ज़्यादा पुनरावलोकन पश्चिम में हो रहा है, हमारे भारतीय मार्क्सवादियों ने कभी यह सोचने की ज़हमत ही नहीं उठाई कि आख़िर इस बड़ी विचारधारा, जिसने कि बीसवीं शताब्दी में इतने लोगों को उन्मेषित किया था, इसमें क्या बात थी, इसकी क्या सीमाएँ थीं, इसका पुन: परीक्षण किया जाए, और मुझे इस बात का बड़ा विक्षोभ होता है। यह नहीं कि मुझे हिन्दूवादी समझा जा रहा है बल्कि इस तरह की डिबेट,

इस तरह का विचार-मन्थन, किसी भी प्रश्न पर जो हमारी बनी-बनाई आस्थाओं को किसी तरह से ठेस पहुँचाता है, हम करना नहीं चाहते और उसका आसान तरीक़ा यह है कि आप किसी को हिन्दूवादी कह दीजिए, किसी को प्रतिक्रियावादी कह दीजिए और फिर बात करने से छुट्टी पा लीजिए।

क. : निर्मल वर्मा को हिन्दी के मुट्ठी-भर पूर्णकालिक लेखकों में गिना जाता है। लेखन को पूरा जीवन बनाने की शुरुआत भी आपने की थी। इस बीच कई दूसरे समकालीन लेखकों की रचनाओं ने भी इनके गद्य को काव्यात्मकता दी।

नि.व. : मैंने कभी सोच-समझकर यह संकल्प नहीं किया था कि लिखना मेरा कैरियर होगा। यह कभी मैंने निश्चय नहीं किया था। ऐसी धीरे-धीरे एक तरह की भीतर की कामना थी जो मेरे ख़याल में बहती गई। बहुत अवचेतन स्तर पर। यह किसी तरह का दृढ़ निश्चय नहीं था कि मैं यह करूँगा, लिखना शुरू करूँगा। ये तो मेरे लिए जीवन में कभी रहा भी नहीं कि कोई साफ़-सुथरा, लक्ष्य लिया हो इस बारे में। दूसरी चीज़ यह कि पढ़ने का बहुत शौक़ था। शिमला जैसे शहर में जहाँ इतना अकेलापन रहता है, मेरी बहन पढ़ने में बहुत मेधावी थीं। उन्हें बहुत पुरस्कार भी मिलते थे और वे हमेशा किताबों के रूप में मिलते थे और मुझे इतना शौक़ था कि जब उन्हें कोई इनाम मिलता था तो मैं ही उनकी किताबों पर अधिकार जमा लेता था। तो शरत् बाबू, रवीन्द्रनाथ बाबू, चेख़ॅव और गोर्की की कहानियों के अनुवाद—यह मैंने बचपन में ही पढ़ डाले थे। मैं समझता हूँ कि मेरे लिखने का जो सबसे बड़ा स्रोत रहा है, वे ये पुस्तकें रही हैं। पुस्तकों और पत्रिकाओं का परिवेश रहा है जो मुझे हमेशा लिखे हुए शब्द के प्रति आकर्षित करता रहा था। मैं समझता हूँ कि हिन्दी कविता ने भी हिन्दी गद्य को गहरा प्रभावित किया है। मुझे तो कम-से-कम यह लगता है कि मेरे अपने गद्य पर, मैंने जब रघुवीर सहाय की कविताएँ, अज्ञेय, शमशेर की कविताएँ पढ़ीं। मैंने शुरू में जितनी अपने परवर्ती हिन्दी कवियों की कविताएँ पढ़ी थीं, उतनी कहानीकारों की रचनाएँ नहीं पढ़ीं।

क. : उपन्यास, कहानी, यात्रा-वृत्त, डायरी, निबन्ध—निर्मल वर्मा ने साहित्य की प्रायः सभी विधाओं में काम किया है। इस दृष्टि से इनके लेखन का फ़लक काफ़ी बड़ा है। इनके लिए डायरी लिखना एक आत्मीय और प्रिय काम है तो उपन्यास और वैचारिक निबन्ध एक चुनौती-भरा प्रयत्न। इनकी रचनाओं में बर्फ़ तो है ही, गर्मी की लम्बी दोपहरों का ज़िक्र भी अक्सर आता है। यह जानना भी दिलचस्प होगा कि ये लिखने का काम कब करते हैं।

नि.व. : दिन का समय ही मेरे लिए हमेशा लिखने का मैं अभ्यस्त रहा हूँ। लेकिन जैसा कि अपनी कुर्सी से मेज़ की कुर्सी तक आने में जो एक तरह की कठिनाई

होती है और लिखना शुरू करने में, ख़ाली पन्ने के सामने बैठकर जो एक...हमेशा आसान नहीं होता शुरू करना मेरे लिए। लेकिन मैंने क्योंकि कभी कोई नौकरी नहीं की, कोई काम नहीं किया, इसलिए सारा दिन पहाड़ की तरह मेरे सामने खड़ा रहता है। सो लिखना एक दायित्व भी जान पड़ता है। गर्मी की लम्बी दोपहरें, मुझे बहुत उदास भी करती हैं, अच्छी भी लगती हैं और अपनी ओर उन्मुख होने के लिए एक तरह से विवश भी करती हैं।

क. : इतनी सारी विधाओं में लिखने के लिए लेखक को यह भी तय करना होता है कि वह क्या लिखने जा रहा है। कौन-सा अनुभव, कौन-सी शक्ल लेने जा रहा है। यह निश्चित करना भी रचना की एक गुत्थी है।

नि.व. : यह मैं आपको नहीं बता सकता। क्योंकि यह ख़ुद ही मेरे सामने स्पष्ट नहीं है। मुझे 40 वर्ष लिखते हुए हो गए, लेकिन किस तरह से एक कहानी शुरू होती है, वह रचना-प्रक्रिया आज भी मेरे लिए उतनी रहस्यमय है, जैसी पहले थी। यह ज़रूर है कि कुछ इम्प्रेशंस बने रहते हैं, दिमाग़ में आते हैं, वह किस तरह आपस में मिल जाते हैं, फिर उससे एक रचना का जन्म होता है, यह एक ऐसा रास्ता है जो हमेशा एक नया रूप लेकर आता है। मैंने 'परिन्दे' लिखी थी, बरसों पहले, पहली लम्बी कहानी, रानीखेत में मैं रहा करता था, अकेला। एक उदाहरण देता हूँ कि कितने हास्यास्पद कारणों से एक कहानी बनती है, जिनका आपस में कोई सम्बन्ध नहीं होता। मैं डाक-बँगले में रहा करता था, आजकल वह कॉलेज है। एक बावर्ची था जो खाना बना देता था। रोज़ सैर करने निकला करता था। एक सड़क से रात को मैं गुज़र रहा था तो मैंने देखा कि लड़कियों के एक हॉस्टल से हँसने की आवाज़ आ रही है। मैं ऊपर देखता रहा और वह हँसी सुनता रहा। फिर मैं आया और दो-तीन दिन बाद 'परिन्दे' की कहानी शुरू हुई और उसका धागा कहीं उसके साथ टँका हुआ था। आज भी मैं सोचता हूँ कि कहाँ उस कहानी की प्रेरणा का स्रोत हुआ था।

क. : शायद कम ही लेखक ऐसे हैं जिनका जीवन सिर्फ़ लेखन को समर्पित रहा हो। निर्मल वर्मा इसकी एक मिसाल हैं। इनके लिए साहित्य आजीविका का साधन भी रहा है। एक स्वतंत्र, स्वाधीन लेखक के रूप में रह पाना हिन्दी में भले ही कठिन हो, निर्मल वर्मा की रचना-यात्रा इसे सम्भव करने का एक उदाहरण है।

> हवा में सरसराती जंगल की साँय-साँय। कुछ देर के लिए हम चुप खड़े रहे। फिर उनकी धीमी आवाज़ सुनाई दी : "जानते हो, मैंने कॉलेज में फ़िलॉसफ़ी को क्यों चुना था? बचपन में मैंने एक किताब पढ़ी थी। याद नहीं, क्या नाम था उसका। 'मिस्टीरियस यूनिवर्स' या कुछ ऐसा ही।

आज जब मैं फ़िलॉसफ़ी की किताबें भूल चुका हूँ, जो मैंने यूनिवर्सिटी में पढ़ी थीं, वह किताब अब भी मुझे याद रह गई है। तब मुझे मालूम नहीं हुआ था कि जिस दुनिया में मैं रहता हूँ, उसका अपना घर है, और उस घर का अपना घर।" वे हँसने लगे : "अजीब बात यह है कि जब मैं नीचे अपने शहर जाता हूँ तो वह सारे घर जाने कहाँ लोप हो जाते हैं। और मुझे याद भी नहीं रहता कि यह दुनिया किसी हवेली की सिर्फ़ एक मंज़िल है, बाक़ी कमरे किसी ऊपरी मंज़िल पर हैं, जो तभी दिखाई देते हैं, जब हम अपनी मंज़िल से बाहर निकलते हैं। तुमने एक बार मुझसे पूछा था, मैं सब कुछ छोड़कर यहाँ कैसे आ गया? यहाँ आकर मुझे लगता है, जैसे एक दुनिया में रहकर भी मैं उससे बाहर चला आया हूँ।"

['अन्तिम अरण्य' से निर्मल वर्मा एक अंश पढ़ते हुए]

[कबीर कम्यूनिकेशंस की प्रस्तुति : 2000
निर्माता व निर्देशक : प्रवीण अरोड़ा
विषय विशेषज्ञ, इंटरव्यू व आलेख : मंगलेश डबराल]

मेरी अभिलाषा है कि मैं लेखन को अपना एकमात्र कर्तव्य बना पाऊँ

राजीव मेहरोत्रा की बातचीत

राजीव मेहरोत्रा : 'माइंडस्केप' में आप सबका स्वागत है। इस शृंखला में हम उन लोगों से संवाद करते हैं जिनके विचार, दृष्टि और दर्शन समकालीन संसार को समृद्ध बना रहे हैं। आज हमारे अतिथि हैं भारत के सबसे प्रतिष्ठित साहित्यिक सम्मान ज्ञानपीठ पुरस्कार के विजेता निर्मल वर्मा। समकालीन हिन्दी साहित्य के अग्रणी लेखकों में उनका स्थान असन्दिग्ध है। उन्होंने पाँच से अधिक उपन्यास, कहानियों और निबन्धों के बारह से अधिक संग्रह लिखे हैं। निर्मल जी, हमारे कार्यक्रम में आपका स्वागत है।

निर्मल वर्मा : धन्यवाद!

रा.मे. : ज्ञानपीठ पुरस्कार क्या आपके लिए आश्चर्य के रूप में आया? साधारणत: हम मानते हैं कि पुरस्कार व्यावहारिक, सामाजिक, लोगों से मिलने-जुलने में रुचि रखनेवाले लोगों को मिलते हैं। आप काफ़ी एकान्तप्रिय, अन्तर्मुखी क़िस्म के व्यक्ति हैं?

नि.व. : मुझे लगता है कि सभी पुरस्कार प्रत्याशित ही होते हैं। कोई पुरस्कारों के लिए तो लिखता नहीं है। लेकिन जब भी पुरस्कार मिलता है तो आश्चर्य तो होता ही है, और यह आश्चर्य सुखद होता है। इसकी हमने अपेक्षा नहीं की होती।

रा.मे. : एकान्त, अकेलापन और अन्तरंग मानसचित्र का सन्धान जैसे तत्त्व आपके लेखन में लगातार केन्द्रीय बने रहे हैं। पुरस्कार-प्राप्ति जैसी बाह्य और सार्वजनिक क़िस्म की स्थिति में आपकी क्या प्रतिक्रिया रहती है?

नि.व. : हल्की-सी घबराहट होती है। व्यक्तिगत रूप से मैं इससे काफ़ी झेंप जाता हूँ। क्योंकि लेखन में यही तो सुख है कि अन्य कलाओं के विपरीत यह आपको अकेला रहने देता है! आप बिना किसी की दख़लअन्दाज़ी के, बिना लोगों को सूरत दिखाए, एकान्त में अपना काम करते रह सकते हैं। हालाँकि सच यह भी है कि एकान्त के उस क्षेत्र में घुसपैठ होती रहती है।

रा.मे. : आपने बिना लोगों को सूरत दिखाए एकान्त में अपना काम करने की बात कही लेकिन कुछ मामलों में लेखन बहुत ही अन्तरंगता से हमारे मानसचित्रं को अनावृत्त करता है।

नि.व. : बिलकुल करता है। असल में तो यह इस पर निर्भर है कि आप किस प्रकार का लेखन कर रहे हैं। निबन्ध लिखते हुए भाषा के प्रति रवैया, मेरे जुड़ाव की क़िस्म, सब अलग होंगे। सांस्कृतिक प्रश्नों और समाज के बारे में लिखते हुए एक सार्वजनिक क़िस्म का जुड़ाव होता है; लेकिन उपन्यास, कहानियाँ आदि लिखना एक एकदम ही अलग अनुभव है। मैं इन दोनों के बीच अन्तर देखना पसन्द करता हूँ।

रा.मे. : इन दो क्षेत्रों में से कौन-सा क्षेत्र आपको, लेखक निर्मल वर्मा को, परिभाषित करता है?

नि.व. : यह कह पाना तो मेरे लिए सचमुच कठिन है क्योंकि कुछ सार्वजनिक प्रश्न मेरे लिए उतने ही महत्त्वपूर्ण हैं, जितने कि वे अनुभव जिन्हें मैं कहानी में उतारना चाहता हूँ। उदाहरण के लिए, दलाई लामा का निर्वासन और तिब्बतियों की स्थिति, उनके देश में उनकी संस्कृति का विनाश मुझे बहुत पीड़ा पहुँचाते हैं। मैं सोचता हूँ कि मैं तिब्बत के बारे में कहानियाँ नहीं लिख सकता क्योंकि वह मेरे अनुभव का हिस्सा नहीं है, लेकिन कम-से-कम मैं अपने निबन्धों में, अपने सार्वजनिक वक्तव्यों में तो इन प्रश्नों को उठा सकता हूँ। मुझे लगता है कि भारतीय लेखक को ऐसा करना चाहिए क्योंकि उसे अनुभव के विभिन्न स्तरों पर कार्यशील रहना चाहिए।

रा.मे. : हाल ही में आपने सलमान रुश्दी की रचनाओं पर चल रहे प्रतिबन्ध पर पीड़ा व्यक्त करते हुए उनके भारत से निर्वासन और प्रतिबन्ध को हटाए जाने की माँग की है। दूसरी ओर आपके बहुत-से समकालीन, कम-से-कम आपके कथा-साहित्य के मामले में, आप पर सामाजिक प्रतिबद्धता न होने और आन्तरिक भूगोल को लेकर अधिक चिन्तित रहने के आरोप लगाते हैं। सलमान रुश्दी पर से प्रतिबन्ध उठाने की माँग केवल एक लेखक का दूसरे लेखक की वेदना को अनुभव करने का मामला है या यह कोई बड़ा प्रश्न है?

नि.व. : मुझे लगता है कि रुश्दी के लेखन पर प्रतिबन्ध भारतीय परम्परा का अतिक्रमण करता है। भारत ही एशिया का एक ऐसा देश है जहाँ समाज खुला है। मुझे लगता है कि इसका श्रेय हमारे लोकतांत्रिक राष्ट्रीय आन्दोलन को जाता है। जनता को उसके गुण-अवगुणों का फैसला दिये बिना सरकार या किसी नौकरशाह द्वारा किसी लेखक की कविता को दबाना मुझे असहज लगता है और इसीलिए मैंने विरोध किया। इसका अर्थ यह नहीं है कि रुश्दी ने जो लिखा है, मैं उससे सहमत हूँ या उनके लेखन का ज़बरदस्त प्रशंसक हूँ। जब नायपॉल ने 'ऐन एरिया ऑफ़ डार्कनेस' लिखी थी तो उनके विरुद्ध भी ख़ासा हो-हल्ला रहा लेकिन मुझे बहुत ख़ुशी है कि यह पुस्तक प्रतिबन्धित नहीं हुई और वह भारत आए।

रा.मे. : रुश्दी को पढ़ते हुए आपके मन में क्या विचार आता है?

नि.व. : मुझे लगता है कि उनकी कल्पना बहुत फ्लांबॉयंट, भड़कीली है। मुझे उनकी शुरू की एक-दो रचनाएँ तो पसन्द आईं लेकिन उनकी पुस्तकें पढ़ने के बाद ऐसा लगता है, जैसे आकाश में आतिशबाज़ी छूटी हो—ख़ूब रोशनी होती है और फिर घुप्प अँधेरा। आप हक्के-बक्के, फुसफुसे रह जाते हैं। इस प्रक्रिया में आप एकबारगी चौंधियाकर हार जाते हैं। लेकिन शायद बात यह भी हो कि मैं उन लोगों में से नहीं हूँ जो इस क़िस्म का लेखन पसन्द करते हैं।

रा.मे. : शुरू में अपने आन्तरिक दृश्यों के सन्धान और लेखक के तौर पर आत्म परिपूर्ण-सा होने की बात कही—लिखते हुए, कौन-सी चीज़ या किससे मिली प्रशंसा आपको सबसे अधिक सन्तोष देती है? लिखने की प्रक्रिया, या उसे छपा हुआ देखना? या जिसके लिए आपने लिखा है, उस पाठक वर्ग की उस पर प्रतिक्रिया पाना? लिखते हुए क्या आप पाठकों के बारे में सोचते हैं?

नि.व. : लिखते हुए मेरे मन में पाठक वर्ग जैसा कुछ नहीं होता। भगवान का शुक्र है कि मेरे मन में किसी विशिष्ट पाठक की छवि नहीं है! देखिए, होता यह है कि लिखते-लिखते जब आप एक प्रोफ़ेशनल लेखक बनते चले जाते हैं तो आप ख़ुद ही अपने सबसे और क्रूर आलोचक बन जाते हैं। दरअसल लिखने की प्रक्रिया स्वयं में ख़ासी यंत्रणादायी है। कभी-कभी पूरा लिख डालने के बाद जब आप अगले दिन उसे पढ़ते हैं, तो लगता है कि यह तो एकदम कूड़ा है। कोई रचना जब ठीक से लिख ली जाती है तो बहुत अच्छा भी लगता है। ज़्यादातर तो लेखन बेहद पीड़ादायक, बेहद हताश करनेवाला है।

रा.मे. : आप ख़ुद को इस पीड़ा का शिकार क्यों बनाते हैं? क्या आपको ऐसा लगता है कि इस मामले में चुनाव आपके हाथ में नहीं होता? क्या यह आपके मन की अराजकता में कोई व्यवस्था बैठाने की एक विधि है? क्या है यह?

नि.व. : कभी-कभी मुझे लगता है कि अगर मैं लेखक न होता तो मेरे आसपास की अव्यवस्था और भी हताश करनेवाली होती। मेरा लेखन कम-से-कम मेरे अस्तित्व को कुछ अर्थ देता है। पाँच-छह महीने या पाँच-छह बरस की यंत्रणा के बाद जब कोई कहानी या उपन्यास पूरा होता है, तो उन दुर्लभ क्षणों में मुझे एक तरह के सन्तोष का अनुभव होता है। और मुझे लगता है कि पैसा कमाने और रोज़ एक साधारण जीवन जीते रहने की अपेक्षा यह सन्तोष बहुत मूल्यवान है। लेखन हालाँकि पीड़ादायक है, यंत्रणा से भरा है, लेकिन विश्लेषण करने पर मैं इसे अन्तत: सन्तोषदायी मानता हूँ।

रा.मे. : तब क्या आप अपने पाठकों, आलोचकों, प्रकाशक की प्रतिक्रिया की प्रतीक्षा करते हैं? आज आप वहाँ हैं जहाँ आप जो भी लिखें, वह छप जाएगा, लेकिन ऐसी स्थिति हमेशा तो नहीं रही होगी। तो वह कौन-सा क्षण है जब किसी पुस्तक की यंत्रणा से मुक्ति मिलती है—जब वह पूरी होकर प्रकाशक को सौंप दी जाने को तैयार होती है? किसी का यह कहना कि मैंने आपकी रचना पढ़ी है, मुझे पता है कि आप क्या कहना चाह रहे हैं, क्या यह आपको सन्तोष देता है?

नि.व. : बिलकुल! अक्सर यह होता है कि किसी उपन्यास को पूरा करने के बाद आप पूरी तरह अँधेरे में होते हैं—आप पक्के तौर पर नहीं जानते कि आपने जो लिखा है, वह पूरी तरह बेतुका है या नहीं। कहानी या कविता लिखना समाजशास्त्र या विज्ञान या इतिहास के लेखन से बहुत अलग है। वहाँ कम-से-कम आप जो करने का प्रयास कर रहे हैं, उसे पूरी तरह, विश्लेषणात्मक ढंग से लिख पाते हैं, सन्तुष्ट हो पाते हैं। जबकि रचनात्मक लेखन में चालीस-पचास बरस लिखते रहने के बाद भी, बिना दूसरों की प्रतिक्रिया जाने आप अपने लेखन के निष्पक्ष आलोचक नहीं हो पाते। यही कारण है कि अपना रचना-कर्म एकान्त में करने के बाद भी लेखक उसे प्रकाशित करवाना चाहता है। उसका यह कहना ढोंग ही होगा कि उसे लोगों या पाठकों या आलोचकों की चिन्ता नहीं है। उनका तो बहुत महत्त्व है।

रा.मे. : आप उस नई कहानी आन्दोलन का हिस्सा रहे हैं जिसमें गहरी सामाजिक प्रबिद्धता रचना का बहुत ज़रूरी अंग नहीं थी। क्या आपको लगता है कि संसार या समाज के प्रति एक नागरिक की सहज ज़िम्मेदारी के अतिरिक्त भी लेखक होने के नाते लेखक की व्यापक सामाजिक ज़िम्मेदारी होती है? क्या आपकी कोई विशेष ज़िम्मेदारियाँ हैं?

नि.व. : मेरी अन्तरात्मा पर ऐसा कोई बोझ नहीं है कि मुझे किसी तरह की ज़िम्मेदारी निभानी ही है। दूसरी ओर मैं अनुभव करता हूँ कि अपनी भाषा में जिस तरह की चीज़ें मैं लिखता हूँ, उसकी पाठकों पर एक तरह की प्रतिक्रिया ज़रूर होगी। मैं हिन्दी में लिखता हूँ और राजस्थान, मध्य प्रदेश, बिहार का व्यापक हिन्दी पाठक वर्ग इसे पढ़ता है। मेरे लिए यह जानना बहुत आवश्यक हो उठता है कि वे जैसे जीवन जी रहे हैं, उनमें मेरी पुस्तक किसी तरह का हस्तक्षेप कर पाती है या नहीं। मैं यह बात बहुत विनम्रता से ही कह रहा हूँ—एक लेखक की यही अपेक्षा होती है कि चीज़ों को देखने का, वास्तविकता के अर्थान्वय का, वैकल्पिक ढंग अगर वह बता पाया है तो उसने अपना काम पूरा कर दिया है। इसके अलावा मुझे लगता है कि अगर लेखक समाज में हो रहे परिवर्तनों में सक्रिय रूप से भाग लेने का इच्छुक हो तो उसे राजनीतिक कार्यकर्ता बन जाना चाहिए, या फिर वह अख़बारों के लिए लिखे, निबन्ध लिखे जैसा कि कभी-कभी मैं करता हूँ।

रा.मे. : यह वैकल्पिक वास्तविकता, जिसे आप अपनी रचनाओं में दिखाते हैं, कुछ निराशावादी झलक लिये है। हाल ही के आपके एक उपन्यास का नायक कहता है कि अगर ख़ुशी है तो मैंने उसे नहीं देखा है। क्या आप उदास हैं?

नि.व. : नहीं। मैं उदास महसूस नहीं करता। लेकिन मैं यह भी मानता हूँ कि हम ख़ुशी के उस भ्रम में न फँसें, जिसे हम ख़ुद रचते हैं। और जो अन्तरात्मा को गफ़लत में डालते हैं। मैं जानता हूँ कि महान लेखक टॉल्स्टॉय या दोस्तोएव्स्की जैसे होते हैं जो आपको अपने आसपास की उस वास्तविकता की प्रकृति के प्रति जागृत करते हैं जिसकी अनदेखी करने का आप प्रयास कर रहे होते हैं। आप जीवन के कुछ असुन्दर पक्षों की ओर से आँखें मूँदने का प्रयास करते हैं और साहित्य में ऐसी अस्पृश्यता की कोई जगह नहीं है। हमारे जीवन में जो कुछ भी घटता है, उसे साहित्य में एक महत्त्वपूर्ण स्थान मिलता है जिससे पाठक को यह अनुभव करने में सहायता मिलती है कि वह जो जी रहा है, उस जीवन से आगे भी बहुत कुछ है। आख़िर जीवन अस्तित्व का ही एक आवर्धित संस्करण है। साहित्य इस अनुभूति को जगाता है कि अभी और भी बहुत कुछ है, कुछ सपने हैं जिन्हें जीवन की एकतान गतिविधियों में हम भूल जाते हैं या उनकी अनदेखी करते हैं; मेरे विचार से साहित्य उन्हें केन्द्र में लाता है और यह बहुत महत्त्वपूर्ण है।

रा.मे. : लेखक के तौर पर आपको इस बात से दु:ख होता है कि हमारे देशवासी उन शब्दों, लेखन और आपके लिखे को पढ़ पाने की क्षमता से वंचित हैं जो अभिव्यक्ति के उपकरण हैं; कि कुछ मायनों में यह लेखन के मन्तव्य को हताश करता है? आप लोगों तक पहुँचना चाहते हैं और स्थिति यह है कि आपके लिखे

के निहित सन्देश को पकड़ पाना तो दूर, वह तो उसे पढ़ तक नहीं पाते। इस तरह के सामाजिक वातावरण में लेखक और अभिजात वर्ग का शौक़ बनने के अलावा साहित्य की क्या भूमिका बनती है? क्या इसको लेकर आप निराश होते हैं?

नि.व. : मैं आपसे कुछ हद तक ही सहमत हूँ—मन में इस तरह की कसक तभी दूर हो सकती है जब साक्षरता बढ़े। सच तो यह है कि हिन्दी क्षेत्र के इतने विस्तृत और जनसंकुल होने के बाद भी लेखक की किताब की हज़ार-दो हज़ार प्रतियाँ ही बिक पाना दयनीय है। हालाँकि सच यह भी है कि किसी महत्त्वपूर्ण पुस्तक को पढ़ने वाले थोड़े-से पाठकों के माध्यम से उसका संवेदन व्यापक समाज में पहुँचता है। और क्योंकि यह अकेले में नहीं होता, इसलिए पाठकों और लेखक के बीच सक्रिय संवाद चलते रहने का आभास होता है। छप और बिक रही किताबों के निष्क्रिय बने रहने की अपेक्षा संवाद की यह प्रक्रिया साहित्य के विकास के लिए हमेशा ही बेहतर रहती है।

रा.मे. : अगर आपके लेखन के पीछे सम्प्रेषण, आन्तरिक जगत को व्यवस्थित करके उसे आकार देने और बाहरी दुनिया जगत से उसके सम्बन्ध को सुचारु बनाने की प्रेरणा काम कर रही है तो क्या आपने कला के उन अन्य रूपों की ओर भी ध्यान दिया है जिनका प्रभाव क्षेत्र व्यापक है?

नि.व. : बिलकुल। रंगमंच से मुझे हमेशा प्रेम रहा है और कई बरस पहले नेशनल स्कूल ऑफ़ ड्रामा ने मेरी तीन कहानियों का मंचन किया था। एकान्त में लिखे गए शब्दों को मंच पर एक अभिनेता के मुँह से सुनना रोमांचकारी था। उन शब्दों को सुनना, लोगों का उन पर प्रतिक्रिया करना—यह एक ऐसा अनुभव था जो लेखक के रूप में, एकान्त में लेखन करते हुए, मेरे जीवन में कभी नहीं आया था। मुझे लगता है कि रंगमंच लेखक और पाठक-दर्शक वर्ग के तादात्म्य के बहुत निकट का अनुभव है।

रा.मे. : आपके लेखन को पढ़ते समय या आपके लेखन या आपके बारे में बात करते 'एकाकी', 'एकान्त' शब्द कई रूपों में बार-बार आता है। एक लेखक के तौर पर आपके लिए एकान्त कितना महत्त्वपूर्ण है?

नि.व. : मेरे मामले में यह बहुत महत्त्वपूर्ण है। शायद यह स्वभाव की बात है। शायद अन्य लेखकों का सार्वजनिक जीवन के प्रति अधिक झुकाव है और मेरा नहीं है। कुछ हद तक यह पहाड़ों में बीते मेरे बचपन के कारण है। वहाँ एक तरह का भौगोलिक एकान्त सदा उपस्थित रहता था और वही मेरी अस्थि-मज्जा में रच-बस गया है। और फिर मुझे यह भी लगता था कि लेखन सार्वजनिक जीवन से पलायन है।

अब देखिए, जब आप फ़िल्म बना रहे होते हैं तो आप कई लोगों के साथ मिलकर काम करते हैं, यह कई लोगों का मिला-जुला प्रयास होता है। लेखन में सन्तोष यह है कि आपको किसी से मिलना ज़रूरी नहीं है। आप काग़ज़-कलम लेकर अपने कमरे में आराम से यह काम कर सकते हैं।

रा.मे. : अब कुछ आपके जीवन के बारे में—आपने सेंट स्टीफ़ेंस कॉलेज से इतिहास में एम.ए. किया। यह कॉलेज पश्चिम परस्त भारत का गढ़ माना जाता रहा है, और आपके ज़माने में तो यह प्रशासनिक सेवाओं की पौधशाला ही था। पाँच बरस ऐसे वातावरण में बिताने के बाद यह बहुत भारतीय, बहुत स्थानीय संवेदन आपमें कैसे आया?

नि.व. : मैं कहूँगा कि हम लोग एक तरह का दोहरा जीवन जीते हैं। कॉलेज और विश्वविद्यालय में एक ख़ास तरह का माहौल होता है, हम लोग अंग्रेज़ी बोलते हैं; लेकिन घर में हमें पोषित करनेवाले स्रोत एकदम अलग हैं। मेरी माँ और बहनें हिन्दी की पत्रिकाएँ मँगवाती थीं जिनका मैं इन्तज़ार करता था। मेरे दादा भी मुझसे पढ़वाने को तुले रहते थे, उनकी आँखें कमज़ोर हुई जा रही थीं, इसलिए वह मुझसे कहते—'कल्याण' का एक पृष्ठ पढ़कर सुनाओ तो एक आना दूँगा। हमारे यहाँ पर यह धार्मिक पत्रिका आती थी। तो आप देखिए कि मेरे घर का वातावरण ऐसा रहा कि मैंने पाया कि मेरा मानस पूरी तरह मेरी भाषा हिन्दी और उन संस्कारों और धार्मिक पृष्ठभूमि से जुड़ा है जिनमें मैं पला-बढ़ा हूँ। यह सब मेरे व्यक्तित्व का एक महत्त्वपूर्ण हिस्सा है। जब मैं सेंट स्टीफ़ेंस में गया तो मैंने जीवन का एक और पक्ष देखा और वह भी मेरे लिए इतना ही महत्त्वपूर्ण, इतना ही प्रिय था। मैं यह नहीं कह सकता कि यह कृत्रिम था या आभिजात्य था। मुझे लगता है कि अनुभवों का यह जटिल संयोग ही हमें एक पूरा व्यक्ति बनाता है, विभिन्न अनुभवों के बीच तारतम्य बैठाने की क्षमता देता है।

रा.मे. : पचास, साठ और कुछ हद तक सत्तर के दशकों के अधिकांश छात्रों की तरह आप भी मार्क्सवाद और समाजवाद के सिद्धान्त की ओर आकर्षित हुए। आप चेकोस्लोवाकिया में रहे। हम सभी जानते हैं कि समाजवादी और मार्क्सवादी राज्यों के ढाँचे उन आदर्शों पर खरे नहीं उतर पाए, जिनका उन्होंने वचन दिया था। क्या आपके अन्दर अब भी उन आदर्शों, उस दार्शनिक ललक के अवशेष बचे हैं?

नि.व. : इसका जवाब 'हाँ' भी है, और 'नहीं' भी। 'हाँ' इन मायनों में कि मैं महसूस करता हूँ कि हमारे समाज में व्याप्त असमानताएँ और अन्याय घृणास्पद हैं और हमें इस बारे में कुछ करना चाहिए। मैं साम्यवादी दल से इसलिए जुड़ा क्योंकि मुझे लगता था कि असमानता, अन्याय को दूर करने का इसका तरीक़ा

अन्य दलों की तुलना में काफ़ी क्रान्तिकारी था। लेकिन बाद में मुझे लगा कि मानवीय समस्याओं के बारे में इस तरह की एकायामी सोच बहुत ही सीमित है। चेकोस्लोवाकिया से लौटकर मुझे लगा कि कोई विकल्प खोजना चाहिए। मैंने पाया कि ब्रिटिश शासकों के प्रति प्रतिरोध का गांधीजी का ढंग हमारी परम्परा और हमारे स्वभाव के अनुरूप है। लेकिन एक चीज़ जो मेरे जीवन में निरन्तर रही और जिसने मुझे सँभाले रखा, वह यह विचार था कि आपको उदासीन नहीं रहना चाहिए; जिस समाज में आप रहते हैं, उससे जुड़ाव आपकी ज़िम्मेवारी है—भले ही यह एकान्त में लेखन करके चुकाया जाए या समाज के प्रति प्रतिबद्धता द्वारा। भारत में शिक्षा पाना एक ऐसा विशेषाधिकार है जो अधिसंख्य जन को उपलब्ध नहीं है, तो इस ऋण को किसी तरह लौटाया जाना चाहिए।

रा.मे. : सत्तर बरस के हो चुके हैं, अभी आपको बहुत-सा लेखन करना है—सामाजिक वातावरण में, अपने चारों ओर फैली असमानता और पीड़ा और कष्ट में बाहर से हस्तक्षेप के मायनों में अपने लिए आपकी क्या अभिलाषा है? कौन-सी चीज़ें आपको प्रेरित करती हैं, छूती हैं, हताश करती हैं?

नि.व. : मेरी अभिलाषा यह है कि मैं लेखन को अपना एकमात्र कर्तव्य बना पाऊँ और उसी के माध्यम से इन महत्त्वपूर्ण सरोकारों को अर्थपूर्ण और प्रभावी ढंग से व्यक्त कर सकूँ। अभी तक मैं अक्सर सोचता था कि मैंने बच निकलने की राहें बना ली हैं। मुझे लगता था कि सिर्फ़ लेखक ही नहीं बल्कि कार्यकर्ता के रूप में भी मैं किसी आन्दोलन से जुड़ सकता हूँ। लेकिन अब जबकि मैं बूढ़ा हो रहा हूँ, मुझे लगता है कि अपने लेखन और अपनी भाषा का पूरा उपयोग करना ही मुझे भाता है। मैं अपने जीवन में उस समय की कल्पना भी नहीं कर पाता जब मैं लिख नहीं पाऊँगा—यह कल्पना ही जीवन को मेरे लिए नि:सत्त्व और उजाड़ बना देती है।

रा.मे. : अक्सर यह होता है कि जिनके बारे में आप बहुत भावपूर्ण ढंग से लिखते और सोचते हैं, शोषण और असमानता, सम्बद्धता की भावना का ह्रास आदि उन चिरन्तन प्रश्नों के साथ-साथ नये प्रश्न और सरोकार भी सामने आते रहते हैं। वह कौन-सा सरोकार है जिसे आप पूरे उद्वेग, पूरी आस्था से अनुभव करते हैं?

नि.व. : इस पृथ्वी पर अपने अस्तित्व का अर्थ ढूँढ़ पाना, यह जानना कि मैं कौन हूँ और यहाँ क्यों हूँ। मैं सोचता हूँ कि ये आध्यात्मिक प्रश्न हैं लेकिन साथ ही अस्तित्ववादी प्रश्न भी हैं। मुझे लगता है कि मेरा तमाम लेखन धार्मिक शब्दावली का सहारा लिये बिना, इन्हीं प्रश्नों के हल ढूँढ़ने का प्रयास है। जहाँ तक मेरा सवाल है, जीवन के अर्थ का सन्धान ही सबसे बड़ा प्रश्न है।

रा.मे. : अगर मैं आपसे किसी सामाजिक सन्दर्भ में मिलता और मुझे आपके बारे में कुछ भी मालूम न होता और मैं कहता कि मैं अलाँ हूँ, आप कौन हैं? तो आपका क्या जवाब होता?

नि.व. : मैं कोई नहीं हूँ। (हँसी)

['माइंडस्केप्स' शृंखला के लिए बातचीत : दूरदर्शन, 2000]
अंग्रेज़ी से अनुवाद : मधु बी. जोशी

प्रकाशकों की रुचि पाठक तैयार करने में नहीं

तवलीन सिंह की बातचीत

तवलीन सिंह : टू इज कम्पनी में आप सबका स्वागत है। आधुनिक भारत की त्रासदियों में से एक त्रासदी यह है कि यूँ तो हम अरुंधति रॉय और विक्रम सेठ जैसे लेखकों की बेहद प्रशंसा करते हैं, लेकिन भारतीय भाषाओं के लेखकों को देश के सबसे बड़े पुरस्कार मिलने पर भी पर्याप्त सम्मान नहीं मिल पाता। निर्मल वर्मा हिन्दी के लेखक हैं जिन्हें ज्ञानपीठ पुरस्कार मिला है लेकिन मेरे विचार से उन्हें पूरा सम्मान नहीं मिल पाया है। निर्मल जी, कार्यक्रम में आपका स्वागत है।

निर्मल वर्मा : धन्यवाद!

त.सिं. : क्या आप भी इस विचार से सहमत हैं कि भारतीय भाषाओं के लेखकों को पर्याप्त पहचान नहीं मिल पाती?

नि.व. : मैं ऐसा नहीं सोचता। मुझे लगता है कि उन्हें अपने पाठकों से उन लोगों से, पहचान मिलती है, जिनके लिए वे लिखते हैं। यह बिलकुल सच है कि अंग्रेज़ी में लिख रहे लेखकों को मिलनेवाली प्रसिद्धि उन्हें नहीं मिल पाती लेकिन मुझे नहीं लगता कि तमिल, तेलगू या मलयालम में लिख रहे लेखक उस बात की चिन्ता भी करते हैं।

त.सिं. : किसी भारतीय शहर की किताबों की आलीशान दुकान में आप भारतीय भाषाओं की पुस्तकें नहीं पा सकते, यह हमारे लेखकों की अवमानना नहीं?

नि.व. : ख़ैर, यह तो बहुत साधारण बात है। मुझे लगता है कि अगर आप किसी भी पुस्तक मेले में जाएँ तो आप पाएँगी कि हिन्दी या अन्य भारतीय भाषाओं की पुस्तकों के स्टालों पर लोग टूटे पड़ रहे होंगे। मुझे लगता है कि हमारे यहाँ एक भारी कमी यह है कि हमारे यहाँ पुस्तकालय नहीं हैं, भारतीय भाषाओं की पुस्तकों की बिक्री

करनेवाली अच्छी दुकानें नहीं हैं। तो समस्या यह नहीं है कि लोग हिन्दी की किताबें पढ़ना नहीं चाहते, समस्या यह है कि बड़े शहरों में ये किताबें मिल नहीं पातीं।

त.सिं. : आपकी लिखी किसी किताब की कितनी प्रतियाँ छपती हैं?

नि.व. : एक हज़ार से दो हज़ार तक।

त.सिं. : यह तो बहुत कम हुईं। यह तो बहुत बुरी बात है। भारत में अरुंधति रॉय की किताब की 20,000 सजिल्द प्रतियाँ बिकीं।

नि.व. : हाँ।

त.सिं. : इसका आपके पास क्या जवाब हैं?

नि.व. : एक बात तो यह है कि अरुंधति रॉय बेस्ट सेलर हैं। हिन्दी में भी बेस्ट सेलर लिखे जाते हैं और उनकी 20,000 से 60,000 प्रतियाँ बिकनी आम बात है और यह संख्या धीरे-धीरे एक लाख तक पहुँच जाती है। यह करना कठिन नहीं है। आप सिर्फ़ अरुंधति रॉय जैसे अपवादों की ही बात कर रही हैं।

त.सिं. : लेकिन अंग्रेज़ी में तो राजनीतिक विषयों पर लिखी गई पुस्तकों की 5,000 प्रतियाँ छपती हैं। प्रकाशन की गुणवत्ता भी बेहतर होती है। यह तो बहुत अधिक अन्तर है। बात सिर्फ़ प्रचार की ही नहीं है। मामला अंग्रेज़ी में हो रहे भारतीय लेखन की ओर ध्यान दिये जाने का है, और भारतीय भाषाओं में यही नहीं दिखता।

नि.व. : हाँ, यह तो सच है और मुझे लगता है कि यह समाज-वैज्ञानिक समस्या है। साक्षरता, क्रय-क्षमता, पुस्तकों को ख़रीदनेवाले निम्न-मध्यवर्ग और मध्यवर्ग के जीवन-स्तर का नीचे आते जाना आदि कई चीज़ें हैं। मध्यवर्ग और निम्न-मध्यवर्ग का तो गुज़ारा ही मुश्किल से चल पा रहा है, ऐसे में पैसे बचाकर लगातार महँगी होती जा रही किताबें ख़रीदना...भारतीय भाषाओं में यह दुश्चक्र प्रकाशकों का रचा है। वह सरकारी ख़रीद में बेचने के लिए पुस्तकों के दाम कृत्रिम रूप से बढ़ा देते हैं। सरकार दामों के कम या ज़्यादा होने की चिन्ता नहीं करती। सरकारी ख़रीद में किताब बिक जाए तो क्या कहने...!

त.सिं. : भारत का मध्यवर्ग ज़बरदस्त उपभोक्ता है। वह रेस्तराओं में खाता है और रेस्तराँ भरे रहते हैं, मैकडॉनल्ड के बर्गर ख़रीदता है और टेलीविज़न पर दिखने वाली चीज़ें ख़रीदने में काफ़ी पैसा ख़र्च करता है। गाँवों तक में उपभोक्ता वस्तुओं की ख़रीदारी हो रही है। भारत उन थोड़े-से देशों में से है जहाँ किसी के घर में पुस्तकें दिखने पर हैरानी होती है। हमारे यहाँ पढ़ने की आदत नहीं है, कभी नहीं रही...?

नि.व. : मैं यह नहीं कह सकता। जब मैं किशोर था और ब्रिटिश शासन के विरुद्ध आन्दोलन चल रहा था तब हिन्दी साहित्य जागरण का एक साधन था। मेरी बहन पाँच-छह पत्रिकाएँ मँगवाती थीं। हमारे घर में पढ़ने का वातावरण प्रबल था और मेरे लेखक बनने का यह भी एक कारण रहा। पढ़ना 40-50 बरस पहले हमारे घर में वातावरण का हिस्सा था। और मुझे लगता है कि आप ठीक ही कह रही हैं—अब हुआ यह है कि हमारी प्राथमिकताएँ बदल रही हैं। जिन विश्वविद्यालयों से पाठक निकलते हैं,उनका स्तर बहुत गिरा है। हिन्दी विभाग, साहित्य विभाग के अध्यापकों से मिलिए तो भारी हताशा होती है। उनसे मिलकर आपकी इच्छा साहित्य, कहानी या कविता पढ़ने की रह नहीं जाएगी। ये लोग छात्रों में इतनी रुचि भी नहीं जगा पाते कि आगे जाकर अगर वह बहुत पैसा न कमा पाएँ तो कम-से-कम अपनी कोठरियों में बैठे पढ़ते हुए कुछ रचनात्मक क्षणों से ही साक्षात्कर कर पाएँ। पढ़ने की यह आदत स्कूल-कॉलेज में मज़बूत बना दी जानी चाहिए। पढ़ने की आदत नहीं होगी तो पाठक कहाँ से आएँगे?

त.सिं. : यह आदत विडम्बनात्मक ढंग से अंग्रेज़ी में मज़बूत हो रही है क्योंकि भारत में भारी संख्या में किताबें तो अब भी अंग्रेज़ी में ही बिक रही हैं। अरुंधति रॉय हों या कोई और, अधिकाधिक संख्या में लोग अंग्रेज़ी की किताबें ख़रीद रहे हैं। लेकिन आप हैं, आपके भाई रामकुमार हैं, कई अन्य लेखक हैं जो बहुत अच्छा लिख रहे हैं लेकिन उन किताबों को कोई नहीं ख़रीदता। आपने पढ़ने में अपने परिवार की गहरी रुचि की बात कही, लेकिन क्या आपने अपने पास-पड़ोस में भी यही देखा था? क्या सभी घरों में ऐसी ही बात थी?

नि.व. : मैं आपसे सहमत हूँ। हिन्दी-भाषी क्षेत्रों में यह स्थिति आम तौर पर दिखती है लेकिन किताबों के प्रति यह उदासीनता बंगाल या केरल या कर्नाटक में देखने को नहीं मिलती। इसका क्या कारण है? इन क्षेत्रों में संस्कृति की समांगता। अब हिन्दी क्षेत्र को देखिए तो वह बहुत फैला हुआ है। वहाँ जीवन-स्तर, साक्षरता की दर बहुत नीचे हैं, लेकिन उससे भी बड़ी बात यह है कि लेखक और पाठक के बीच संवाद नहीं है। मैं जानता ही नहीं कि राजस्थान में, मध्य प्रदेश में, मेरे पाठक कौन हैं। देखिए न, यह सांस्कृतिक वातावरण, यह प्रतिक्रिया साहित्यिक भाव के विकास के लिए बहुत ज़रूरी है; मैं तो कहूँगा कि किताबों की संस्कृति है ही नहीं। उधर कलकत्ता में देखिए, कॉलेज स्ट्रीट की किताबों की दुकानों पर क्या भीड़ जमा रहती है!

त.सिं. : हिन्दी इस देश के 60 प्रतिशत लोगों की भाषा है और अगर हम पुस्तकों के लिए प्रेम का भाव नहीं जगाते तो हम एक ऐसी पीढ़ी तैयार कर लेंगे जो केवल टेलीविज़न पर पली होगी, और यह बहुत ख़तरनाक है।

नि.व. : बिलकुल।

त.सिं. : तो एक लेखक के तौर पर आप क्या सोचते हैं? पढ़ने की आदत को प्रोत्साहित करने के लिए क्या किया जा सकता है?

नि.व. : मेरे पास जो हल है, वह केवल राजनीतिक स्तर पर कार्यान्वित किया जा सकेगा। आलोचक और महान विद्वान रामविलास शर्मा की ही तरह मैं भी यही कहूँगा कि हिन्दी-भाषी प्रदेश को एक राज्य होना चाहिए। बिहार, राजस्थान, दिल्ली, उत्तर प्रदेश, मध्य प्रदेश—इन सभी राज्यों की एक समांग पहचान होनी चाहिए ताकि हिन्दी प्रदेश के लोगों की एकसमान पहचान रहे।

त.सिं. : क्या हम प्रशासनिक तौर पर इसके लिए तैयार हैं? नौबत उत्तर प्रदेश के टुकड़े होने की आ रही है...।

नि.व. : सांस्कृतिक दृष्टिकोण से, भाषाई दृष्टिकोण से, देखा जाए तो हिन्दी-भाषियों के लिए यही एकमात्र हल है। आज हिन्दी राजभाषा है लेकिन आप हिन्दी के अध्यापकों, लेखकों और सबसे बढ़कर पाठकों की कल्पना कीजिए जिन्हें किताबें मिल ही नहीं पातीं।

त.सिं. : क्योंकि प्रकाशक कम हैं?

नि.व. : जी, और पत्रिकाएँ भी कम हैं। एक ज़माने में इतनी अच्छी पत्रिकाएँ निकलती थीं, विश्वविद्यालय भी पत्रिकाएँ निकालते थे। देखिए सांस्कृतिक माहौल बहुत आवश्यक है। आप किताबों की दुकान पर जाकर एक किताब को टटोलते हैं, छह किताबें छूते हैं और एक किताब ख़रीद लेते हैं। लेकिन अगर वातावरण ही न हो, किताबें ही उपलब्ध न हों, जब सभी लेखकों की किताबें ढूँढ़ने के लिए आपको एक खस्ताहाल पुस्तकालय में जाना पड़े—और यह स्थिति दिल्ली में है, मैं छोटे क़स्बों की बात नहीं कर रहा...।

त.सिं. : जहाँ पुस्तकालय नहीं हैं...।

नि.व. : वहाँ भी पाठक हैं और पुस्तकों की भयंकर भूख है। आप सोचिए, मैं कोई महान लेखक नहीं हूँ। बस, हिन्दी में कुछ किताबें लिखी हैं। मुझे बिहार, राजस्थान, मध्य प्रदेश के छोटे-छोटे क़स्बों, गाँवों से पत्र मिलते हैं और मैं हैरान रह जाता हूँ कि मेरी किताबें उन तक कैसे पहुँचीं। अपनी प्रतिक्रिया मुझ तक पहुँचाने के लिए वह पत्र लिखने का कष्ट उठाते हैं।

त.सिं. : तो आप कह रहे हैं कि यह असल में वाणिज्य की समस्या है कि हिन्दी की किताबों की बिक्री का तरीक़ा समस्या का एक हिस्सा है और विश्वविद्यालयों के स्तर में गिरावट दूसरा हिस्सा?

नि.व. : लगता तो यही है। हमारे प्रकाशक किताबें ऐसे बेचते हैं, जैसे कोई जूते बेचता है। उनके लिए दोनों एक ही बात हैं। उनमें मिशन की भावना नहीं है, वे यह नहीं सोचते कि पुस्तकें संस्कृति का हिस्सा हैं। किताबों को सुन्दर बनाना, उनके दाम कम रखना—आगे चलकर यह उन्हीं के नहीं बल्कि समाज के हित में भी होगा। उनकी रुचि किताबों के पाठक तैयार करने में नहीं है। उनकी रुचि तुरन्त लाभ में होती है।

त.सिं. : हमारे यहाँ समाजवादी प्रणाली है जिसमें साहित्य अकादेमी और राज्य स्तरीय अकादमियाँ हैं—क्या यह कोई सहायता कर पाई हैं?

नि.व. : ये अकादमियाँ ही तो पढ़ने-पढ़ाने को जिलाए हुए हैं। हमारे यहाँ उद्योग और अर्थतंत्र में समाजवाद के ऋणात्मक पक्ष दिखते हैं लेकिन सौभाग्य से अकादमियाँ और नेशनल बुक ट्रस्ट आदि बहुत अच्छा काम कर रहे हैं। पहली बार वे भारतीय भाषाओं को एक साथ ले आए हैं। हम यूरोप की किताबें पढ़ पाने के लिए फ्रांस और इंग्लैंड का मुँह ताकते हैं, लेकिन आज मैं कन्नड़ और तेलगू की किताबें पढ़ पाता हूँ क्योंकि उनके हिन्दी अनुवाद उपलब्ध हैं।

त.सिं. : उन्हें कहाँ ख़रीदा जा सकता है?

नि.व. : नेशनल बुक ट्रस्ट में। उसके परिसर में किताबों की एक बहुत बढ़िया दुकान है। लेकिन दिक़्क़त यह है कि वह दिल्ली के एक छोर पर है—कनॉट प्लेस जैसी केन्द्रीय जगह पर नहीं। समय-समय पर नेशनल बुक ट्रस्ट किताबों की प्रदर्शनी भी लगाता है, उसकी किताबें बहुत कम क़ीमत की हैं, बहुत सुन्दर ढंग से छपी हैं, और अुनवाद बढ़िया है।

त.सिं. : निर्मल जी, सेंट स्टीफ़ेंस कॉलेज में पढ़ने, औपनिवेशिक शिक्षा पाने के बाद आपने हिन्दी में ही लिखना क्यों तय किया?

नि.व. : यह मैंने तय नहीं किया। हिन्दी को मैंने नहीं चुना, उसी ने मुझे चुन लिया (हँसी)। यह बहुत सहज चुनाव था। मैं तो हिन्दी के अलावा और किसी भाषा में लिखने की बात सोच तक नहीं सकता था। मैं घर में हिन्दी बोलता था, हिन्दी पढ़ता था—रूसी लेखकों के अनुवाद तक। हिन्दी उस वातावरण का अभिन्न अंग थी जिसमें मैं पला-बढ़ा, जिसमें मेरे विचार और भावनाओं का परिपाक हुआ। इस तरह मेरे भावनात्मक ढाँचे की जड़ें मेरी मातृभाषा में थीं।

त.सिं. : आपने स्कूल में अंग्रेज़ी सीखी थी?

नि.व. : हाँ, वह तो अनिवार्य थी।

त.सिं. : वह दूसरी भाषा थी?

नि.व. : नहीं, वह पढ़ाई का माध्यम थी। स्वतंत्रता से पहले के ज़माने में हार्टकोर्ट बटलर स्कूल में तो अंग्रेज़ी महत्त्वपूर्ण भाषा थी, अनिवार्य थी। इतिहास, नागरिकशास्त्र, राजनीतिशास्त्र, अर्थशास्त्र—सभी अंग्रेज़ी में पढ़ने होते थे। अंग्रेज़ी पाठ्यक्रम का ही हिस्सा थी।

त.सिं. : फिर क्या हुआ? तकनीकी रूप से, अंग्रेज़ों के जाने के बाद हमें अंग्रेज़ी पहली भाषा और हिन्दी दूसरी भाषा के रूप में पढ़ाई जाने लगी।

नि.व. : आपको ऐसा नहीं लगता कि यह शर्मनाक था?

त.सिं. : क्या आपको लगता है कि यह शर्मनाक था? आप स्वतंत्रतापूर्व की उस पीढ़ी से हैं...।

नि.व. : मैं तो इसकी बहुत आलोचना करता हूँ। स्वतंत्रता के पचास बरस बाद भी हमारे यहाँ एक विदेशी भाषा का प्रभुत्व है और यह बहुत प्रभावित करती है हमारे...।

त.सिं. : हमारे आत्मविश्वास को नष्ट करती है?

नि.व. : हममें झूठा आत्मविश्वास है। आप इन तमाम लोगों को, नौकरशाहों को अकड़कर चलते, अंग्रेज़ी बोलते देखते हैं, लेकिन विचारशून्यता भयानक है। वे बोलते तो बहुत हैं, उसका अर्थ कुछ नहीं निकलता।

त.सिं. : जो व्यक्ति अपनी भाषा से न जुड़ा हो, वह अपने देश या संस्कृति से भी नहीं जुड़ पाएगा।

नि.व. : आप एकदम सही कह रही हैं।

त.सिं. : इसका दोषी कौन है?

नि.व. : हमारे संविधान के निर्माता। संविधान लागू करते हुए ही हिन्दी को लागू कर देना चाहिए था। गांधीजी कहते भी थे कि राष्ट्रीय स्वतंत्रता के दो महत्त्वपूर्ण प्रतीक हैं—खादी और हिन्दी। हिन्दी केवल हिन्दी-भाषियों की बोली ही नहीं थी, वह राष्ट्रीय चेतना, राष्ट्रीय एकता की प्रतीक थी। अगर सरकार और संविधान के निर्माताओं ने हिन्दी को राष्ट्रभाषा बना दिया होता तो धीरे-धीरे वे उपाय भी बन जाते,

जिनसे हिन्दी अंग्रेज़ी की जगह ले लेती। हम लड़ने से पहले ही हिन्दी की लड़ाई हार गए। कुछ महीने पहले मैं जापान में था। मुझे यह देखकर बहुत आश्चर्य हुआ कि वे लोग बिलकुल भी अंग्रेज़ी का सहारा लिये बिना सभी काम जापानी भाषा में करते हैं। चीन और बर्मा वाले भी यही करते हैं।

त.सिं. : थाइलैंड वाले भी ऐसा ही करते हैं, पूरी दुनिया करती है। बस, हम ही अभी तक उपनिवेश बने रह गए हैं।

नि.व. : और यह स्थिति तब है जब हमारे यहाँ बहुत समृद्ध, बहुत उन्नत भारतीय भाषाएँ थीं! हिन्दी की बात कहते हुए मेरा आशय अन्य भारतीय भाषाओं से भी है। अब देखिए, यह साक्षात्कार ही किसी भारतीय भाषा में हो सकता था!

त.सिं. : क्या आपको लगता है कि यह स्थिति इसलिए है क्योंकि हमने भारत को बाबुओं का देश बनाने के उद्देश्य से तैयार की गई औपनिवेशिक शिक्षा-प्रणाली को बदलने की ज़हमत नहीं उठाई?

नि.व. : हो सकता है कि शिक्षा-प्रणाली के निर्माताओं का यह उद्देश्य न रहा हो लेकिन परिणाम तो यही रहा। अगर आप गांधीजी का 'हिन्द स्वराज' पढ़ें तो पता चलेगा कि उन्होंने भाषा के बारे में ही नहीं कहा था। संसद जैसे हमारे राजनीतिक संस्थानों के बारे में गांधी ने कहा था कि वह हमारे लोकाचार के विपरीत है, हम पर थोपे गए हैं। गांधी के निधन के बाद क्या हमने इस बात पर सोच-विचार किया कि हम अपने विकास, सोच-विचार की अपनी पद्धति के अनुकूल संस्थान विकसित करें? और भाषा तो सबसे महत्त्वपूर्ण है। भाषा के माध्यम से ही हम अपनी सांस्कृतिक पहचान स्थापित करते हैं।

त.सिं. : आपको लगता है कि दक्षिणी राज्यों द्वारा विरोध हिन्दी की दिशा में क़दम न बढ़ाने का एक कारण रहा?

नि.व. : मैं तो ऐसा नहीं कहूँगा। विडम्बना यह है कि उस समय दक्षिणी राज्यों द्वारा विरोध नहीं किया जा रहा था। उनकी तो काफ़ी सहानुभूति थी। टैगोर, सुब्रह्मण्यम भारती, सभी हिन्दी के पक्षधर थे।

त.सिं. : फिर क्या हुआ?

नि.व. : हुआ यह कि नेहरू जी यह नहीं मानते थे कि हिन्दी अंग्रेज़ी की जगह ले पाएगी। वह अंग्रेज़ी शिक्षा पाए व्यक्ति थे, हिन्दी के साहित्य से उनका परिचय तक नहीं था। उनका कहना था कि जब तक राष्ट्रभाषा का मुद्दा तय नहीं हो जाता,

अंग्रेज़ी राज-काज की भाषा बनी रहे, हिन्दी अन्य भाषाओं की ही तरह एक भाषा रहे। अब ऐसा करके तो भाषा के मुद्दे को टाला ही गया। फिर वह राजनीतिक मुद्दा बन गया।

त.सिं. : जैसा कि 60 के दशक में हुआ?

नि.व. : हाँ।

त.सिं. : हम आपके साहित्य की ओर लौटें—आपने लेखक बनना कब और कैसे तय किया? लेखन से आपकी जीविका चल जाती है?

नि.व. : मैंने सोचा नहीं था कि मैं लेखक बनकर अपनी आजीविका चला लूँगा। मेरे माता-पिता भी ऐसा नहीं सोचते थे। वे हमसे रोज़ी-रोटी कमाने की अपेक्षा नहीं रखते थे। मेरे पिता को लगता था कि इसने लिखने का काम चुना है—अच्छी बात है। उनकी अपेक्षा यह नहीं थी कि मैं पैसे कमाकर उनका भरण-पोषण करूँ। दरअसल वह मेरा भरण-पोषण ख़ुशी-ख़ुशी करते रहे थे (हँसी) और यह बहुत असामान्य था। ऐसा विरले ही होता है। जब मैंने नौकरी कर ली तो मेरे पिता काफ़ी खिन्न हुए। उन्होंने कहा—9 से 5 नौकरी करोगे तो लिखोगे कब? मैं अपने काम से बहुत ख़ुश था; पत्रिकाओं में लिखता था, कुछ पैसे 'हिन्दुस्तान टाइम्स' और 'टाइम्स ऑफ़ इंडिया' से आ जाते थे। मज़े की बात यह थी कि कहानियाँ मैं हालाँकि हिन्दी में ही लिखता था लेकिन लेख और समीक्षाएँ अंग्रेज़ी में लिखता था। क्योंकि इसका मेरे भावनात्मक संसार से कोई लेना-देना नहीं था। यही मेरी कमाई का ज़रिया था।

त.सिं. : यानी आपने लेखन के अलावा कभी कुछ नहीं किया?

नि.व. : कभी नहीं।

त.सिं. : और आप आजीविका कमा लेते हैं?

नि.व. : सौभाग्य से मैं चेकोस्लोवाकिया जा पाया। दस बरस तक मुझे साहित्य के अनुवाद के लिए अध्ययनवृत्ति मिलती रही। इसी दौरान मैं लेखन भी करता रहा, जो भारत में छप रहा था। जब मैं लौटा, तब तक मेरा पाठक वर्ग तैयार हो चुका था। मेरी ज़रूरतें, पारिवारिक ज़िम्मेदारियाँ बहुत कम थीं।

त.सिं. : आप विवाहित थे?

नि.व. : तब नहीं, और फिर घर का मकान था, किराया नहीं देना पड़ता था।

त.सिं. : घर आपके परिवार का था?

नि.व. : हाँ, परिवार का मकान था। इसलिए मुझे ऐसी सुविधाएँ मिली हुई थीं जो साधारण रूप से मध्यवर्गीय लोगों को नहीं मिल पातीं।

त.सिं. : लेकिन आज आप किसी को लेखक-वृत्ति अपनाने की सलाह देंगे? आप अपने बेटे को लेखन को जीविका बनाने की राय देंगे?

नि.व. : देखिए, मैं कहूँगा कि आदर्श स्थिति तो यही है कि लेखक को लेखन के लिए पूरा समय मिले। क्योंकि जब आप लिख नहीं रहे होते, तब भी उसके बारे में सोच तो रहे होते हैं। आपको एक अवकाश मिला होता है, जिसमें आप मन में उमड़ रहे अनेक विचारों पर चिन्तन करने के बाद उन्हें काग़ज़ पर उतारते हैं। लेकिन दफ़्तर जाने में बस की लाइन में खड़े होने में ही आपकी सब ऊर्जा लग जाती है और लेखन के लिए एक-दो घंटे निकालना मुश्किल हो जाता है।

त.सिं. : आप काम कैसे करते हैं? आप लिखने में कितने घंटे बिताते हैं?

नि.व. : देखिए, क़िस्मत अच्छी रही तो सुबह का पूरा समय मैं इसी में लगाने की कोशिश करता हूँ। लेकिन कभी-कभी तो सभी सुबहें बेकार हो जाती हैं, कुछ भी लिखा नहीं जाता।

त.सिं. : क्या आप उन लेखकों में से हैं जिन्हें प्रेरणा चाहिए होती है?

नि.व. : नहीं, नहीं।

त.सिं. : तब क्या आप पत्रकारों की तरह उस अनुशासन का पालन करते हैं कि लिखना बहुत ही ज़रूरी है?

नि.व. : प्रेरणा क्या है, मैं नहीं जानता। असल में तो यह मेहनत ही है।

त.सिं. : लेकिन आप किसी को लेखन से अपनी आजीविका कमाने को प्रोत्साहित करेंगे? आपका बेटा है?

नि.व. : मेरी एक बेटी है।

त.सिं. : आप उसे लेखन अपनाने को प्रेरित करेंगे?

नि.व. : वह तो लेखक ही है। वह लन्दन में टेलीविज़न में काम करती है। शोध के लिए लिखती है।

त.सिं. : उसमें तो काफ़ी पैसा मिलता है। क्या आप उसे अपनी तरह रचनात्मक लेखन अपनाने को प्रेरित करेंगे?

नि.व. : यह तो उस पर ही निर्भर होगा। अगर वह लेखक बनना चाहे तो उसे अपने लेखन के लिए अनुकूल परिस्थितियाँ रचनी होंगी।

त.सिं. : लेकिन फ़िलहाल भारत में उन परिस्थितियों का अस्तित्व ही नहीं है। यह बहुत दु:खद स्थिति है।

नि.व. : देखिए, लेखक को बहुत-सी चीज़ें त्यागनी होंगी। उसे रचनात्मक सुख और सांसारिक विलास एक साथ नहीं मिलने वाले।

त.सिं. : लेकिन संसार में बहुत-सी भाषाओं के लेखक काफ़ी धन कमाते हैं।

नि.व. : शुरू में तो नहीं कमा पाते।

त.सिं. : हाँ, शुरू में तो नहीं; लेकिन कम-से-कम वह प्रसिद्ध हो जाते हैं, समृद्ध हो जाते हैं, लेकिन भारतीय भाषाओं में ऐसा नहीं हो पाता।

नि.व. : भारतीय भाषाओं में भी समृद्ध हो जाते हैं। मैं बंगला के ऐसे कई लेखकों को जानता हूँ जिनके पास दो-दो कारें हैं। कई प्रतिष्ठित हिन्दी लेखक बहुत समृद्ध भले न रहे हों लेकिन खाते-पीते क़िस्म के तो थे—प्रेमचन्द का जीवन शुरू में संघर्षपूर्ण तो रहा लेकिन वह भूखे कभी नहीं रहे। दुखमय जीवन जीते लेखक का रूमानी बिम्ब कम-से-कम आज तो सच नहीं रह गया है। आजकल लोग नौकरी करते हैं, और ये नौकरियाँ टेलीविज़न जैसी कड़ी नौकरियाँ नहीं हैं, उन्हें पढ़ने-लिखने का समय भी मिल जाता है।

त.सिं. : लेखक के रूप में आप भारत को कैसा देखना चाहेंगे?

नि.व. : मैं चाहूँगा कि भारत में ख़ूबसूरत पुस्तकालय हों। लन्दन में मैं देखा करता था कि गर्मियों की छुट्टियों में लोग पुस्तकालय में जाकर समय बिताते थे और मैं भारतीय बच्चों के बारे में सोचता रह जाता था जो गलियों में फिरते रहते हैं। ऐसा भी नहीं है कि वे पढ़ना नहीं चाहते, बात यह है कि कोई ऐसी जगह ही नहीं है, जहाँ जाकर वह किताबें पढ़ सकें। लन्दन में मेरा सपना था कि मेरी किताबों की दुकान होगी, जहाँ लोगों को चाय और कॉफ़ी पेश की जाएगी, लोग आकर किताबें देखेंगे-पढ़ेंगे। मेरी दूसरी अभिलाषा पुस्तकालय में नौकरी करने की थी...भारत के बारे में सबके अपने सपने हैं...मेरा सपना है कि भारत में बेहतरीन विश्वविद्यालय हों जहाँ बेहतरीन पुस्तकालय और समर्पित अध्यापक हों।

शिक्षा और संस्कृति के प्रति हमारे मंत्रालयों और सरकारों की उपेक्षा भी मुझे चिन्तित करती है। हमारे प्रशासन ने शिक्षा को सबसे ज़्यादा उपेक्षित किया है। यह बहुत त्रासद है। मैं जीवन के इस अति महत्त्वपूर्ण पक्ष को फिर से जीवित करना चाहूँगा, जो हमारी युवा पीढ़ी के जीवन में सौन्दर्य और आनन्द ला सकता है।

['टू इज़ कम्पनी' शृंखला के लिए : दूरदर्शन, 2000]
अंग्रेज़ी से अनुवाद : मधु बी. जोशी

हमें अपनी शर्तों पर आधुनिक बनने की चुनौती स्वीकार करनी चाहिए

राहुल देव की बातचीत

राहुल देव : मैं राहुल देव 'निशान' के इस अंक में आपका स्वागत करता हूँ। आज हमारी मुलाक़ात एक ऐसे शख़्स से है, जो अपने को किसी भी एक तरह से परिभाषित किये जाने में मुश्किलें खड़ी कर देते हैं। ज़ब दो ध्रुवों के बीच खड़ा कर जीवन कुछ यूँ देखता है कि उसकी अपनी जगह एक तीसरा ध्रुव बन जाती है। आइए, मिलते हैं, हाल ही में ज्ञानपीठ पुरस्कार से सम्मानित, हिन्दी के सुप्रसिद्ध लेखक निर्मल वर्मा से। निर्मल जी, आपका स्वागत है।

हम लोगों के लिए, बाहर वालों के लिए ज्ञानपीठ पुरस्कार देश का सबसे बड़ा, सबसे प्रतिष्ठित साहित्यिक पुरस्कार है। आपके लिए, एक रचनाकर्मी के लिए, उसका मूल्य, उसका अर्थ क्या है?

निर्मल वर्मा : मुझे जब यह पता चला तो ज़ाहिर है, बहुत बड़ी ख़ुशी हुई। हालाँकि पुरस्कार मेरे लिए हमेशा ही एक अचम्भे या आश्चर्य की तरह आते हैं और मुझे लगता है कि यह एक ऐसे व्यक्ति को दिये गए हैं जो अब मैं नहीं हूँ, जिसने किताबें लिखी हैं। किताबों और मेरे कृतित्व को एक तरह से सम्मानित किया जा रहा है, लेकिन वह व्यक्ति जिसने उन किताबों को लिखा है, पता नहीं, कहाँ खो गया है, गुम हो गया है क्योंकि मैं जो हूँ, वह केवल अब जो लिखूँगा या लिखने की आशा करूँगा, उसके बारे में ही सोचता हूँ। किसी ने कहा भी है कि पुरस्कार या तो बहुत देर में मिलते हैं, जब उनका कोई फ़ायदा नहीं होता, लेखक उनके प्रति उदासीन हो जाता है, या इतने जल्दी मिल जाते हैं कि वे उसके सृजन कर्म को ही कुंठित कर देते हैं।

रा.दे. : आपके मामले में क्या हुआ है?

नि.व. : मुझे लगता है कि मेरे भीतर जो पहली प्रतिक्रिया हुई, वह यह कि इस पुरस्कार के लिए मेरे भीतर एक तरह की ज़िम्मेवारी का एहसास हुआ कि देश के बड़े सम्मान को प्राप्त करने के लिए आनेवाले समय में एक लेखक को लेखन के प्रति अपनी ज़िम्मेवारी, अपने दायित्व के प्रति एक सघन बोध का एहसास होता है।

रा.दे. : यह एक अजीब बात लग रही है, क्योंकि आपका पूरा चिन्तन अपनी बड़ी और निजी, दोनों क़िस्म की ज़िम्मेदारियों से, भीतरी और बाहरी ज़िम्मेदारियों से, लगातार दो-चार होने की कशमकश और संघर्ष से ही निकला है। इसलिए ऐसा कभी लगा नहीं, कम-से-कम पढ़नेवालों को, कि आप अपनी ज़िम्मेवारी से तनिक भी विमुख हुए हों। तो वह कौन-सी नई ज़िम्मेवारी हो सकती है, जो एक पुरस्कार दे सकता है?

नि.व. : नई ज़िम्मेदारी नहीं। शुरू में जब हम लिखते हैं तो कोई हमसे कहता नहीं कि आप ऐसा लिखिए। कोई आशा भी नहीं करता। हम ख़ुद अपने भीतर एक तरह की चुनौती प्रस्तुत करते हैं, अपना एक स्तर क़ायम करते हैं और अगर उसे पूरा कर लेते हैं, तो मन में ख़ुशी होती है। लेकिन जब पुरस्कार मिलते हैं, तो फिर वही चीज़ जो हमारे भीतर की चुनौती है, कहीं दूसरों की अपेक्षा बन जाती है, और यह चीज़ हमें अत्यधिक सतर्क बना देती है, जो पहले नहीं होता था। पहले हम स्वाभाविक रूप से, सहज रूप से अपनी ज़िम्मेवारियों के प्रति सजग थे।

रा.दे. : हिन्दी साहित्य के सामने और हिन्दी के सामने इस समय बड़ी चुनौतियाँ क्या हैं?

नि.व. : भाषा की चुनौती सबसे ज़्यादा है। हमारा साहित्य पहली बार स्वतंत्रता के बाद एक ऐसे दौर से गुज़र रहा है, जहाँ हिन्दी-भाषा ख़ुद धीरे-धीरे हाशिये पर चली जा रही है। हमने कभी सोचा भी नहीं था कि जिस भाषा को राष्ट्रभाषा बनाने का स्वप्न देखा था और जिसके भीतर समूची जनता के, समस्त देश के स्वप्न और आदर्श सँजोए गए थे, स्वतंत्रता से पहले—वह एक ऐसी भाषा बन जाएगी जिसे या तो हम प्रान्तीय भाषा मान लेंगे या जो अंगेज़ी के प्रभुत्व के तले सेकेंड क्लास सिटीजन की हैसियत वाली मानी जाएगी।

रा.दे. : लेकिन एक स्तर पर हम देखते हैं कि संचार माध्यमों ने, टी.वी. ने, फ़िल्मों ने हिन्दी की भौगोलिक व्याप्ति का दायरा काफ़ी बढ़ाया है। आज कहीं ज़्यादा लोग हिन्दी सुन रहे हैं, बोल रहे हैं, शायद पढ़ भी रहे हैं।

नि.व. : ग़लत बोलते हैं, और ग़लत समझते हैं। क्योंकि अगर भाषा केवल व्यावहारिक स्तर पर ही इस्तेमाल की जाए तो उसका साहित्यिक मूल्य धीरे-धीरे

कम होने लगता है। साहित्यिक भाषा का मतलब यह होता है, वह भाषा जो मनुष्य की स्मृतियों को, उसके जो प्राक् प्रतीक हैं, उन्हें समोकर चलती है ताकि जब हम एक वाक्य पढ़ते हैं तो सीधा हमारा सम्बन्ध तुलसीदास और कालिदास से हो जाता है। भाषा केवल अपनी भावनाओं को दूसरे तक प्रकट करने का साधन ही नहीं है। भाषा एक ऐसा अस्त्र है, जो हमें समूचे जीवन को, समूचे इतिहास को, जो कुछ भी गया-गुज़रा है, जो बीता है, उसे जोड़ने में सहयोग देती है। मैं समझता हूँ, हिन्दी-भाषा की प्रतीकात्मकता, उसकी अर्थवत्ता आज धीरे-धीरे कम हो गई है। हिन्दी साहित्य की गरिमा अपने में ही बहुत धूमिल पड़ गई है।

रा.दे. : आपने अभी हाल में कहीं कहा कि संचार-क्रान्ति जो आई है, सूचना माध्यमों के माध्यम से जो बड़े परिवर्तन हो रहे हैं, उसमें ऐसा लग रहा है कि लोग धीरे-धीरे भाषा का अपना बोझ उतारने की प्रक्रिया में हैं। उस लालसा से यह क्रान्ति निकल रही है। यह थोड़ा विवादास्पद-सी चीज़ लगती है। थोड़ा इसके बारे में बताइए। आत्म-बोध से आत्म-बोझ तक—इसका मतलब क्या है?

नि.व. : दूसरे तक पहुँचने की हमारे भीतर बड़ी होड़ है। ई-मेल से या इंटरनेट से। हम जल्दी से जल्दी, ज़्यादा से ज़्यादा सूचनाएँ दूसरे तक पहुँचा सकें। ले सकें। हम क्या हैं? हमारे भीतर का संसार क्या है? हमारे मूल्य क्या हैं जो हमारे जीवन को अर्थवान बनाते हैं? इसके प्रति हम इतने ज़्यादा उदासीन होते जा रहे हैं कि भाषा के भीतर इतनी शून्यता, इतना खोखलापन फैलता जा रहा है। हम दूसरे तक पहुँचने की होड़ में अपने से बहुत दूर होते जा रहे हैं। मैं समझता हूँ कि अगर हम अपने से दूर हो जाएँगे तो दूसरे तक पहुँचाने के लिए हमारे पास जो सामग्री होगी, जो अर्थ होगा, वह भी कुछ नहीं होगा। हम वही दूसरे को दे सकते हैं, जो हमने सँजोया है, सँजो नहीं पाते तो हम केवल वही दे सकेंगे, जो सतही तौर पर ज़रूर सूचनात्मक सामग्री दे सके, जिसमें सत्य का मूल्य बहुत कम है। और मुझे नहीं लगता कि उससे किसी तरह की कोई उपयोगिता सिद्ध हो सकती है। एक पुस्तक को पढ़कर, एक क्लासिक को पढ़कर, हम अपने जीवन के बारे में जितना कुछ जान सकते हैं, क्या किसी भी टेलीविज़न प्रोग्राम को देखकर या अख़बारों को पढ़कर हम समझ सकते हैं, जो कि एक सतही और फूहड़ भाषा का इस्तेमाल करके सोचते हैं कि हमने एक बहुत बड़ी संचार-क्रान्ति कर दी है? मैं तो ऐसा नहीं सोचता।

रा.दे. : आपके संकेत जा रहे हैं एक नई चुनौती या विरोधाभास की ओर, जो कि आजकल सब चिन्तकों के सामने है। एक जैसे आपने स्मृति की बात कही। भारत की अपनी स्मृति, वह जातीय स्मृति हो, सांस्कृतिक स्मृति हो, सभ्यतामूलक स्मृति हो।

दूसरी तरफ़ भविष्य है। हमारी आर्थिक नीतियाँ हैं, हमारे यहाँ बढ़ता हुआ उपभोक्तावाद है, पॉपुलर कल्चर है जो टी.वी. और फ़िल्मों से आ रहा है। अंग्रेज़ियत से आ रहा है। एक तरफ़ स्मृति की ज़रूरत है, दूसरी तरफ़ अपने से बाहर निरन्तर पश्चिम की तरफ़ जाती हुई एक खींच है भीतर से। तो इसके बीच कोई रास्ता है क्या कि हम आधुनिक भी रहें और अपनी स्मृति से भी जुड़े रहें, जड़ से भी जुड़े रहें और बाहर से भी?

नि.व. : इसका रास्ता एक ही है, जो मेरे विचार में आता है, जो कि आपने शब्द इस्तेमाल किया था उसमें से—आत्मबोध—इसका मतलब क्या हुआ? जो हमें पता चलता है, आत्मबोध का बहुत ही सरल और सहज उत्तर यह है कि हम जान सकें, हमारे भीतर की कौन-सी ऐसी ज़रूरतें हैं, जिन्हें पूरा करने पर ही हम एक अधिक पूर्ण और अधिक सम्पन्न व्यक्ति बन सकते हैं। इन ज़रूरतों को, हमें क्या ज़रूरतें हैं, इनकी परिभाषा हमें पश्चिम से या किसी दूसरे देश से नहीं लेनी हैं। वह केवल हमारी धरती और जो हमारी परम्परा है, जिसने अब तक हमारे जीने के साधनों को जुटाया है, उन्हीं को परखकर, उन्हीं को जानकर हम समझ सकते हैं कि हम इन साधनों को क्या इतना अधिक जीवन्त और समकालीन रूप से अर्थवान बना सकते हैं कि वे हमारे दैनिक कार्यकलाप में हमें बराबर मदद करते रहें? यह आधुनिकता को ठुकराना नहीं है, न ही पश्चिम की उपेक्षा करना है, बल्कि अपनी शर्तों पर आधुनिक बनने की चुनौती स्वीकार करना है।

रा.दे. : आपके बारे में यह कहा गया है कि आपने भारत को बाहरी व्यक्ति की दृष्टि से भी देखने की कोशिश की है—चाहे आपका पश्चिम-प्रवास उसका कारण रहा हो। चेकोस्लोवाकिया और लन्दन में आप कई वर्ष रहे। इसके कारण आपकी दृष्टि में बाहरी होने का तत्त्व काफ़ी प्रधान है। बाहरी भारतीयों में जो जड़ की ओर लौटने की छटपटाहट देखते हैं, वह कुछ लोगों को आपमें भी दिखती है। चिन्तन की दृष्टि से आप धीरे-धीरे हिन्दुत्व और भाजपाई वैचारिकता की ओर गए हैं। इस पर आपकी क्या टिप्पणी है?

नि.व. : हमारे यहाँ हमेशा यह देखा जाता है कि एक लेखक को किसी पॉलिटिकल लेबल या कठघरे में बन्द करके उसके विचारों को अवमूल्यित या सरलीकृत किया जाए। यह हमेशा होता रहा है दुर्भाग्यवश। लेकिन इससे बहस कोई अर्थपूर्ण आयाम ग्रहण नहीं करती। आपने बाहर और भीतर की बात की है। मैं समझता हूँ, यह बहुत ज़रूरी है। अगर गांधीजी बाहर न जाते, दक्षिण अफ्रीका या इंग्लैंड, तो हिन्दुस्तान की स्थिति का इतना निष्पक्ष, वस्तुपरक और निर्मम आकलन न कर पाते। अगर वह देश में ही रहते। देश में रहते हुए कई अपनी आदतों के हम इतने अभ्यस्त हो जाते हैं कि ख़ुद अपने दुर्गुण और दोष हमें नज़र नहीं आते।

रा.दे. : आत्मबोध की अभी आपने बात की थी। अपने-आपको बिना किसी दूसरे पैमाने के, अपने ही पैमाने पर देखने और समझने की बात की थी। लेकिन अब आप कह रहे हैं कि अपने को जानने के लिए भी शायद बाहर जाकर फिर लौटना ज़रूरी है?

नि.व. : मेरे लिए बाहर और भीतर का मतलब ही यह है कि हम कितना अपने प्रति वस्तुपरक हो सकते हैं? बाहर से मतलब क्या है? हम अपने को बाहर से, जैसे कि हम एक निष्पक्ष प्राणी की ओर से अपना आकलन, अपना परीक्षण कर सकें। यह तभी सम्भव होगा, जबकि मैं, मैं औरों की बात नहीं जानता, मैं जब यूरोप में घूमा हूँ, तो पहली बार मुझे अपने देश, अपनी सभ्यता, अपनी संस्कृति की कमज़ोरियाँ दिखाई दीं और उसकी सक्षमता के सूत्र भी। मैं समझता हूँ कि इतनी तीव्रता और सघनता से मैं अपने देश के प्रति उतना गहरा लगाव महसूस न कर पाता यदि मैंने अपना समूचा जीवन, या मेरे सर्वश्रेष्ठ वर्ष, जो मैंने बाहर गुज़ारे थे, वे—मैं हिन्दुस्तान में ही रहता। मुझे एक ऐसी दृष्टि मिली, जहाँ मैंने यह सोचा कि हम अपनी धरोहर को, जो हमें अतीत से मिली है, हम आधुनिकता और पश्चिम के प्रलोभनों में आकर गँवा रहे हैं और हमें जो मिल रहा है, वह भी एक निकम्मी क़िस्म की संस्कृति है, और जो मूल्यवान चीज़ हमारे हाथ में है, उसे हम परम्परा, अन्धविश्वास कहकर खोते जा रहे हैं। यह चीज़ शायद एक संस्कृति और सभ्यता का आकलन करने के लिए, एक नागरिक के लिए और लेखक के लिए, बहुत ज़रूरी है।

रा.दे. : निर्मल जी, काफ़ी दशकों से ऐसा लग रहा है कि भारत का बौद्धिक जगत, साहित्यिक जगत दो बड़े गुटों में बँटा हुआ है और वह गुटबाज़ी कम होती दिखती नहीं है। नतीजा आपकी भी एक पीड़ा रही है कि यह जो ठप्पा लगाने की प्रवृत्ति है, ठप्पा किसी को लगाने के बाद, ख़ास कर राजनीतिक ठप्पा लगाने के बाद, आप उसके कृतित्व को, उसके चिन्तन को किसी ऑब्जेक्टिव कसौटी पर नहीं कसते। ये जो वैचारिक ध्रुवीयता रही है, भारत में, क्या इसके घटने की कोई सम्भावना आपको नज़र आती है?

नि.व. : मुझे लगता है कि पिछले तीन-चार वर्षों में एक तरह की वैचारिक प्रौढ़ता हमारे हिन्दी जगत में आई है, जो पहले दुर्भाग्यवश नहीं थी। शायद इसका कारण यह है कि पाठकों का भी, और अधिकांश लेखकों का भी, विचारधाराओं के प्रति जो सम्मोहन था, सोवियत संघ के विघटन के बाद और कम्यूनिज़्म का जो ह्रास हुआ है, उसके कारण अब कुछ दुबारा सोचने लगे हैं उन चीज़ों के बारे में, जिनमें वे बिलकुल एक तरह का अन्धविश्वास करते थे। पहले वैचारिक बहसें कम होती थीं, अक्सर यह होता था कि मेरी बात ठीक है और तुम्हारी बात ग़लत है।

रा.दे. : अब बहस ज़्यादा होने लगी है?

नि.व. : बहस तो ज़्यादा नहीं होने लगी, लेकिन अब वह सही लीक पर आ गई है। मुझे लगता है, अब साहित्यिक मूल्यों पर, उसके मर्म पर, उसके अन्तर्निहित स्वभाव पर अधिक ध्यान दिया जाता है। बजाय इसके कि उसको किसी बाहरी विचारधारा के साथ बाँधकर उसकी उत्कृष्टता को नापने का प्रयत्न करना, जो शुरू से ही ग़लत रहा है और शुरू से ही बड़ा भयानक भी रहा है। साहित्य अपने में स्वायत्त है—अपनी दृष्टि, अपनी कलात्मकता में और उसी के आधार पर उसका मूल्यांकन करना चाहिए। इस ओर अब लोगों का ध्यान आकर्षित हो रहा है, जो मैं समझता हूँ कि काफ़ी स्वस्थ लक्षण है।

रा.दे. : आप सी.पी.आई. के सदस्य रहे हैं। साहित्यकार, चिन्तक और राजनीति के बीच रिश्ता क्या होना चाहिए, आज के सन्दर्भ में?

नि.व. : राजनीति से आप पल्ला नहीं छुड़ा सकते। क्योंकि वह हमारे समूचे परिवेश में फैली हुई चीज़ है और यह बात भी नहीं है कि हम जिस प्रकार पर्यावरण के प्रति सजग हैं, जिस प्रकार अपने देश की अन्य समस्याओं के प्रति एक सजग नागरिक की हैसियत से सचेत रहते हैं, वैसे ही राजनीतिक उथल-पुथल के प्रति भी अपनी जिज्ञासाएँ रखते हैं और अपना रोल, अपनी भूमिका अदा करते हैं। सवाल जो पूछना चाहिए, वह यह कि लेखक के नाते मेरा राजनीति से क्या रिश्ता होना चाहिए? मुझे यह लगता है कि इसमें एक संतुलन बनाना बहुत ज़रूरी है। Awareness, जागृति, सोच, सजगता—एक लेखक के भीतर यह होना आवश्यक है, लेकिन जिस विषय को वह चुनता है, अपनी कविता के लिए, अपने उपन्यास के लिए, अपनी कहानी के लिए—वह विषय उसके लिए वैसा ही होना चाहिए, जैसा द्रोणाचार्य ने अर्जुन से कहा था कि पक्षी पर तुम्हें तीर चलाना है, तो जो बाण की नोक है और जो पक्षी है, उस पर ध्यान केन्द्रित करो। इसका यह मतलब नहीं कि अपने परिवेश को भूल जाओ, लेकिन उस वक़्त जो आप साधना चाह रहे हैं, कविता में, उपन्यास में—उसकी ओर अपना ध्यान केन्द्रित करना बहुत ज़रूरी है, जो अब तक हम उपेक्षित करते आए थे; जिसकी अब तक हम काफ़ी अवहेलना करते आए थे।

मैं समझता हूँ कि राजनीति के प्रति सजगता अपने लेखन-कार्य में तभी फलीभूत हो सकेगी, जब हम लेखन को एक ऐसा कार्य मानें कि यह भी उतना ही योगदान कर सकता है—हमारे नागरिक जीवन को उन्नत करने के लिए, जितना कि राजनीति या कोई उपदेशक या कोई धार्मिक ऋषि-मुनि कर सकता है। इसलिए साहित्य का दर्जा और उसकी सृष्टि अपने में स्वायत्त होने पर भी बराबर राजनीतिक जीवन में, सामाजिक जीवन में हस्तक्षेप करेगी। आख़िर रूसी उपन्यासों ने हस्तक्षेप किया था।

दोस्तोएव्स्की ने, गोर्की ने रूसी जनता को बराबर एक अन्तर्दृष्टि दी थी, जो कि उसके राजनीतिज्ञ नहीं दे सकते थे। हर राजनीतिज्ञ अपनी-पार्टी के दलगत चौखटे के भीतर सोचता है। लेकिन हर लेखक इन चौखटों से ऊपर उठकर, क्योंकि समग्र दृश्य उसके सामने होता है, और उसके आधार पर वह अपनी बात कहता है।

रा.दे. : हालाँकि हिन्दी में हमारे मित्र हैं, जो इन चौखटों से बहुत कम बाहर निकलते हैं।

नि.व. : इसलिए उनकी आवाज़ भी बहुत कम सुनी जाती है।

रा.दे. : विमर्श के जो कई बड़े मुद्दे पिछले दशकों में उभरकर आए हैं, उसमें एक बड़ा सवाल है साम्प्रदायिकता का। आप इन दोनों सवालों को कैसे देखते हैं?

नि.व. : मैं समझता हूँ, यह बहुत ही झूठा प्रश्न है। हम साम्प्रदायिकता के प्रश्न से सीधा-सीधा सामना इसलिए नहीं कर पाए हैं क्योंकि हमने अपने भारतीय जीवन में, धर्म के स्थान को बिलकुल तिरस्कृत और विस्मृत कर दिया है।

रा.दे. : उसी पश्चिमी प्रभाव में, जिसका उल्लेख अभी आपने किया है?

नि.व. : क्योंकि हमने धर्म का अर्थ अंग्रेज़ी शब्द 'रिलीजन' से लिया या मज़हब से लिया, जो कि संस्थागत समाज है, जबकि हमारी भारतीय संस्कृति में, समाज में, धर्म का अर्थ यह नहीं था कि मनुष्य किसी ख़ास ईश्वर या ख़ास किताब या ख़ास पवित्र पुस्तक में विश्वास करे। उसका अर्थ था कि जीवन के प्रति, समाज के प्रति और जो उसे नहीं दिखता, उसे आप ईश्वर कह दें, प्रकृति कह दें, उसके प्रति उसके उत्तरदायित्व क्या हैं?

रा.दे. : निर्मल जी, यह तो एक बड़ी दार्शनिक अवधारणा हुई। लेकिन मैं इसको एक समकालीन स्थिति पर ले आता हूँ। साम्प्रदायिक हिंसा जिसे हम कहते हैं, साम्प्रदायिक असहिष्णुता, अनुदारवाद, जो झगड़े बढ़ रहे हैं। यह ठीक है कि उनका राजनीतिक उपयोग हो रहा है, बाँटने की भी कोशिश राजनीति के स्तर पर हुई है। लेकिन अब ऐसा दिख रहा है कि साम्प्रदायिक या धार्मिक असहिष्णुता भी भारत में बढ़ रही है।

नि.व. : मैं उसकी तरफ़ आ रहा था क्योंकि हमने सेक्यूलरिज़्म के बहाने उस धार्मिक ज्ञान को भी विलुप्त कर दिया, जिसमें एक धर्म के लोगों को दूसरे धर्म के लोगों के बारे में जानना चाहिए। आज हमारे स्कूलों में सेक्यूलरिज़्म के नाम पर धर्म की शिक्षा ही नहीं दी जाती। एक मुसलमान बच्चे को मालूम है कि एक हिन्दू के धार्मिक अनुष्ठान क्या होते हैं। एक हिन्दू को मालूम है कि ईद क्यों मनाई जाती है।

साम्प्रदायिकता में, मुझे नहीं लगता, कि पिछले दस या पन्द्रह वर्षों में अचानक हिन्दू और मुसलमान के बीच में गहरा अविश्वास पैदा हो गया है। उनकी जीवन शैली, उनके रहन-सहन का तरीक़ा, पिछले ढाई-तीन सौ सालों से इतना गुँथा हुआ था। तभी तो गांधीजी को इतना विषाद हुआ था।

रा.दे. : ये जो हम एक उभार देखते हैं, राजनीति में, भाजपा जिस विचारधारा का प्रतिनिधित्व करती है। हिन्दुत्ववादी, राष्ट्रवादी, प्रखर राष्ट्रवादी, दक्षिणपंथी विचारधारा का उभार और वे सत्ता में नहीं हैं। इसको आप कैसे परिभाषित करते हैं? इसकी व्याख्या क्या है?

नि.व. : यह सिर्फ़ एक पार्टी का दोष नहीं है। आख़िर हमें भूलना नहीं चाहिए कि जब शाहबानो का केस आया था, सुप्रीम कोर्ट में, राजीव गांधी ने संविधान को बदलने का प्रयत्न किया था। उन्होंने यह नहीं सोचा कि यह एक नागरिक अधिकार की रक्षा का प्रश्न है। यह नहीं कि यह मुस्लिम लॉ है, इसलिए उसमें परिवर्तन करना चाहिए।

रा.दे. : आप कह रहे हैं, ये प्रतिक्रिया में हुआ है?

नि.व. : ये सारी चीज़ें प्रतिक्रिया में होती हैं।

रा.दे. : यह भारतीय समाज में किसी गहरे परिवर्तन का सूचक नहीं है?

नि.व. : बिलकुल नहीं। लोगों ने यह सोचा कि अगर सलमान रुश्दी की किताब पर पाबन्दी इसलिए लगाई जाती है कि कुछ मुल्ले या कुछ लोग ये समझते हैं कि उस किताब को छापने से एक दल या सम्प्रदाय के लोगों को कष्ट पहुँचेगा तो फिर शिव सेना को वे छूट देते हैं कि वह भी यह कहे कि हिन्दुओं की भावनाओं को चोट पहुँचती है। इसलिए वे हुसैन की तसवीरों पर हमला कर देते हैं। आपके पास क्या तर्क है कि आप एक को रोकें और दूसरे को न रोकें? अगर आप कहते और निडर होकर कहते कि हमारे संविधान में पढ़ने की पूरी आज़ादी है और इसलिए हम 'सैटेनिक वर्सेस' का प्रकाशन करेंगे, तो फिर आप देखिए, उस समय क्या होता। हमारे देश में एक परिवर्तन आता।

रा.दे. : एक जो डर कहा जाता है कि नेहरू के ज़माने से यह दलील चल रही है कि बहुसंख्यक साम्प्रदायिकता अल्पसंख्यक साम्प्रदायिकता से कहीं बड़ी, कई गुना ज़्यादा ख़तरनाक है। इसलिए उसे रोकने की कोशिश ज़्यादा होनी चाहिए। क्या आप इससे सहमत हैं?

नि.व. : मैं तो अपने समाज को अल्पसंख्यक और बहुसंख्यक में बाँटना ही ग़लत समझता हूँ। मैं समझता हूँ, इसी प्रवृत्ति से साम्प्रदायिकता को बढ़ौती मिली है। जब हमारा देश स्वतंत्र हुआ था, यह भारतीय संहिता का गौरव था कि हिन्दुस्तान को हिन्दू राष्ट्र घोषित नहीं किया, क्योंकि हमारी परम्परा में नहीं था। हम चाहते तो कर सकते थे। आख़िर पाकिस्तान ने भी तो थिओक्रेटिक स्टेट अपने को घोषित किया। बांग्लादेश ने भी अपने को इस्लामी देश कहा। क्यों भारत ने अपने को हिन्दू राष्ट्र घोषित नहीं किया? इसका उत्तर सीधा-सा यह था कि हमने कभी अपने राष्ट्र को अल्पसंख्यकों और बहुसंख्यकों में नहीं बाँटा।

रा.दे. : एक और दूसरा विभाजन, जो पिछले कई दशकों से बड़ा लोकप्रिय, प्रचलित हो गया और अब उसे मान लिया गया है कि वह ठीक है। अगड़ों-पिछड़ों का विभाजन, जो हम आरक्षण में देखते हैं। आपकी राय इस पर भी थोड़ी परम्परा से हटकर है?

नि.व. : मुझे तो बड़ा कष्ट होता है। इससे हम यह दिखाना चाहते हैं कि दलितों के प्रति, पिछड़ों के प्रति हमारा बड़ा गहरा सम्मान है, यदि हम 20 प्रतिशत, 30 प्रतिशत, 40 प्रतिशत आरक्षण दे देते हैं। हम कभी यह नहीं सोचते, कि इससे न तो दलितों का कोई उद्धार होगा और हमारे देश की सेवाओं में ढिलाव आएगा, जो नुक़सान होगा, वह अलग है। हमें करना यह चाहिए था कि दस वर्षों का रिज़र्वेशन जब शुरू में रखा था, उन दस-पन्द्रह वर्षों में पिछड़ों के लिए स्कूल-कॉलेज सब चीज़ें करनी चाहिए थी, जिससे कि वे अपने पैरों पर ख़ुद खड़ा हो सकें। जब वे कम्पीटिशन में आएँ तो उन्हें किसी तरह के लिहाज़ की ज़रूरत नहीं होनी चाहिए कि आप हमें टुकड़े दे दीजिए क्योंकि हम शैड्यूल कास्ट से आए हैं। उन्हें इतना सबल और आत्मनिर्भर बनाना चाहिए था कि वे कह सकें, हमें किसी आरक्षण की ज़रूरत नहीं है, हम अपनी योग्यता और क़ाबिलीयत के आधार पर मुक़ाबला करेंगे और फिर नौकरी हासिल करेंगे। यह उनके गौरव को सम्मानित करना होता। हमने उनको हमेशा के लिए पिछड़ा बनाकर रख दिया, यह आरक्षण देकर। इसी कारण मैं कभी रिज़र्वेशन के बारे में सहमत नहीं हो पाता। मेरी समझ में यह पिछड़ों को हमेशा के लिए पिछड़ा बनाने का षड्यंत्र है।

['निशान' कार्यक्रम : दूरदर्शन, 2001]

कोई भी समय जो हमने बिताया है, हमारे भीतर जीवित रहता है

साहित्य अकादेमी की फ़िल्म 'गुरुदेव' की पटकथा

"वो आगे सीट पर बैठी लड़की तुम्हें घूर रही है।"
"गो टू हेल विद हर।"
"निकी का अफ़ेयर कैसा चल रहा है आजकल?"
"मैंने पूछा नहीं।"
"क्या आज यूनिवर्सिटी उसी से मिलने गया है वो?"
"उसने कुछ बताया नहीं।"
"अच्छा, सीडी, तुम्हें मेरी कहानियाँ कैसी लगती हैं?"
"अच्छी लगती हैं लेकिन लिखने के लिए जब तक कोई सिग्निफिकेंट चीज़ न हो, तो लिखने के मायने क्या रह जाते हैं?"
मैं कुछ कहना चाहता हूँ, फिर चुप रह जाता हूँ क्योंकि मुझे मालूम है कि जो कुछ कहूँगा, वह बहुत नीरस और निरर्थक है। बहुत-से शब्द हैं और मैं बोलते हुए अक्सर ग़लत शब्दों को चुन लेता हूँ और फिर मुझे बुरा लगता है। और फिर ज़िद बँध जाती है और मैं विषय से भटक जाता हूँ। लेकिन तब चुप रहने का अवसर चूक जाता है। और अन्त में जब बोलकर चुप होता हूँ तो लगता है, मुझे शुरू में ही चुप रहना था।
"परेश, तुम तो रिव्यूज़ अंग्रेज़ी में लिखते हो न?"
"हूँ।"
"तो फिर कहानियाँ क्यों नहीं लिखते अंग्रेज़ी में?"
"मतलब?"
"मैंने सुना है, आजकल अंग्रेज़ी में बड़ा स्कोप है।"

"मैंने कभी सोचा नहीं।"

[निर्मल वर्मा की कहानी 'पिक्चर पोस्टकार्ड' का नाट्य रूपान्तरित अंश]

[एक सभागार में यूनिवर्सिटी छात्रों से बातचीत]

निर्मल वर्मा : मुझे नहीं लगता कि जब हम लिखते हैं, हमें कुछ पता होता है कि इसका क्या हश्र होने वाला है और इसके बारे में आलोचक क्या सोचेंगे। अगर आदमी इस बारे में सोचना शुरू कर दे तो वह लिखना बन्द कर देगा। मेरे परिवार के सम्बन्ध, मेरा अनुभव, स्कूल में सहपाठियों के साथ मेरी बातचीत, जिस भाषा में होती थी, वह हिन्दी ही थी। इसलिए हिन्दी के अलावा मैं किसी दूसरी भाषा में लिख सकता हूँ, इसका विकल्प मेरे लिए कोई नहीं था। मुझे पुस्तकों को पढ़ने का शुरू से ही बहुत शौक़ था। बचपन से ही चेख़ॅव, टॉल्स्टॉय, प्रेमचन्द की कहानियाँ, उपन्यास पढ़ा करता था। और मुझे लगता था कि जीवन के जो बिखरे हुए अनुभव हैं, वे इन लेखकों ने अपनी कहानियों में और उपन्यासों में एक ऐसे सत्य के रूप में निरूपित किये हैं, जिससे मुझे अपने जीवन में बहुत शान्ति मिलती थी। कब, धीरे-धीरे बड़े होते हुए मैं लिखने की ओर मुड़ गया, यह मेरे दिमाग़ में बिलकुल स्पष्ट नहीं है। कभी याद नहीं आता।

कमेंटरी : निर्मल के लेखन का प्रारम्भ दिल्ली के सेंट स्टीफ़ेंस कॉलेज में इतिहास पढ़ते हुए ही हो चुका था। कॉलेज के सांस्कृतिक कार्यक्रमों में सक्रिय तथा कम्यूनिस्ट पार्टी के कार्यकर्ता निर्मल ने उन दिनों अलग-अलग पत्रिकाओं के लिए लिखा। पहली कहानी सम्भवत: कॉलेज की पत्रिका में ही छपी थी। कॉलेज के बाद लेखन ने एक व्यवस्थित रूप लिया। निर्मल उन दिनों दिल्ली के करोलबाग़ में अपने पुश्तैनी मकान में रहा करते थे। बड़े-से मकान की छोटी-सी बरसाती उन्हें लिखने के लिए एकान्त भी देती थी, और दोस्तों के साथ अड्डेबाज़ी के लिए उपयुक्त स्थान भी।

कृष्ण बलदेव वैद : उन दिनों न किसी के घर में फ़ोन होता था, न (पड़ोसी से) बुलाकर। तो अक्सर यह होता था कि कनॉट प्लेस जाने के लिए कोई प्रोग्राम बन जाता था, तो निर्मल को साथ लेने के लिए वहाँ रुकना पड़ता था। रुकने से, रुकते-रुकते वहीं कई बार रुक जाते थे। तो बरसाती एक क़िस्म का अड्डा तो था, और वो अड्डा इसलिए था कि वो जगह एक सेंट्रल-सी जगह पर थी और कुछ निर्मल की वजह से भी, कि निर्मल कुछ सेंट्रल-सा व्यक्ति था उस वक़्त। और वो काफ़ी धीर क़िस्म का आदमी भी था। तो जब भी कोई आता था, उसे खुले माथे मिल लेता था। अगर उसके अन्दर थोड़ी सी झुँझलाहट होती भी, तो उसे छिपा लेता था।

काम कर रहा हो, तो भी छिपा लेता था। इसलिए बरसाती में ये लोग जो आते थे, उस समय सभी लिखने वाले थे। स्वामीनाथन उन दिनों पेंटिंग तो नहीं कर रहे थे। वो पूर्णकालिक कार्यकर्ता थे कम्यूनिस्ट पार्टी के, लेकिन निर्मल के बचपन के दोस्त थे। और अड्डेबाज़ थे ख़ूब।

क. : उनकी पहली पुस्तक एक अनुवाद थी। नाम था : 'कुप्रिन की कहानियाँ' (1955)। उनकी कहानियों का पहला संग्रह 'परिन्दे' 1959 में प्रकाशित हुआ। सात कहानियों के इस संकलन को शिल्प की नवीनता के लिए विशेष रूप से सराहा गया।

अशोक वाजपेयी : निर्मल ने शुरुआत ही, मेरा ख़याल है, मानवीय सम्बन्धों से की। जो कोमलता है, और जो उनमें बारीक बिखराव है, उस पर ध्यान देने से की। इसलिए निर्मल में एक तरह की सरोकारों की एकतानता भी मिल सकती है। उन्होंने लगातार कैसे एक मानवीय सम्बन्ध बनता है, कैसे वह दिक़्क़त में पड़ता है या तनाव में पड़ता है, और कैसे वह बदल जाता है, इस पूरी प्रक्रिया के वह कथाकार हैं।

मदन सोनी : मेरे हिसाब से निर्मल वर्मा बुनियादी तौर पर भाषा के कथाकार हैं। यानी भाषा के कलाकार—भाषाएँ तो सभी लोग लिखते हैं—लेकिन निर्मल वर्मा के यहाँ भाषा बहुत अहम् भूमिका इस अर्थ में निभाती है कि वही है, जो निर्मल वर्मा की समय सम्बन्धी अवधारणाओं को भी कैरी करती है और आपको लगता है कि उनकी कहानियों में कुछ बहुत पहले घटित हो चुका है, कहानियाँ उसके बाद, बहुत वर्षों बाद लिखी जा रही हैं। हर पात्र का वर्षों पहले का कोई एक अनुभव है, जिसे वह सम्प्रेषित कर रहा है। तो यह जो भार है अपनी स्मृति का, दबाव है, उस दबाव को कम करने के लिए एक ख़ास तरह की संगीतात्मकता, या जिसको मैंने अभी कहा, व्यंजना-शक्ति, ध्वनि का भाव उसमें पैदा होता है और वही चीज़ मुझे उनकी कहानियों में सांगीतिकता का प्रभाव देने वाली लगती है।

क. : 'परिन्दे' के प्रकाशन के कुछ ही समय बाद निर्मल को एक फेलोशिप के तहत चेकोस्लोवाकिया बुलाया गया। उन्हें प्राग स्थित ओरिएंटल इंस्टिट्यूट में आधुनिक चेक कृतियों का हिन्दी अनुवाद का एक कार्यक्रम प्रारम्भ करना था। प्राग प्रवास का उनका अनुभव अपने-आपमें बहुत अनूठा रहा।

नि.व. : चेकोस्लोवाकिया ने मुझे दो चीज़ें दीं, जो मुझे नहीं मिलतीं। पहली बार, मैं यूरोप के, पश्चिम के जीवन के बारे में, उसके अन्तर्द्वंद्वों के बारे में पूरी अन्तरंग जानकारी ले पाया। दूसरी, जो उतनी ही महत्त्वपूर्ण है कि उन दिनों चेकोस्लोवाकिया

में कम्यूनिस्ट पार्टी का राज था, कम्यूनिस्ट व्यवस्था थी। कम्यूनिस्ट व्यवस्था के भीतर पूर्व यूरोपियन देश की समस्याएँ पश्चिमी देशों से कितनी अलग हो सकती हैं, लोगों के अनुभव कितने अलग हो सकते हैं, उनकी कठिनाइयाँ-परेशानियाँ कितनी अलग क़िस्म की हो सकती हैं, इसका ज्ञान, इसका अनुभव मुझे चेकोस्लोवाकिया जैसे देश में ही हो सकता था।

क. : निर्मल ने प्राग के ओरिएंटल इंस्टिट्यूट में एक लम्बा समय व्यतीत किया। उनके निर्देशन में कारेल चापेक, बोहुमिल होलुब, जोसेफ़ स्कवोरस्की तथा मिलान कुन्देरा जैसे लेखकों का कार्य हिन्दी पाठकों के लिए अनुवाद के रूप में उपलब्ध हो सका। परन्तु उनके प्राग अनुभव के और भी आयाम थे।

अ.वा. : मनुष्य जीवन में जो हिंसा है, जो आपाधापी है, उसको थोड़ा नज़दीकी से देखा यूरोप में। अगर उस हिंसा से, एक बहुत बड़े दौर से यूरोप गुज़र चुका था, तो उसका हश्र भी उन्होंने देखा, उसकी बरबादी भी देखी। तो मुझे लगता है कि हिंसा उनके जगत में एक अभिप्राय के रूप में शामिल हुई।

नि.व. : सोचता था कि साम्यवादी देशों में, सोवियत संघ या चेकोस्लोवाकिया, पोलैंड में कम्यूनिस्ट पार्टी इसलिए असफल रही, एक न्यायोचित व्यवस्था कायम करने के लिए, क्योंकि वह मार्क्सवादी सिद्धान्तों का अनुकरण ठीक से नहीं कर रही थी। बाद में मुझे लगा कि मार्क्सवाद के भीतर ही साम्यवादी हिंसा और स्वार्थपरकता और भौतिकता मौजूद है। मुझे यह भी लगा, जो शायद काफ़ी एक कटु सत्य था कि साम्यवादी व्यवस्था उसी भोग-विलासी जीवन के प्रति आकर्षित थी, उसी प्रगति के नारे पर चल रही थी, जिसमें पश्चिमी देशों की पूँजीवादी व्यवस्था संलग्न थी। इस दृष्टि से दोनों में कोई मौलिक अन्तर नहीं था। ऐसा अन्तर नहीं था, जैसा हम गांधीजी के दर्शन में देखते हैं, जहाँ भौतिक लिप्सा अपने में ही मनुष्य के लिए हानिकारक होती है, उसकी आत्मा का हनन करती है।

क. : 1968 के प्राग वसन्त के पश्चात् निर्मल को चेकोस्लोवाकिया छोड़ना पड़ा। स्टालिनवादी कम्यूनिज़्म से उनका मोहभंग बहुत पहले ही हो चुका था। 1956 में हंगरी पर सोवियत हमले के बाद उन्होंने विरोध-स्वरूप कम्यूनिस्ट पार्टी की प्राथमिक सदस्यता से इस्तीफ़ा दे दिया था, परन्तु 1968 के अनुभव ने उनके विचारों पर गहरा प्रभाव डाला।

नि.व. : इसीलिए जब मैं अपने देश लौटा हूँ तो एक तरह से हमारी भारतीय परम्परा के भीतर क्या ऐसे अंश मौजूद हैं, जो हमें एक दूसरे रास्ते की तरफ़ ले चलें, जो न पश्चिम का रास्ता है, न सोवियत तानाशाही का रास्ता है, और यह चीज़,

यह जिज्ञासा मुझे पहली बार गांधी, विवेकानन्द, श्री अरविन्द जैसे लेखकों और चिन्तकों के क़रीब ले गई, जिन्होंने किसी बाहरी देश या सभ्यता से नहीं, अपने ही देश की परम्परा और संस्कृति से अपने को जोड़ने का प्रयास किया था और अपने वर्तमान को सुधारने का कार्यक्रम शुरू किया था।

क. : निर्मल 1970 तक यूरोप में रहे। इस दौरान उनकी कुछ महत्त्वपूर्ण कृतियाँ सामने आईं। इनमें 'वे दिन', 'जलती झाड़ी' और 'पिछली गर्मियों में' शामिल हैं। उनकी पहचान अब एक विचारक के रूप में बन रही थी तथा उनके निबन्धों के संग्रह भी इसी दौरान प्रकाशित हुए। 1970 में निर्मल एक लम्बे प्रवास के बाद भारत लौट आए और जल्दी ही उन्हें शिमला में इंडियन इंस्टिट्यूट ऑफ़ एडवांस्ड स्टडीज़ में फ़ेलो चुन लिया गया। यहाँ उन्हें साहित्य में मिथक चेतना पर शोध करना था।

शिमला का उनके जीवन में विशेष महत्त्व है। यहीं पर लोअर जाखू के हरबर्ट विला में 3 अप्रैल, 1929 को उनका जन्म हुआ था। उनके भाई तथा चित्रकार रामकुमार अपने बचपन के दिनों के प्रभावों को याद करते हैं :

रामकुमार : बचपन में जो स्मृतियाँ दिमाग़ में आ जाती हैं, उनका एक असर तो बहुत स्थायी रूप से रहता है दिमाग़ में। तो उसको व्यक्ति किस रूप में प्रकट करता है, वह लेखक है तो लेखन में। निर्मल की तो बहुत-सी कहानियाँ हैं, 'परिन्दे' कहानी है, पहाड़ों की पृष्ठभूमि के अन्दर। और मैंने भी जो चित्र बनाए, पेंटिंग की, जो शुरुआत की थी, वह शिमला से ही की थी। उसकी सड़क पर बैठकर पहाड़ देखते थे, गिरजाघर देखते थे और वे बनाने की कोशिश करते थे। वे चीज़ें दिमाग़ में रहीं और अभी तक हैं। किसी-न-किसी रूप में उनकी छाया दिखाई देती है। निर्मल काफ़ी ज़िद्दी स्वभाव के थे। एक बात पर वे अड़ जाते तो फिर उसे बदलना मुश्किल होता था। घरवालों से, माता-पिता से ज़िद मनवाकर ही छोड़ते थे।

क. : निर्मल लीक से हटकर, स्वतंत्र रूप से सोचने और अपने आग्रह के लिए आज भी जाने जाते हैं। इमरजेंसी, सेक्यूलरिज़्म तथा तिब्बत जैसे विषयों पर उनके विचार मुख्यधारा से अलग रहे हैं और इस कारण समय-समय पर विवाद भी उठे हैं। सम्भवत: निर्मल के व्यक्तित्व का यही पक्ष उन्हें युवा पीढ़ी और उभरते लेखकों के लिए प्रेरणा का एक स्रोत बनाता है।

एक श्रोता : आपकी कहानियों में हम अक्सर बच्चों को एक अत्यन्त महत्त्वपूर्ण पात्र के रूप में देखते हैं और उन पात्रों के ज़रिये कहानी को अनुभव करते हैं। इस सम्बन्ध में आपके विचार जानना चाहूँगा।

नि.व. : हम सोचते हैं बच्चे का जीवन, बचपन सिर्फ़ एक स्टेज है, पड़ाव है, बड़े होने का। मैं इसे बिलकुल ग़लत मानता हूँ। बचपन अपने में एक स्वतंत्र दृष्टि का वाहक हो सकता है, ऐसी मेरी धारणा है। बचपन में हम जो कुछ भी देखते हैं, महसूस करते हैं, वह अधकचरा नहीं है, जैसा कि हम समझते हैं, कि वह वयस्क नहीं है। लेकिन उसकी अपनी शर्तें हैं, उसकी अपनी मर्यादाएँ हैं। ये चीज़ों को पहली बार देखने का यह एक अनुभव होता है। मैं आज भी याद कर सकता हूँ कि मैंने जो सूर्यास्त पहली बार देखा था, महसूस किया था, उसने कितना मुझे आलोड़ित किया था। इस तरह से बचपन एक बड़प्पन की सीढ़ी न होकर अपने में एक दुनिया लेकर आता है, और वह दुनिया हमारी दुनिया से मिलती-जुलती होकर भी अपनी शर्तों पर आधारित है। उसकी अपनी दृष्टि हैं, उसका अपना अनुभव-तंत्र है।

अन्य श्रोता : आपके पात्र अतीतजीवी हैं, उनका स्मृतियों से सम्बन्ध काफ़ी गहरा दिखता है। जीवन में स्मृति का जो महत्त्व है, उसके प्रति आपका क्या दृष्टिकोण है?

नि.व. : जिसे हम स्मृति कहते हैं, हमेशा मुझे लगता रहा है, मुझे वह कोई अतीत की चीज़ नहीं जान पड़ती। मुझे ऐसा नहीं लगता कि हम जिसे अतीत कहते हैं, वह बीता हुआ समय है। कोई भी समय, जो हमने बिताया है, हमारे भीतर जीवित है। इसलिए अतीत समय का खंड ज़रूर है, लेकिन वह अनुभव के क्षेत्र में, वर्तमान में मौजूद है। अक्सर हम भूल जाते हैं। कहानी और उपन्यास में हम समूचे मनुष्य की दुनिया लेकर चलते हैं। उसमें उसका अतीत उतना ही केन्द्रीय और महत्त्वपूर्ण भूमिका सम्पन्न करता है, जितना कि उसका आज का जीवन। और यदि यह बात सही है तो बीते को आज के अनुभव से अलग करना कितना ग़लत है। हम सोचते हैं, स्मृति केवल अतीत है, जिसे हम याद करते हैं। जबकि मेरे लिए, कम-से-कम मैं अपने बारे में कह सकता हूँ, स्मृतिविहीन व्यक्ति बहुत ही विपन्न और बहुत ही ख़ाली व्यक्ति होगा।

श्रोता : लेखन के अलावा और कौन-सी विधाएँ आपको आकर्षित करती हैं?

नि.व. : फ़िल्मों का जितना गहरा असर मुझ पर पड़ा है, उसने कहीं मेरी कहानियों की संरचना, उसके शिल्प को भी प्रभावित किया होगा। मुझे यह चीज़ बहुत अद्भुत और असाधारण लगती है कि किस तरह से आप विज़ुअली (फ़िल्म में) देखते हैं, एक लड़की को सड़क पार करते हुए, और वह रुक जाती है, और देखती है कि दो बच्चे आपस में लड़ रहे हैं और समूचे शहर की हिंसा की जो आक्रामकता है, जो उसकी कुरूपता है, वह केवल उस लड़ाई में फोकस दिखाई देती है। मुझे लिखने में भी विज़ुअल तत्त्व बहुत खींचते हैं अपनी तरफ़। जब तक कि मेरे लिए

कहानी का विज़ुअल परिवेश स्पष्ट नहीं हो जाता, तब तक मैं उसके भीतर के पात्रों के जीवन को व्यक्त करना अपर्याप्त समझता हूँ। मुझे लगता है, यह एक आर्किटेक्चर होना बहुत ज़रूरी है कहानी का, जो कि पाठक को सीधा-सीधा बता सके, कौन-सा एक्शन या दृश्य किस परिवेश के भीतर घट रहा है।

जब मैं चेकोस्लोवाकिया में गया था, तो शुरू में मुझे चेक भाषा तो आती नहीं थी। जब तक हमें भेज नहीं दिया गया, स्कूल में चेक भाषा सीखने के लिए, तब तक मैं ख़ाली था, प्राग में घूमते हुए मैं देखता था कि शाम को मैं कहाँ जाऊँ और मैं अख़बार में पढ़ता था, आज यह कंसर्ट है, आज मोत्सार्ट है, आज बाख़ या बीथोवन है, जिन संगीतकारों के नाम मैंने सुन रखे थे। तो मैं शाम को कंसर्ट सुनने चला जाया करता था क्योंकि कंसर्ट में आपको भाषा का आना ज़रूरी नहीं है। वह वायलिन या पियानो का वादन होता था। इससे मैंने जो संगीत अब तक रिकॉर्ड्स में सुना था, उसे प्रत्यक्ष रूप में देखकर, कंसर्ट्स के आर्केस्ट्रा में सुन पाना मेरे लिए बहुत ही अनूठा अनुभव था।

क. : निर्मल ने जिस भी स्थान पर कुछ समय व्यतीत किया, वहाँ अपनी एक छाप छोड़ी। चाहे वह शिमला की यशपाल सृजनपीठ हो अथवा भोपाल की निराला सृजनपीठ। पर साथ ही इन सभी स्थानों ने उनके संवेदनशील व्यक्तित्व पर अपना प्रभाव छोड़ा। किसी न किसी तरह से उनके अवचेतन तथा उनके व्यक्ति में सदा के लिए जगह बना ली। निर्मल ने जहाँ अनेक स्थानों, लेखकों, व्यक्तित्वों से प्रभाव ग्रहण किया है, वहीं उनके कृतित्व के प्रभाव भी समय-समय पर देखने को मिलते हैं।

कुमार शहानी : मैं एक ऐसे विषय की तलाश में था जो एक अलग प्रकार की चेतना के विषय में बात करे। मैंने 'माया-दर्पण' को इसलिए भी चुना क्योंकि उस समय मेरे जो सरोकार एवं चिन्ताएँ थीं, वह उससे मेल खाती थी। वह उस समय के भारत के बारे में थी। भारत उस समय एक बहुत ही सामन्ती देश था। फ़िल्म की प्रमुख पात्र तरन उस अत्यन्त दमनकारी माहौल में अपने अस्तित्व की तलाश कर रही थी और इस बात ने मुझे बहुत आकर्षित किया। इस बात ने ही मुझे एक प्रकार से सिनेमा के प्रगतिशील माध्यम के प्रयोग का अवसर दिया और विषयवस्तु को बहुत अधिक महत्त्व दिये बिना काम करने का अवसर दिया। उसमें कोई कथानक नहीं है। वह बस स्वचेतन की एक कहानी है...।

क. : निर्मल को भारतीय साहित्य के सभी महत्त्वपूर्ण सम्मान प्राप्त हुए हैं। साधना सम्मान, ज्ञानपीठ पुरस्कार तथा साहित्य अकादेमी पुरस्कार भी इनमें शामिल हैं। पर उनकी लेखन-यात्रा अनवरत जारी है।

गगन गिल : वह उन लोगों में से नहीं हैं, जो जब मेज़ पर बैठते हैं, तभी उनका लेखन शुरू होता है। वह अपने चौबीस घंटों को एक ख़ास तरह की नैतिक मर्यादा में जीते हैं। तो उनमें कोई उस तरह की फाँक नहीं है, जो हम ज़्यादातर कलाकारों में देखते हैं या उन्हें कलाकारी का लाइसेंस दे देते हैं कि यह आर्टिस्टिक लिबर्टीज़ वह ले सकते हैं, जीने में, दूसरों को दु:ख देने में। निर्मल इस मामले में एक बहुत ही एक-टुकड़ा व्यक्ति हैं।

क. : निर्मल कलाकार हैं, संवेदनाओं की धूप-छाँव के। ख़ाली कमरों, मौन खिड़कियों, गहराते धुँधलके के। उनके कथा-जगत से एक नई निर्मल-कथा की प्रतीक्षा उनके हर पाठक को रहती है।

> रजिस्ट्रार के बँगले से आगे, यूनिवर्सिटी रोड के बाईं ओर एक लेन चली गई है। उस लेन पर धूप और छाया आधी-आधी बँट गई है। मैं आधी छाया पर चलता हूँ। मेरी छाया आधी धूप पर गिरती है। होस्टल के मेन गेट की दीवार पर काँच के टुकड़े शाम की धूप में चमक रहे हैं। ऊपर की मंज़िल पर दाहिने विंग में उसका कमरा है। खड़ा-खड़ा मैं जेब में हाथ डालकर कहानी के पन्नों को छूता हूँ। बहुत दिन पहले लिखी थी। बहुत दिन पहले नीलू ने माँगी थी। मुझे मालूम है कि वह ऐसे ही पूछती है। ऐसे ही भूल जाती है। लेकिन शायद कहीं याद हो। पूछेगी तो दे दूँगा। दूँगा नहीं, केवल दिखला-भर दूँगा। दिखलाकर कहूँगा—नहीं, कहूँगा कुछ नहीं।
>
> —कब से खड़े हो?
>
> —कहाँ से आ रही हो?
>
> —यहीं यूनिवर्सिटी लाइब्रेरी गई थी। किताबें वापस करनी थी और लाइब्रेरी सिक्योरिटी के पैसे भी वापस मिले हैं। यहाँ रहती तो आज सब पिक्चर चलते।
>
> —नीलू
>
> —क्या परेश?
>
> —तुम छुट्टियों के बाद वापस तो आओगी न?
>
> —हाँ, शायद आना पड़े। सारे पेपर्स बिगड़ गए हैं।
>
> —डोंट बी सिली।
>
> —सारा सामान बिखरा पड़ा है। कुछ भी पैक नहीं किया। अच्छा हाँ, परेश, अपने रिव्यू की कटिंग ज़रूर भेज देना। हमारे शहर में टाइम्स नहीं आता। मेरा पता मालूम है? एक मिनट...।
>
> —तुम गर्मियों में यहीं रहोगे?
>
> —क्यों?

—तुम बेकार यहाँ रहकर अपना टाइम ख़राब कर रहे हो। तुम किसी पेपर के कॉरेस्पांडेंट बनकर कहीं बाहर क्यों नहीं चले जाते?

—बाहर कहाँ?

—क्यों, सारी दुनिया पड़ी है। लन्दन, न्यूयॉर्क, पेरिस।

—सच (हँसता है)।

—अभी मेरा कजिन कैरो गया था। स्वेज की ख़बरें कवर करके लौटा है। अगर तुम जाओ न, तो हर शहर से पिक्चर पोस्टकार्ड ज़रूर भेजना, पिरामिड, आइफल टॉवर वग़ैरा-वग़ैरा। अच्छा परेश अब मैं चलती हूँ। दिन भर आलस के मारे कुछ भी पैक नहीं किया। सारा सामान खुला पड़ा है। यह पता रख लो और कटिंग ज़रूर भेजना। (मुड़ती है)

—तुम अब कहाँ जाओगे?

—मैं? एक्सप्रेसो। निकी और सीडी इन्तज़ार में होंगे।

—वो ट्यून याद है, जो पिछली बार एक्सप्रेसो में बजाई थी?

—थ्री कॉइंस इन द फाउंटेन?

—आज वही बजा दो।

—पर तुम तो उस समय ट्रेन में होंगी?

—फिर भी बजाना। दस बजे। मैं उस वक़्त तुम सबको याद करूँगी। निकी, सीडी, तुम्हें...और दिल्ली में बिताए हुए दो साल...।

—गुड बाय नीलू।

नीलू ने हाथ हिलाया। वह अँधेरे में चली गई। मैं अँधेरे में खड़ा रहा। नीलू ने पिक्चर पोस्टकार्ड के बारे में क्या कहा था? बारिश के बाद भी रात गर्म थी। गीली सड़कों पर दुकानों की नियोन लाइट्स के नीचे चलते हुए मुझे वे सब बातें याद हो आईं जो मैं उससे कहना चाहता था। और नहीं कह पाया था। मुझे अच्छा लगा कि मैंने उन्हें नहीं कहा। अब सोचकर मुझे शर्म आ रही है क्योंकि कुछ बातें हैं, जो उम्र के संग जुड़ी होती हैं। और अगर उम्र बीत जाए और वे अनकही रह जाएँ तो उन्हें कभी कहना नहीं होता।

['पिक्चर पोस्टकार्ड' कहानी के नाट्य रूपान्तरण से एक अंश]

[निर्देशक : विनय शंकर, 2003]

काया-छाया

निर्मल वर्मा के साथ

कभी-कभी मित्रों का अभाव गहरी पीड़ा के साथ महसूस होता है

शशिकान्त की बातचीत

हिन्दी जगत में निर्मल वर्मा का जिस तरह का आतंक है, उनका व्यक्तित्व इसके ठीक विपरीत है। हिन्दी के इस वरिष्ठ रचनाकार से मिलकर और उनके साथ बातचीत करके उनके बात व्यवहार के आप क़ायल हो जाते हैं। घर पर आए मेहमान का परम्परागत शैली में आतिथ्य सत्कार करने से लेकर उसके सुख-दुःख, चिन्ता, परेशानी, घर-परिवार, लिखने-पढ़ने आदि को लेकर वह जिस तरह के अन्तरंग भाव दर्शाते हैं, वह किसी को भी अभिभूत करने के लिए काफ़ी है।

इस अनौपचारिक बातचीत के लिए 30 अप्रैल की सुबह जब मैंने निर्मल वर्मा को फ़ोन किया तो उन्होंने इस नये कॉलम के बारे में जानकारी माँगी और उसी दिन शाम को पाँच-साढ़े पाँच बजे अपने घर बुलाया। दिल्ली विश्वविद्यालय के ग्वायर हॉल छात्रावास से माल रोड पैदल चलकर दो-तीन बस बदलने के बाद मैं ठीक साढ़े पाँच बजे पटपड़गंज स्थित सहविकास सोसायटी में उनके फ़्लैट पर पहुँचा। कॉल बेल दबाया और देखने लगा, उनकें दरवाज़े के बग़ल की लाल-लाल मूर्तियाँ। दरवाज़े के ऊपर झूल रही थी कपड़े पर लिखी लद्दाखी मंत्रों की माला। चिटखनी खुलने की हल्की ध्वनि के साथ दरवाज़ा खुला। तार की जाली वाले दरवाज़े के पार थीं युवा कवयित्री गगन गिल। उन्होंने बाहर झाँकते हुए मेरा नाम पूछा। मैंने अपना नाम बताया। दरवाज़ा खोलकर उन्होंने मुझे अन्दर बुलाया।

अब तक निर्मल वर्मा भी आ चुके थे। मैंने पाँव छूकर उन्हें प्रणाम किया। आशीर्वाद देते हुए वे मुझे अपने अध्ययन कक्ष की ओर ले गए और कुर्सी पर बैठने के लिए कहकर सामने किचन की ओर गए। मेरी नज़र उनकी गतिविधियों पर थी। उन्होंने डायनिंग टेबल पर से शीशे का एक गिलास उठाया। फ्रिज खोलकर पानी की बोतल निकाली। गिलास में पानी भरकर ख़ुद पानी का गिलास लाकर

मुझे पीने के लिए दिया और पुनः किचन की ओर चले गए। पानी पीते हुए मेरी निगाह उनके बिस्तर पर रखी 'आलोचना', 'बहुवचन', 'तद्भव', 'साहित्य अमृत', 'ग्रांटा' आदि पत्रिकाओं और बग़ल वाली कुर्सी पर रखे अंग्रेज़ी के उपन्यासों पर पड़ी। मेरी कुर्सी के पीछे था हिन्दी साहित्य यानी किताबों की लम्बी-चौड़ी रैक। लगभग दस फ़ीट ऊँची और पन्द्रह फ़ीट चौड़ी उस रैक पर क़रीब पाँच हज़ार किताबें होंगी। बिस्तर के ठीक ऊपर दीवार पर टँगी हुई थी फ्रेम की हुई सुन्दर-सी कलाकृति। मुश्किल से दो मिनट हुए होंगे। हाथ में चाय का गिलास लेकर निर्मल जी आए और मुझे पीने के लिए देकर बिस्तर पर बिखरी पत्रिकाओं एवं किताबों को समेटने लगे। इसी दौरान मैंने पहला सवाल किया, "आजकल आप क्या कुछ पढ़ रहे हैं?"

"इन दिनों मैं अंग्रेज़ी का मैगज़ीन 'ग्रांटा' पढ़ रहा हूँ। उसका यह अंक संगीत पर निकला है। यह सचमुच एक अद्भुत अंक है। इसमें विभिन्न लेखकों, कलाकारों, रसज्ञों के बारे में संस्मरणात्मक लेख हैं। यह अंक संगीत में रुचि रखने वाले रसज्ञों के लेखों का संकलन है। पिछले दिनों इसे पढ़ते हुए मुझे आनन्द आ रहा है," उन्होंने कहा।

इनसान अपनी इच्छानुसार अपनी कुछ विचित्र क़िस्म की आदतों के साथ ज़िन्दगी जीना चाहता है। निर्मल वर्मा इसके अपवाद नहीं हैं। अपने पढ़ने-लिखने की आदतों के बारे में वे कहते हैं :

"मेरी समस्या है (इसे एक बीमारी समझ लीजिए) कि मैं एक साथ चार-पाँच किताबें पढ़ता हूँ। यह मेरी मनःस्थिति पर निर्भर करता है कि मैं कौन-सी किताब पढ़ूँगा। इसका नुक़सान इतना यह है कि कभी-कभी पढ़ते हुए मैं उसमें इतना खो जाता हूँ कि दूसरी आधी पढ़ी हुई किताबें एक-एक महीने तक पड़ी रहती हैं। फिर अपराध-भावना जगती है, तब किसी विस्मृत पुस्तक को उठाता हूँ। यह मेरी एक आदत बन गई है। इन दिनों राज थापर (रमेश थापर की पत्नी) की जीवनी पढ़ रहा हूँ। दोनों हिन्दुस्तान के वामपंथी आन्दोलन से जुड़े हुए थे। राज की जीवनी में मेरा मन रम जाता है। स्वयं मुझे कम्यूनिस्ट पार्टी में आने और उससे विक्षुब्ध होने के बाद जो अनुभव हुआ था, उसी तरह का अनुभव इस पुस्तक को पढ़ते हुए हुआ। यह पुस्तक मेरे लिए व्यक्तिगत जीवन का आईना जैसी है। जैसे मैं उनके साथ अपना जीवन साझा कर रहा हूँ। मैं दोनों को जानता था। राज की मृत्यु कैंसर से हुई और कुछ दिनों पहले रमेश जी भी चले गए। इधर सबसे अधिक जिस पुस्तक ने मुझे उद्वेलित किया, वह है मुक्तिबोध पर लिखी नरेश मेहता की पुस्तक। इसमें मुक्तिबोध की साधना, ग़रीबी के संघर्ष, कविता के प्रति उनका जुड़ाव आदि है। इसमें स्वयं नरेश जी का एक आत्मसंस्मरण है, जब वे इन्दौर में एक वर्ष उनके साथ रहे थे। इन्दौर के बारे में उनका जो बिम्ब आता है वह सचमुच दिल दहला देने वाला है।"

मैं निर्मल जी से एक सवाल पूछना चाहता था, लेकिन बात ख़त्म कर वे कुर्सी पर से उठते हुए बोले, "मैं अभी आता हूँ।" उसके बाद उन्होंने सामने फ्रिज से पानी की बोतल निकालकर एक गिलास पानी पिया और आकर कमरे का दरवाज़ा बन्द कर मुझसे कहा : "चाय पी लीजिए, ठंडी हो जाएगी।"

मैंने उनसे सवाल किया, "निर्मल जी, आपके लेखन में भी पहाड़ी जीवन-दर्शन, वहाँ की संस्कृति और सौन्दर्य-बोध झलकता है। लेकिन कुल मिलाकर कहें तो आपके लेखन में पहाड़ों जैसी ऊँचाई और गहराई तो है लेकिन मैदानों की तरह फैलाव नहीं है।"

इसके जवाब में उन्होंने कहा : "सिर्फ़ यह कह सकता हूँ कि मेरे लेखन पर बहुत भावनात्मक और अन्तर्दृष्टि पूर्ण पर्यवेक्षण हैं और ये वही हैं जिसे मैंने मुक्तिबोध के बारे में कहा है, क्योंकि मध्य प्रदेश और महाराष्ट्र ने उनकी मानसिक भावभूमि को गहन स्तर पर प्रभावित किया था। मेरे ख़याल से हम बचपन में जो कुछ देखते हैं, जिस तरह के परिवेश में जीते हैं, वह हमारे अवचेतन का इतना अभिन्न अंग बन जाता है कि लिखते समय न भी उसके प्रति सचेत हों, इस तरह के प्रभाव गोपनीय रास्तों से हमारे सृजन-स्थल पर अपनी छायाएँ प्रक्षेपित करते रहते हैं कि कभी-कभी बड़ा अचरज होता है।

(अचानक फ़ोन की घंटी बजने लगती है। निर्मल जी फ़ोन रिसीव करते हैं। उसके बाद दरवाज़ा खोलकर गगन जी से कहते हैं, 'गगन, विनय का फ़ोन है...।')

"दिन के उजाले में जो चीज़ें कभी हमारे भीतर प्रवेश नहीं करतीं, उसके प्रति हम विस्मृत रहते हैं। वही एक स्वप्न की तरह हमारे लेखन में चुपचाप रास्ता बनाती हुई चली आती है। एक तरह से परिवेश का यह आरम्भिक प्रभाव हमारे संस्कारों की 'आर्किटाइपल' छवियों की तरह हो जाते हैं, जो हमारे सोचने, समझने, अनुभव करने के दावे को बराबर परिचालित करते रहते हैं।"

निर्मल जी बात ख़त्म करके मेरी ओर देखकर पूछते हैं, "ज़्यादा बोझिल तो नहीं हो रहा है?"

मैं कहता हूँ, "जी नहीं।"

मेरी नज़र उनके बिस्तर के ऊपर दीवार पर टँगे चित्र के ऊपर पड़ी। मैंने उसके बारे में उनसे पूछा। जवाब में उन्होंने कहा, "भोपाल के प्रतिभावान चित्रकार अखिलेश ने यह चित्र मुझे भेंट किया था। मुझे चित्र पसन्द है। आजकल वे भारत भवन के 'रूपंकर' के निदेशक हैं।"

चित्र के बग़ल में दीवार पर टँगे पिकासो के चुने हुए चित्रों के कैलेंडर के बारे में बतलाते हुए वे बोले, "भारतीय राष्ट्रीय संग्रहालय में दो-तीन महीने पहले पिकासो के चित्रों की विराट प्रदर्शनी लगी थी, जिसमें उनके मौलिक चित्रों को प्रदर्शित किया गया था। उनके चुने हुए चित्रों के इस कैलेंडर को मैंने वहीं से ख़रीदा था।"

"एक 'अनुशासन' के रूप में कला आपके पूरे लेखन में दिखलाई पड़ता है। म्यूज़िक और पेंटिंग ने आपकी रचनाधर्मिता और चिन्तन को किस रूप में प्रभावित किया है?"

मेरे इस सवाल के जवाब में निर्मल जी कहते हैं, "मैं अपने बारे में यही कह सकता हूँ कि मैं एक ऐसा लेखक हूँ जिसे सौभाग्य से पश्चिमी एवं भारतीय संगीत समारोहों में जाने का सौभाग्य मिला है। मेरे भाई रामकुमार पेंटर थे। वे मुझे फ्रांस के कलाकारों की डायरियाँ, जर्नल्स, पुस्तकें, अनुकृतियाँ, उनके जीवन पर आधारित कथाएँ आदि भेजते रहते थे। प्रसद्धि चित्रकार स्वामीनाथन मेरे नज़दीकी मित्र थे। उनके साथ कला, चित्रकला, साहित्य आदि के बारे में बातचीत होती रहती थी। उन सबके साहचर्य में रहकर हम कितना सीखते हैं, यह हमारे ऊपर निर्भर करता है। मैंने साहित्यकारों से उतना नहीं सीखा जितना चित्रकारों, संवेदनशील राजनीतिज्ञों से सीखा है। यह मेरे जीवन का स्वाभाविक प्रसंग रहा है कि मुझे कला के नज़दीक आने का सौभाग्य मिला। फिर भी मैं नहीं कहूँगा कि कला में दीक्षित हूँ। हालाँकि इन सबके सम्पर्क में मैं नहीं आता तो मैं आज जो हूँ, वह नहीं होता। जैसा कि हेमिंग्वे ने कहा था कि उन्होंने सेजां (फ्रेंच चित्रकार) से जितना सीखा, उतना किसी से नहीं। उन्होंने लिखा कि उनका प्रभाव मुझ पर है। रिल्के ने अनेक चित्रकारों के बारे में लिखा था, जिन्होंने उनकी चेतना को प्रभावित किया था। मेरे ख़याल से कलाओं के भीतर ही यह सम्भव हो पाता था।" दीवार पर टँगे एक चित्र की ओर इशारा करते हुए निर्मल जी आगे कहते हैं, "पॉल क्ले एक बहुत बड़े चित्रकार हैं, लेकिन वे संगीत में भी रुचि रखते थे। युवावस्था में पियानो बजाना सीखना चाहते थे लेकिन बाद में उन्होंने चित्रकला में रुचि ली। ऐसे अनेक साहित्यकार हैं। मैं अपने को एक ऐसा साहित्यकार मानता हूँ जिनका साहित्य की पड़ोसी कलाओं के साथ गहरा जुड़ाव रहा है। इसका मेरे लेखन पर क्या असर है, यह कहना मुश्किल है। लेकिन मुझे लगता है कि यदि इन कलाओं के सम्पर्क में न आता तो मेरा सृजनात्मक लेखन बहुत विपन्न रहता। जब मैं प्राग गया था तो चेक भाषा नहीं जानता था। फ़िल्मों, नाटकों आदि में जाना मुश्किल था। फिर सोचा कि संगीत समारोह में भाषा की मुश्किल नहीं है। हर शाम को जब कुछ नहीं करना होता था (क्योंकि मेरा जीवन अकेला था) तो बीथोवन, मोत्सार्ट आदि के संगीत समारोह में चला जाता। मुझे लगता कि चेक भाषा जानने से पहले चेक शास्त्रीय संगीतकारों से मुझे जो अनुभव हुआ, वह मेरे लिए फ़ायदेमन्द रहा। यह मेरा निजी अनुभव है जो मैं आपको बता रहा हूँ। वैसे ही प्राग के संग्रहालय थे, कला म्यूज़ियम थे, जहाँ न केवल यूरोपीय कला का संग्रह था बल्कि मध्यकालीन समय, बाइजेंटाइन, आइकॉन मूर्तियों, चित्रों का दुर्लभ संग्रह था, जिन्हें मैं आरम्भिक समय में देखा करता था। मैं समझता हूँ कि प्राग में चेक साहित्य से पहले चेक कला और चित्रों से मेरा परिचय हुआ था।"

कलाओं के प्रति अपने इस ख़ास लगाव के बारे में बतलाते हुए निर्मल जी के मन में फ़िल्म 'फ़्लैश बैक' में चेकोस्लोवाकिया तक पहुँच चुकी है। इसीलिए मैं उन्हें और 'फ़्लैश बैक' में ले जाकर उनके उन अज़ीज़ मित्रों, साथी कवियों, लेखकों के बारे में पूछता हूँ, जिनकी कभी-कभार आज भी याद आ जाती है। मेरे इस सवाल पर वे भावुक हो गए और सिर पर हाथ रखकर तीन-चार मिनट तक सोचते रहे। मैं चुपचाप उन्हें इस चिन्तन-मुद्रा में देख रहा था। इस तरह का सवाल पूछने का अपराध-बोध भी हुआ।

लेकिन अचानक वे बोलने लगे, "मुझे कभी-कभी मित्रों का अभाव कुछ ऐसे क्षणों में गहराई से पीड़ा के साथ महसूस होता है। जब मैं किसी ऐसे अनुभव से गुज़र रहा होता हूँ, जिसके बहुत पहले वे साक्षी रहे थे। उदाहरण के लिए कोई आकस्मिक नहीं है कि किसी पुस्तक को पढ़ते हुए या कविता को ध्यान में लाते हुए मुझे अपने चित्रकार मित्र स्वामीनाथन का स्मरण हो आता है, जिनके बारे में सोचता हूँ कि यदि वे जीवित होते तो यह कविता या चित्र उन्हें बहुत पसन्द आती; या कभी किसी ख़ास मौसम में ऐसे मित्रों का ख़याल हो आता है जो हवा के हर झोंके या बारिश या पेड़ के हिलने के प्रति इतने अधिक सेंसेटिव रहते थे।

"मुझे अक्सर सर्वेश्वर जी का ख़याल आता है, जो बहुत साल पहले कनॉट प्लेस में पेड़ों के नीचे चलते हुए अपनी कविताएँ गुनगुनाते रहे थे या मनोहर श्याम जोशी, जो सौभाग्य से हमारे बीच हैं लेकिन बहुत मिलते नहीं हैं, वे उन दिनों लखनऊ से आए थे और बराबर अपना उपन्यास मौखिक रूप से मुझे सुनाते रहते थे और जब दूसरे दिन मिलते थे—तो कहते थे, अच्छा गतांक से आगे...। कला साहित्य और यथार्थ की दुनिया इतनी मिल गई थी कि उन्हें एक दूसरे से अलग करना असम्भव था। अभी मुक्तिबोध पर नरेश जी की किताब पढ़ते हुए मुझे वे दिन याद आते हैं, जो मैंने कॉफ़ी हाउसेज़ या कनॉट प्लेस के गलियारे में घूमते हुए बिताए थे। एक शहर में बहुत लम्बे समय तक रहने का लम्बा विषाद होता है। शहर वही रहता है लेकिन जिन मित्रों के साथ अपना प्रेम, यौवन, जीवन की आशाएँ, अभिलाषाएँ पाली थीं, वे पता नहीं, कहाँ लुप्त हो जाती हैं और इस तरह मुझे लगता है कि शहर जैसा रहता हुआ भी अपनी अलग पहचान और चेहरे में बदलता जाता है। (अपने चेहरे में वही रहता है लेकिन आत्मा बदल जाती है) इस उम्र में लगता है, लेखक अपने को सरवाइवर (एक बचा हुआ प्राणी) ही मानता है। यह एक तरह का ग्रेस पीरियड है। मैं इसे ग्रेस पीरियड मानता हूँ जब परीक्षा देते हुए आपको अपना पेपर पूरा करने के लिए दस या पन्द्रह मिनट और अधिक दे दिये जाते हैं।"

अतीत के जिये हुए जीवन की स्मृतियों को याद करते हुए निर्मल जी ने आगे कहा, "मुझे कभी-कभी यह लगता है कि जबकि हमारी बाहर की दुनिया इतनी अधिक फैली हुई है। इनकी अलग-अलग शहरों की स्मृतियों में बँधी हुई है।

(शिमला, दिल्ली, प्राग, लन्दन, आयोवा, लेनिनग्राद आदि) कि वे सब एक आश्चर्यजनक रूप में हमारे भीतर अपनी अलग तरह की दूरियों को छोड़कर समय का अतिक्रमण करते हुए कितना एक दूसरे के पास-पड़ोस में जीते हैं। इस पड़ोस में जो जीवित हैं, और जो अब नहीं हैं, उनके बीच का अन्तराल भी मिट जाता है। इसीलिए आज इतनी बड़ी उम्र में जब कभी अपने अतीत के बारे में सोचता हूँ तो ऐसा लगता है कि मुझे कल्पना की उड़ान लेकर किसी सुदूर प्रदेश में जाना पड़ता बल्कि मेरा अतीत ही धीरे-धीरे पास सरककर मेरे वर्तमान के स्क्रीन पर हर फ़िल्म की तरह चलने लगता है। इसलिए मुझे न केवल जीवन में बल्कि अपने लेखन में वर्तमान और अतीत के बीच विभाजन बहुत ही भ्रामक जान पड़ता है। मुझे लगता है कि हमारे भीतर गुज़रे हुए समय के सब दरवाज़े खुले रहते हैं। जब तक कि एक दिन मृत्यु अपनी चाबी खनखनाते हुए मुख्य दरवाज़े का ताला बन्द नहीं कर देती। इसलिए बहुत साल पहले मैंने अपनी एक कहानी में लिखा था कि यह सोचना ग़लत है कि हम अकेले मरते हैं। हमारे सत्य बिलकुल इसके विपरीत हैं। हमारे साथ एक पूरी दुनिया, एक विराट अनुभव का लीला-क्षेत्र नष्ट हो जाता है। वह कुछ बचा रहे शायद हमारे लिखने के पीछे यही एक लालसा छिपी रहती है।"

हमारी यह अन्तरंग बातचीत उनके लेखन तक पहुँच चुकी है। अब मैं उनसे पूछता हूँ, "तिहत्तर साल की इस उम्र तक आपने जो कुछ लिखा है, उसके बारे में आपके भीतर का रचनाकार कितना सन्तुष्ट है और क्या कुछ अभी भी ऐसा है जिसे लिखने की अकुलाहट आपके अन्दर बनी हुई है?"

प्रत्युत्तर में निर्मल जी का जवाब था, "मैं नहीं समझता कि जीवन के किसी भी बिन्दु पर आकर लेखक को यह महसूस होता है कि जीवन में जो कुछ भी महत्त्वपूर्ण है, जो कुछ भी सत्य है, उसने अब तक जो कुछ लिखा है, उनके द्वारा पा लिया है। इसका सीधा-सा कारण है। अगर उसके अन्दर यह अतृप्ति बनी रहती है तो इसका सीधा कारण यह है कि वह कभी इसका अन्तिम उत्तर नहीं पा सका कि क्या महत्त्वपूर्ण है? और सत्य का क्या मतलब है और कौन-सी चीज़ है जो सत्य के घेरे में आती है क्योंकि ये प्रश्न हमेशा बने रहते हैं। उसका लिखना भी एक अथक प्रयास की तरह एक तरह से मरुस्थल में मरीचिका के पीछे भागना है। जहाँ रेत हमें जल का भुलावा देती है और हम सोचते हैं कि वहाँ पहुँचकर हम अपनी प्यास बुझा लेंगे। लेकिन जब एक उपन्यास या कहानी लिखने के बाद हम वहाँ पहुँचते हैं तो पता चलता है कि जिसे हमने पानी समझा था, वह केवल रेत की छलना थी, इसलिए हम फिर एक और आगे दौड़ लगाने लगते हैं। कभी-कभी ऐसा भी होता है कि जहाँ हमें रेत की चमक दिखाई देती है, वहाँ पहुँचकर हमें सचमुच पानी का जलाशय भी मिल जाता है और इस तरह रेत और पानी की

छलनाओं के बीच एक लेखक का कृतित्व अपनी अलग सृष्टि बनाता जाता है। मैं समझता हूँ, लेखक की ये प्रवृत्तियाँ हम सबके लिए बहुत महत्त्वपूर्ण होती हैं और इसी मानक में सृजन की चरम सार्थकता निहित रहती है।"

उम्र के आठवें दशक में भी निर्मल जी की दैनन्दिनी में कुछ ख़ास फ़र्क़ नहीं आया है। वे कहते हैं, "मेरी पुरानी आदत रही है दोपहर को भोजन करने के बाद एक-आध घंटे ही पढ़ता हूँ और सो जाता हूँ। फिर पाँच बजे तक उठकर हाथ-पैर धोकर अख़बार पढ़ता हूँ। आजकल ऐसी घटनाएँ छपती हैं कि मन मायूस हो जाता है। मित्रों को ख़त लिखता हूँ। शाम को अँधेरे में आधे घंटे अकेले घूमता हूँ। टी.वी. पर 15-20 मिनट ख़बरें देखता हूँ। कोई अच्छी फ़िल्म आती रहती है तो देखता हूँ, नहीं तो ग्यारह-साढ़े ग्यारह तक सो जाता हूँ।"

"किस तरह की फ़िल्में देखना आप पसन्द करते हैं?"

इस सवाल के जवाब में वे कहते हैं, "पुरानी क्लासिक फ़िल्में मुझे अच्छी लगती हैं। कलकत्ता न्यू थियेटर की फ़िल्म 'विद्यापति', बरुआ की 'ज़िन्दगी' बहुत अच्छी फ़िल्म थी। के.एल. सहगल की 'देवदास', वी. शान्ताराम की 'पड़ोसन', 'आदमी', 'दुनिया' आदि अच्छी फ़िल्में हैं। अभिनेत्रियों में मुझे सबसे अच्छी शान्ता आप्टे लगती थीं। श्याम बेनेगल की 'अंकुर', सोहराब मोदी, पृथ्वीराज कपूर अभिनीत पुरानी फ़िल्म 'सिकन्दर', बलराज साहनी की 'दो बीघा ज़मीन' भी बहुत सुन्दर फ़िल्म थीं।

निर्मल जी से पढ़ने-लिखने के बारे में पूछा तो उन्होंने बताया कि कुर्सी में बैठकर पढ़ते हैं और टेबल-कुर्सी पर बैठकर लिखते हैं। मैंने उनके लिखने की टेबल को देखा। उस पर पड़ी थीं कुछ किताबें, कलमदान, टेबल लैम्प आदि। बग़ल में खिड़की खुलती थी, जिससे दिख रहे थे हरे-भरे क्रोटन के पौधे। टेबल के ऊपर दीवार पर सटे थर्मोकोल पेपर पर लगी थी वर्जीनिया वुल्फ़, बेटी पुतुल, एक तिब्बती बच्चे और उसके ठीक बग़ल में कवीन्द्र रवीन्द्रनाथ टैगोर की फ्रेम की हुई तसवीर। निर्मल जी इन सारी चीज़ों को दिखलाते हुए मेरे साथ खड़े रहते हैं। मैं उनसे पूछता हूँ वर्जीनिया वुल्फ़, टॉल्स्टॉय, फणीश्वरनाथ रेणु आपके प्रिय रचनाकार हैं। आपके साहित्य पर इनका किस रूप में प्रभाव है?

प्रत्युत्तर में वे कहते हैं, "मेरे साथ ऐसा होता है कि जो लेखक मुझे पसन्द हैं, वे मेरे भीतर के संसार को समृद्ध कर पाते हैं और इसी के माध्यम से शायद कहीं उनकी परोक्ष रूप से मेरे लेखन और मेरी कृतियों पर भी छाया पड़ जाती है। पर मुझे याद नहीं आता कि मैंने जानबूझकर या सचेत रूप में किसी लेखक के शिल्प का अनुसरण करने की कोशिश की हो। एक अच्छी पुस्तक जिस तरह हमारे सोचने, समझने, महसूस करने के ढाँचे का कुछ वैसा ही अभिन्न अंग बन जाती है, जैसे हमारा जीवन का अनुभव, हमारे मित्र या दोस्तियाँ, हमारे जीवन की

निराशाएँ और हताशाएँ—ये पुस्तकें, ये अनुभव, ये मित्र हमारे भीतर एक अदृश्य फ़िल्म की लेबोरेटरी बनाते रहते हैं जिनका हमें पता भी नहीं रहता। मेरे विचार में हर लेखक अपने भीतर इस तरह की प्रयोगशाला लेकर चलता है, जो उसके लेखन का अजस्र स्रोत बन जाता है।"

निर्मल जी के बिस्तर के सिरहाने एक छोटे-से टेबल पर रखी हैं रोज़मर्रा के इस्तेमाल की चीज़ों के साथ अंग्रेज़ी दवा की कुछ गोलियाँ।

इस बारे में पूछने पर वे सहजता से बतलाते हैं, "मैं सिगरेट काफ़ी पीता था। मेरे फेफड़े काफ़ी कमज़ोर हो गए। इस उम्र तक आते-आते साँस की बीमारियाँ बढ़ गईं। दिल्ली जैसे शहर में प्रदूषण अधिक रहने के कारण और दिक़्क़त होती है। इससे इन्फ़ेक्शन हो जाता था। ये दवाइयाँ उन बेचारे फेफड़ों को राहत देने के लिए हैं, जिनको मैंने निर्ममता से कष्ट दिया था। हमारा शरीर हमारी अतिरिक्त चेष्टाओं को सहता रहता है, लेकिन कभी न कभी उसकी हाय निकलती है जो हमारे शरीर की प्रतिक्रिया है, जिसका सामना करने के लिए हम डॉक्टर की सहायता लेते हैं। मेरी ये दवाइयाँ साँस, छाती का उपचार करने के लिए हैं।"

निर्मल जी बोलते-बोलते खाँसने लगते हैं। मैं बातचीत को समेटने के अन्दाज़ से अन्तिम सवाल उनसे पूछता हूँ, "आजकल आप क्या लिख रहे हैं?"

इस पर वे बतलाते हैं, "बहुत समय पहले मैंने एक अधूरा उपन्यास छोड़ दिया था। 'अन्तिम अरण्य' लिखते हुए पीछे छूट गया था। जैसा कि मेरे साथ अक्सर होता है...। पिछले तीन-चार महीने से मैंने उसे फिर से लिखने का प्रयास किया है। उन धागों को समेटने की कोशिश की है, जो रास्ते में छूट गए थे। कहना मुश्किल है कि वह किस तरह का आकार ग्रहण करेगा, पता नहीं। इससे अधिक कुछ नहीं कह सकता। मेरे मन में एक अन्धविश्वास है कि अपनी कृति के बारे में पहले बताना अपशकुन है। बताने के बाद ऐसा लगता है कि हमारी कृति का भेद पहले से खोल दिया गया है और वह फिर कभी पूरी नहीं होगी।"

मैं बातचीत ख़त्म कर काग़ज़ समेटकर धन्यवाद बोलते हुए कुर्सी से उठने लगता हूँ और विदा लेना चाहता हूँ। निर्मल जी कहते हैं, "रुकिये, मैं भी बाहर घूमने के लिए चल रहा हूँ।"

फ्रिज से पानी की बोतल निकालकर एक गिलास पानी पीने को देते हैं। पूरे दो घंटे की लम्बी बातचीत के बाद उनके अध्ययन कक्ष से हम साथ-साथ बाहर निकलते हैं।

बाहर टी.वी. के सामने सोफ़े पर बैठीं गगन जी को धन्यवाद कहकर मैं निर्मल जी के साथ फ़्लैट के सामने बैडमिंटन कोर्ट, फूलों की झाड़ियों एवं पार्किंग से गुज़रता हूँ।

रास्ते में वे कहते हैं, "समय मिलता है तो सुबह या शाम थोड़ी देर सैर कर लेता हूँ। अकेले सैर करने में आनन्द आता है। सैर करते हुए ध्यान करने जैसा अनुभव होता है। सैर करते हुए आप बहुत कुछ सोचते रहते हैं और जो कुछ लिख रहे होते हैं, उसके समाधान भी मिल जाते हैं।"

सोसायटी के गेट पर पहुँचकर वे मुझसे मेरी नौकरी और पीएचडी के बारे में पूछते हैं और छपने के बाद अख़बार की प्रति भेज देने अथवा फ़ोन करके बतला देने का अनुरोध करते हैं। मैं पुन: चरण-स्पर्श कर उनसे विदा लेता हूँ। पलटकर देखता हूँ, वे मेरी उलटी दिशा में सड़क पर अकेले जा रहे हैं...।

['राष्ट्रीय सहारा' : 5 मई, 2002]

मैं अपने पुरखों और पूर्वजों का कृतज्ञ हूँ

प्रेम कुमार की बातचीत

फ़रवरी की उस खिली धूप वाली ख़ूबसूरत सुबह के सीमान्त पर मैं अचक-पचक चलता निर्मल वर्मा जी का आवास तलाश रहा था। किसी की उपस्थिति के आभास ने मुझे चौंकाया। पीछे मुड़कर देखा तो निर्मल जी सामने थे। मेरी निगाहों की भटकन उन्होंने शायद अन्दर से भाँप ली थी। और तरस खाकर या प्रसन्न होकर शोध्य जैसे स्वयं शोधक के क़रीब आ पहुँचा था। सकपकाया-सा मैं जब तक प्रणाम निवेदन करता, उनके जुड़े हाथों और निजत्व की मिठास में लिपटी उनके होंठों से बाहर आई 'नमस्ते' ने मुझे और विनम्र बना दिया था। प्रवेश-द्वार के बाईं ओर की दीवार पर बनी-गढ़ी कुछ आकृतियाँ—देव आकृतियाँ दिखीं, दाईं ओर ज़मीन पर रखा बड़ा-सा पानी भरा मिट्टी का एक पात्र—कूँड़ा दिखाई दिया। मुझे लगा कि निर्मल जी की बौद्धिकता और संवेदनशीलता से ज़रूर इनका कुछ-न-कुछ नाता होना चाहिए।

वे मेरे पास सोफ़े की कुर्सी पर सन्नद्ध, तत्पर मुद्रा में बैठ चुके थे। अपने शहर और पेशे से जुड़े छोटे-छोटे सवालों के कुछ बैरियर्स, चेक-पोस्ट्स मुझे पार करने पड़े थे। गगन जी ने पानी लाकर दिया तो परिचय कराया गया—'अलीगढ़ से आए हैं...वहाँ पढ़ाते हैं।'

झिझकते हुए मैंने शुरुआत की, उस क्षण-विशेष के बारे में जानना चाहा जिसने उन्हें लेखन की ओर मोड़ा। ग़ौर से सुना। प्रश्न पूरा हुआ कि तुरन्त बोलना शुरू—तेज़-तेज़, धाराप्रवाह! जैसे न कुछ सोचना पड़ रहा है, न श्रम करना पड़ रहा है। पर हाँ, उससे पहले यह अवश्य हुआ कि उनकी पलकें दरवाज़ों के पटों की तरह चुप-चुप एक-दूसरे के क़रीब आईं और सट गईं...आकाश की तरफ़ मुँह किये, उड़ने को उत्सुक-सी उनकी दोनों हथेलियाँ हवा में अपना आसमान फैला चुकी थीं और ऊपर को उठी उनकी अँगुलियाँ जैसे हिल-हिल कर बता रही थीं कि हम अब उड़े कि अब उड़े। ढंग से सुनने के लिए उधर से ध्यान हटाना पड़ा :

"ऐसा तो कोई फ़ैसला मैंने नहीं किया था कि लेखकीय पेशे के रूप में इसे जारी रखूँगा। यह ज़रूर था कि बचपन में किताबों का परिवेश था। भाई रामकुमार पहले से ही लिखते थे। अधकचरी, कच्ची क़िस्म की कहानी कॉलेज-काल में मैंने लिखी। पहली कहानी तब लिखी जब मैं सेंट स्टीफ़ेंस कॉलेज, दिल्ली में विद्यार्थी था। नहीं, उसका नाम अब याद नहीं। समकालीन हिन्दी लेखकों में रुचि थी। तब दिल्ली में नरेश मेहता, मनोहर श्याम जोशी, श्रीकान्त वर्मा मेरे दोस्त थे। उन्हीं का साथ रहता था। नरेश जी ने 'कृति' शुरू की तो उसमें सहयोग किया। उसके लिए लेख और कहानियाँ लिखीं। सबसे पहली कहानी 'कल्पना' (हैदराबाद) में छपी—'रिश्ते'। उस सबके कारण लिखने की तरफ़ झुकाव हो गया। ठंडे-ठंडे, धीमे-धीमे बैठकर सोचा हो, ऐसा नहीं था। और कोई काम न था—न बिजनेस, न नौकरी—इसलिए लिखना और पढ़ना जीवन को काटने का धन्धा बन गया...।

"नहीं, ऐसा नहीं था, मेरी माँ या पिता ने यह आग्रह नहीं किया कि मैं नौकरी करूँ। उन्हें आर्थिक कठिनाई नहीं थी और उन्होंने मुझे कुछ भी न करने की खुली छूट दे रखी थी। पार्टीशन के बाद करोलबाग़ में जहाँ हम रहते थे, वहीं मैं पढ़ाता भी था। एक प्राइवेट कॉलेज में पढ़ाकर अपना जेब-ख़र्च निकाल लेता था। हिस्ट्री मेरा विषय था, सो हिस्ट्री और पॉलिटिकल साइंस पढ़ाता था वहाँ। उन्हीं दिनों 'हिन्दुस्तान टाइम्स' और कुछ अन्य अंग्रेज़ी अख़बार चाहते थे कि मैं उनमें हिन्दी पर लिखूँ। अच्छा मानदेय देते थे। कई हिन्दी पुस्तकों की अंग्रेज़ी में समीक्षाएँ लिखी थीं तब। लेकिन मेरा मुख्य काम कम्यूनिस्ट पार्टी में था। तब मैं पार्टी का सदस्य था। पचास-इक्यावन से तिरपन-चौवन तक काफ़ी समय पार्टी के कार्यों में ही बीता था...।

"शुरुआती वर्षों में काफ़ी कुछ लिखा, पर सब बिना योजना के लिखा। फिर उन्नीस सौ सत्तावन में राज्यसभा सचिवालय में अनुवादक का काम मिल गया। पहली सुचारु नौकरी—दस से पाँच काम लगा। स्नेही, मित्र बन गए। राज्यसभा में जो डिबेट होती थी, मैं उसका हिन्दी अनुवाद करता था। उनसठ में चेकोस्लोवाकिया गया। ओरिएंटल इंस्टिट्यूट ने आमंत्रित किया था। तब वहाँ चेक सीखने, समकालीन चेक लेखकों के लेखन का अनुवाद करने का मुझे मौक़ा मिला। वहाँ आठ वर्ष रहकर कई चेक लेखकों—मिलान कुन्देरा, इवान क्लीमा, हराबाल आदि की रचनाओं का हिन्दी में अनुवाद किया। वहीं मेरा पहला उपन्यास, 'वे दिन', जो चेक पृष्ठभूमि पर था, आया।...नहीं, वह लिखा यहीं था दिल्ली में। तब दो साल की छुट्टी पर आया था मैं दिल्ली। चेकोस्लोवाकिया जाने से पहले 'परिन्दे' प्रकाशित हो चुका था। कम्यूनिस्ट पार्टी के 'पब्लिशिंग हाउस' ने उसे छापा था। हाँ, 'परिन्दे' अट्ठावन में आ गया था। तो इस तरह आप देखें, मेरे लेखक और अनुवादक की ज़िन्दगी एक साथ शुरू होती है।"

'परिन्दे' के ज़िक्र ने अगले प्रश्न की भूमिका बना दी थी। 'नई कहानी' आन्दोलन से उनके जुड़ाव, 'परिन्दे' को उस आन्दोलन की प्रथम रचना घोषित किये जाने और उस आन्दोलन की पृष्ठभूमि, भूमिका व प्रदेय के बारे में तब मैंने निर्मल जी से कुछ सवाल पूछे थे। लगा कि उन्हें अच्छी तरह मालूम है कि किस सवाल पर क्या और कितना कहना है, कब रुककर अगला सवाल पूछे जाने के लिए अनकहे रह जाना है। उस आन्दोलन से अपने जुड़ाव की याद करते हुए वे बोले :

"किसी एक घटना या क्षण के बारे में कहना तो मुश्किल है। जब आप किसी आन्दोलन के प्रवाह में होते हैं, तब पता नहीं चलता कि आप उसका हिस्सा हैं। बाद में इतिहासकार या आलोचक सिद्ध करते हैं कि आन्दोलन था या उसमें जो भी रहा हो। यह सोचकर मुझे उन्नीसवीं शताब्दी के एक फ्रेंच उपन्यास 'ब्लैक एंड व्हाइट' का ख़याल आ जाता है। उसका एक पात्र वाटरलू के मैदान में घूमता चला आता है और अचानक देखता है कि वहाँ फ्रेंच और अंग्रेज़ी सेनाओं के बीच भिड़न्त हो रही है। उसे नहीं मालूम कि वह एक ऐतिहासिक घटना से गुज़र रहा है। बाद में जब लोग उसे बताते हैं तो उसे लगता है, ऐसा कुछ था! मेरी हालत उस दौरान कुछ वैसी ही थी, बाद में पता चला कि मैं 'नई कहानी' आन्दोलन में शामिल था।

"उन दिनों साहित्य का केन्द्र दिल्ली नहीं था। 'नई कहानी' के बड़े लेखक इलाहाबाद में रहते थे। वे पत्रिकाएँ, जिनकी उस आन्दोलन में प्रमुख भूमिका रही, वहीं से निकल रही थीं। 'नई कहानी' के लेखकों से मेरा ख़ास मिलना-जुलना भी नहीं होता था। मेरी मित्र-मंडली कवियों की थी—नरेश मेहता, रघुवीर सहाय, मनोहर श्याम जोशी...। विरोधाभास ही जान पड़ता है यह कि मेरा मित्र-मंडल कवियों का ही अधिक था, कहानीकारों का नहीं। छप्पन-सत्तावन में 'कल्चरल फोरम' नाम से एक संस्था बनी थी जिसमें सांस्कृतिक कार्यक्रम हुआ करते थे। उस संगठन को चलाने में देवेन्द्र इस्सर ने मुख्य भूमिका निभाई थी। कृष्ण बलदेव वैद, भीष्म साहनी, जोशी आदि सब लोग उसमें आया करते। मैं भी वहाँ कहानियाँ सुनाता था, सुनता था। ख़ूब बहस होती उस फोरम में। 'नई कहानी' की जो मुख्यधारा मानी जाती थी, फोरम के लोग तब थोड़ा उससे अलग थे, पर बाद में तो सभी एक ही आन्दोलन के सदस्य माने गए।

"कहानी के भीतर स्फूर्तिदायक, ताज़गी भरे अनुभवों को लाना इसका सबसे बड़ा योगदान रहा है। शैली और भाषा में भी एक तरह की ऐसी संवेदनशीलता आई जो पहले मौजूद नहीं थी। स्वतंत्रता के बाद मध्यवर्गीय परिवारों में जो विघटन हुआ, एक तरह की सुरक्षित ज़िन्दगी छिन्न-भिन्न होने लगी...उससे जो पीड़ा, उखड़ापन या टिपिकल विषाद दिखाई दिया, पिता-पुत्र के बीच का द्वंद्व, स्वतंत्र हो रही स्त्री,

स्त्री-पुरुष सम्बन्धों में प्रथम बार हो रहे परिवर्तन, गाँवों से उन्मूलित होकर शहरों में आ रहे लोगों के मन का अकेलापन, असुरक्षा, मूलभूत परिवर्तन होने की आशा के मोहभंग की वेदना-व्यथा आदि—इन सब समस्याओं के कथ्यात्मक घेरे में लाने का काफ़ी सार्थक, सफल प्रयास किया था 'नई कहानी' ने। हाँ, सीमाएँ भी थीं। इनकी रचनाएँ, मूल्य, इनका कथ्य बहुत कुछ मध्यवर्गीय जीवन तक ही सीमित था। एक बड़े वर्ग का संवेदनात्मक पक्ष तब तक इससे बाहर रहा, जब तक रेणु का 'मैला आँचल' नहीं आया।

"'मैला आँचल' ने नई ज़मीन तोड़ी थी। भारतीय गाँवों में हो रहे महत्त्वपूर्ण परिवर्तनों, कांग्रेस, समाजवादी-साम्यवादी पार्टी के आपसी संघर्षों का इतना सुन्दर, नाटकीय, काव्यात्मक चित्रण रेणु से पहले किसी ने नहीं किया था। रेणु के उपन्यास और कहानियाँ प्रेमचन्द के ग्रामीण जीवन से अलग एक ऐसा पक्ष दिखाती थीं, जो प्रेमचन्द की औपनिवेशिक निराशा से बिलकुल अलग था। रेणु के उपन्यासों में जहाँ एक तरह की ग़रीबी थी, वहाँ दूसरी तरफ़ एक ख़ास क़िस्म का लिरिकल उल्लास, लोकजीवन में पगे लोगों का जो आनन्द है, लोकसंगीत है और ग्रामभाषा के भीतर जो बहुमुखी लचीलापन है, वह सब अलग और ख़ास है। नये कहानीकारों की तुलना में रेणु ने हिन्दी कहानी के परिवेश को कहीं अधिक विस्तृत और प्रशस्त किया था। आगे शिवप्रसाद सिंह, मार्कंडेय आदि ने भी इन विषयों पर अच्छी कथाएँ लिखी हैं, पर उतने विशाल पटल पर, पैमाने पर वे मन पर इतना गहरा असर नहीं छोड़ते। रेणु ने यथार्थवादी उपन्यास की सीमाओं का अतिक्रमण किया था और एक नये उपन्यास की ऐसे समय संरचना की थी, जब भिन्न जातियों, वर्णों के लोगों, उनकी मन:स्थितियों, उनके मानस के परिवर्तनों में स्वतंत्र भारत में उत्पन्न होनेवाले उन्मेष आदि को, इसकी रवानी और बहुमुखी संश्लिष्टता को प्रकट करने के लिए नये औपन्यासिक ढाँचे की ज़रूरत थी। इस ढाँचे का रेणु ने बहुत काव्यात्मक संवेदनशीलता के साथ निर्माण किया था। मगर हम प्रेमचन्द और रेणु के उपन्यास के अन्तर को देखें तो रेणु की देन स्पष्टत: हमारे सामने उजागर हो जाएगी। उनके दूसरे उपन्यास 'परती : परिकथा' में लिरिकल काव्यात्मकता और भी मुखर होकर आती है। हिन्दी के कथ्यात्मक ढाँचे को बदलने में जितना योगदान रेणु का रहा है, उतना शहरों में रहनेवाले मध्यवर्गीय कथाकारों का नहीं। सच कहें तो 'नई कहानी' का आन्दोलन सिर्फ़ कहानी तक ही सीमित था। इस समय जो उपन्यास लिखे गए, वे कलात्मक रूप से उतने सफल नहीं थे, जितनी इन लेखकों की कहानियाँ सफल थीं। कहना न होगा कि गद्य की केन्द्रीय विधा उपन्यास है, कहानी नहीं और उपन्यास में परिवर्तन का श्रेय रेणु को है। इससे 'नई कहानी' आन्दोलन का महत्त्व कम नहीं हो जाता, मैं यहाँ उसकी सीमाओं की ओर संकेत करना चाहता हूँ।"

मैंने जानना चाहा कि क्या उन्होंने कभी कविताएँ भी लिखी हैं?

"शुरू-शुरू में कभी अंग्रेज़ी में कविताएँ लिखा करता था। 'गीतांजलि' के असर में लिखी थी—नहीं, छपी नहीं। सौभाग्य से वह कॉपी खो गई।"

काव्य-सृजन के उस समय को याद किया जा रहा है :

"हायर सेकेंडरी के बाद कुछ मित्रों के साथ कश्मीर गया था। हाउस बोट में ठहरे थे। बड़ी शान्त जगह थी वह। ऊपर छत पर जाकर डल के सौन्दर्य को देखा करता था और 'गीतांजलि' का जो रहस्यवादी दर्शन हावी था—उन दोनों के मिश्रण से, प्रकृति के सौन्दर्य के प्रभाव में वे कविताएँ लिखी गई थीं...।

"नहीं, इसमें गद्य या पद्य की बात नहीं। मैं नहीं समझता कि काव्यात्मक रूप केवल कविता तक सीमित रहता है। वह हर विधा की भाषा में प्रकट होता है—चाहे वह नाटक हो या कहानी हो या कुछ और। अंग्रेज़ी का ही उदाहरण लें तो लॉरेंस, वर्जीनिया वुल्फ़, फॉस्टर के उपन्यास हालाँकि शुद्ध गद्य की ज़मीन पर चलते हैं, पर अपने भीतर कहीं ज़्यादा प्राणवत्ता गद्य के घेरे में काव्यात्मक ऊर्जा प्राप्त करने से आती है। कैथरीन मैंसफील्ड की सबसे विख्यात कहानियाँ इसी लिरिकल फ़ार्म में लिखी गईं। काव्यात्मक का यह अर्थ नहीं है कि सुन्दर बिम्बों को आभूषणों से,मतलब भाषा और शब्दों के प्रति एक ऐसी गहन संवेदनशीलता को प्राप्त करना है जिससे हमारी अनुभूतियों के वे पक्ष उजागर हो सकें जो अधिकतर आत्म से बोझिल रहते हैं, अँधेरे में रहते हैं।"

'नई कहानी' आन्दोलन के अन्य प्रमुख रचनाकारों की तरह आपने आलोचना के क्षेत्र में स्वयं को सक्रिय स्थापित करने की कोशिश क्यों नहीं की? लेखक द्वारा आलोचना करने के ऐसे प्रयत्नों को आप कैसे देखते हैं?

"मैंने आलोचना-पुस्तक नहीं, अधिकतर निबन्ध ही लिखे। 'नई कहानी' की वकालत करने के लिए निबन्ध लिखना ज़रूरी समझा। आलोचना कभी-कभी करनी पड़ती है, ज़रूरी नहीं कि हर लेखक करे। अपने दौर की कहानियों, कविताओं में ऐसे जो परिर्वतन आ रहे हैं, जिनके कारण लेखक ने पिछली पीढ़ी के लेखन से अपने को अलग किया है, इस अलगाव को दिखाने के लिए कभी-कभी ख़ुद भी लिखना पड़ता है। इसका सबसे बड़ा उदाहरण इलियट हैं, जिन्होंने कविता के साथ अपनी कविता के बारे में विचारवान निबन्ध भी लिखे हैं। ज़रूरी नहीं कि हर लेखक ऐसा करे। नये लेखन को आलोचक आलोकित करते हैं, इसलिए सामान्यत: लेखक को ऐसा करने की ज़रूरत नहीं पड़ती।

"कई बार ऐसे आलोचक भी होते हैं जो ऐसी नई धारा या परिवर्तन को दिखाते हैं, जो पाठक की दृष्टि से अलग रहता है। लेविस ने अंग्रेज़ी उपन्यासों में

होनेवाले परिवर्तनों का सुन्दर रेखांकन किया था। हिन्दी में नामवर सिंह के निबन्ध इस दिशा में उल्लेखनीय हैं। 'नई कविता' के आन्दोलन में अज्ञेय, जो स्वयं कवि थे, की आलोचना की भूमिका भुलाई नहीं जा सकती। 'तार सप्तकों' की भूमिका से हमें जितनी जानकारी मिलती है, उतनी आलोचकों से नहीं मिलती। हाँ, इसके अपने ख़तरे भी होते हैं। कई बार कवि लेखक अपनी चीज़ को बहुत बढ़ा-चढ़ाकर प्रस्तुत करते हैं। हाँ, 'नई कहानी' के लेखकों ने भी ऐसा किया। उन्होंने स्वयं को जैनेन्द्र, अज्ञेय से अधिक महत्त्वपूर्ण सिद्ध किया। मैं इसे ग़लत समझता हूँ। 'नई कहानी' के कई शक्तिशाली तत्त्व हम जैनेन्द्र, अश्क, नागर, यशपाल आदि में पाते हैं। 'नई कहानी' अपने को पुरानी कहानी से बिलकुल अलग कर सकी, यह कहना काफ़ी अतिशयोक्तिपूर्ण जान पड़ता है। दोनों स्थितियाँ हैं—कुछ चीज़ों को पहचान लेते हैं, कुछ बढ़ा-चढ़ाकर कहते हैं—सन्तुलित नहीं रह पाते। इसीलिए आलोचक की वस्तुपरक दृष्टि अधिक महत्त्वपूर्ण होती है बजाय लेखक की ख़ुद की अपनी घोषणा या आलोचना के।"

इसी क्रम में मैंने उनसे निबन्ध लेखन के प्रति एक ख़ास तरह की उनकी रुचि और उसका कारण जानना चाहा। उसी मुद्रा में बैठे-बैठे वे बता रहे हैं :

"एक सीमा पर हमेशा मुझे यह महसूस हुआ कि अनेक ऐसी बातें, समस्याएँ, प्रश्न मुझे परेशान करते हैं जिनका देश व जाति की नियति तथा अस्मिता से सीधा-सीधा सम्बन्ध होता है। भारतीय दृष्टि और भारतीयता की समझ के बारे में ग़लतफ़हमी, जो औपनिवेशिक सत्ता की देन थी, अतीत और परम्परा का वह महत्त्व जिसे आधुनिकता के आन्दोलन ने कहीं पीछे ठेल दिया था, प्रगतिशील आन्दोलन की सीमाएँ और उनकी भ्रान्तियाँ—ये सब ऐसे प्रश्न थे जिन्हें मैं कहानियों या उपन्यासों में वस्तुपरकता के साथ प्रकट नहीं कर सकता था। इसके लिए एक नई विधा चुनने की बाध्यता मेरे सामने आई। मुझे लगा कि शुद्ध रूप से जिसे आलोचनात्मक कहा जा सकता है, परम्परागत अर्थ में अकादमिक आलोचना कही जा सकती है, वह सब तो नहीं, पर तीसरा—चिन्तनपरक निबन्धों का रास्ता अपनाना उचित होगा। इसलिए मैं अपने लेखन के इस चिन्तन पक्ष को उतना ही महत्त्वपूर्ण मानता हूँ जितना कि तथाकथित सृजनात्मक पक्ष को।"

बोलना रुका तो नज़र ऊपर उठी। बेआवाज़ चुपचुप हँसती उनकी हँसी, अभी बोले, तथाकथित शब्द की ओर इशारा किये जा रही थी। हँसी थमी तो फिर कहना शुरू हुआ :

"यदि मैं निबन्ध न लिखता तो ऐसी कई चीज़ों को अपनी कहानियों में, उपन्यासों में ज़बरदस्ती लाने की कोशिश करता। वह एक तरफ़ कहानी-उपन्यास को अशक्त बनाते, दूसरी तरफ़ ये प्रश्न भी वहाँ पूरी स्पष्टता और संश्लिष्टता के

साथ अभिव्यक्त न हो पाते। मैं समझता हूँ कि भारतीय लेखक को समय-समय पर एक बुद्धिजीवी की भूमिका अपनानी पड़ती है। शायद किसी अन्य पश्चिमी देश का लेखक यह ज़रूरत महसूस न करे, वह केवल कविता या कहानी लिखकर सृजनात्मक सन्तोष पा ले। पर मुझे नहीं लगता कि भारतीय परिस्थिति में एक लेखक का दायित्व इतना सीमित रहना चाहिए। उसे समय-समय पर उन प्रश्नों को व्यक्त करना चाहिए, प्रकाश में लाना चाहिए, जिसे राजनीति उपेक्षित, अनदेखा कर देती है।"

चिन्तनपरक निबन्ध-लेखन और मौलिकता के प्रश्न पर बात हो रही थी। निर्मल जी का पूर्ववत् विशिष्ट लय में तन्मयता के साथ बोलना जारी था :

"स्वतंत्रता के बाद दुर्भाग्य से भारत में मौलिक चिन्तन का वह विकास अवरुद्ध हो गया, एक समय जिसका गांधी, अरविन्द, रवीन्द्रनाथ ठाकुर, शुक्ल आदि के लेखन में इतनी प्रगल्भता के साथ सूत्रपात किया गया था। तक़ाज़ा तो यह था कि हमारे राजनीतिज्ञ स्वतंत्र चिन्तन की परम्परा को अधिक नये सन्दर्भों में अधिक स्पष्टता के साथ मुखरित करते। भारतीयता क्या है, परम्परा से हमारा विच्छेद कैसे हुआ, दो सौ वर्षों की औपनिवेशिक ग़ुलामी से किस तरह के दोष आए, हम कैसे मानसिक दासता के उत्तरोत्तर शिकार होते चले गए, अंग्रेज़ी के प्रभुत्व से किस तरह हमारे साहित्य की ऊर्जा नष्ट हुई, हम किस तरह से स्वतंत्र होने के बाद भी आत्मनिर्वासन की स्थिति जीने को अभिशप्त हुए—ऐसे सारे प्रश्न, जिन पर बीसवीं शताब्दी के शुरू में विचार होना शुरू हो गया था, एक अधूरे एजेंडे की तरह रह गए। स्वतंत्रता से पहले मालूम था कि हमें क्या करना चाहिए, पर अपने जीवन में वह कैसे करना है या आना चाहिए—यह उस एजेंडे का अधूरा भाग था। हमारे राजनीतिक मनीषियों ने यह अधूरा छोड़ दिया। नेहरू के औद्योगिकीकरण के ढाँचे को यथावत् रखकर, अंग्रेज़ों द्वारा स्थापित संस्थाओं को उसी रूप में रखकर, शिक्षा या शासन जैसी पद्धतियों में किसी तरह के परिवर्तन की ज़रूरत न मानकर हमने वह सब नहीं किया जो हम उस अधूरे एजेंडे को पूरा करने के लिए कर सकते थे। यह अपने दायित्व से भागना ही था।

"यह अकल्पनीय है कि हमारी शिक्षा-पद्धति का ढाँचा आज भी पूर्ववत् है। चीन, जापान जैसे देशों ने साहित्य व टेक्नोलॉजी का विकास अपनी भाषा में किया। हम हैं कि अंग्रेज़ी के ग़ुलाम बने रहेंगे। जिन दायित्वों से राजनीतिज्ञ बचते-भागते रहे, उन्हें पूरा करने की ज़िम्मेदारी अन्तत: हमारे लेखकों और बुद्धिजीवियों पर आनी ही थी। और मुझे दु:ख के साथ कहना पड़ता है कि हमारे बुद्धिजीवी इस कर्तव्य को पूरा करने में केवल असमर्थ ही नहीं रहे, उन्होंने अपनी सभ्यता और संस्कृति के बारे में पश्चिमी वैचारिक ढाँचे के अनुसार भ्रान्तिपूर्ण धारणाएँ प्रचारित कीं,

जैसी कि एक ज़माने में मैकॉले और अंग्रेज़ शासक प्रचारित करते आए थे। यह ऐसी दयनीय स्थिति थी कि राजनीतिक रूप से स्वतंत्र होने के बावजूद हम वैचारिक रूप से उतने ही पराधीन रहे जितने स्वतंत्रता मिलने से पहले थे। इसीलिए निबन्धों का क्षेत्र चुनना मेरे लिए कुछ हद तक इस अभाव को दूर करने का प्रयास था, जिसे मैं अपने सामाजिक-राजनीतिक जीवन में महसूस करता था। मुझे नहीं मालूम कि मैं किस हद तक अपना दायित्व पूरा कर सका हूँ। किन्तु यदि मैं उन प्रश्नों पर निगाह डालता जिनके बारे में ज़्यादातर लोग चुप रहने से ही स्वयं को सुरक्षित मान लेते हैं, तो यह भाव मेरे भीतर अपराध-बोध की तरह जमा रहता।"

चिन्तनपरक और सृजनात्मक लेखन के क्षणों में प्रक्रिया के स्तर पर आप क्या अन्तर महसूस करते हैं?

"यह अन्तर स्पष्ट है। इन निबन्धों के लिखने से पहले एक तरह की बौद्धिक परेशानी, एक तरह की मानसिक उलझन मैं महसूस करता हूँ और सोचता हूँ कि अपने इस चिन्तन को निबन्ध, डायरी या जरनल में लिखकर इन प्रश्नों का अधिक ठोस और स्पष्ट रूप से मैं सामना कर सकूँगा। यदि यह मानसिक-बौद्धिक परेशानी न होती, यदि अख़बारों में इस तरह का झूठ न फैलाया जाता, यदि हमारे हिन्दी लेखक अपनी तथाकथित क्रान्तिकारी और वामपंथी रिटॉरिक की रौ में आकर कई प्रश्नों को ग़लत रूप से प्रस्तुत न करते या ऐसी प्रस्तुतियों पर चुप न रहते...। उनकी चुप्पी, उनकी ग़लत प्रस्तुति से मानसिक परेशानी होती है, उन्हें सुलझाने, शान्त करने को मैंने निबन्ध लिखे। जबकि कहानियाँ-उपन्यास लिखने के पीछे जिन स्पष्ट चीज़ों को रूपायित करने की आकांक्षा होती है, उसका क्षेत्र बिलकुल अलग है। वह हमारी स्मृतियों, अनुभूतियों से कहीं गहरा सम्बन्ध रखता है। यह नहीं कि स्मृति और अनुभूति निबन्धों में नहीं आती। यह विभाजन मैं नहीं कर रहा, पर हाँ, उनमें अधिक होती है। उन स्मृतियों को जो हमारे अतीत जीवन का हिस्सा बनी थीं, स्पष्ट करने का मन होता है। यूँ कहें कि कहानियों के बीच में जो ख़ाली जगह बच जाती है, उसे निबन्ध पूरा करते हैं, निबन्धों के बीच में जो निराशाएँ, पीड़ाएँ वाणी नहीं पातीं, शब्द नहीं पातीं, वे कहानी में परोक्ष रूप से आती हैं। इन दोनों के सम्बन्ध में मैं इतना कह सकता हूँ कि आलोचकों के इस कथन से सहमत नहीं हूँ कि निबन्ध एक दिशा में और कहानी दूसरी दिशा में। निबन्ध में क्या होना चाहिए, यह प्रश्न प्रमुख है, जबकि कहानी में क्या है, यह प्रमुख है। भारतीय परम्परा में हमेशा यह रहा है। 'महाभारत' में 'भगवद्गीता' का परिवेश है। मनुष्य सब सामने आता है और अचानक 'महाभारत' के बीच में 'गीता' के प्रवचन हमें बताते हैं कि मनुष्य का आदर्श क्या होना चाहिए,

किस तरह वह 'महाभारत' की भूल-भुलैयों से मुक्ति पा सकता है। कृष्ण अर्जुन को यही बताते हैं कि तुम जिन्हें कहते हो कि वे मरेंगे, वे पहले से ही मृत हैं। यह चीज़ मुझे बहुत आकर्षित करती है। मनुष्य क्या है, यह हम तभी जान सकते हैं, जब हम जानें कि उसे क्या होना चाहिए। और तभी कह सकेंगे जब यह जानते हों कि वह क्या है। दोनों चीज़ें एक-दूसरे से अन्तर-सम्बन्धित हैं।"

उन्हें बोलते सुनने के साथ-साथ देखने का भी मन हो रहा था। उस बोलने में शोर बिलकुल नहीं, ख़ामोशी ही अधिक थी। कभी आँखें बन्द किये कुछ न देखते-से बैठे हुए तो कभी खुली आँखों से सामने ऐसे देखते हुए जैसे कि कुछ न देख रहे हों, सिर्फ़ बोल रहे हों। अचानक तेज़ी से आवेशित-से उठकर गए हैं। लौटे तो हाथ में पानी का गिलास था। लेखकों के आचरण-व्यवहार और उनके सम्बन्ध में पाठकों की जिज्ञासाओं-अपेक्षाओं के बारे में जब मैंने उनका मन जानना चाहा तो बड़ा संक्षिप्त-सा उत्तर देकर वे रुके, धैर्यपूर्वक प्रश्न सुना और ऐसे बोलना शुरू किया, जैसे उन्हें पता था कि अब यही पूछा जाना है :

"विदेश जाकर एक बात ज़रूर होती है कि आदमी को परिवेश से बाहर देखने का मौक़ा होता है। जातीय समस्याओं को तब वह तुलनात्मकता से आँक सकता है। अपनी आदतों से मुक्त होकर स्वतंत्र रूप से अपने देश-समाज को आँकने-समझने का मौक़ा मिलता है। पहले जो बुराई या शक्ति उसे नहीं दिखती थी, अब दिखने लगती है। वहाँ जाकर व्यक्ति को अपने समाज की शक्ति और उन मूल्यों के पुनःअन्वेषण का मौक़ा मिलता है, जिनके काले-उजले पक्षों से ऊपर उठकर देखने का अवकाश अपने देश में रहते न मिलता। मेरे लिए यूरोप का प्रवास-आवास इन अर्थों में बहुत महत्त्व रखता है। यदि मैं भारत में ही रहता तो शायद यह सब न हो पाता।

"स्वीकार-अस्वीकार का प्रश्न नहीं है यह। मैं समझता हूँ कि यूरोप की समृद्ध सभ्यता है, सांस्कृतिक देन है। मैं स्वयं को कृतज्ञ मानता हूँ कि मैं उस सभ्यता और संस्कृति के सम्पर्क में आया। अगर मैं उस संस्कृति के परिचय में नहीं आता तो मेरे जीवन के कई क्षेत्र सूखे पड़े रहते। उसी तरह भारतीय संस्कृति के कुछ ऐसे उपादान हैं, जो अन्य संस्कृतियों में दुर्लभ हैं। जैसे मनुष्य के आत्म और प्रकृति के साथ सम्बन्ध, अद्वैत की यह भावना कि मनुष्य, सृष्टि और अन्य चीज़ों में भेद-भ्रम है—इल्यूज़न है। अलगाव में समष्टि को देखना और समष्टि में हर व्यक्ति की जो अलग विशिष्टताएँ हैं, उन्हें पहचानना—ये सारे ऐसे उपादान, अंग, अवयव हैं जो मुझे केवल भारतीय मनुष्य के लिए महत्त्वपूर्ण जान पड़ते हैं। अपने बारे में यही कह सकता हूँ कि जीवन के बारे में एक समग्र दृष्टि प्राप्त करने के लिए यूरोप की सभ्यता और संस्कृति को पहचानना उतना ही महत्त्वपूर्ण है

जितना कि जीवन के प्रति भारतीय दृष्टि को जानना। दोनों में से एक-दूसरे को अलग-अलग करके देखना मानसिक विपन्नता का प्रमाण है।"

आपकी रचनाओं में एक ख़ास क़िस्म के वातावरण-निर्माण की कोशिशें बड़ी साफ़ दिखती हैं। अकेलेपन, अलगाव, आत्मनिर्वासन, उदासी-सा पीड़ा अथवा पश्चिमी जगत के अन्य अनुभवों से सम्बन्धित चित्रों की अधिकाधिक उपस्थिति के मूल में आपके विदेश के अनुभवों और वहाँ से प्राप्त दृष्टि का क्या कुछ अवदान है?

"मेरे ख़याल से इसमें कई चीज़ों का अवदान है। परिवार और उसके सदस्यों का अवदान। हमारा परिवार एक तरह से स्वायत्त इकाई की तरह रहा। उसका यानी हमारे माता-पिता के परिवार का सम्बन्ध अन्य लोगों से उतना नहीं रहा। अन्य लोगों से एक तरह से कटकर ही रहा परिवार। पिताजी का रेल का दफ़्तर कभी शिमला, कभी दिल्ली। इसलिए कभी वहाँ, कभी यहाँ का रहना। शायद इस तरह की एकान्तप्रियता का कारण शिमला है जहाँ मेरा बचपन पहाड़ों के बीच बीता। दूसरी चीज़ जो मुझे हमेशा आकर्षित करती रही, वह है अध्ययन-पुस्तकें। कॉलेजों में, यूनिवर्सिटी में स्वाध्याय से जो प्राप्त हुआ, वह इन्हीं से। तीसरा यह कि सात-आठ वर्ष के यूरोप प्रवास में मैं अलग-अलग व्यक्तियों के विचारों के सम्पर्क में आया। ये सब चीज़ें थीं जिन्होंने मेरी दो चीज़ों को जो बाहर से परस्पर प्रतिकूल हैं, पर हैं परपूरक—शक्ति दी, मज़बूती दी। ये दो चीज़ें हैं—अपने भीतर रहने की शक्ति और अपने से बाहर जाने का जोखिम, अपने को बाहर से देखने की चुनौती। शायद यही है जो आप जानना चाह रहे हैं, इससे मेरे स्वभाव की बनावट बनती है।"

फ़ोन बजा तो तुरन्त उठकर गए हैं, 'हैलो, हाँ, बस एक मिनट गगन!' वापस आने पर मैंने उनके लेखन में काव्य, कला, संगीत आदि की उपस्थिति के बारे में सवाल किया है।

"परिवार के अतीत को याद करते हुए अपने लेखन में उसकी भूमिका और प्रभाव को आँका-जाँचा जा रहा है—हमारे परिवार का व्यापक परिवेश मौजूद नहीं था तब। परिवार में माँ, पिता, बहन, भाई—बस, कुटुम्ब से ज़्यादा सम्बन्ध नहीं था। हमारे बड़े भाई रामकुमार ने अपना जीवन लेखन से शुरू किया था। बड़े चित्रकार बने। फ्रांस गए तो वहाँ से कई चित्रकारों के मैनिफ़ेस्टोज़, पैम्फ़लेट्स भेजते रहते थे। उनके आर्टिस्ट का जीवन मेरे लेखन का एक हिस्सा बन गया। यह बड़ी चीज़ है कि आपके भाई या बहन आपको नये अनुभव क्षेत्र में लाने का प्रयत्न करते हैं। यूरोप के बारे में उनके अनुभव, यात्रा-वृत्तान्त मैंने तब पहली बार पढ़े थे। थियेटर, कला, संगीत का ज्ञान पेरिस से भेजी उनकी चिट्ठियों से ही होता था।

मेरी बड़ी बहन प्रगल्भ छात्रा थीं। उन्हें छात्र-जीवन में पुरस्कार बहुत मिलते थे और पुरस्कार रूप में अक्सर किताबें ही मिलती थीं। उन किताबों पर सबसे पहले मैं क़ब्ज़ा कर लेता था। वे तब तक उन्हें ढंग से देख भी नहीं पाती थीं। मैं तब तक पढ़ लेता था। मेरी माँ की ननिहाल पुराने कटरे में थी, दिल्ली में। मैं कई बार उनके साथ जाता। उनके सम्बन्धियों से मिलने, परिवार का एक नया आयाम देखने को मिलता था। ऐसे परिवार में रहने से वैयक्तिक जीवन की सीमाएँ बढ़ती हैं, अनुभव बढ़ते हैं। इस तरह अपने को जानने का जो मौक़ा मिलता है, उस दृष्टि से मैं स्वयं को काफ़ी सौभाग्यशाली मानता हूँ।"

एकदम से बोलना रुका तो निर्मल जी की तरफ़ देखा। मन्द-नीरव-सी एक हँसी वहाँ विराजमान थी सुनाई पड़ा :

"हाँ, अब आप भी थक गए होंगे। मेरा भी सिर भारी हो रहा है। एक बजे पुस्तक मेले में जाना है। हाँ, कल जाना था, जा नहीं पाया।"

इतनी जल्दी समापन की घोषणा सुन मैं अवाक्, भौचक। अधूरा, छूटा-सा लगा सब। कल दोबारा समय दिये जाने के लिए आग्रह किया तो 'हाँ' कुछ इस तरह कही गई, जैसे वे 'ना' कह नहीं पाए थे :

"ठीक है, अब कल दस बजे देख लें। ज़्यादा नहीं हो पाता अब। आप सवाल सिलेक्ट कर लें!"

वाणी में सरल-तरल सा स्नेह प्रदर्शन। मन रखने की उदार सदाशयता को मैंने महसूस किया। गगन जी से कुछ देर बात करने की मैंने इच्छा जताई तो बग़लवाले कमरे पर वे दस्तक देते दिखाई दिये। दस्तक क्या दी—अँगुलियों को आहिस्ता-आहिस्ता ऐसे दरवाज़े से छुलाया, जैसे वह दरवाज़ा न होकर कोई वाद्य यंत्र हो—'गगन, तुमसे बात करना चाहते हैं।'

चश्मा लगाए वे आईं। उनकी उपस्थिति के आकर्षण को मैं देख रहा था। कहा गया, "आज तो अभी झा साहब आएँगे...फिर मुझे जाना भी है, कुछ काम करना है...आप कल दस बजे फिर आ रहे हैं न?...कल ठीक रहेगा, फ़ुरसत से बैठ लेंगे..."

कहने-बोलने में एक लय, एक अनुशासन, अच्छी कविता की तरह शब्दक्रम, आरोह-अवरोह-शीरीं-सी मिठास। दोनों को पास-पास, साथ-साथ देखा तो एक ख़ास तरह की शान्ति, अनुशासन और सबसे अधिक ग़ज़ब के सम्मोहन को अपने आसपास पाया। लगा कि अपने स्रष्टा के मन और आत्मा के सौन्दर्य तथा जादू की कोई कृति यूँ ही आपको ख़ूबसूरत-सम्मोहक नहीं लग सकती।

लेकिन अगले दिन बातों का अवसर आसानी से नहीं मिल पाना था—'कल आप साढ़े चार तक आ सकते हैं क्या?' सुबह का समय चाहा तो व्यस्तता बताई गई। अन्ततः गगन जी के साथ बातचीत के अपने लोभ का उल्लेख करते हुए मैंने तीन बजे तक पहुँचने की कहकर कार्यक्रम तय कर लिया था। अगले दिन चलने से पहले आश्वस्त हो लेना चाहा। उधर फ़ोन पर गगन जी थीं—नपा-तुला, सधा स्वर। निर्मल जी के समय की सूचना देकर मैंने उससे पहले उनसे समय चाहा। 'आप तीन बजे आ सकते हैं?' मैं ख़ुश। 'हाँ', कहा और फ़ोन रखते-रखते सोच लिया कि मिलने पर गगन जी से यह कहना ही है कि आपको कविता पढ़ते तो मैंने नहीं सुना, पर फ़ोन पर आवाज़ सुनकर भी उस कशिश का अन्दाज़ लग सकता है।

दरवाज़ा गगन जी ने ही खोला। पानी, चाय, फिर बातें। आत्मलीन, चिन्तन की-सी मुद्रा में पास की कुर्सी पर बैठी हैं। कटे, खुले, बिखरे बालों का वामांश आगे की तरफ़ लटक-झूल रहा है और दक्षिणांश गर्दन की सहायता से पीठ की ओर मुड़ चला है। स्टील के बड़े से फ्रेम का चश्मा, उसके उस पार दिखती बड़ी-सी आँखों का अन्तर्मन और बाह्य जगत को देखते समय का अलग, निजी, ख़ास अन्दाज़। उनके बचपन, कविता, रचना-प्रक्रिया, स्त्री स्वातंत्र्य, दलित व नारी-विमर्श, उनसे हिली-मिली बिल्लियों, पक्षियों, बच्चों पर, कई मुद्दों पर कई तरह की देर तक बातें हुईं। आज की लपड़-झपड़, तड़ाक-धड़ाक शैली में बोलनेवाली कई संन्यासिनियों-साध्वियों से भिन्न, एकदम अलग अन्दाज़ में बोल रही थीं—शान्त, शब्द-ब-शब्द गहरे उतरे, ऊँचाइयाँ चढ़ते हुए। प्रश्न सुनतीं, वहाँ बैठे-बैठे जैसे कहीं जातीं, कुछ देर वहाँ ठहरकर फिर वापस आतीं। उस दिन उनके स्वभाव के बारे में सुनी कुछ बातें तब मुझे केवल अनुमान, भ्रम और कल्पना लगी थीं। निर्मल जी के बारे में मैंने जितना पूछा, वह सहज, आत्मीय, निश्छल भाव से बताती रहीं। तब मैंने दोनों लोगों के साहित्यकार होने से गृह-संचालन में आनेवाली दिक़्क़तों-मुश्किलों के बारे में जानना चाहा था। अपने लेखन के शुरुआती दौर की चर्चा करने के बाद वे कह रही थीं :

"हाँ, मुझ पर अभी भी बीच-बीच में बाहरी चीज़ों का दबाव आ जाता है।—नहीं, पति का नहीं होता वह दबाव। मैंने अपनी इतना रक्षा कर ली है, इतनी म्यूचुअल अंडरस्टैंडिंग है कि वह दबाव नहीं है। जैसे अब कोई रिपेयरिंग का काम है, कुछ ठीक कराना है, बाहर का काम है, या ऐसा काम है जिसे मैं ही करवा सकती हूँ—तो वह फिर मेरी ज़िम्मेदारी है। दो टूक कहूँ तो मुझे यह भी लगता है कि निर्मल जी काफ़ी अव्यावहारिक व्यक्ति हैं। स्वयं से कुछ कराना इनके वश का नहीं है। जो बता दिया जाए, वो कर लेंगे। उनके अव्यावहारिक होने से कोई समस्या नहीं है। पर लगता है कि ये ऐसे व्यक्ति होते जिन्हें मुझसे स्पष्ट-सी माँगें होतीं। मुझे किसी रोल मॉडल में बाँधकर रखते। मुझे ख़ुशी है, निर्मल जी को मुझसे ऐसी अपेक्षा नहीं रही।

उनकी सारी अव्यावहारिकता इससे माफ़ हो जाती है कि वे हर सुबह चाय बनाकर मेरे सिरहाने रख जाते हैं। उसके बाद फिर चाहे थैला भरकर सब्ज़ी लाओ, मकान की टूट-फूट ठीक कराओ या और कुछ। सुबह इतना कर देने से लगता है कि उन्होंने भी कुछ किया है। अभी दो दिन पहले सब्ज़ी लेकर लौटी तो इन्हें कहा मैंने—'देखो, मैं इतना सारा बोझ लटकाकर लाई थी दोपहर में...।' एकदम से बोले—'मैं भी तो टिक्की लाया था तुम्हारे लिए दोपहर में!' मैंने पूछा—'तो क्या टिक्की का वज़न इसके बराबर था?' फ़ौरन उत्तर मिला, पर एक सवाल के साथ—'हाँ, टिक्की का वज़न तो कम था, उसके भूसे का वज़न अधिक था... पर क्या मेरी लाई हुई टिक्की ख़राब थी?' अब क्या उत्तर दे सकते हैं आप? उस क्षण उनके मन की खीज, ख़ुशी, तृप्ति छिपी नहीं रह पा रही थी।

"निर्मल जी के साथ रहकर घर में जो मुझे परेशानी होती है, वह यह नहीं कि मेरे लिखने में कोई व्यवधान हो रहा है। परेशानी यह होती है कि वह बहुत डिसिप्लिंड ढंग से लिखते हैं। सुबह सात बजे वह मेज़ पर बैठ जाते हैं, फिर जब तक जैसा चले। नहाने-धोने-नाश्ते को उठेंगे एक घंटे को। डेढ़ बजे तक काफ़ी सॉलिड काम होता है उनका। अर्ली ईवनिंग का समय ऐसा रखते हैं कि उसमें कहीं बाहर जाना है या मिलना है किसी को। जब वे दुनिया से मिलते हैं तो उसके पहले पाँच-छह घंटे अपनी मेज़ पर बैठ चुके होते हैं। सारा समय पढ़ना-लिखना। चिट्ठियों के जवाब देने हैं। एक बड़ी नियमित-सी दिनचर्या रहती है। इसमें कहीं व्यवधान नहीं। अराजकता कहीं होती होगी तो भीतर मन में होती होगी कि क्या कथानक चल रहा है, कौन पात्र क्या रूप ले रहा है। पर बाहर एक डिसिप्लिन। यह सब देखकर मुझे जो दिक़्क़त होती है, वह यह कि मैं रोज़ बैठकर नहीं लिख सकती। मेरे लिखने के फ़ेज़ेस होते हैं। मैं लिख रही होती हूँ तो लिख ही रही होती हूँ। कम्प्यूटर पर बैठी रहती हूँ...अधिक समय उस क्षण के इन्तज़ार में...कि पकने-बनने पर शुरू करूँ...। निर्मल जी पहले मेरी इन चीज़ों को नहीं समझते थे। कहते थे कि ये कामचोरी की बातें हैं। जब तक आप मेज़ पर नहीं बैठेंगे, नहीं लिखेंगे। पर इन चौदह-पन्द्रह वर्षों में वे धीरे-धीरे समझ गए हैं कि इनका ग्राफ़ अलग तरह से चढ़ता-उतरता है और मेरा कुछ और अलग तरह से।"

निर्मल जी रचनाओं की पहली पाठिका होने के बारे में गगन जी से पूछा गया तो बताने लगीं, "सबका ज़रूरी नहीं लेकिन कुछ चीज़ों की मैं पहली पाठक हूँ। इसलिए कि मैं उनकी टाइपिस्ट हूँ। निर्मल जी कहते हैं कि उनके हैंड राइटिंग को भारत में केवल दो लोग पढ़-समझ पाते हैं—एक मैं, एक मदन सोनी। इतना बारीक लिखते हैं कि एक डॉट में तीन अक्षर छिपे रहते हैं। पिछले सात-आठ वर्षों से, जबसे मैं कम्प्यूटर पर काम करने लगी हूँ, मेरे पास उनका ड्राफ़्ट आ जाता है। मदन सोनी के पास नहीं जाना है तो ड्राफ़्ट मेरे पास ही आएगा।

"'अन्तिम अरण्य' कम्प्यूटर पर टाइप कर रही थी तो बीच में एक बार लगा कि मेरी तो आँखें ही चली जाएँगी। मैंने निर्मल जी से कहा कि यदि आप बड़ा नहीं लिख सकते तो मैग्नीफ़ाइंग ग्लास ही ला दें। बड़ा तो नहीं लिख सके, पर दो घंटे बाद मैग्नीफ़ाइंग ग्लास आ गया।"

शब्दों के साथ नि:सृत होती चहक ने उनके चेहरे पर एक कान्ति, एक तेज़ ला दिया था। निर्मल वर्मा के अपने होने के भाव पर वे प्रमुदित-प्रफुल्लित-गर्वित-सी दिखी थीं। 'कामायनी' की श्रद्धा की एक पंक्ति अपनी याद दिलाकर चली गई : 'दया, माया, ममता लो आज/मधुरिमा लो, अगाध विश्वास...'

ऐसे उस ख़ास क्षण में मैंने पूछा था, 'निर्मल जी पर गर्व करने जैसा भाव कब-कब आता है आपके मन में?'

थोड़ी देर चुप रहीं, जैसे मन की गहराइयों में डुबकी लगाई जा रही हो। बोलना शुरू हुआ तो लगा कि वे जितना बोलकर बोल रही थीं, उससे अधिक शब्दों-वाक्यों के बीच के अन्तराल और मौन के माध्यम से बोल रही थीं।

बहुत दूर कहीं देखती-सी वे बता रही थीं, "मुझे निर्मल जी के साथी होने पर जिस चीज़ की सबसे बड़ी हैरानी होती है, वह तब जब मैं इन्हें अध्यक्षीय बात कहते हुए सुनती हूँ।"

मैं उनके बोले शब्द 'साथी' पर रुका था कुछ समय। सहधर्मिणी, अर्द्धांगिनी या सहचर जैसे शब्द तो मैंने भी नहीं सुनने चाहे थे। पर ऐसा क्यों लगा कि उन्होंने साथी नहीं, सारथी कहा है शायद। बिना उनसे कहे भी मान लिया कि सारथी ही कहा होगा...।

"ये किसी सभा में गए हैं। इन्हें बोलना है। मुझे लगता है कि इन्हें जानती हूँ। मेरे आमने-सामने चल रहे हैं। पर जब ये बोलते हैं—इतनी भारी चीज़ें इकट्ठा करके कह रहे होते हैं—तब देखती-सुनती हूँ तो सोचती हूँ कि इसका मतलब तो यह है कि जिस व्यक्ति को मैं देख रही थी—कि आमने-सामने घूम रहे हैं—तो मैं सही व्यक्ति नहीं देख रही थी। शायद हो सकता है कि एक लेखक सबके लिए इतना पराया होता हो...या इतना ही अपना होता हो...।"

साढ़े चार से थोड़ा पहले निर्मल जी आ चुके थे। स्वेटर-पैंट, कढ़े बाल... लगा कि उस दिन से अधिक सँवरे-से, स्मार्ट-से दिख रहे हैं आज। हिमाचल की प्रकृति जैसी सौम्य स्निग्धता। कुर्सी पर बैठने तक हाथ जुड़े हैं, प्रश्न पूछे जाने से पहले ही सुनने जैसी एकाग्रता और सुनकर अपनी उस विशिष्ट मुद्रा में ऐसे बोलना शुरू, जैसे पहले से तैयार कोई ड्राफ़्ट उनके मन के अन्दर रखा हो! शुरुआत के लिए यूँ ही पूछ लिया कि आप अपने वर्तमान का, लेखक होने का श्रेय किसे देना चाहेंगे?

मेरा मन्तव्य जानना चाहा है पहले। फिर कहा गया है :

"आपका मतलब लेखकों से है क्या? मेरे लिए यह कहना तो मुश्किल है कि मैं जो जैसा भी आज हूँ, वह किस वजह से हूँ। उसके लिए मैं अनेक व्यक्तियों, सम्बन्धियों, मित्रों के प्रति गहरी कृतज्ञता महसूस करता हूँ। उनका नाम लेने से कोई ख़ास फ़ायदा नहीं है, पर चेतन और अचेतन मानस में उनकी उपस्थिति मेरे लिए कितनी फलप्रद रही, यह कल्पनातीत है। भारतीय परम्परा में यह माना गया है कि हमें जीवन में तीन तरह के ऋण चुकाने पड़ते हैं। अगर हम इन शब्दों को व्यापक अर्थ में लें तो मेरी कृतज्ञता की सूची बहुत कुछ इन तीन ऋणों के बीच समा सकती है। देव-ऋण इस मायने में कि मैंने जिस परम्परा में जन्म लिया है, उसमें पवित्रता का एक अद्भुत आभास था। वह जो भी है—चाहे पर्वत, धरती, आकाश कुछ भी है। जो चीज़ भी हमारा पोषण करती है, जिसके माध्यम से हम इस जीवन के यथार्थ से परे किसी सार्वभौमिक शक्ति से साक्षात् करते रहते हैं, अनुभव-उपस्थिति से अधिक समग्र-सम्पूर्ण बातें हैं उसमें। यह संयोग नहीं कि परम्पराओं में इन समस्त को, इन उपकरणों को देवी-देवताओं के रूप में स्वीकार किया गया है। उसी तरह ऋषि-ऋण के अर्थ में वे सब विद्वान, लेखक, चिन्तक जिन्होंने प्रत्यक्ष रूप से या पुस्तकों के माध्यम से मुझे अच्छे-बुरे, सत्य-असत्य, न्याय-संगत-अन्याय संगत, नीति-अनीति के बीच में भेद करना सिखाया और यह सिखाया कि मनुष्य के भीतर जन्म से ही मनुष्य नहीं होता, उसे मनुष्यत्व को अर्जित करना होता है। मुझे इस बहुमूल्य चीज़ को सिखाने में ऋषि-ऋण का गहरा योगदान है। तीसरा पितृ-ऋण है। मेरे भीतर जिस तरह की चिन्ताएँ, जिज्ञासाएँ, और आकांक्षाएँ निवास करती हैं, जो मुझे एक विशिष्ट व्यक्ति के रूप में रूपायित करती हैं, उसके लिए मैं उन सब पुरखों-पूर्वजों का कृतज्ञ हूँ। पितृ का अर्थ ही पूर्व है। वे सजग रूप से तो नहीं, पर अचेतन रूप से मेरी स्मृतियों, मेरे अचेतन मानस में वास करते हैं और उनका होना मेरे अस्तित्व को वर्तमान से ऊपर उठाकर अतीत और भविष्य की एक श्रृंखला में संयोजित करता है। यहाँ भी यह देखिए कि भारतीय परम्परा में श्राद्ध पुरखों के प्रति कृतज्ञता प्रकट करने को किया जाता है। शायद दुनिया में कहीं नहीं है यह परम्परा। तीनों ऋणों को चुकाने की प्रक्रिया में दुनिया का अजनबी परिवेश हमारा आत्मीय आवास-स्थल बनता है। जिस तरह मकान को घर में बदलने के लिए अनेक पीढ़ियों का आवास ज़रूरी होता है, उसी प्रकार से संसार को अपनी संस्कृति में बदलने-परिवर्तित करने की प्रक्रिया तभी पूरी होती है, जब हम ऋणों को चुकाने में समर्थ होते हैं।"

सूचना तंत्र, टी.वी., मीडिया आदि की भूमिका तथा प्रभाव और साहित्य के भविष्य के बारे में किये गए सवालों के उत्तर में निर्मल जी ने कहा :

"एक तरह से इसे आधुनिक युग की विडम्बना और विरोधाभास मानना चाहिए कि टी.वी. इंटरनेट, आदि की प्रविधियाँ इतनी प्ररिष्कृत और व्यापक हो गई हैं कि हम तुरन्त एक-दूसरे के बारे में सूचना प्राप्त कर सकते हैं, लेकिन अन्य का बोध—और आपके बीच का बोध उत्तरोत्तर, क्षीण, कमज़ोर पड़ता जा रहा है। क्या यह अजीब बात नहीं कि सुदूर देशों की जनता की आकांक्षाओं-यातनाओं के बारे में मैं आसानी से रेडियो, अख़बारों से ख़बर पा सकता हूँ, मगर इस धरती पर मानवता के बीच मनुष्यों से मेरा रिश्ता उतना ही अजनबी और कहीं-कहीं तो आतंकित और भयभीत करनेवाली चीज़ बन गया है। सार्त्र ने कहा था कि अन्य की अवधारणा यानी, मनुष्य में जो दूसरा है, वह नरक की तरह है। आज इस नरक की भयावहता सूचना तंत्रों के इतने व्यापक होने के बावजूद कम नहीं हुई है। मनुष्य उत्तरोत्तर छोटे-छोटे गुटों, संघों में बँटता जाता है। धर्म, राजनीति, टेक्नोलॉजी, सामाजिक-राजनीतिक संस्थाएँ अगर क़दम पर मनुष्यों के बीच वैमनस्य और शत्रुता नहीं, तो दूरी, भय और अजनबीपन उत्पन्न करती जाती हैं। इसलिए मैं कभी-कभी सोचता हूँ कि एक मनुष्य को जानने के लिए ज़रूरी नहीं कि हम सारी दुनिया की मानव-जाति की ख़बरों को तात्कालिक रूप में जान सकें, अपितु अपने सान्निध्य में रहनेवाले लोगों के भीतर की मानवता के सूत्रों से अपने को जोड़ सकें। यह बड़ी बात होगी। क्राइस्ट ने कहा था—अपने पड़ोसी से वैसा ही प्रेम करो, जैसा तुम अपने से करते हो। जब तक यह दुनिया हमारा पड़ोस नहीं बनती, हम इसे पड़ोसी की तरह आत्मीय स्नेह नहीं दे सकते, तब तक सूचना तंत्रों का प्रसार किसी भी तरह मनुष्यों को एक-दूसरे के नज़दीक ला पाएगा, उन्हें एक-दूसरे के बारे में ईमानदारी के साथ समझदारी दे सकेगा, मुझे सन्देह है।

"जहाँ तक साहित्य के भविष्य की बात है, इस तरह की आशंकाएँ, हर उस समय में जब नई कला विधा का प्रादुर्भाव होता है, उत्पन्न होती हैं। उन्नीसवीं शताब्दी में जब फ़ोटोग्राफ़ी ईजाद हुई, कहा गया कि पेंटिंग, चित्रकारों का भविष्य अन्धकारमय है। क्या ऐसा हुआ? चित्रकारी ने अपनी कला में अधिक संस्कार, अधिक संश्लिष्टता, अधिक कलात्मक क्षमताओं को अर्जित किया और फ़ोटोग्राफ़ी दूसरी दिशाओं में अग्रसर होती गई। इसी तरह बीसवीं शताब्दी के शुरू में जब सिनेमा आया, तब भी यह आशंका प्रकट की जाती थी कि थिएटर की जो परम्परागत कला है, नाट्य कला है, उसकी अब कोई ज़रूरत महसूस नहीं होगी। जब मनुष्य दो-ढाई घंटे में फ़िल्म के चलायमान बिम्बों द्वारा इतना ज्ञान और आनन्द प्राप्त कर सकता है तो फिर थिएटर जैसे अपेक्षाकृत स्थिर मंचीय माध्यम की तरफ़ वह क्यों झुकेगा? लेकिन यह भी नहीं हुआ क्योंकि जिस तरह का दर्शक और नाटक के बीच साक्षात् संवाद का परिवेश थिएटर उपस्थित कर सकता था, कलात्मक रूप से और जिस गहराई से नाटकीय कला के माध्यम से उन समस्याओं को उजागर कर सकता था,

उन्हें सिनेमा कभी छूने का साहस भी नहीं करता। इसलिए हम देखते हैं कि बीसवीं शताब्दी में जहाँ सिनेमा जैसी कलात्मक विधा का आविष्कार हुआ, वहाँ इब्सन जैसे महान नाटक लेखक और रंगकर्मी हमारे सामने आए। और हमें पता चला कि नाट्य-कला को सिनेमा कभी अपदस्थ नहीं कर सकता। क्योंकि दोनों ही अपने-अपने माध्यम से मनुष्य के जीवन-सत्यों को उद्घाटित करते हैं, क्या कभी टेलीविज़न या मीडिया के दूसरे साधन ऐसा करने के कलात्मक साधन जुटा पाते हैं? सिनेमा में, टीवी में हम फ़्लैश बैक की टेक्निक अपनाते हैं, लेकिन वह बहुत सतही रूप में, तकनीकी फ़ार्मूले के रूप में हमारे सामने आता है। जबकि साहित्य में अन्ना कैरेनिना जैसी नारी आत्महत्या करने से पहले जिस भावनात्मक उन्मेष के साथ अपने अतीत का विश्लेषण छिलके-छिलके करके करती है, क्या कभी कोई मीडिया-माध्यम ऐसा कर पाने में समर्थ हो सकता है? मैं नहीं समझता कि पुस्तक का कोई भी पर्याय कभी भी कोई अन्य चीज़ हो सकती है। उसका सीधा-सा कारण यह है कि पुस्तक—उपन्यास, कविता, नाटक, आध्यात्मिक-दार्शनिक ग्रंथ—अपने शब्दों के माध्यम से कोई बना-बनाया सत्य किसी बिम्ब या इमेज़ के द्वारा अभिव्यक्त नहीं करते, जैसा हम सिनेमा-टी.वी. में देखते हैं, जो हमेशा अधूरा और सतही होता है; जबकि हर पुस्तक मनुष्य की स्वाधीन चेतना पर विश्वास करती है कि वे किसी भी कविता या उपन्यास को एक विशिष्ट अर्थ में न बाँधकर, अनेक अर्थों में, बिम्बों में उसे प्राप्त करें, उसका रसास्वादन करने में समर्थ हो सकते हैं। मार्केस से जब किसी ने पूछा कि आप अपने उपन्यास—'एकान्त के सौ वर्ष' का फ़िल्मीकरण करने की अनुमति क्यों नहीं देते, जबकि हॉलीवुड के अनेक प्रोड्यूसर आपको लाखों डॉलर्स देने को तैयार हैं? तो उनका उत्तर यह था कि आज जब लोग मेरी पुस्तक पढ़ते हैं तो हर पात्र या घटना का अपने व्यक्तिगत अनुभव के माध्यम से अर्थ लगाते हैं। मेरी पुस्तक हर पाठक के लिए एक अलग अर्थ रखती है। वह किसी सामान्य ढर्रे में बँधी नहीं। मेरे हर पाठक के भीतर मेरे उपन्यास के हर पात्र का एक अलग बिम्ब है। जब ये ही पाठक मेरे उपन्यास की फ़िल्म देखेंगे तो उन पाठकों के भीतर पात्रों-बिम्बों और अर्थों की बहुलता का जो संसार होगा, वह एक हास्य एक्टर की मुद्रा और एक हास्य बिम्ब में जड़ित होकर रह जाएगा। मैं नहीं चाहता कि फ़िल्म मेरी पुस्तक के बहुआयामी अर्थों को फ़िल्म में ढले हुए एक ख़ास सिनेमाई बिम्ब में सिकोड़कर रख दे। मेरे ख़याल में सुन्दर है यह बात। हम पुस्तक से जो सुख प्राप्त करते हैं, उसमें हमारा निजी योगदान उतना ही है जितना लेखक का। यही कारण है कि एक पुस्तक हर युग में हर पाठक की एक नई पुस्तक होती है, जबकि उसका टेक्स्ट वही रहता है।

"सम्प्रेषण की समस्या कहाँ है? आज भी किताबें पढ़ी जाती हैं, लाखों की संख्या में पुस्तकें आज भी छपती हैं, आज भी पाबन्दी लगती है पुस्तक पर।

ऐसे भी देश हैं जहाँ के शासक डरते हैं कि पुस्तक छपेगी तो उनके झूठ का पता लगेगा। यदि पुस्तक में शक्ति न होती तो तसलीमा की किताब पर बांग्लादेश में या यहाँ पाबन्दी क्यों लगती? यदि छपने पर वही स्थिति रहती है तो पाकिस्तान, चीन, सोवियत संघ जैसे देशों में पुस्तक पर पाबन्दी क्यों लगाई जाती रही? मतलब यही है कि पुस्तक में मानस को परिवर्तित कर सकने की अदम्य शक्ति है। बीसवीं सदी की जहाँ अनेक उपलब्धियाँ हैं, वहाँ सबसे बड़ा अभिशाप शायद यह है कि सबसे अधिक संख्या में पुस्तकें जलाई गईं, पाबन्दियाँ लगाई गईं—क्योंकि शासक शब्द से डरते थे। यह कहना ग़लत है कि सम्प्रेषण का संकट है। भारत जैसे देश में जहाँ साक्षरता की कमी है, अधिक लोग बहुत किताबें नहीं पढ़ सकते, आज भी हज़ारों-लाखों लोग सत्संग, धार्मिक समारोहों, उत्सवों आदि के माध्यम से 'रामायण', 'महाभारत' आदि लिखित पुस्तकों से शक्ति व ज्ञान प्राप्त करते हैं, इन महाकाव्यों की कहानियों से अनुप्राणित होते हैं।"

तब मैंने आज के लेखन में भाषा के स्तर पर व्याप्त लापरवाही और अन्य दुर्बलताओं के बारे में निर्मल जी की राय जाननी चाही थी। प्रश्न पूरा होते-होते सुनने को मिला :

"संकट यह नहीं है। सही प्रश्न नहीं है यह। सही प्रश्न आपको यह पूछना चाहिए कि पचास-पचपन वर्ष बाद भी हम भारतीय भाषाओं के भीतर उतनी स्वावलम्बी चेतना पैदा क्यों नहीं कर सके कि सृजन, चिन्तन, संचार, दफ़्तर आदि के कामों के लिए सीधे-सीधे अंग्रेज़ी पर निर्भर न करके, वह सब स्वयं सम्पन्न कर पा सकने की स्थिति में होते? यह सबसे बड़ा संकट है भारतीय संस्कृति के लिए और लज्जास्पद बात है। जहाँ चीन, जापान, वियतनाम जैसे देश भी अपनी भाषाओं के साथ संवाद कर पाते हैं, वहाँ आज भी हम अपने को अंग्रेज़ी पर निर्भर पाते हैं। वर्ष में केवल एक दिन हम हिन्दी दिवस मनाकर अपनी ज़िम्मेदारी से छुटकारा पा लेते हैं, जबकि तक़ाज़ा यह है कि हम हर दिन अपनी भाषा में काम करने में समर्थ हो सकें ताकि हर दिन हिन्दी-दिन मनाया जा सके। यहाँ अंग्रेज़ी या उसके साहित्य की अवहेलना करना मेरा आशय नहीं है और न उन लेखकों को किसी भी तरह नीचा दिखाने की इच्छा है जो अंग्रेज़ी में कविताएँ या उपन्यास लिखते हैं। उनमें से अनेक उत्कृष्ट कवि और लेखक हैं। पर भाषा का प्रश्न केवल साहित्य तक ही सीमित नहीं है। एक पूरी संस्कृति के मर्म और अर्थों को सम्प्रेषित करने की सम्भावना उसके भीतर अन्तर्निहित है। भारत में एक समय में समूची संस्कृति के सार्वभौमिक सत्य को संस्कृत भाषा में व्यक्त किया जाता था। उन्नीसवीं शताब्दी में जब यह प्रश्न अंग्रेज़ी शासकों के समक्ष आया कि कौन भाषा शासकीय हो, तो उनमें से कुछ लोग संस्कृत को शासकीय भाषा बनाना चाहते थे। पर फिर कुछ औपनिवेशिक शासकों ने कुछ स्वार्थों के कारण

अंग्रेज़ी को ही शासकीय भाषा बनाना सही समझा क्योंकि वे भारत के शिक्षित वर्ग को अपनी परम्परा से उन्मूलित करके पश्चिम की वैचारिक दासता से मुक्त नहीं करवा सके हैं। इसके बारे में समूचे बुद्धिजीवी वर्ग और हमारे शासक वर्ग को गम्भीरता से सोचना चाहिए। यदि हम वैचारिक रूप से स्वयं अपनी भाषा में सोचने, सृजन करने की सामर्थ्य नहीं जुटा पाते, तो हमारी राजनीतिक स्वतंत्रता का क्या मूल्य रह जाएगा?"

कुछ दिन पहले मैंने निर्मल जी के उपन्यास अंश के साथ यह घोषणा पढ़ी थी कि वे इन दिनों 'लालीबुआ' उपन्यास पर काम कर रहे हैं। शीर्षक के 'बुआ' शब्द के आधार पर मैंने निर्मल जी से जानना चाहा था कि क्या अब उनका लेखन अतीत से जुड़े कुछ ख़ास रिश्तों पर केन्द्रित होना चाह रहा है?

"एक अंश से समूचे उपन्यास के बारे में धारणा नहीं बना सकते। अभी अधूरा है वह। पहला ड्राफ़्ट है। लिख रहा हूँ, अन्तिम रूप क्या होगा, अभी यह कहना नामुमकिन है। उतना अंश पढ़कर पूरे का अनुमान नहीं लगाया जा सकता। उसमें विभिन्न परिवारों के सदस्यों के वैयक्तिक जीवन और उनके अन्त:सम्बन्धों को व्यक्त करने का मैंने प्रयास किया है। लेकिन यह अभी कच्ची और अधूरी शक्ल में मौजूद है। वह छोटा, अधूरा हिस्सा पढ़ा आपने...?"

आपके लेखन में कुछ अनुभव, स्थितियाँ, चित्र, दृश्य, बार-बार, बहुत बार आते हैं—जैसे प्रकृति, अकेलापन, निर्वासन, उदासी, प्रतीक्षा, करुणा, मृत्यु...?

इतना सुनकर ही हँसने लगे हैं। देर तक हँसे हैं। पहले दिन यह नहीं सोच सका था कि निर्मल जी को इस तरह हँसते हुए भी मैं देख सकूँगा। लगा, कुछ ग़लत पूछ लिया क्या? पर उनके बोलने के साथ ही यह लगना स्वयं ही बन्द हो गया।

"मृत्यु! मृत्यु भी बार-बार आती है। पात्रों का जीवन अनवरत रूप से चलता है। मैं किसी ख़ास विषय पर केन्द्रित नहीं करना चाहता—प्रेम, मृत्यु या अन्य किसी अभाव पर। ये सारे प्रसंग मनुष्य के जीवन में केन्द्रीय अर्थ रखते हैं। बीमारी, बुढ़ापे, मृत्यु को देखकर गौतम बुद्ध का सारा जीवन बदल गया था। कथा-साहित्य में आप इन तीन चीज़ों की उपेक्षा कैसे कर सकते हैं? यदि मैं इन विषयों पर बार-बार लौटता हूँ तो यह तो वैसा ही है, जैसे एक पक्षी अपने घोंसले से सुबह उड़ता है और शाम को वापस लौट आता है...तब अगर कोई आलोचक कहे कि पक्षी कैसा है, बड़ा मूर्ख है—शाम-सुबह इसके अलावा और कुछ आता ही नहीं इसको। इस तरह की साहित्यिक आलोचना के बारे में सोचना चाहिए। ऐसी सतही बातें नहीं करनी चाहिए साहित्य के बारे में। शाश्वत प्रश्न हैं ये—प्रेम, मृत्यु, सम्बन्ध, सम्बन्ध-विश्रृंखलता, सम्बन्धों की उपस्थिति, अभाव। हम इन प्रश्नों से कैसे छुटकारा पा सकते हैं?

"देखना यह है कि लेखक इनको नये सम्बन्धों में उजागर कर पाता है या नहीं। हर लेखक करता रहा है इनकी अभिव्यक्ति। सृजनात्मकता इसी में निहित है कि वह पुराने सन्दर्भों को नया अर्थ दे सके। शान्ति, अहिंसा की बातें उपनिषदों में भी कही गई हैं, 'महाभारत' में भी। बहुत वर्षों बाद गौतम बुद्ध ने भी दोहराईं, शताब्दियों के अन्तराल के बाद गांधी ने नया अर्थ दिया। तो क्या आप इसे दोहराना कहेंगे? वे दोहरा भी रहे थे, सृजनात्मकता भी दे रहे थे। गांधी की रचनात्मकता ही इसमें निहित है कि अहिंसा को उन्होंने सत्याग्रह के अस्त्र के रूप में पहली बार प्रस्तुत किया। मेरे विचार में यह आविष्कार उतना ही महत्त्वपूर्ण है, जितना कि किसी वैज्ञानिक का। हम परम्परा से अलग होकर लिखते हैं, न कि उसकी नक़ल करते हैं। उसके भीतर रहते हुए उसमें अपने समय की परिस्थितियों के अनुकूल नया अर्थ ढूँढ़ते हैं। तो आपको देखना यह है कि लेखक ने ऐसा किया है या नहीं? यदि नक़ल है तो किसी लेखक की किताब आप क्यों पढ़ें? वह सब पहले ही पढ़ चुके हैं आप। पर यदि पाते हैं कि उसमें मानवीय संवेदनाओं को नया रूप दिया गया है तो वह पुरानी होते हुए भी नई चीज़ बन जाती है। मृत्यु शाश्वत है, पर हर मृत्यु अलग है, विशिष्ट है। मृत्यु के प्रश्न को अनेक साहित्यकारों ने उठाया। जैनेन्द्र उठाते रहे, पुराने साहित्य ने उठाया—तो पूछना-देखना यही चाहिए कि उसने नया क्या दिया, नया क्या जोड़ा? मनुष्य जन्म लेता है तो उसके दो हाथ, दो पैर, दो कान ही तो होंगे। अब आप कहें कि अरे, यह तो हर बार वही मनुष्य है! अरे भाई, वह अलग थोड़े ही होगा!"

भाषा-अलंकरण के अवयवों, दृश्यों, रंगों आदि को लेकर रचनाकार की अपनी रुचियाँ और पसन्दें कभी-कभी इतनी प्रभावी हो जाती हैं कि उसके लेखन में वे बार-बार आ जाती हैं। कुछ ख़ास रंगों, शब्दों, बिम्बों आदि के सन्दर्भ में क्या अपने लेखन के बारे में इस दृष्टि से आपने सोचा है?

"मेरे लिए यह बताना मुश्किल है। मैं अपने बारे में अधिक नहीं सोचता। जब मैं लिखता हूँ, एक विषय के अनुरूप लिखने की उस प्रक्रिया में जो शब्द, बिम्ब आते हैं, उनका इस्तेमाल करता हूँ। शुरू में कोई बिम्ब लेकर नहीं चलता कि उसे ही इस्तेमाल करूँ। नहीं, कोई प्रिय-अप्रिय उपमा-बिम्ब नहीं—वही जो उपयुक्त है और मेरे भावों को व्यक्त करने में समर्थ हो सके। न मैं यह चाहता हूँ कि भाषा में अलंकारों, बिम्बों की बहुत भरमार रहे। मैं ऐसा समझता हूँ कि भाषा में जितनी अधिक सादगी रहेगी, उतने ही अधिक मार्मिक रूपों में वह भावों को शब्दों में व्यक्त कर पाएगी। जिस सीमा तक वह लेखक के प्रयोजन को पूरा करती है, उसका प्रयोग सार्थक होता है। यह कहते दु:ख होता है कि जिस भाषा में हमारे साहित्य का सृजन होता है, जिसके माध्यम से एक साहित्यिक कृति

अपना वैशिष्ट्य प्राप्त करती है, हममें से अधिकांश अपनी उसी हिन्दी-भाषा के प्रति उदासीन और असावधान रहते हैं और सोचते हैं कि भाषा के बारे में सोचना एक कलावादी विलास है। यह वैसी ही दृष्टि है कि कोई मोटर में सैर करना चाहे पर मोटर के भीतर की मशीनरी को मैला-कुचैला रखे और उस पर ध्यान न दे। भाषा में एक सृजनात्मक कृति की समस्त चालक शक्तियाँ निहित होती हैं, जिनके प्रति उदासीन होने का मतलब है स्वयं कला के प्रति उदासीन होना। साहित्य-भाषा सिर्फ़ एक माध्यम मात्र नहीं है, माध्यम होने पर भी वह एक स्वायत्त शक्ति रखती है। इसलिए हम उसकी ओर बार-बार लौटते हैं। किसी ख़ास कृति को बार-बार पढ़ते हैं। एक बार के बाद यह नहीं कहते कि इस कलाकृति की उपयोगिता समाप्त। प्रसाद, पंत, निराला या अज्ञेय की कविताओं की ओर यदि हम बार-बार लौटते हैं तो मतलब यह है कि वह सब हमें आलोचकों से नहीं मिलेगा, जो हमें उन शब्दों, उन रचनाओं से गुज़रने से मिलेगा।

'स्वायत्त शक्ति...कैसे?' मैं पूरी तरह कह भी नहीं पाया था कि जैसे वे मेरा आशय समझ चुके थे। बताना जारी था :

"भाषा सीखनी नहीं (होती), इसके प्रति संवेदनशीलता उत्पन्न करनी पड़ती है। हर शब्द की अनेक अर्थ-ध्वनियाँ निकलती हैं और वह अलग-अलग सन्दर्भों में अपना रचनात्मक रूप बदलता रहता है। उस शब्द को किसी स्थान पर रखकर, प्रयुक्त करके अचानक एक अप्रत्याशित अर्थ प्रकट कर देने की क्षमता यदि किसी के पास होती है तो वह बड़ी क्षमता है, उपलब्धि है। तब पाठक के तौर पर हम सोचते हैं कि हमने सोचा नहीं था कि ऐसा भी प्रयोग सम्भव है। पारम्परिक रूप में हम शब्दों को एक ढाँचे में रखते हैं। दुकानदार से कुछ ख़रीदते समय, डॉक्टर से इलाज कराते समय या दफ़्तर में हम इसी तरह की पारम्परिक, टकसाली भाषा का प्रयोग करते हैं। साहित्यिक कृति में शब्दों की भूमिका बदल जाती है। वह सिर्फ़ उपयोगितावादी नहीं रहती। साहित्यिक कृति में शब्द माध्यम से ऊपर उठकर शक्ति का स्रोत बन जाता है। यह सबसे बड़ी बात है। सत्य पाने का माध्यम न होकर वह अपने में एक सत्य रूपायित करता है और उस सत्य को पाने के लिए हमें कविता में उसी शब्द के पास जाना होगा। अगर हमें निराला के काव्य में इन शब्दों के आनन्द के पास जाना है तो निराला की इस कविता के पास बार-बार जाना होगा : 'बाँधो न नाव इस ठाँव बन्धु/पूछेगा सारा गाँव बन्धु...।' और कहीं इसका विकल्प नहीं मिलेगा।"

कलाइयाँ ऊपर की ओर उठकर हथेलियों को ऊँचे, और ऊँचे ले जा रही हैं। सन्धिस्थल से ऊपर की ओर मुड़ी अँगुलियाँ हिल-झूमकर नृत्य-सा करती लग रही हैं।

चेहरे पर भावभरी मुद्रा निर्मल जी की रीझ को बता रही है। कई बार दोहराई गई हैं ये पंक्तियाँ। और कुछ सुनाना चाह रहे हैं। याद करने में समय लगा है। रीझ और बढ़ चली है। सुनाने में दाद देने जैसा भाव आ मिला है। बन्द आँखों, कलाइयों, हथेलियों और अँगुलियों की मुद्राएँ—सुनाई पड़ता है—वो पंक्ति है न—हाँ, हाँ, देखिए, देखिए : 'प्रभु जी मोरे अवगुन चित्त न धरो...' विगलित-से, गलदश्रु से। श्रद्धा पगा स्वर। ख़ास हो गया था वह क्षण! मैं एक रीझ को रीझते देख रहा था।

"देख रहे हैं आप? हर शब्द में रस, सौन्दर्य और सत्य है। ये तीनों अविच्छिन्न रूप से एक दूसरे के साथ जुड़े हैं। क्या कला के इस अनुपम सत्य को हम कलावादी कहकर ख़ारिज कर सकते हैं?"

बोलना रुका तो क्या हुआ, देखने को सामने देखा। उनकी निगाह चुपचुप घड़ी के पास से लौट रही थी, "अब थक गया हूँ। बस, दस मिनट और। आप भी तो थक गए होंगे।"

थकने की बात पर पूछ बैठा कि आप टहलने जाते हैं क्या?

"हाँ, पहले जाता था। बाहर रहा तो रूटीन बिगड़ गया। अब घूमने नहीं जा पा रहा हूँ।"

समय की आपात कटौती की घोषणा ने मुझे हड़बड़ा दिया है। जल्दबाज़ी में तब मैंने उनसे उनके लिखने की प्रक्रिया, लेखक सम्बन्धी अनुकूलताओं-प्रतिकूलताओं, लेखन के सर्वाधिक सन्तोषप्रद क्षण तथा भावी योजनाओं एवं महत्त्वाकांक्षाओं के बारे में छोटे-छोटे सवाल किये थे। बीच में कई बार उन्होंने घड़ी की तरफ़ देखा था। बातचीत को रोक दिये जाने की अपनी इच्छा पर रोक लगाते हुए मेरा मन रखा था, मेरी ज़िद रखी थी।

वे तब कहानी व उपन्यास के लिखने के समय के अपने अनुभव और अन्तर को बारे में बता रहे थे :

"सच यह है कि बना-बनाया आकार एक ब्लू प्रिंट के रूप में मेरे सामने कभी नहीं आता। अपनी कहानी के कलेवर को मैं टुकड़ों-टुकड़ों में ही देख पाता हूँ। कभी एक कहानी को शुरू करते ही अन्त का आभास मिलता है, पर कभी यह अन्त वही नहीं करता जिसका मुझे आभास हुआ था। कहानी मेरे लिए लगे-बँधे विचार से उत्पन्न नहीं होती और शायद ही कभी इस बात से कहानी का सूत्रपात होता हो कि मैंने सचेतन रूप से किसी विशेष विषय के बारे में लिखने का संकल्प किया हो। एक वाक्य में कहा जाए तो मेरे लिए कहानी धुँधली अनुभूतियों के प्रदेश को शब्दों के आलोक में देखना है। दूसरी इसके साथ जुड़ी चीज़ यह है कि ये अनुभूतियाँ, जुड़ने के बाद कोई ऐसा ख़ास पैटर्न या अर्थव्यवस्था बन सकती है, जो मेरे द्वारा आरोपित न होकर स्वयं इन अनुभूतियों

के भीतर से सहज गति में उजागर होती हो। और तीसरी चीज़ जो अन्ततः मुझे सन्तोष देती है, वह यह कि अगर अनुभूतियों के इस पैटर्न या अर्थव्यवस्था के भीतर से मनुष्य जीवन के बारे में कोई ऐसा सत्य उपलब्ध हो सके जो केवल इन्हीं अनुभूतियों के अन्तस्सम्बन्धों से उत्पन्न हो सकता था। इस सत्य का सम्बन्ध किसी ऐसे आनन्द, शान्ति या समाधान को प्राप्त करने के सुख से नहीं है, जो अक्सर हमें आध्यात्मिक, धार्मिक या दार्शनिक पुस्तकों में मिलता है। मेरे लिए यह पर्याप्त होगा कि यदि यह सत्य हमें मनुष्य के भीतर उमगने वाली अजीब बिडम्बनाओं और अन्तर्द्वंद्वों से साक्षात् करवा सके, जो अभी तक अँधेरे में छिपी थीं। उन्हें अँधेरे से उजाले में लाना, चाहे उनका चेहरा कितना ही बीभत्स, भयानक या कटु क्यों न हो, यही महत्त्वपूर्ण है कि उजाले में आकर क्या ये मनुष्य के बिम्ब या मनुष्य के स्वरूप के बारे में कुछ ऐसा जोड़ पाता है जिस सत्य के बारे में मनुष्य ने कभी सोचा नहीं था। आपके दूसरे प्रश्न का उत्तर है—वह कहानी मुझे सन्तोष दे पाती है जो इस तरह के उजाले में लाने में समर्थ हो जाती है। तब मुझे लगता है कि मैंने उस बिम्ब को थोड़ा-सा मूर्तिवान कर लिया जिसका आभास कहानी लिखने से पहले मैंने किया था।

"हाँ, आजकल—यह तो उपन्यास है अभी अधूरा—उसे पूरा कर रहा हूँ। पुणे में साहित्य-सम्मेलन का अधिवेशन होनेवाला है, वहाँ अध्यक्षीय वक्तव्य देना है, उस पर काम कर रहा हूँ। एक कहानी-संग्रह तैयार करने की गहरी इच्छा है। पिछले महीने भोपाल में—साहित्य में विचार कैसे प्रवेश करता है—इस विषय पर एक निबन्ध पढ़ा था। अक्सर कहा जाता है कि साहित्य, कला-अनुभूति का क्षेत्र है और दर्शन चिन्तन-विचार का। इस निबन्ध में मैंने यह बताने की कोशिश की कि अनुभव और विचार में इस तरह वर्गीकरण करना ग़लत है। इससे सृजन और कलात्मक कृति कमज़ोर पड़ती है। पर विचार उसी रूप में कला में प्रविष्ट नहीं होता जैसे कि दर्शन-चिन्तन में वह होता है। कविता और कहानी में उसकी छाया अत्यन्त परोक्ष व सूक्ष्म ढंग से पड़ती है। वहाँ वह किसी सिद्धान्त को साबित करने के लिए नहीं प्रवेश करता, बल्कि किसी अनुभव को एक अप्रत्याशित दिशा में मोड़ सकने में ज़रूर योगदान देता है।

"देखिए, अब बस!"

छह तीस में अभी पाँच मिनट बाक़ी थे। और उसने ही किया था। शायद, शायद इसलिए कि मैं अब और सवाल न करूँ...।

"आप टेपरिकॉर्डर नहीं रखते?...अच्छा है, ठीक है...इतना लिख ही लेते हैं...बहुत अच्छा है...।"

निर्मल जी अपनी लय, फुर्ती, अनुशासन और प्रसन्न मुस्कान के साथ जुड़ी मुद्रा में दरवाज़े पर खड़े थे। प्रणाम निवेदन और आभार प्रदर्शन के बाद जब मैं बाहर आया तो मेरी निगाहें एक बार फिर दीवार की उन आकृतियों और पानी-भरे मिट्टी के उस पात्र तक गई थीं। मैं एक नहीं, दो-दो साहित्य-साधकों की साधना स्थली के, एक पवित्र तीर्थ के दर्शन करके लौट रहा हूँ।

['नया ज्ञानोदय']